HERI
QING CHANGYING

何日请长缨
脱困（上）

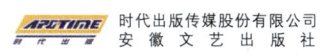

时代出版传媒股份有限公司
安徽文艺出版社

齐 橙◎著

作者简介：

　　齐橙，本名龚江辉，阅文集团大神作家，中国作家协会会员，北京师范大学经济与工商管理学院副教授，中国社会科学院工业经济研究所博士。代表作品《工业霸主》《材料帝国》《大国重工》《何日请长缨》等，其中《材料帝国》被国家新闻出版广电总局推介为2016年优秀网络文学原创作品，《大国重工》荣获第五届中国出版政府奖音像电子网络出版物奖（网络出版物）。作品《何日请长缨》入选"十四五"国家重点出版物出版专项规划，荣获第四届现实题材网络文学征文大赛特等奖，入选中国作家协会2020年网络文学重点作品扶持项目"庆祝中国共产党成立100周年"主题专项，荣获2020年第四届"网络文学+"大会·优秀网络文学IP，入选2020年度最具版权价值网络文学排行榜（现代类），入选2021年中宣部"建党百年"主题重点项目，并入选中国作家协会新时代文学攀登计划。

"十四五"国家重点出版物出版专项规划

何日请长缨

脱困（上）

齐 橙——著

时代出版传媒股份有限公司
安徽文艺出版社

图书在版编目（CIP）数据

何日请长缨.1,脱困.上/齐橙著.—合肥：安徽文艺出版社,2023.3

ISBN 978-7-5396-7679-1

Ⅰ．①何… Ⅱ．①齐… Ⅲ．①长篇小说－中国－当代 Ⅳ．①I247.5

中国国家版本馆CIP数据核字(2023)第003393号

何日请长缨·脱困（上）
HERI QING CHANGYING · TUOKUN(SHANG)

出 版 人：姚 巍
策　　划：朱寒冬　宋晓津
统　　筹：张妍妍　成　怡　宋晓津
责任编辑：宋晓津　柯　谐　装帧设计：张诚鑫　徐　睿

出版发行：安徽文艺出版社　　www.awpub.com
地　　址：合肥市翡翠路1118号　邮政编码：230071
营 销 部：(0551)63533889
印　　制：安徽新华印刷股份有限公司 (0551)65859551

开本：700×1000　1/16　印张：154.75　字数：2450千字
版次：2023年3月第1版
印次：2023年3月第1次印刷
定价：528.00元(精装，全七册)

(如发现印装质量问题，影响阅读，请与出版社联系调换)

版权所有，侵权必究

序

20世纪90年代,中国经历了从计划经济体制向社会主义市场经济体制的转轨。历经十年时间,中国实现了华丽的转身,以全新的面貌走进21世纪,成就了今天这个制造业增加值力扛美、德、日三国总和的工业强国。

体制转轨的成果是辉煌的,但转轨过程中的阵痛也是刻骨铭心的。20世纪90年代中叶,国有企业出现大面积亏损,大批企业破产倒闭,一些重要领域的骨干企业也面临着严重的危机。

国有企业是国家经济的压舱石,国有骨干企业更是承载着引领国家技术发展、守护国家技术安全的重任。然而,老国企的积弊也是不容讳言的:领导思想僵化,职工人浮于事;企业办社会的传统带来沉重的成本负担;内部激励不足导致技术停滞,产品缺乏市场竞争力;加之随着国门的进一步开放,国外同行业巨头不断涌入,挤压国内企业的生存空间。不改革,就只能坐以待毙。《何日请长缨》这个故事的源头便是如此。

在这种情况下,国家推出了一系列旨在促进国企转型脱困的政策,一批思想开放、作风正派且能力出众的国企领导人脱颖而出。他们在企业干部职工的支持下,大刀阔斧进行内部改革,推动技术创新,提高产品质量,改善售后服务,企业自身实力不断增强,逐步扭转长期亏损的局面,实现了涅槃重生。《何日请长缨》中的周衡、唐子风,就是这些国企领导的缩影。

《何日请长缨》是我创作的第四部工业史题材网络小说。此前的几部作品,《工业霸主》讲述的是工业情怀,《材料帝国》展现的是科技之美,《大国重工》探讨了举国体制,而《何日请长缨》侧重的则是管理创新和企业家精神。情怀、技术、体制、管理,都是工业发展中的元素。中国能够从新中国成立之初一穷二白的状态,发展到今天成为傲视群雄的"世界工厂",上述每个元素都是不可或缺的,每个元素中都蕴含着精彩纷呈的故事。

与其他几部作品相比,《何日请长缨》还有一个突出的特点,那就是它是唯一一部以文科生为主角的小说。作品中的主角唐子风是中国人民大学计划经济学系的毕业生,是其女友——清华大学学霸肖文珺眼中的"工业盲"。作为重要配角的王梓杰、包娜娜、李可佳、梁子乐等,也都是文科生。顺便说一下,如果小唐的教育背景设定是真实的,那么他就是真实世界中作者君的大学同班同学,甚至可能是同一个宿舍的兄弟。

正因为作者君自己也是文科生吧,本书会不时以此为哏,狠狠地调侃一番。例如文中的这几段:

李可佳点头说:"老实说,我到现在还是看好这件事的。最重要的就是,我让图奥的同事评估过,他们说赵云涛、刘啸寒两个人,都可以算得上是编程天才。你知道吗?他们最早写华夏CAD程序,是用汇编语言,直接拿Debug写的。"

"这个很了不起吗?"唐子风问。

"听说挺了不起的。"李可佳说。

于是两个文科生各自沉默了半分钟,为自己的计算机知识默哀。

在今天这样一个科技突飞猛进的时代,文科生往往会被调侃为不学无术的"废柴"。而事实上,文科与理科只是专业分工上的差异,在推动社会进步方面,二者做出的贡献并无二致。企业发展需要技术创新,同样也需要经营创新、管理创新,而所谓的文科生,便是经营创新和管理创新的实践者。书中的唐子风眼界开阔,思维敏捷,在经营管理中智计百出,并号称拥有一条"可以医死人、活白骨"的三寸之舌,能够在管理中说服思想上存在障碍的干部职工,在谈判中说服心存疑虑的合作伙伴,这便是文科生的才能所在。

或许,这部书应当有一个副标题,那便是——《一个文科生的逆袭》。

《何日请长缨》的书名,源于伟人"今日长缨在手,何时缚住苍龙"的词句。作品以机床行业为背景,而机床是工业之母、万器之祖,是从事一切工业生产的基础工具,恰如缚住苍龙的长缨。

现实世界中,我国机床产业的发展略微滞后于小说位面,但小说所描述的趋势是真实的。

新中国成立后,中国共产党提出走工业化道路,就是为了让民族工业能够实现真正的自主,人民能够真正"站起来"。但是,20世纪90年代,中国机床产业曾经经历过"至暗时刻",中高端机床市场几乎完全被国外厂商所垄断,机床贸易持续处于大幅逆差的状态。许多关系国计民生与技术发展的高端机床完全依赖进口,一些与国防尖端技术相关的机床更是长期处于被"卡脖子"的境地。

在这种情况下,中国机床行业迎难而上,不断开展技术创新。在过去20年时间里,中国机床行业实现了多项重大技术突破,各种重型、超重型数控机床,高速高精度数控机床,五轴联动机床,复合式数控机床,柔性生产线等相继问世,国内空白基本得到填补,从而为国家的技术安全撑起一把保护伞。

在中国民族工业实现自主—自立—自强的道路上,一代又一代工业人筚路蓝缕、攻坚克难,他们老带新、父传子,传承的不仅是技术,更是中国人的骨气与志气。技术工人精益求精,发挥大国工匠精神,在实践中创新,让中国制造迈向中国创造;技术工程师甘于平凡,积极攻克"卡脖子"难题;他们都是新时代的奋斗者、共和国的劳动者,都是中华民族伟大复兴道路上的践行者。《何日请长缨》推开临河第一机床厂这扇窗,希望读者能通过周衡、唐子风、秦仲年、韩伟昌、肖文珺、于晓惠、宁默、苏化这些人物,看到身边许许多多锐意进取、开拓创新、坚守岗位、默默奉献的可爱的中国人民。

在技术进步的同时,通过经营创新和管理创新,中国机床行业在国内市场上不断收复失地。随着"一带一路"倡议的提出,中国机床行业开始进军国际市场。物美价廉、售后有保障的中国机床越来越受到"一带一路"国家的欢迎，中国企业互相尊重、互惠互利、诚信交易的原则也赢得了口碑。中国大型装备"走出去"，输出"一带一路"国家，帮助当地建设，造福世界。这既彰显了中国方案，也体现了中国智慧，在实现国内国际双循环的同时，也为推动构建人类命运共同体贡献了力量，恰如其分地呼应了习近平同志在中国共产党第二十次全国代表大会上提出的"以中国式现代化全面推进中华民族伟大复兴"的号召。

不过，具体到金属切削机床这个分类，中国依然处于贸易逆差状态，机床行业仍需不忘初心，整理行装再出发。

技术概念和数据是枯燥的，但机床行业的故事却可以是妙趣横生的。就让我们用小唐的视角，去回望这二十余年行业突飞猛进的艰辛与辉煌吧。

如果这部作品碰巧被一位少年读到，有幸能在他的成长过程中多增添一分身为中国人的自信与坚韧，对作者君来说也是一种值得骄傲的惊喜。

目 录
CONTENTS

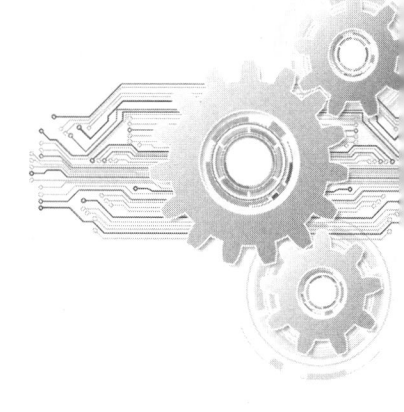

第一章 临危受命 / 001

第二章 迎风飞扬的猪 / 007

第三章 穿越者的先知先觉 / 011

第四章 人狠话不多 / 016

第五章 强拧的瓜不甜但解渴 / 021

第六章 三资企业 / 026

第七章 吃香喝辣 / 031

第八章 瘦死的骆驼比马大 / 036

第九章 再苦不能苦领导 / 040

第十章 坦白从宽 / 045

第十一章 借人头一用 / 049

第十二章 犯不着为公家的事情生气 / 054

第十三章 金尧厂准备赖账 / 058

第十四章 真是旅游来了 / 062

第十五章 相机控 / 066

第十六章 真是一个无赖 / 071

第十七章　来啊,互相伤害啊 / 076

第十八章　其中有什么原因 / 081

第十九章　真正的杀招 / 086

第二十章　解决问题 / 091

第二十一章　失散多年的亲师妹 / 095

第二十二章　最有机遇的国家 / 99

第二十三章　啥都擅长的闺密 / 103

第二十四章　千金市马骨 / 107

第二十五章　宋福来派出的杀手 / 111

第二十六章　张建阳的道德绑架 / 115

第二十七章　雇了个钟点工 / 119

第二十八章　第三产业是朝阳产业 / 124

第二十九章　另一层含义 / 129

第三十章　经营不善的菜市场 / 133

第三十一章　高手在民间 / 137

第三十二章　重赏之下必有勇妇 / 141

第三十三章　一个"红颜薄命"的承包者 / 145

第三十四章　黄丽婷之野望 / 149

第三十五章　捧着金饭碗要饭吃 / 153

第三十六章　他乡遇故知 / 157

第三十七章　我哥们叫唐子风 / 162

第三十八章　厂长助理的贴身高手 / 166

第三十九章　傲骄的工商支行 / 171

第四十章　锦上添花还是雪中送炭 / 176

第四十一章　背后的考量 / 180

第四十二章　别怪我不客气 / 184

第四十三章　症结所在 / 189

第四十四章　集体咨询 / 193

第四十五章　这得是多大的仇啊 / 198

第四十六章　临一机也是临河市的企业 / 202

第四十七章　提成制度 / 206

第四十八章　机床和机床不一样 / 210

第四十九章　什么都能够造出来 / 215

第五十章　适当给予一点经济刺激 / 219

第五十一章　搞 PLC 我们最专业 / 223

第五十二章　韩伟昌的脑洞 / 227

第五十三章　争分夺秒 / 232

第五十四章　加班的条件 / 237

第五十五章　超市出问题了 / 241

第五十六章　不遭人妒是庸才 / 245

第五十七章　入股承包 / 249

第五十八章　重量级战略投资者 / 253

第五十九章　韩伟昌膨胀了 / 258

第六十章　程控机高手 / 262

第六十一章　工业互联网 / 267

第六十二章　相信喻总的眼光 / 271

第六十三章　赚一笔快钱 / 275

第六十四章　吐几回就习惯了 / 279

第六十五章　你在给别人挖坑 / 284

第六十六章　网红打卡店 / 289

第六十七章　工期紧张 / 294

第六十八章　擅长创造奇迹的人 / 298

第六十九章　你在这里还适应吧 / 303

第七十章　得看由谁来指挥 / 308

第七十一章　啥叫运筹帷幄 / 313

第七十二章　实践出真知 / 318

第七十三章　接风洗尘 / 322

第七十四章　最终的业务还是要落在机床上 / 326

第七十五章　减员增效 / 330

第七十六章　打包机发货 / 334

第七十七章　山寨 / 338

第七十八章　不幸而言中 / 342

第七十九章　问题出在哪 / 346

第八十章　会不会是在故意诱导我们 / 351

第八十一章　来了个外援 / 356

第八十二章　倚马可待 / 361

第八十三章　你跟我说实话 / 365

第八十四章　发 3 个月的工资 / 369

第八十五章　准备以什么名义赖账 / 373

第八十六章　过年 / 377

第八十七章　跟他们没完 / 382

第八十八章　超市分红 / 387

第一章　临危受命

1994年秋。

京城三里河,机械部二局。

"全国的机床行业,已经连续五年大面积亏损,今年上半年的形势更加严峻。咱们机床行业的十八罗汉厂,一半严重亏损,余下的情况也不太好,有些企业靠重点项目订货维持,也仅仅达到了盈亏大致平衡而已,如果国家订货减少,这些企业会马上转入亏损。生产'长缨牌'机床的临河第一机床厂过去两年的产值不到从前的一半,现在光是欠银行的贷款就有4000多万。在这个节骨眼上,临一机的领导班子又爆出了集体贪腐案,被全部拿下。对这个情况,老周,你有什么看法?"局长谢天成坐在自己的办公桌后面,语气低沉地问道。

坐在谢天成对面的,是二局机电处的处长周衡。他今年54岁,是全局资历最深、年龄最大的处长。谢天成刚到二局工作的时候,周衡就在机电处当副处长,谢天成只是他手下的一个小科员。如今,谢天成已经当上了局长,周衡却只提了一级,当上了机电处的处长。

周衡难以得到提拔的原因,在二局里有不同的说法。有人说是因为他过于讲究原则,得罪过不少人;有人说是因为他淡泊名利,每次有晋升的机会都不去争取。

不过,不管是谁,都不认为周衡得不到提拔的原因是他的能力不够,事实上,局领导乃至一些部领导都曾表示过,周衡是个非常有能力的干部,头脑清楚,对分管的行业情况了如指掌,尤其是在机床行业里,简直堪称是一部"活字典"。

周衡对于自己的职务问题也的确毫不在意,看着一个个比自己资历浅得多的干部被提拔上去,成为自己的上级,他没有任何怨言,依然兢兢业业、乐乐呵呵地管着自己的一亩三分地。用他自己的话说,当个处长多省心啊,只要埋头干活就行了，天塌下来有局长顶着，自己用不着去琢磨各种麻烦事，这样的工作有什么不好的？

此刻的周衡，还没意识到自己所追求的逍遥日子已经走到尽头了。听到谢天成向他询问，他只是照着自己知道的情况回答道："临一机领导班子的事情，是他们咎由自取。其实，早在两年前我就向局里反映过他们的问题，只是……"

"局里对你反映的问题是非常重视的。"谢天成赶紧接过话头，解释说，"只是涉及这样一家大企业的整个领导班子的问题，局里不能不特别谨慎。这一次，组织上能够查出临一机领导班子的严重问题，也是和你的反映有关系的。"

周衡不吭声了，谢天成说得也没错。两年前他向局党组反映临一机的问题，也只是从一些印象出发，并没有什么证据，局里自然不能随便大动干戈。

谢天成岔开这个小插曲，接着前面自己的话，说道："局党组认为，当务之急，就是马上重建临一机的领导班子，恢复生产，尽快实现扭亏。临一机的总工程师，局党组打算调机械设计院的老秦去担任。"

"秦仲年？"周衡问。

"对，就是他。"谢天成说。

周衡点点头："他水平非常高，当临一机的总工没问题。"

"总经济师，由部里计财司的宁素云担任。"

"小宁可是远近闻名的铁算盘，让她去当总经济师，是个不错的安排。"周衡笑道。

"副厂长的人选，现在也已经有了，就差个掌舵的人。局党组的意思是，打算任命一位有经验、有担当的同志到临一机去，厂长和书记一肩挑，把全部责任担负起来。"谢天成说。

"有经验、有担当，让我想想看，有谁比较合适……"周衡沉吟起来。

他想，谢天成跟他谈这个问题，自然是希望他能够给局党组推荐几个合适的人选，以方便领导考察。他对全国的机电行业都颇为了解，认识的人也非常多，要说符合"有经验、有担当"这六个字的，在行业内也有不少，但这些人现在也都在重要的岗位上，不是能够轻易抽调出来的。

谢天成看着周衡冥思苦想的样子，笑着提示道："老周，你糊涂了，这样的人，我身边就有一位啊。"

"你身边？你是说小吴？"周衡试探着问道。周衡说的小吴，是指谢天成的秘书吴均,因为只有他才符合"身边"这个界定。吴均的能力倒是不错,人也很机灵,但实在是有点年轻,够不上"有经验"这个要求。

谢天成哈哈大笑,用手指着周衡说:"老周,你现在不就在我身边吗?"

"我?"周衡一愕,他万万没有想到,局领导的考虑居然是让他去担任临一机的厂长兼书记,这实在是一个他觉得不可能出现的选项。

"临一机的级别是正局吧,我的级别也不够吧?"周衡首先想到的是这个问题。

中国的国有企业也是有级别的,临河第一机床厂是机械部直属企业,厂长是正局级,与谢天成是平级。严格地算起来,二局并不能算是临一机的上级领导,只是受机械部的委托对临一机行使领导权而已。

不过,企业的级别与机关里的级别又有所差异,机关干部调到企业工作,提升半级是惯例,反之,企业干部调到机关工作,就要降半级使用。周衡是个处级干部,如果调到临一机当个副厂长,是没问题的,直接一步担任厂长,就属于越级提拔了,所以周衡会有此一问。

谢天成摇摇头,说:"这个不重要,现在搞市场经济,企业迟早是要取消行政级别的。很多部委的企业现在都已经直接下放给地方了。比如说岳亭矿山机械厂,原来是冶金部的企业,副部级,现在下放给岳亭市,岳亭市经委才是正处级,你说岳矿机现在是什么级别?"

"倒也是。"周衡点点头,接受了这个解释。20世纪90年代初,中央提出搞市场经济,很多原来的管理模式都发生了巨大的变化。航天部变成航天总公司,纺织部成了行业总会,许多原来部委里的企业都被下放到地方去,原来的行政级别肯定是无法维持下去的。

临一机原来是正局级不假,但如果持续亏损,最终也有可能被下放给其所在的东叶省临河市。临河市也就是局级,临一机还想摆原来局级单位的谱?

"可是,为什么派我去呢?"周衡甩开级别的问题,转而提出了一个新的问题,"局长,你是知道的,我能力不足,年龄也这么大了,局党组把这样一个大厂交给我,不怕我把事情搞砸了?"

谢天成说:"老周,你这就是谦虚了。整个机械部,谁不知道你老周就是机床行业的'活字典'?懂技术,懂市场,认识的人也最多。而且更重要的是,你有责任心,有担当,在临一机面临生死抉择的关头,你是担任掌舵者的不二人选啊。"

"可是，我的性格很容易得罪人啊。"

"得罪人怕什么？"谢天成说，"实不相瞒，你的这个性格，就是局领导选择你去临一机掌舵的最重要的原因。大家都认为，临一机现在的情况，就是沉疴在身，需要下一剂猛药才行。"

"嘿嘿，原来局领导是把我当成钟馗，让我去打鬼呢。"周衡嘿嘿笑道，表情里多少有几分揶揄的味道。

"乱世用重典嘛。"谢天成没有纠正周衡的话，而是顺着他的话头说。

事实上，在局党组讨论这个问题的时候，好几位领导的观点也正是如此，认为临一机被原来的一班领导弄得乌烟瘴气，所谓"庙小妖风大，池浅王八多"，需要派一个有"煞气"的人下去，才能收拾好这个烂摊子。

周衡不吭声了，脑子里开始盘算自己该不该接受这个任务，如果接受，又该如何下手。

对于临一机，他是非常熟悉的，存在哪些方面的问题，他都很清楚。他也深知，临一机沦落到严重亏损的地步，与厂领导的能力和品德都有极大的关系，但这么多年下来，积重难返，他周衡接手这家厂子，又有几分翻盘的胜算呢？

谢天成看出了周衡的迟疑，他说道："老周，你也不用有思想包袱。你下去以后，尽管大刀阔斧地干，局里会给你撑腰的。你的任务也不重，能够让临一机扭亏，哪怕是略有亏损，至少能够保住这家厂子不破产、近7000名工人不下岗，就足够了。局里未来还会再物色人选去替换你，你回来之后，副局级待遇是可以保证的。你在临河期间，局里的所有福利，一分钱也不会少你的。"

"哈！那我还得感谢局领导对我的照顾了！"周衡被谢天成给说笑了。刚才这会，他还真没想过多少自己的待遇问题，现在听谢天成这样说，似乎下去当几年厂长还真是一个不错的差事。

他在机械部工作了一辈子，下企业检查工作是家常便饭，但直接管理一家企业还是第一回。趁着退休之前，当一次厂长，也算是丰富一下人生阅历了。

至于说回来之后能够有副局级待遇，其实只能算是局领导送的一个顺水人情。因为等他回来的时候，他也到了该退休的年龄了。以他的资历，在退休前提上半级，也是机关里的惯例了。

第一章 临危受命

想到此，周衡点点头，说："既然是这样，那我就接受了。不过我可丑话说在前头，既然局里把企业交给我，就要给我充分的授权，别到时候我推出什么政策，下面的人到局里来告状，局里又拉我的后腿。"

"绝对不会！"谢天成把胸脯拍得山响，"局里既然派你去，就给你完全的授权，我们局党组也就保留一个建议权而已。"

"建议权也不行。"周衡霸道地说，"企业管理，最忌讳鸡一嘴鸭一嘴地瞎掺和。到时候你们说了，我听还是不听呢？听了，就是干扰我的经营活动。不听，回头你们给我穿个小鞋，我可怎么办？你说过，过几年我还要回来的，我敢得罪你们这些顶头上司吗？"

你得罪得还少吗？谢天成在心里默默地吐槽了一句，然后说道："老周，临一机毕竟还是归二局管的企业，我们总不能一点权力都不留吧？"

"你们可以保留知情权。"周衡说道，"欢迎局领导随时到临一机检查工作，想看什么都行，就是别瞎说话。"

"好吧。"谢天成决定不和周衡杠下去了，对于这位老处长的倔强，他是非常了解的。

"除了不许我们瞎说话之外，你还有什么要求？比如说，对于局里未来给临一机配备的干部，你有什么要求？"谢天成又问道。

"能干，没有私心……嗯，还有，没有裙带。"周衡说。所谓裙带，可别往偏处想了，他只是说不要那些关系户罢了。

谢天成点点头，说："那么，你有什么自己比较中意的人需要带下去吗？"

"没有。"周衡说。说完，他突然脑子里电光一闪，说道："你不说我还忘了，真有一个，局党组得把他交给我，要不我就不去临一机了。"

"谁啊？"

谢天成吃了一惊，居然有一个如此重要的人，重要到让周衡不惜以拒绝上任相威胁，这是何方神圣？

"小唐，唐子风。"周衡说道。

"唐子风？"谢天成皱了一下眉头，旋即才反应过来，"你是说，你们处前年新来的那个大学生唐子风？天天吵吵着什么要迎风起飞的那个？"

"他说的是在风口上，连猪都能飞起来，可不是他自己要飞。"周衡解释道。

"这不是一回事吗？"

"还是有区别的。"周衡郑重地说,"人家小唐长得可是一表人才,你说他是猪,小心局里那些小姑娘跟你这个大局长抗议呢。"

第二章 迎风飞扬的猪

"你们知道今年是哪一年吗？有同学说，今年是公元 1994 年，恭喜你，答对了！

"不过，你只答对了一半。我告诉你们，今年不仅是公元 1994 年，今年还是中国的市场经济元年。大家记住，是元年！

"什么是市场经济？大家都是大学生，这个问题想必大家都背得滚瓜烂熟了。"

"但是，我要说的，和你们老师说的不同。我要说的是，市场经济就是一股来自大漠的狂风，站在这个风口上，连猪都能迎风飞扬！"

人民大学教学二楼的一间教室里，一位身材颀长、相貌英俊的年轻人站在讲台上，正对着一屋子比他年轻的学生侃侃而谈。天真懵懂的学生们盯着年轻人一张一合的嘴，只觉得自己都要飞起来了。

在讲台旁边，有一位与演讲者年龄相仿的年轻人，他时而看看讲台上的同伴，时而看看台下的学生，脸上的表情颇为复杂。

站在讲台上的这位，正是周衡向谢天成说起的机械部二局机电处科员唐子风；站在讲台边的那位，则是唐子风的大学同宿舍同学王梓杰，他现在的身份是人民大学国管系的专职学生辅导员。

唐子风和王梓杰都毕业于人民大学，是台下这帮学生的正宗大师兄。

在王梓杰的印象中，唐子风在上学的时候只能算是不木讷而已，谈不上是什么活跃人物。没承想，毕业之后，唐子风便像是换了一个人，非但变得能说会道，而且显示出了非凡的商业天分。

去年，唐子风找到王梓杰，让他帮忙在学校里找了一群管理学硕士，以千字 5 元的价格雇他们攒出了一本洋洋 200 万字的《企业管理知识百科》。

可别觉得这个价格太低了，唐子风提出的要求远比稿酬标准低。他列出了一张知识清单,让硕士们按图索骥,到图书馆去找资料,大多数内容是直接复印剪贴,充其量是改个标题、加几句导语之类。这种做法,搁在20年后足够惹出几百起版权官司,但在20世纪90年代初,谁会在意这样的事情呢?

付出1万元的稿酬之后,唐子风又不知上哪联系到了一家出版社,把书给出版了,厚厚的一大本,还是精装,用来砸人比板砖还厉害。在时下一本普通教材定价才几元钱的情况下,唐子风给这本书定了248元的高价,直接把王梓杰吓得差点栽个跟头。

"你抽风啊!就这么点剪贴出来的资料,还定这么高的价钱,谁会买?"王梓杰鼓着眼睛质问唐子风。

他的问题很快就有了答案。

唐子风在学校里招了十几名农村出身的大学生,交给他们每人两本书,声明只要他们卖出去,每本交180元钱回来就行,余下的都是学生们的销售提成。

学生们将信将疑地出门兜售去了。仅仅两天时间,所有的学生都把手上的两本书卖出去了,他们的销售对象都是在京的大国企。

对于高校里的老师和学生来说,唐子风编的这本书可以说是毫无价值,因为书里的那些理论、概念,都是教科书里讲过千百遍的,更何况硕士们抄书的时候难免还有些讹误。但对于各单位的领导秘书来说,这样一本书简直就是他们的宝典,足以救他们于水火之中。

改革开放以来,尤其是国家提出"市场经济模式"的观念以来,各级领导都在大谈更新观念,领导讲话或者交工作汇报的时候,里面没有几个新名词,不加上几句"熊彼特指出"或者"琼·罗宾逊认为"之类的话,你好意思说自己是市场经济的弄潮儿吗?

可是,在没有百度的年代里,这种新名词、新概念是那么容易找到的吗?秘书也是人,不是人形移动图书馆,领导在别的什么地方听到一个新词,回来问你是什么意思,你如何回答呢?

就在这个时候,唐子风派出的推销员出现在他们面前,厚厚的一本管理百科,把领导听说以及没有听说过的概念全盘收入,再也不用担心不认识凯恩斯了,还知道了萨缪尔森、哈耶克、约翰·穆勒、波士顿矩阵。波士顿!矩阵!今天就可以写到领导的讲话稿里去,肯定把其他单位的领导都给震住!

卖书的学生们每人都拿到了100元以上的销售提成。在机关干部的月薪不到200元的今天,两天时间就赚到100元,这对于这些农村出身的孩子意味着什么呢?

还有啥说的?唐师兄、王老师,还有多少书,我们包销了!

首印的4000册书不到一个月就销售一空了,出版社紧跟着大批量加印。参与卖书的学生们每人都赚到了好几千元,把从家里穿出来的旧中山装换成了全新的立领夹克衫,进食堂也不再往大窗口挤了,而是成了小炒窗口的常客。

至于唐子风和王梓杰,收回了足足70万元的书款,扣去成本,缴过税,每人名下都分到了10多万,立马就成了全班的首富。

没等王梓杰把分到手上的钱焐热,唐子风又生出了新点子。他把两个人的钱凑在一处,用各自父母的身份证,注册了一家文化公司。

照唐子风的说法,他自己在部委工作,王梓杰在学校当老师,用自己的名义开公司有诸多不便,用父母的的名字注册,问题就不大了。

对于不能直接出面办公司这点,王梓杰是十分认同的。毕竟在这个时代,有个体体面面的工作不容易。

可是,明明不办公司也能赚到大钱,为什么还要注册公司呢?

唐子风在当时给出的回答就是这样一句:在风口上,猪都能飞起来。错过这个村,就没有这个店了。

公司的名字是两个人一起讨论出来的,叫作双榆飞亥文化传播有限公司。"双榆"取自人民大学所在的位置双榆树;"飞亥"就是飞猪的意思,其中既有唐子风此前所说的那个意思,还有一层含义就是唐子风和王梓杰二人是同年,都是属猪的。

公司成立之后,唐子风一下子启动了五本书的写(拼)作(凑)计划,分别是《行政管理干部知识大百科》《市场经济大百科》《新企业会计准则1000问》等等,总之就是瞄准了市场上最热门的话题,不求最好,只求最厚。

更多的学生被招募过来,成为双榆飞亥公司的销售员。每一次招募了新的推销员进来,唐子风都要给他们进行一次宣传。用唐子风的话说,推销是一件需要勇气和毅力的事情,必须先对他们进行授课,否则他们遇到挫折就会灰心丧气。此时唐子风正在做的,就是这种演讲。

"同学们,师弟师妹们,市场经济已经来临,在中国,即将涌现出数以万计的百万富翁,甚至亿万富翁。任何一个领域,只要你专注地做下去,就能够成就一番大事业。没错，你们现在还是学生，还不到去创业的时候，但是，你们不想为自己未来的发展做一些准备吗？你们不想去接触一下社会吗？你们不想在自己毕业之前，拥有数万元的存款吗？

"祝贺你们，机会来了！双榆飞亥公司是一家属于咱们人大学生自己的公司，它的成立，完全是为了帮助你们——各位师弟师妹成就自己的市场经济梦想。在过去一年中，已经有22位你们的师兄师姐在公司赚到了5000元以上的提成，我们的销售冠军——新闻系的包娜娜师姐，已经赚到了超过2万元！你们想成为这样的富翁富姐吗？"

"想……"

台下一位脸涨得通红的小女生情不自禁地低声附和道，说完才发现其他人都没有说话，不禁窘得想把脸藏进课桌里去了。

"说得好！"唐子风却是一眼就盯上了她，"这位是劳人院的彭心怡师妹吧？彭师妹说得非常好，你们大家呢？想成为存款超过2万元的富翁吗？"

"想！"

这一回，所有的人都憋足了劲，大声地喊了出来。人大学生可不知道啥叫怯场，刚才大家没接茬，并不是害羞，只是觉得这样回答问题显得太傻。现在有人带了头，大家还有什么可犹豫的？平日里，大家或许还算是比较淡定的，被唐子风这一激励，每个人心里都燃起了小火苗。毕业前存款超过2万元，换成谁能不血脉偾张啊！

"我的天，毕业这两年，老八不会是去参加什么销售培训了吧？原来怎么没觉得他这么会忽悠啊！"王梓杰看着只差口吐莲花的唐子风，在心里暗暗地想道。

第三章 穿越者的先知先觉

王梓杰的直觉是对的,此时站在讲台上的唐子风,和当年与他同宿舍的那个唐子风已经完全不同了,在他的身体里,有着一个来自30年后的灵魂。

没错,今天的这个唐子风,正是一位穿越者。在他的脑子里,藏着未来30年整个世界的发展历程和人生智慧。

穿越之前的唐子风,有着一颗从不安分的心。他像传说中那位追日的夸父一样,狂热地追赶着市场上的风头,希望自己能够逆风而起,成就一番大事业。

可惜的是,他的命运也如夸父一般,始终没追上太阳,却渴死在半路上了。

他是国内最后一拨参加传销的。随后,他又揪住了互联网金融的尾巴,成为一家网贷公司的第10086名加盟者。干了没几天,整个行业都爆雷了,把他炸得身无分文。

他研究过风水,炒过比特币,拍过搞笑视频,发起过几十种网红商品的众筹,写过几百份花里胡哨的商业计划书……

他在前一世的最后一次豪赌,就是报名充当了一个地下黑科技项目的志愿者,这个项目的目标是测试一种时光机的可靠性。

这一回,他成功了,被时光机投送到了1992年的平行世界,成为一名人民大学的应届本科毕业生。

顺便说一下,这位毕业生的运气与前一世的唐子风并无二致,他所就读的计划经济学系,在他毕业的第二年就随着市场经济的春风不翼而飞了,这给他的末班车乘车记录又添上了浓墨重彩的一笔。

唐子风穿越过来的时候,他的前身已经拿到了机械部的派遣证,被分配到机械部二局机电处工作。

对于他们这一届的学生来说,能够留京,而且是进部委工作,是一个非常不错的选择。当年的大学生还没有像之后的时代那样贬值,一个正牌大学生被分到部委里，踏实工作几年，再稍微有点成就，那也是可以实现的。

但作为一名穿越者的唐子风，对这样的一个岗位以及这样的前途并没有太多的期待。正如他向被他忽悠来的师弟师妹们说的那样，20世纪90年代初是中国全面进入市场经济的时代，各种束缚创新创业的壁垒都被打破了，而约束和规范市场行为的各种法律准则还没有建立起来。

这是一个只要敢想敢干就能够一夜暴富的时代。

感谢上天，感谢黑科技，我唐子风终于要苦尽甘来了，终于有我唐子风大显身手的时候了！

这是穿越过来的唐子风在经历了最初的不适应之后，从内心深处发出的一声呐喊。

虽然知道未来几十年的历史，但辞职下海这种事情，唐子风暂时还是不会干的。部委机关是一个旱涝保收的地方，能够分房，能够提拔，还可以接触到各行各业的人，有助于拓展自己的人脉。

前一世的他，做砸一个项目就不得不啃上几个月的方便面，连榨菜都买不起正宗涪陵的。没有人比他更知道有一个铁饭碗的必要性。至少，在他拥有完全的财务自由之前，他是不会考虑辞职一事的。

好吧，其实他不敢辞职还有另一个更重要的原因，那就是他这一世的亲爹曾经语重心长地教育过他，说如果唐子风敢辞职下海，自己就会亲手把他的两条腿全部打断。

亲爹唐林是一位略有点文化的乡下农民，四肢发达，头脑一根筋。在唐子风从前身那里继承过来的记忆中，唐林一向是信奉棍棒底下出孝子的……呃，又想起伤心事了。

唐子风也曾认真地思考过，作为一名穿越者，要不要接受前身的亲爹亲娘亲妹妹以及浩如烟海的七姑八姨。后来他从生物学上找到了答案，那就是不管他现在的灵魂是谁，至少身体里的基因是这一世的爹娘传承下来的，孝顺爹娘就是尊重基因，尊重基因就是尊重科学。

再说，在他回家探亲的时候，爹娘对他的那份宠爱是毫无作伪的，妹妹对他的那份亲昵更是让人无法割舍的，至于七姑八姨，以后再慢慢梳理吧。

虽然暂时不打算辞去公职，但唐子风还是一刻也不能等待，马上就启动了自己的赚钱大计。他拉着前身在大学里的死党王梓杰合伙，靠"攒书"赚到了第

第三章 穿越者的先知先觉

一桶金。攒书这个点子并不是唐子风发明的，而是他从以前听说过的成功者那里剽窃来的。

他想好了，自己这辈子，先通过"攒书"赚一笔快钱，然后进军几个热门行业。有了最初的资本之后，他要买下"非死不可"（Facebook，脸书），雇小扎给自己当马仔。他要入股苹果，走老乔的路，让老乔无路可走。他要和什么拉里·佩奇拜把子，开一家名叫谷歌的网站……总之，就是以后啥赚钱他就先插进去一脚。前一世的他，屡战屡败，到了这一世，他要成为站在食物链最顶端的那个男人！

"老八，你笑啥呢？"

王梓杰看着站在讲台上笑得像个傻瓜的唐子风，没好气地问道。刚才接受培训的学生已经走光了，唐子风却不知道因为什么，还站在那里神游天外。

"嗯？"

唐子风正想象着自己站在食物链顶端的美好生活，被王梓杰这一嗓子惊醒，才发现自己仍然是在地球上。刚才王梓杰对他的称呼，是照着宿舍里的排行算的，唐子风在宿舍里年龄最小，大学四年都是被人叫着老八过来的。至于王梓杰嘛，他是老七。

"老七，我问你，你赚了钱打算干什么？"

唐子风擦着嘴角的哈喇子，走下讲台，对王梓杰问道。

"吃！"

王梓杰的回答简洁明了。

"如果钱太多，吃不完呢？"

"娶个老婆，生一堆兔崽子一块吃。"

"如果加上老婆孩子还吃不完呢？"

"想办法，生更多的兔崽子来吃。"

"……"

唐子风败了。王梓杰说这些还真不是为了跟唐子风抬杠，而是他心里的确有这样的执念。

王梓杰也是农村出身，他老家在东南某沿海地区，这个地区的人一向是信奉多子多福的，生得越多越有福气，脸上也越光彩。上大学那会，王梓杰就不止100次地在宿舍里发起过讨论，让大家给他出主意，妄想规避国家政策，多生几个孩子。

"老七,你就没想过要做一家大公司,当全球首富?"

"真的?那咱们就开大公司!"王梓杰眼睛里闪着渴望的光芒。

这种聊天当然就是舍友之间的瞎扯淡了,唐子风曾经以预测的名义,向王梓杰说起过未来的市场机会,为公司制定了一个几步走的发展战略。

对于这个战略,王梓杰的态度是走一步看一步,如果未来的市场真如唐子风所言,那么就照着这个战略做下去,否则就及时调整。至于说最终目标,二人是存在一些差异的,唐子风想成为全球首富,王梓杰觉得能让自己在京城有房有车就足够了。

两人出了教学楼,一边向东门走,一边聊着公司的业务问题。唐子风对王梓杰说道:

"老七,'攒书'这种事,咱们要抓紧。这种模式别人一看就会,万一做的人多了,咱们就赚不到钱了。"

王梓杰深有同感:"是啊,我看来帮咱们'攒书'的那几个研究生就有照着咱们一样做的想法,只是他们现在还没胆。"

"迟早会有人学样的。"唐子风说。

"我觉得吧,咱们是不是该搞点水平高一点的书,让人家没法模仿?"王梓杰献计道。

唐子风说:"这个想法很好。那么,找选题这个光荣而艰巨的任务,就落到你肩上了。"

"为什么是我?"

"因为你是学霸啊,全班这么多人,就你留校当老师了。"

"可是……"

"别可是了,年轻人,多干点活没坏处的,以后你就懂了。"唐子风学着单位领导的样子,拍着王梓杰的肩膀对他说道。

正聊到此,只听得一阵嘀嘀嘀的声音从唐子风的腰间传出。唐子风从皮带上摘下自己的汉显寻呼机,按开一看,屏幕上只有五个字:"处长找,速回。"

"你看,我现在日理万机呢,我们处一刻也离不开我,我能有时间去找什么选题吗?"

唐子风把寻呼机在王梓杰面前晃了晃,然后便扬长而去了。

这厮,真是变了!是因为赚了钱,才变得这样牛气,还是他原本就牛气,所以才能赚到钱呢?……呸呸,琢磨他干吗?自己也赚了钱,是不是该干点什么呢?

　　王梓杰站在原地,看着唐子风奔出东门,坐进一辆面的,心里也开始想入非非了。

第四章　人狠话不多

从人大东门到机械部，9公里的车程，正好卡在面的起步价10块钱的范围内。唐子风在机械部门口下了车，扔给司机一张10元的钞票，然后便在司机那仇恨的目光中，大踏步地走进了机械部大楼。

"小唐出去办事了？"

"哇，你今天穿得真帅！"

"咦，小唐的发型是不是换了一个？我觉得你昨天好像不是这个发型……"

走在二局的楼道里，迎面而来的是一阵热情的问候。唐子风原本就有几分帅哥天赋，作为一名穿越者，他又有着那个年代的人所不具备的潇洒气质，一举一动都显得与众不同。

比如说，这个年代里国人穿西装已经很寻常了，但大多数人都把西装当成一种很严肃的服装，穿上之后情不自禁地就要端着点架子。唐子风则能够把西装穿出几分休闲味道，让人一看就觉得眼前一亮。

唐子风一时间成了整个二局全体女性注目的焦点。收发室那些20岁刚出头的小姑娘自不必说，连资料室的半老徐娘见了他都要忍不住聊上几句。

唐子风对于这种"待遇"有着强大的抵抗力，他向每一位问候他的女同事点头微笑，有时候还会反过来夸一夸对方的容颜和气色。二局机关里绝大多数女干部的岁数都比唐子风大得多，他也不管人家是什么职务，年龄是不是够当他姑妈，一律以"姐"相称，说50多岁的人看上去像30多岁，说30多岁的人看上去比自己还年轻。

这样嘴上涂蜜的结果，自然让他在单位里赢得了无数的好评，他要在单位里办点什么事情，比许多待了十几年的同事还要容易。比如说，他隔三岔五找理由请假出门，换成别人，机电处管劳动纪律的副处长刘燕萍大妈肯定要反复盘问，临了还会给人家一个黑脸。但轮到唐子风头上，刘大妈每次都是高高兴兴的。

　　因为知道处长找自己,唐子风没有回自己的办公室,直接来到了周衡的办公室。进门之前,他就把刚才为了应付女同事而堆出来的满脸笑容全收起来了,换成一副正经八百的嘴脸,出现在周衡的面前。

　　"你又上哪去了?"

　　果然,周衡不是刘燕萍,不会见到唐子风就笑出一脸灿烂。看着唐子风脑门上还残余着的汗珠,周衡皱着眉头质问道。

　　他话里的这个"又"字带着深深的恶意,因为唐子风上班时脱岗可不是一次两次了,虽然每一次唐子风都征得了刘燕萍的同意,还有着过硬的理由,但周衡是不相信这些理由的,因为他既不傻,也不花痴。

　　"我回学校了,去查点资料。有些产业政策方面的最新资料,咱们局的资料室里没有,只有人大资料室能找到。"

　　唐子风理直气壮地回答道。他知道周衡不相信他的解释,他也知道周衡知道他知道这一点,但他还是要掩耳盗铃地解释一次,这是程序问题。

　　周衡在机电处颇有一些权威,他平时不太说话,但对工作要求很严格。他的专业水平很高,经验丰富,手下人想糊弄他几乎是不可能的,所以大多数人都是有些怕他的。

　　唐子风曾对周衡做过一个评价,叫作"社会我周哥,人狠话不多",他在私底下把这话与几位同事交流过,赢得了同事们的一致认同。

　　唐子风是处里少有的不怕周衡的人。他知道周衡脾气虽坏,却并非不讲理,而且对于能耐比自己强的人一向颇为尊重。

　　唐子风初到机电处的时候,周衡曾考过他一些行业管理方面的问题,唐子风凭着在学校打下的学术功底,加上超越时代30年的见识,每次都回答得非常出色,让周衡叹为观止。

　　经过几次交锋,周衡对唐子风的态度就变了,脸上虽然还是一副油盐不进的样子,但唐子风看得出来,这个小老头对自己颇为欣赏,甚至隐隐有些老丈人看女婿的亲切感。据说周衡的确是有一个小闺女的。

　　"我前天让你写的全国机床行业分析报告,你写完没有?"周衡放弃了对唐子风兴师问罪的念头,开始说正事了。

　　"基本写完了,再补充两个数据就可以了。处长您如果现在要,我马上给您拿过来。"唐子风说。

周衡点点头，脸上露出几分连他自己都没察觉到的满意神色。唐子风倒也没给他自己的学历抹黑，每次让他写个什么报告，他总能够完成得又快又好，而且每每会有一些新观点、新思路，让人知道这不是他从其他地方剪贴过来的，而是经过认真思考的。谢天成安排周衡去临一机当厂长，周衡谁都不想带，却专门提出要带唐子风同去，其实也是这个原因。

"关于临河第一机床厂，你有什么了解？"周衡直截了当地问道。

"临河第一机床厂？"唐子风略一迟疑，不知道周衡为什么要单独问起这家企业。不过，领导发问了，他就得认真回答。他想了几秒钟，又组织了一下语言，回答道：

"临河第一机床厂，我们俗称为临一机，位于东叶省临河市。临一机成立于1933年，原来是国民政府资源委员会下属的临河农业机械厂，主要是生产一些简单农具，以及从事进口农业机械的维修。

"新中国成立后，临河农业机械厂由临河市军管会接管，改为临河机器厂。1953年，临河机械厂划归一机部二局，改名为临河第一机床厂，利用苏联提供的技术，生产'长缨牌'卧式车床、龙门铣镗床和精密磨床，是咱们国家机床行业的'十八罗汉厂'之一。"

"十八罗汉厂"是指新中国成立之初通过新建、改建和扩建形成的18家国有机床骨干企业，这些企业基本构成了新中国机床产业的主要框架。后来，出于战备等方面的需要，十八罗汉厂中的一部分进行了拆分，把主要生产能力转移到西部地区，成立了新的机床厂，而原厂的生产能力相应受到了影响。

此外，各部委、各地区也根据需要成立了一些新的机床企业，有些企业的技术水平和生产能力并不亚于十八罗汉厂。这样一来，十八罗汉厂就不再是机床行业里唯一的骨干了，以致到20世纪90年代的时候，已经很少有人还会记得这种说法。

不过，十八罗汉厂早先就是由一机部二局管理的，"十八罗汉"这种说法，也是二局的老局长许昭坚最早提出来的。顺便说一下，许昭坚早已离休了，但在二局还颇有影响，周衡早年曾经是许昭坚的秘书。

"临一机现在的情况，你了解多少？"周衡继续问道。

"临一机现在固定资产原值2亿元，现值1亿元左右。占地90万平方米，在职职工 6800 人，退休职工 1200 人。拥有主要生产设备 1600 余台。1992 年销售收入 7000 万元，净亏损约 1500 万元。1993 年的数据……我没来得及看。"唐子风答道。

穿越过来之后，他发现自己的记忆力异常地好，许多数据都能做到过目不忘，也不知道是前身唐子风留下来的先天禀赋，还是黑科技给他这个穿越者送的福利。

周衡又点了点头，唐子风的回答十分准确，作为一名刚到部里工作两年的大学生，能够把行业里的情况掌握到这个程度，也实在是非常难得了。

"对于临一机目前的严重亏损，你是怎么看的？"周衡决定好好地考一下唐子风。

唐子风迟疑了一下，眼珠子左右乱转，那表情分明是在暗示什么。周衡又好气又好笑，用手指了指旁边的沙发，说道："你坐下说吧。"

唐子风连一秒钟都没耽搁便坐下了，还好整以暇地抻了抻身上的休闲西装，然后开始口若悬河地讲述起来：

"临一机的亏损，并不让人意外。据统计，1993 年全国机床行业的亏损面高达 60%，十八罗汉厂有一半陷入严重亏损，余下的很多厂也是生存艰难，离亏损也就一步之遥了。"

周衡已经把烟拿出来点上了。他倒没有太大的烟瘾，实在是听唐子风说话的时候他必须有个东西在手里拿着，否则分分钟都想给这小子脸上来几下。好端端地和他探讨企业经营问题，他嘴里怎么就这么多俏皮话呢？

"这么多机床企业的亏损，原因归结起来不外乎外因和内因两个方面。外因方面，一是国家取消了指令性计划，去年又撤销了物资部，咱们的机床企业是习惯于按国家计划生产的，现在没有了计划，自然就不知道该怎么生存了。

"二是国家为了复关谈判，大幅度降低进口机床关税，进口机床对国产机床的市场形成了强烈的冲击。咱们那些企业生产的机床原来是皇帝的女儿不愁嫁，自己长得丑，脾气还大。现在从国外进来一大批美女，长得漂亮还有嫁妆，哪个王子瞎了眼才会娶国产公主。"

唐子风没有一点要收敛一下的觉悟，他仿佛回到了穿越前拿着项目计划书做路演时的状态。在那个吹牛不用上税的领域里，你不说几句惊世骇俗的话，怎么能吸引风投的眼球呢？

周衡的牙都快咬碎了:我承认你说得很对,总结得很好,可我为什么就这么想给你两记耳光呢?

不生气,我不生气!等到了临一机,我有大把的时间可以收拾你这个臭小子!

周衡狠狠地吸了一口烟,可怜的香烟立马就缩短了一半。

第五章　强拧的瓜不甜但解渴

"内因方面,问题就更多了。"

唐子风不知道周衡的心理活动,或者说,就算知道,也懒得去管。他继续说道:

"首先,我们的企业领导缺乏应对市场竞争的能力,或者说得更明白一点,是缺乏应对市场竞争的意识。他们习惯了国家包管一切的状态,一旦让他们去面对市场竞争,且不说是面对国外企业的竞争,就算是面对乡镇企业,我们这些国企领导也都是战五渣。"

"战五渣?"周衡投去一个诧异的眼神。

"就是战斗力只有五的渣渣,满分是100分哦。"唐子风说。他知道自己的用词会让别人纳闷,但他也懒得去刻意改变自己的用词习惯。不服,你去查我的老底好了,能查出我是个穿越者,我算你牛。

周衡没有刨根问底的兴趣,他把这些话当成了时下年轻人的调侃。他在家里和自己的闺女说话的时候,也经常被对方的用词弄得晕头转向的。

"嗯,还有呢?"周衡问。

"企业缺乏技术创新,临一机现有的主要产品,还是20世纪50年代从苏联引进的那几种机床,虽然进行了一些改造升级,但进步非常有限。20世纪80年代初,二局促成临一机从日本佐久间会社引进数控机床技术,为佐久间会社代工生产几种型号的数控机床,到现在快10年时间了,临一机还停留在代工阶段,没有形成自主技术。"

"还有呢?"

"职工人浮于事。我粗略计算过,以临一机现有的生产能力,全厂保留2000名职工就已经足够了,而它现在却有足足6800名职工,还不算1000多名退休职工。这样大的包袱背在身上,怎么可能不亏损?"

"还有吗?"

"还有……就是一些自由心证的事情了,不太好说。"唐子风假意支吾起来。

周衡说:"在我面前有什么不好说的,我又不会拿着你说的话去给你定罪。"

唐子风其实就是在等周衡这句话,他得先让周衡给他发一块免死金牌,才能把后面的话说出来。他说道:"其他的事情,就是我觉得临一机的领导班子有问题,厂长、总工、总经济师,有一个算一个,认真查一下,绝对没少从企业捞钱。"

此言一出,周衡沉默了。

过了好一会,他才点点头,说:"这个也不算是你的自由心证了。上个月,临一机的领导班子已经被集体拿下了,有关的犯罪事实,让人触目惊心。"

"全部拿下?呵呵,估计有冤的。不过,如果只拿下一半,肯定有漏网的。"唐子风说。

周衡忽略了唐子风的牢骚,问道:"你觉得,如果临一机换一个新的领导班子,还有救没有?"

"没戏!"唐子风断然道。

"没戏?"周衡瞪着唐子风,"你凭什么就觉得没戏呢?"

"就临一机的情况,除非下猛药,否则换谁去当厂长也没戏。换个正派点的,也就能保证自己清廉而已,不可能让厂子起死回生。如果换个有私心的,只怕临一机会死得更快。道理很简单,原来的班子好歹已经捞够了,去一个新厂长,肯定捞得比前任更狠,这叫'肥猪定律'。"唐子风说。

"唐子风,你到底知不知道自己在说什么?"周衡终于忍无可忍了,用力一拍桌子,眉毛都快立起来了。

唐子风迅速变脸,笑得春光烂漫地说道:"处长,您别生气。我刚才不是说了嘛,这只是我的自由心证。其实,临一机还是有救的,大有前途。比如说,局里如果能派您去当厂长,肯定能一年扭亏,三年盈利,五年灭马屠德……"

"灭马屠德?"

"就是灭了马扎克(日本机床品牌),屠了德马吉(德国机床品牌)。"

"我有这么大的本事?"周衡冷笑着问道。

唐子风眼神里透着真诚,拼命点着头说:"那是肯定的,处长出马,一个顶仨,不,是一个顶八!"

第五章 强拧的瓜不甜但解渴

"那么,如果是让你去当厂长呢,一个能顶几个?"周衡问。

"我?"唐子风一愣,再看周衡的脸上,似乎并没有嘲讽的神情,再联想到周衡专门让人打传呼催他回来,却与他聊了半天临一机的事情,难道真的是想让他去临一机当厂长吗?

换成一个正常人,唐子风是绝对不会有这样的错觉的。临一机是一家部属大型企业,厂长是正局级,再怎么病急乱投医,也不至于找一个大学毕业刚两年的小年轻去当厂长。

可唐子风是穿越者啊,想想看,那些穿越到古代去的前辈谁不是十五岁拜将,十八岁封侯,二十二岁已经黄袍加身了?他唐子风如此优秀,如此玉树临风,没准部长看中了自己,直接任命自己去临一机当厂长,也未可知呢?

"处长,你不会是说真的吧?我……我总觉得自己能力还有点欠缺,怕辜负组织对我的期望。如果能让我再锻炼几个月,然后去当厂长,可能更稳妥一些。"唐子风难得地忸怩起来,同时在脑子里盘算着自己是应当三辞而就,还是象征性地辞一次就接受了。一个国营大厂的厂长,也是一个很有吸引力的职位哦。

"你想啥呢!"周衡给他浇了一瓢凉水,正色说,"我正式通知你,局党组已经讨论决定了,由我担任临一机的厂长兼书记,任命你为临一机的厂长助理,主要是配合我的工作。给你一星期时间准备,这个月25日,咱们一起出发去临河。"

"不会吧?"唐子风像是被踩着尾巴的猫一样,从沙发上蹦了起来,"处长,我刚才都是胡说八道的,我就是一个学经济学出身的,而且学的还是计划经济学,搞企业管理,我真的不行啊!"

"你的经营眼光非常好,你刚才对临一机的分析也很到位。你说了,临一机的事情,换谁去都没用,只有你去才能让临一机起死回生。"

"我没这样说……"唐子风欲哭无泪。

"你就是这个意思。"

"可是,我不习惯东叶省的气候。"

"我看过你的档案,你原籍就是东叶省屯岭市的?"

"我在京城读书很多年了,已经不适应了……"

"那就重新适应吧。"

"还有,我家里希望我留在京城,如果我回东叶去,我父母会失望的。"

"你的户口和档案都会留在部里,过几年,等临一机扭亏为盈了,部里还会把你调回来的。"

"……这事还有商量吗?"

"没有了,这是局党组的决定!"

"强扭的瓜不甜。"

"但是解渴……对了,这不是你自己经常说的话吗?"

"我为什么要这么嘴欠啊!"

唐子风仰天长叹。

从周衡办公室出来的时候,唐子风已经全然没有了此前那副春风得意马蹄疾的神气,满脸都是落寞之色。他知道,这件事已经没有挽回的余地了,除非他有勇气现在就辞职不干。

当然,好消息也不是没有,周衡告诉他,他这个厂长助理享受企业里的正处级待遇。如果他在临一机的工作出色,未来返回机械部的时候,至少会给一个副处级别的待遇,这可是别人需要付出很多努力、熬很长的时间才能得到的。

周衡还说,部里对临一机现状的容忍极限也就是三年左右,三年之内,要么是临一机扭亏为盈,周衡和唐子风载誉而归,要么就是临一机破产,他们俩灰溜溜地回来。

三年时间,倒也不是不能接受。

唐子风在心里安慰自己。他不愿意离开京城的原因,自然是放不下双榆飞亥公司的那些业务。但他刚才也快速地盘算过,觉得暂时把业务交给王梓杰去做,自己在临河遥控,时不时回来指点一二,也是可以的。

临一机是一家国有大型企业,平台不错,自己在临一机当个厂长助理,好好经营一下,说不定也能攒一点人脉,对于未来创业或许也有好处。老子曾曰:"祸兮福之所倚,福兮祸之所伏",谁知道这个变故是福是祸呢?

"小唐,听说你要去临河了?"

"小唐,祝贺高升啊!"

"小唐,别忘了经常回来看看哦。"

"以后姐姐我去临河出差,你可别装作不认识姐姐哦……"

这会工夫,有关局党组要派周衡和唐子风去临河的消息,已经在全局传开了,各种惋惜的、羡慕的、芳心暗许的、幸灾乐祸的问候,充斥了唐子风的耳朵。

第五章　强拧的瓜不甜但解渴

　　大多数的人并不相信周衡和唐子风到临一机去能够扭转乾坤,最乐观的估计也就是能够减少亏损,把内部管理大致理顺,然后二局就可以把临一机下放给临河市,以便甩掉这个大包袱。这样一来,两个人到临河去也就是待上一两年,回来各自都能晋升一级职务,也算是一个不错的差使了。

　　也有人认为,临一机是个烂摊子,周衡是个犟脾气,唐子风又是个绣花枕头,两个人去了没准会把事情弄得更糟。到时候二人不用担责任都算是好的,仕途发展肯定是要受影响的。当然,提出这种观点的,都是平时看不惯唐子风那股纨绔习气的人。嗯,他们才不会说自己是嫉妒唐子风呢。

　　"哼哼,也太小看哥的能耐了!"

　　唐子风一边应付着众人的问候,一边在心里想着。好歹自己也有超前30年的见识,当年许多国企脱困的经验和破产的教训,他都是知道的。此去临河,他就算不能让临一机咸鱼翻身,挤进世界五百强之类,达到扭亏的目标应当是不成问题的。

　　周衡说了,局党组的要求也就是扭亏而已,只要他们俩能够做到,正处不敢说,给唐子风晋升一个副处级别是妥妥的,这也算是少奋斗多少年了。

　　天将降大任于斯人也,我不入地狱,谁入!

　　唐子风再次找到了要临风飞扬的感觉。

第六章 三资企业

"呜——"

汽笛一声长鸣,从京城开往临河的特快列车缓缓地离开了月台,向着南方疾驰而去。唐子风和周衡二人坐在卧铺车厢走廊一侧的窗口,望着窗外一闪而过的景物,低声地聊着未来的工作。

局党组给了周衡和唐子风一星期的时间做准备。周衡是机电处的老处长,突然调动工作,需要交接的事情很多,而且要抓紧时间熟悉临一机的有关情况,所以这几天差不多都是在忙着这些事。

唐子风相比而言就轻松多了,他才到处里工作两年,基本没什么需要交接的,主要精力都在忙自己的私活。

这几天,他把自己脑子里关于赚钱的想法全面梳理了一遍,写了一份好几十页纸的公司业务规划,交给王梓杰,又逐字逐句地向他进行了讲解,要求王梓杰务必照着规划上的安排去做,别耽误了两个人共同的发财大计。

他还再三叮嘱,如果这边业务有什么变化,王梓杰必须在第一时间打电话到临河去向他通报,千万不要为了省几个长途电话费而采用写信的方法。唐子风表示,他们俩现在都已经是身家十万以上的有钱人了,足以实现长途电话自由。

他买了厚厚一沓、足有200张的电话卡交到王梓杰的手上,告诉他,有了这玩意,长途电话也就是3毛钱一分钟,聊上一两个小时也没啥压力啊。

把公司的事情安排妥当后,余下的时间里,他也抽出十几分钟思考了一下自己和周衡到临一机之后的策略,毕竟他也是一个有责任心的好青年嘛。

此去临一机,周衡是厂长,他只是厂长助理。其实,说厂长助理都是给他脸上贴金了,这只是局里为了安抚他而给的一个职务而已。他的真实身份,其实就是周衡的秘书。

周衡已是50多岁的人了,能力是没的说,但精力有限,需要有个年轻人帮着跑腿打杂。至于说让唐子风给周衡出谋划策之类的,局领导还真没这个奢望。一个完全没有企业管理经验的小年轻,能玩得转这种几十年的老国企?

不过,周衡对唐子风的期望却是非常高的。

局领导在唐子风身上看到的只是幼稚,再加上一些不着调,周衡却从与唐子风的接触中感觉到这个年轻人有闯劲,行事不拘一格,比时下大多数人都更有远见。

周衡知道自己面临的将是一个非常复杂的局面,临一机的情况可以用"积重难返"这四个字来表述。要把临一机从泥潭里拉出来,需要非常之人,行非常之事。

而唐子风,恰恰就是这样一个非常之人。

按照常理,二局委派周衡到临一机去上任,是需要由上级组织部门派人陪同前往的。周衡拒绝了这种安排,说自己对临一机非常熟悉,自己带着介绍信去上任,也不怕临一机的干部不认账。

再说,临一机原来的整个班子都被端了,组织部门兴师动众送他上任,做给谁看呢?

就这样,到了约定的时候,周衡只带着唐子风上了火车,前往临河。

"小唐,这几天我思考了一下。你说的话还是挺有道理的,临一机原有的领导班子涣散,职工人浮于事,产品缺乏竞争力,这都是大问题。那么,你觉得我们到临一机之后,应当从哪开始破局呢?"周衡对唐子风问道。

"业务!"唐子风毫不犹豫地回答道,"所有的事都是闲出来的,只要让大家忙碌起来,一切问题都可以迎刃而解。临一机前些年没这么多幺蛾子,这几年业务形势不好,工人一年倒有半年是在家待着的,各种妖孽的事情就都出来了。"

"业务?"周衡在嘴里轻轻念叨着这个词,点点头说,"你说得有道理,如果厂子业务饱满,很多事情都不成问题了。可是,前任的领导恐怕也知道这一点吧?现在全国机床企业都是无米下锅,大家的业务都不饱和,我们能有什么办法把业务做起来呢?"

唐子风说:"捡到篮里都是菜啊。如果我们就守着原来的几个产品,那肯定是吃不饱的。到了现在这时候,我们就不能挑食了,只要能赚钱的东西,我们都做。就算不能吃饱,起码也混个半饱吧?"

"你是说,我们可以开拓其他的业务?"周衡明白唐子风的意思了,"你有什么具体的想法吗?"

唐子风把手一摊,说:"我对工业一窍不通,哪能有什么具体的想法?处长……啊不,厂长,你不是老机床口的吗,这方面你有经验啊。"

周衡果真陷入了沉思,嘴里还在颠三倒四地念叨着:"龙门铣镗床……压力机床……磨床,能磨点什么呢?"

"老周,我说你就别费劲了,等到了厂里再说吧。"唐子风大大咧咧地打断了周衡的遐思。

他对周衡的称呼一向挺乱,有时候叫处长,有时候叫领导,遇到周衡心情比较好的时候,他便会称一句老周,甚至周老爷子。如今,两个人被一同派往临一机,恐怕以后就得相濡以沫了,唐子风对周衡的称谓,也就变得更随便了。

周衡被唐子风一句话唤醒,笑了笑,说:"也对,厂里的情况我还不了解呢,现在想再多也是徒劳。等到了厂里,和原来的厂领导、中层干部一起商议商议,没准就有想法了。"

"就是嘛,现在操这个心干什么?对了,老周,你要不要吃点东西?我带了面包、榨菜,还有火腿肠,要不一块吃点?"唐子风说。

周衡摆摆手,说:"不用了,我老伴也给我准备了吃的。我现在不想吃,先上床去休息一会,等晚些时候再吃东西吧。"

"嗯,您先休息吧,这几天,您也够辛苦的。"唐子风说。

周衡的铺位是在中铺,他脱了鞋,爬上自己的铺位,又脱了外衣,躺下去,顺手把外衣盖在了身上,看那样子是真的打算睡一小会了。

这几天,他也的确是够累的,除了要交接和熟悉未来的工作之外,还要安排家里的事情,以及与一些老朋友、老同事告别,已经很长时间没有安安稳稳地睡过一觉了。

唐子风从行李架上拿下来一个小包,从里面拿出一些吃食,摆在小桌子上,准备用餐。

这时候,睡在周衡下铺的一位40岁上下的汉子把头凑了过来,笑着说道:"小伙子,我这里有一只烧鸡,是刚才过商都站的时候买的,我一个人也吃不完,要不咱们一块分分?"

唐子风一愣,心想这位仁兄倒是自来熟,凭空就这样上来搭讪了。他扭头看了一眼那汉子对面的铺位,倒也明白了。

对面那铺位上,躺着的是一位少妇,脸上的粉足有半尺厚,眼神里透着拒人于千里之外的冷峻。汉子躺她对面,估计也是觉得压力山大,所以才会来找唐子风聊天。

这个年代坐火车,与陌生人搭讪是必备技能。全国铁路大提速之前,随便一段行程便是十几二十个小时,又没有手机之类的东西提供娱乐,与邻座聊天打牌就成了少有的几个消遣方式。

刚才唐子风和周衡两个人在谈事,那汉子估计也不便插话,现在看到周衡上床睡觉去了,唐子风一个人坐在旁边吃东西,汉子便凑上来了。

对于汉子的搭讪,唐子风并不排斥。他笑着指了指自己对面的位子,对汉子说:"老哥,坐过来吧。我这里有些火腿肠,咱们一块吃吧。"

汉子一看就是常年坐火车的,听唐子风这样一说,便立即离开自己的铺位,坐了过来。他拿着装了烧鸡的塑料袋,用力一掰,把一只烧鸡掰成了两份,然后递到唐子风的面前,说道:"来来来,见面是缘,别客气。"

唐子风从塑料袋里拿了半只烧鸡出来,放在自己的饭盒里,又递了两根火腿肠给那汉子。汉子接过来,也放在自己面前。两个人稍稍谦让了几句,便各自吃开了,一边吃一边聊起了闲天。

"老弟,上哪去?"汉子问道。他刚才称呼唐子风为小伙子,但听唐子风反称他为老哥,便迅速把称谓改成了老弟,显得更为亲热。

"临河,你呢?"

"我也到临河。你是到京城出差回来?"汉子问。他这样问是有道理的,唐子风原籍是东叶省的,说话带着几分东叶口音,所以汉子会误以为他是在临河工作的。

唐子风摇摇头:"我原来在京城读书,现在被分到临河工作去了。"

"是吗?"汉子问,"你被分到临河什么单位工作?"

"临一机,你知道吗?"

"临一机?"汉子脸上有惊奇之色,"你怎么会被分到临一机工作呢?"

"怎么,不行?"唐子风笑道。

汉子摇头道:"太不行了!现在临一机人心思异,有本事的都在往外调,你怎么还会去临一机分啊?"

唐子风问:"怎么,你对临一机很了解?"

汉子道:"肯定啊!因为我就是临一机的。你是不是在京城待得时候太久了,不知道临一机是怎么回事?过去临一机在整个临河市,不,就算在整个东叶省,那都是数一数二的好单位,大学毕业想分进去可太难了。可现在不行了,你没听人说吗,现在临一机就是一家三资企业。"

"三资企业?"唐子风诧异道,"临一机不是国企吗,怎么会是三资企业呢?"

汉子为自己卖的关子颇感得意,他说道:"临一机这几年连续亏损,亏了银行好几千万。我们工资发不出来,厂长去找银行贷款,银行都不肯贷给我们。我们厂的工人去年总共只发了三次工资,你说说看,这是不是三资企业?"

"我晕!"

唐子风笑倒,原来是这么个"三资企业",谁说中国老百姓缺乏幽默感来着?

第七章　吃香喝辣

汉子卖弄了一下小聪明，感觉很有成就感。他扔下啃得像狗啃过一样的鸡架子，把油渍麻花的手在垫桌子的旧报纸上蹭了蹭，然后掏出一盒烟，向唐子风示意了一下。

唐子风摆摆手，表示自己不抽烟。汉子也不勉强，自己抽出一支烟，按打火机点燃，美美地抽了一口，把烟雾喷出老远。唐子风偷眼看了一下旁边下铺那位粉妆少妇，发现她的脸隔着粉都能看出墨绿色了。

汉子才不在乎别人的不满，这年代抽烟是天经地义的事情，谁也无权干涉。他喷了两口烟，然后问道："老弟，你到临一机，给你安排在哪个部门了？我跟你说，这部门和部门可不一样，别看全厂工人一年才发三次工资，有的好部门，人家可还是能够吃香喝辣的呢。"

"哦，还有这样的事？"唐子风来了兴趣，"老哥，你跟我说说，哪些部门能够吃香喝辣的，我找找人，看看能不能把我安排过去。"

"哈哈，那就要看你的关系硬不硬了。"汉子笑道，他伸出一个手指头，说，"第一，最好的部门当然就是采购部，全厂的设备、原材料、配件，还有什么包装材料、建筑材料之类，都要由他们负责采购。人家随便从指头缝里漏下来一点回扣，就够整个部门天天过年了。

"采购部的部长，老范，去年在乡下老家盖了一幢别墅，在临河市最好的地段买了一套120平方米的商品房，你想想，这钱哪来的？"

"我听人说过这个人，他不是已经被抓了吗？"唐子风说。

他这几天也没少做功课，知道这一次临一机有十几位厂领导和中层干部都因为贪腐被抓了，汉子说的这位老范，就是其中之一，涉案金额颇为惊人。

"抓是抓了。"汉子略有些窘，不过还是硬着头皮说，"他是被抓了，可采购部谁没吃过回扣，还能把大家都抓了？老范进去以后，采购部的福利不像过去那么好了,不过瘦死的骆驼比马大,比其他部门还是要强得多。"

"嗯,这是一个部门,还有吗?"唐子风问。

"第二就是基建处了,你懂的。"汉子向唐子风递了一个意味深长的眼神。

唐子风点点头,基建是一个贪腐的重灾区,临一机自然也不能免俗。

他还知道,临一机的基建处长这一回也落马了,涉案金额足够他把牢底坐穿。

"第三嘛,就得算是销售部了。不过,销售部的情况有点不同,基本上就是撑死胆大的,饿死胆小的。"汉子说。

唐子风说:"我怎么听说,临一机这两年的销售情况很糟糕啊。这么糟糕的销售情况,销售部也能捞到油水?"

汉子冷笑道:"销售情况糟糕,那是全厂的事情。对于销售部来说,糟糕不糟糕,他们都有搞钱的办法。我跟你说,临一机落到今天这个地步,销售部那帮人责任也不小。我给你讲个最简单的,比如说,你是推销员,听说有家厂子想要五台卧式车床,你会怎么做?"

"当然是签单,回来让厂里生产啊。"唐子风说。

汉子笑着说:"你这就没经验了不是。我告诉你,你应该拿两台回厂里来生产,把另外3台转给私人老板去生产。你不知道,临河市有几十家私营机床厂,你把业务介绍给这些私人老板,人家二话不说,直接拿出5%给你作为回扣。1台机床往少里说,也有个五六千块吧?5%就是300块,3台就是小1000块钱,抵得上大半年的工资了。"

"还能这样?"唐子风有些惊愕了,自己在穿越之前也算是见过点世面的,像这样吃里爬外的事情,是个单位都不能忍的,在临一机怎么就成了常态了?

他想了想,问道:"既然是这样,我为什么不把5台机床都交给私人老板呢?那不是能拿更多回扣?"

汉子说:"这就是老弟你没经验了。你把5台机床都拿给私人老板,厂里一台都没有,你怎么去报销差旅费?怎么报出差补助?2台机床能拿600块钱的回扣,可在厂里报差旅费,还可以找点发票,说是给客户送礼花的钱,报个千儿八百块很容易啊。"

"我明白了。"唐子风点了点头。这个情况对于他和周衡是非常重要的,如果销售部里充斥着这样的白眼狼,企业的业务能够做起来才是怪事。看起来,

第七章 吃香喝辣

到厂里之后,第一件事就是要整顿销售部了。可是,如何整顿呢?

唐子风想了几秒钟,脑子里有几个模糊的想法,一时也没必要去深入琢磨。他对汉子问道:"刚才你说了采购部、基建处和销售部,还有其他什么部门是比较好的呢?"

"其他的嘛,大家就都差不多了。"汉子说,"只要你不是去车间,在机关里基本工资还是能够保证的。各部门都有个小金库,隔三岔五能发点福利,只是不如过去了。"

"车间是什么情况?"唐子风顺着汉子的话头问道。

"没活路!"汉子斩钉截铁地说,"车间里也就是车间主任、车间会计啥的能给自己报点票,把欠的工资补上。普通工人那是啥都没有,一年发三次工资,根本活不下去。"

"活不下去怎么办?"唐子风问。

"自己出去找食啊!"汉子说,"我刚才不是说临河有几十家私营机床厂吗,里面一半的工人都是我们临一机的,有些人甚至带着厂里的工具和材料去打工。这样的事情,领导也知道,都是睁一只眼、闭一只眼的。你自己吃肉,总不能让别人连汤都喝不上吧?"

"那么,老哥你是哪个部门的?"唐子风笑着问。

那汉子也笑道:"我是技术部的,我这个部门最没用,一没权,二没钱,就应了古人那句话,叫'百无一用是书生'。我叫韩伟昌,是技术部工艺科的副科长,你到厂里以后,有什么麻烦的事情,可以到技术部去找我。不管怎么说,我好歹也有张老面子,帮你解决点小问题还是可以的。对了,老弟,你怎么称呼?"

"我叫唐子风,人民大学毕业的。"

"人民大学?了不起,了不起!"韩伟昌跷起一个拇指,赞了一句,然后用手指指周衡的铺位,低声问道,"上面那个,是你爸爸?"

"不是不是!"唐子风连声否认,心中也不免佩服韩伟昌的想象力。唐子风与周衡是一起的,韩伟昌刚才就已经看到了。

唐子风说自己是到临一机去工作的,韩伟昌觉得,周衡这个岁数,不可能也是去临一机工作的,那就只有一个解释,即周衡是唐子风的长辈,此行是陪孩子去报到的。

唐子风当然也不便说周衡是临一机即将上任的厂长,估计这样一说,韩伟昌就吓得啥话也不敢说了。他发现韩伟昌是个挺话痨的人,对临一机的情况非常了解,正打算从他嘴里多套一点东西出来。于是,他轻描淡写地回答说:"他是我的一个长辈,对了,韩科长,你是到京城出差回来吗?"

韩伟昌摇摇头:"现在还有什么差可出的。实不相瞒,唐老弟,我也是去干私活的。"

"干私活?"

"是啊。"韩伟昌理直气壮地说,"厂里什么福利都发不出,光靠几个死工资,让我们怎么活?我在外面还有一些朋友,可以给我介绍一些事情做。前两天,我刚去了一趟黄阳省,给那边一家企业修了一台机床。"

"哦,想必收获颇丰吧?"唐子风问道。

"没有没有!"韩伟昌矢口否认,但他脸上洋溢着的笑容暴露了真相。

"真的没有?"唐子风笑着问。

"也就是赚几包烟钱。"韩伟昌谦虚地说,随即又换了一副愤愤然的嘴脸,说,"现在物价涨得多厉害啊,这钱还能叫钱吗?我家里有两个小孩,一个16岁,一个14岁,都是能吃的时候。我不出去干点私活赚点钱,怎么养得活他们?"

接下来的话题,便转到了有关物价之类的内容上。1994年前后是改革开放以来物价上涨最快的几个年份,随便几个人凑在一起,三句话必有两句是抱怨物价的。

周衡在铺位上躺了个把小时便下来了,坐在韩伟昌的铺位上,加入了聊天。

其实,刚才他在上面也没睡着,唐子风与韩伟昌的交谈,他都听见了。此时,他便照着唐子风编出来的说法,声称自己是唐子风的叔叔,此行是送侄子去上班的,还假意拜托韩伟昌多多关照唐子风。

韩伟昌连声应允,把胸脯拍得山响。周衡有意把话头再引回临一机的情况,韩伟昌见周衡岁数比较大,觉得自己与周衡应当有更多的共同语言,倒也是知无不言,又爆了厂里的不少黑料,听得周衡一肚子郁闷。

火车在次日一早抵达了临河车站。几个人收拾起行李准备下车,韩伟昌热情地说道:"小唐,老周,你们先别急着去坐公交车,我到车站找找,看看有没有回厂里去的顺路车,咱们一起搭车回去。"

"咦,你们看,那个就是我们厂的厂办副主任,叫张建阳,他到这里来,肯定是来接什么领导。不过,他的车咱们是搭不上的……嗯,他好像上车来了,莫非他要接的领导也在我们这节车厢?"

果然,一个身材不高,看上去极其干练的中年人带着两个壮实的小伙子,逆着下车的乘客,从车门挤进来,向着他们这个方向走过来了。下车的乘客一个个对他们怔怒目而视,那带头的中年人却毫不在意,只顾一边走一边踮着脚尖向车厢深处张望。

当他的目光扫到周衡时,脸上瞬间溢满了笑意。他加快了脚步向这边挤过来,同时扬起手大声地喊道:"周厂长,你们站着别动,等我过来接你们!"

"周厂长?"韩伟昌顺着张建阳的目光,把头转向了周衡,嘴张得老大,"老周……啊不不不,周厂长,你就是部里派下来的新厂长?"

第八章　瘦死的骆驼比马大

关于部里要派新厂长下来的事情,在临一机早已传得沸沸扬扬了,韩伟昌也是知道的。

他只是没想到,眼前这位看上去挺低调的半大老头,居然会是传说中的新厂长。一刹那间,他把自己此前与周衡、唐子风说过的话全部回顾了一遍,不觉后背全湿了。

妈呀,自己这张破嘴到底说了些什么呀!在新厂长面前说了这么多不该说的话,回厂之后,被枪毙20分钟也不为过了吧?

周衡看出了韩伟昌的窘迫,其实他早就知道一旦曝光自己的身份,韩伟昌是会被吓出毛病来的。

他伸手拍了拍韩伟昌的肩膀,笑着说道:"老韩,不好意思,这一路上也没来得及跟你做个自我介绍。不过,你介绍的那些机床知识,真是让我们大开眼界,回厂子以后,我要正式拜你为师呢。"

"机床知识,我没说呀……"韩伟昌一怔之下,看到张建阳已经挤到了他们面前,便明白了周衡这番话的意思。

周衡分明是在说,他不会把韩伟昌说的话在其他场合说出来,没人会知道韩伟昌已经稀里糊涂地把厂里的各种猫腻都在新厂长面前抖了个干净。

不过,韩伟昌也知道,让周衡这样替他保密,不是没有代价的,那就是他韩伟昌日后就得绑在周衡的战车上了。

唉,我这张嘴!

韩伟昌真想给自己一个耳光,可当着张建阳的面,他还得强装笑脸,对周衡尴尬地笑道:"周厂长,瞧您这说的,您是大领导,我就是一个小小的工艺员而已,哪敢给您当老师啊?"

张建阳这时候也看见了韩伟昌,不过他也只是敷衍地向韩伟昌点了点头,

第八章 瘦死的骆驼比马大

然后就把全部注意力集中到周衡身上了,他热情地说道:"周厂长,想不到你们来得这么快,车上很辛苦吧?怎么,局里没安排人送你们一块过来吗?"

周衡是二局分管机电企业的老处长,到临一机检查工作也有十几次了,所以与张建阳早就认识。他伸出手,与张建阳握了一下,说:"谢局长本来说要亲自陪我们一起过来的,被我拦住了。我说现在厂子的经营状况不理想,一地鸡毛的,让局领导下来检查也不好意思。我还说,等咱们厂扭亏为盈,再请各位局领导过来,给有功之臣披红挂彩,开庆功会。"

"是的是的!"张建阳点头不迭,又恭维说,"有您给我们掌舵,我想我们厂扭亏为盈是指日可待的。对了,这位就是唐厂助吧?听说是人民大学的高才生,果然是年轻有为,还长得一表人才,啧啧啧!"

后面这番话,他是向唐子风说的。可是,你夸人家一表人才也就罢了,这个"啧啧啧"是什么意思呢?

张建阳看到唐子风手上拿着行李,像是见到什么社会不良现象一般,连声喊道:"哎呀呀,怎么能让唐厂助亲自拿行李呢?小王、小刘,你们快帮周厂长和唐厂助把行李拿上。"

一行人开始下车,韩伟昌落在了最后。唐子风扭头一看,见韩伟昌手里拎了不少东西,而自己却是空着手,便习惯性地伸手替他接过了一个包。

这一动作,被正腻在周衡身边嘘寒问暖的张建阳看见了,他略一迟疑,赶紧伸手过来抢唐子风拿的那个包。唐子风把包攥在手上,笑着说道:"没事,张主任,我年轻,帮韩科长拿点东西,没事的。"

"呃呃,那怎么合适呢。"张建阳干笑着,这才向韩伟昌打了个招呼,"老韩,这么巧啊,你怎么和周厂长他们碰上?"

"是啊,挺巧的。我们聊了一路,我还不知道他们两位就是咱们厂新来的领导呢。"韩伟昌欲盖弥彰地解释道。

"你真是有眼不识泰山啊!"张建阳半开玩笑地说了一句,便又忙着侍候周衡去了。

众人下了车,一位早已候在车厢门口的少妇迎了上来,与周衡热情地握手问候,还连声道歉,说自己原本也该上车去接新厂长的,无奈下车的人太多,自己挤不上去,实在是失礼云云。

张建阳在旁边给唐子风介绍,说这位是厂办的正主任,名叫樊彩虹,与周衡也是认识的。

一通寒暄过后,只听得耳畔传来一声轻微的刹车声。唐子风回头一看,刚才帮他们拎行李的小王、小刘不知什么时候已经各开着一辆小轿车过来了,堪堪停在他们身后几步远的地方。

停在前面的,是一辆起码有九成新的S级奔驰车,后面一辆稍差一些,是一辆蓝鸟,但看起来也挺新的样子。临一机不愧是临河市曾经的巨无霸企业,接人的小轿车居然可以直接开到月台上来。

"来来来,周厂长,您请上车。"樊彩虹殷勤地招呼着周衡,张建阳则已经替周衡把奔驰车后排的车门给拉开了。

唐子风看到,周衡的脸上掠过了一丝不悦的神情,但并没有说什么,而是向樊、张二人点了点头,便钻进了车里。张建阳替他关上车门,这才回头向唐子风说道:"唐厂助,要不,咱们俩坐后面那辆?"

"听张主任的。"唐子风爽快地应道。他回过头,正想招呼韩伟昌与他一道坐蓝鸟车回厂,可举目四望,哪里还有老韩的影子。

张建阳看出了唐子风的意思,笑着说道:"唐厂助是在找老韩吧?他刚才就走了。他就这个脾气,唐厂助不用管他。"

唐子风说:"嗯嗯,我倒觉得他挺有趣的,在车上跟我们讲了不少临河的风土人情,让我大开眼界呢。"

"是吗?"张建阳不经意地答道,"他这个人,脑子蛮得转的……嗯,这是我们东叶的土话,就是说很懂人情世故的意思。"

唐子风笑着说:"我知道这个说法,其实,我也是东叶人,是屯岭市的。"

"哦,是吗?那可太好了!"张建阳显出大惊小怪的样子,也不知道这有什么可大惊小怪的。

两辆车一前一后开出了临河火车站,驶向临河第一机床厂。樊彩虹陪着周衡坐在前一辆车上,具体聊些什么,唐子风也不得而知。张建阳陪唐子风坐在后一辆车上,主要是聊关于气候、学历、婚姻之类的闲话,显得其乐融融的样子。

不过,唐子风能够感觉得出,张建阳与他说话只是出于礼节的需要,内心对于他这个年轻的厂长助理恐怕是颇为不屑的。

汽车开了20来分钟时间,驶进了临一机的厂门。临一机建厂的时候,位置是在临河市的东郊。这几十年,尤其是过去十年,临河市的城区扩展速度极快,

第八章 瘦死的骆驼比马大

已经把临一机包含在建城区之中了。

俗话说,瘦死的骆驼比马大,虽然临一机已经连续几年严重亏损,连职工工资都无法全额发放,但临一机的厂区看上去还是极为壮观。围墙是用厚实的红砖砌成的,上面半截是镂空的,顶上用瓦片做成了一个小屋顶,有些模仿江南园林的样子。厂门足足有七八十米宽,装着电动的伸缩门,材料应该是不锈钢的,锃光瓦亮,很是气派。

进了门,眼前是一条宽阔的林荫大道,两边立着十几幢楼房,从楼门口的牌子上可以看出这些楼是分属于不同部门的,其中又尤以厂部的大楼看上去最为豪华。

唐子风看到厂部办公楼牌子的时候,前面的车已经从楼门前开过去了,并没有停留的意思。估计是樊彩虹征求过周衡的意见,并不在此停留。

"我们先去招待所,安排周厂长和你住下。"张建阳向唐子风解释道,"厂里给你们已经安排好了住房。周厂长住的是个大三居,给你安排的是一个大两居,都是带两个卫生间的,你没意见吧?"

"没意见,没意见。"唐子风赶紧摇头。

"因为接到部里的通知比较晚,给你们的房子刚刚腾出来,还没有粉刷完。家具已经安排人去买了,不过具体式样还要等你们来了再定,所以要委屈你们在招待所暂时住几天。"张建阳又说。

唐子风差点就要脱口而出,说用不着这样安排,尤其是在临一机已经严重亏损的情况下,还要花钱去粉刷房子、购买新家具,简直就是浪费。

但话到嘴边,他又咽了回去。人家这样安排,是冲着周衡去的,他唐子风不过是捎带着沾点光而已,要拒绝也得是周衡开口,他是没权力说这话的。

汽车拐了两个弯,停在了一处小楼前。小楼不高,只有三层,看上去似乎有点欧式风格。小楼四周种着四季常绿的香樟树,门口有两个花坛,应时的菊花开得绚烂无比。

"这就是咱们厂的小招待所,是专门用来接待上级领导的。"

张建阳给唐子风介绍着,然后跳下车,拉开车门,恭敬地请唐子风下车。

第九章　再苦不能苦领导

临一机有两个招待所。一个是用来接待普通访客的，比如兄弟单位派人过来学习，或者客户企业过来拜访，便可安排在那个招待所住宿。

有时候，职工家来了客人，家里住不下，也可以掏钱住那个招待所。那个招待所的条件不算太差，一个房间四张床，还有吊扇，比市面上普通的旅店要强不少。

另外的一个招待所，就是这个所谓的小招待所了。小招待所的前身是20世纪50年代建的苏联专家楼，苏联专家撤走后，便改成了小招待所。小招待所不对外营业，是由厂办直接管理的，专门用于接待贵客。

还有，20世纪80年代临一机引进日本的数控机床制造技术，日方派来几位技术人员提供指导，也是住在小招待所的。

小招待所的条件比大招待所要好多了，每个套房都带客厅和卫生间，还有空调、彩电、冰箱等家电，床是颇为高级的席梦思，地上铺着地毯，踩上去悄无声息。

小招待所的房间分为不同的档次，除了面积有所差异之外，一些设施也体现出不同。比如说，给周衡安排的房间，客厅里用的是真皮沙发，而给唐子风安排的房间就只有布艺沙发了。

这样区分不同档次的原因，并不是招待所的经费不够，不能给每个房间都配真皮沙发，而是每次接待的客人级别不同，分配房间必须体现出差异。

樊彩虹他们去接周衡和唐子风之前，就给小招待所打过招呼了。见到周衡一行到来，小招待所的全体职工都热火朝天地忙活起来。所长常关宝拿着钥匙亲自带路，把周衡引导到安排好的房间，打开房门，恭恭敬敬地请周衡进门。

房间已经打扫得窗明几净，热水瓶里灌好了刚烧开的热水，茶几上摆着洗好的水果。周衡刚刚进门，常关宝便一个箭步冲到茶几边，拿起空调的遥控器，然后便傻眼了。

自己该开制冷还是制热呢？刚查过天气预报，现在室外的气温是 24 度，领导是嫌热还是嫌冷呢？

"周厂长，您看，这个条件还可以吧？"

樊彩虹请周衡在大沙发上坐下，自己坐在旁边的单人沙发上，向周衡问道。

周衡点点头："可以。"

"还有没有什么需要安排的？"

"暂时没有了。"

"哦，那好，如果您有啥需要的，随时让老常去办就好了。"樊彩虹指了指常关宝说。常关宝此时还在琢磨空调温度的事情，听樊彩虹说到自己的名字，他也不知道是什么事，只是向周衡递去一个笑容。

"嗯。"周衡应了一声，在心里盘算着，这个常关宝不会是前任厂领导的亲戚吧？这么一个智商不到 60 的人，怎么当上小招待所主任的？

樊彩虹注意到了常关宝的掉线状态，她瞪了常关宝一眼，又挥了挥手，常关宝委屈地退了出去。

樊彩虹身子向周衡那边欠了欠，说道："周厂长，我向您汇报一下。原本，厂里是应当安排一个仪式，欢迎您上任的。可是，您也知道的，厂里原来的领导……唉，现在只剩下一个副厂长和一个副书记，想搞个欢迎仪式也搞不起来。"

"这些都免了。"周衡说，"我是来工作的，以后我们大家就在同一个锅里搅勺子了，这些客套都没有必要。"

"是啊是啊，我也是这样想的。"樊彩虹连声说，"那么，您看下一步的工作该怎么安排呢？您什么时候和中层干部见见面呢？"

"明天上午吧。"周衡说，"你去通知一下，明天所有的厂领导加上各部门的正职，到厂部开会。如果没有正职的，就安排现在负责工作的副职过来。"

"好的，我马上去通知。"樊彩虹说。

周衡又交代了几件需要办的事，樊彩虹一一记下。随后，刚刚陪唐子风去看房间的张建阳过来了，樊彩虹便让他向周衡请示有关吃饭、办公室装修等方面的事项。周衡脸上没有什么表情，听得多，说得少，对于张建阳提的问题，他一概表示自己还要再考虑一下才能给张建阳答复。

张建阳的事情说完，大家就没啥话可说了。周衡以想休息一会为名，把樊彩虹和张建阳二人打发走了。二人前脚刚离开小招待所，周衡便拿起房间的电话机，拨通了唐子风的房间号，让他到自己房间来商讨一下有关事项。

唐子风住的房间与周衡离得不远，几乎在周衡放下电话的时候，唐子风就推门进来了，手里还拿着一个精美的小盒子。他一眼就看到，在周衡房间客厅的茶几上，也放着一个类似的盒子，只是比自己手里的盒子稍小一些。

"怎么，你也有一份？"周衡夹着一支香烟，坐在沙发上没有起身，只是用嘴冲着唐子风手上的盒子示意了一下，问道。

唐子风在周衡旁边的沙发上坐下来，举着手上的小盒子，嘻嘻笑着说："西门子S1，单机价格7200元，入网费4800元，合计12000元。您这个，啧啧啧，爱立信337，单机就要9600元，加上入网费，差不多就是15000元了。来之前，我想象着临一机应当是一片狼藉。谁想到，光两部手机就是差不多3万块钱，谁说临一机濒临破产的？"

周衡的脸色极其难看，他冷冷地说道："你没听人说过吗，再穷不能穷干部，再苦不能苦领导。临一机一年亏损上千万，欠了银行几千万的贷款还不上，可用来拍领导马屁的钱，他们可是毫不吝惜。

"刚才张建阳向我请示，问我办公室的家具要用什么风格，还留了几张彩页给我看。你看看这些报价单，光一个老板桌就是八千块钱，据说桌面用一块整板做成，没有一点缝隙。咱们部长都没用过这么豪华的办公桌。"

"可是，原来的厂长办公室里没有办公家具吗？为什么要买新的？"唐子风诧异地问。

周衡说："这也是底下的规矩了。新上任的领导，都不愿意用前任留下的办公室，更不用说前任留下的家具了。这些人搞经营不行，搞这种歪门邪道倒是个顶个地有想法。"

唐子风说："也就是说，光是为了迎接我们两个人，厂办起码要花10万元。后面还有副厂长、总工程师、总经济师，来了也都得安排吧？这得花多少钱？职工的工资都发不出，成了一家'三资企业'，厂办怎么还敢这样奢侈浪费？"

周衡说："这个道理也很简单。临一机有将近7000名职工，还有1000多名退休工人，一个月的工资是100多万元，一年将近2000万元，厂里当然负担不起。而给几个领导谋点福利，充其量也就是几十万，随便在哪挤挤就挤出来了。"

唐子风说:"从樊彩虹和张建阳的表现来看,他们对于这样做是轻车熟路的,说明此前的领导就是这样要求的。临一机会落到现在这步田地,与领导的这种作风不无关系。"

"什么不无关系?完全就是因为领导的这种作风才会导致这样的情况。"周衡恨恨地说,"昨天在火车上韩伟昌说的那些情况,反映出整个临一机从上到下的风气都已经坏了。从领导到普通职工,都带着一种能捞就捞的心态,甚至可以说是肆无忌惮了。那些捞不着的职工,对于这种情况也已经麻木了,他们不是表示愤怒,而是眼红,抱怨自己没有捞钱的机会。一家企业到了这种境地,还谈什么起死回生?"

"那我们怎么做?"唐子风问。

周衡说:"必须刹住这股歪风,必须从我们做起。樊彩虹他们安排的这些,如果我们接受了,那我们还有什么脸去说别人?这两部移动电话,我会让张建阳拿回去,退还给邮电局。办公家具不许换,办公室不许装修,还有给我们分配的住房……"

"这个还是需要的吧?"唐子风赶紧说道,"不管怎么说,咱们也得有住的地方。住在招待所,不是更费钱吗?"

"我没说完呢!"周衡粗暴地说,"我没说不住那套房子。我是说,房子里的家具,要一切从简,不许买新的,从仓库里找点旧家具就行了。"

"厂长英明!"唐子风跷起大拇指,恭维了一句。

"我警告你……"周衡瞪着眼睛,对唐子风说,"他们肯定还会拿各种办法来拉拢腐蚀我们,让我们和他们同流合污。我对自己不担心,我倒是担心你……"

唐子风把手按在胸前,说:"我发誓,一定拒腐蚀而不沾,在任何糖衣炮弹面前保持本色,领导请看我的实际行动吧!"

周衡看了看唐子风那装出来的表情,叹了口气,说:"你现在跟我怎么保证都没用。我是知道的,机关里生活清苦,到下面,有这么多花天酒地的机会,像你这样一个年轻人,要守住底线是很难的,多少年轻干部都是这样被拉下水的。

"我告诉你,小唐,你的前途还大得很,不要被眼前的这一点蝇头小利所吸引。我现在有些后悔了,不该把你拉到这个泥坑里来。你这个年龄,很容易被花花世界腐蚀。说实在的,张建阳把这个移动电话送给我的时候,我都有些心动。"

"心动就留下来呗。"唐子风笑道，没等周衡发飙，他又补充了一句，"大不了咱们按照市价，把钱交给厂里，就算是咱们自己掏钱买的。"

"胡说八道！"周衡斥道，"你刚才也说了，这一个移动电话就是一万多块钱，凭着你我的工资，能买得起？"

"唉，周厂长，不，老周，有件事，我想了一下，觉得还是得先向你坦白，省得日后麻烦。"唐子风换了一副严肃的表情，对周衡说道。

"什么事情？"周衡问。

唐子风说："我要向你汇报一下我的个人财产情况。我现在的个人存款有15万元，如果一切顺利，到明年春节前，这个数字估计会增加到30万元。如果你从什么渠道了解到我很有钱，请你千万相信，这些钱都是通过合法的渠道赚来的。"

"个人存款15万元！你是怎么做到的?！"

周衡惊得香烟都快落到地毯上去了。

第十章　坦白从宽

关于要不要向周衡坦白自己的身家这件事,唐子风已经想过很长时间了。

刚才张建阳在他房间里送给他一部时下价值不菲的西门子手机,还表示手机费是由厂里全部报销的,唐子风便意识到,自己再也不能在周衡面前藏富了,因为临一机提供的诱惑实在是太多,自己已经处于瓜田李下的境地了。

唐子风通过攒书赚了十多万元,这些钱不可能全都存在银行里收利息,他是肯定要拿出一些来改善自己的生活的。最起码,他父母还在农村地里刨生活,一年到头苦哈哈地挣不到一千块钱,他这个当人家便宜儿子的,能不拿出一些钱去补贴家里吗?

去年他赚到第一笔钱之后,过年回家就交了一万元给父亲,让他拿去翻建家里的房子。他还给全家人都买了新衣服,给父亲买了手表,给妹妹买了自行车。这些花费,以他一个刚参加工作一年多的机关干部的收入,肯定是无法解释的。

如果他现在还在二局上班,那么自然不会有人去关注他的收入和支出,因为二局是个清水衙门,他这个最下层的科员不过就是领几箱苹果、两条羊腿而已,发不了什么大财。

在这种情况下,就算他穿得比别人好一点,吃得比别人好一点,也不会有人往贪腐上去联想。原因很简单,他想贪也没机会啊。

可现在就不同了,他是部里派到临一机来的厂长助理,是有一些权力的。临一机的风气非常坏,樊彩虹、张建阳他们给新来的领导安排福利,可以说是肆无忌惮的。

唐子风相信,如果自己向张建阳暗示一点什么,张建阳肯定会马上给他办到。别看临一机财务账本上空空如也,厂办的小金库还是十分殷实的。

周衡已经看出了这个问题,并且开始严肃地警告唐子风不得随便伸手。这样一来，如果唐子风表现出一点奢侈消费的样子，或者他的存折无意间被人发现，周衡绝对会认为唐子风手脚不干净，以老爷子的脾气，把他送到哪去喝点免费茶水都是完全可能的。

考虑再三，唐子风决定要先向周衡做一个财产申报，告诉老爷子，自己是个有钱人，不是一般的有钱，而是非常有钱，临一机这点糖衣炮弹是打不垮自己的。

他的钱来源正当，经得起审查。周衡也不是刘燕萍那样的碎嘴子，尤其是在现在这种情形下，他是肯定不会把唐子风的事情泄露出去的。

"……情况就是这样。公司是我同学办的，注册的时候用的是他父亲和我父亲的身份证。他是公司的大股东，我占了一点点股份，主要是因为他要编书，需要我帮他策划。嗯，我那同学上学的时候就不好好学习，专业课学得一塌糊涂，没有我的指点，他是编不出书来的。"

唐子风把自己与王梓杰合作攒书赚钱的事情半真半假地向周衡做了一个汇报，把脏水全都泼到王梓杰身上去了，说自己就是一个五好少年，只是出于给同学帮忙的心理，才参与了这件事，然后收了一点点辛苦费。嗯嗯，的确不多，也就是区区十几万元而已。

"真是后生可畏啊！"

周衡听完唐子风的叙述，沉默许久，最后才长叹了一声。

唐子风隐瞒了一些细节，但大体的事情是真实的。周衡甚至还曾在谢天成的办公室里看到过那本《企业管理知识百科》，当时还觉得这本书挺不错的，却没想到居然是出自于唐子风之手。早知如此，是不是可以找唐子风打个折呢？……呃，跑题了。

唐子风介绍攒书的成本和利润，周衡听得很明白，也知道是实情。

照唐子风他们那样的销售方法，一年时间每人赚上十几万元是完全可能的。社会上有一个"金点子"就能赚大钱的事情，周衡也知道不少，唐子风的成就，在这个年代并不算是很离奇。

不过，饶是如此，周衡还是感到了震惊，要知道，他作为一名处长，一年的工资也才不到3000元。唐子风只是业余时间干了点私活，一年就赚了十几万元，这还了得？

咦，他似乎也不仅仅在业余时间干私活吧？他三天两头请假回学校，原来是干这个去了。是不是该让二局把他的工资扣回去呢?

胡思乱想了一番之后,周衡还是回到了现实里,他笑着说:"小唐,你选择在这个时候跟我交底,我明白你的意思。这样一来,我倒真的可以对你放心了。

"不过,你可别觉得我会放任不管你,会不会向国家财产伸手,与你有没有钱是无关的。有些人已经贪了很多钱,可照样不收手。临一机原来的班子,不就是这样吗?"

"您放心,我绝对不会向临一机的财产伸手的。如果您发现我伸手,我任处任罚。"唐子风说。

周衡这话,也就是例行警告而已。唐子风有钱,的确是可以让他更为放心的。最起码,一个腰缠15万元存款的人,显然要比一个穷困潦倒的人更经得起金钱的诱惑。

他说:"这件事,我会替你保密。不过,不管你个人有多少财产,最起码在未来一年时间里,你还是要保持艰苦朴素的本色,否则别人就该有议论了。我想,你也不希望组织去查你赚钱的事情吧?"

"那是一定的。"唐子风说,同时把恋恋不舍的目光,从他刚才放到茶几上去的那台手机上移开了。

说实在的,唐子风是真想把这部手机留下,哪怕自己掏12000元补给厂里也行。作为一名穿越者,哪能忍耐没有手机的生活?

在京城的时候,他就不止一次地与王梓杰去邮电局的手机柜台看过,所以刚才他才能如此流利地把这两台手机的型号、价格说得分毫不差。在京城,他的确不便买手机,因为他不可能带着一台手机去办公室,除非他想被同事们的仇恨淹没,顺便再被上级审查个焦头烂额。

这次来临河,他就有点想买个手机了,哪怕是为了方便指导公司那边的业务也行。现在听周衡一说,他才意识到,自己依然没到能够露富的时候。

"我明白了,周厂长,你放心吧,我一会儿就回房间把所有的衣服都打上补丁。"唐子风假装严肃地说。

周衡没有在意唐子风的贫嘴,他说:"小唐,我们现在面临的局面,比我在京城的时候预想的还要复杂得多,也严峻得多。在火车上的时候,你跟我说到了厂里要先把业务抓起来,有了业务一切都好办了。但刚才在车上我向樊彩虹了解了一下厂里的情况,再结合韩伟昌说的情况,还有他们现在这样的安排,我觉得恐怕是要先把厂里的风气扭转过来才行。

"现在职工普遍对厂领导不信任,人心涣散。虽然上级安排了我们这些人过来,但群众对我们肯定是采取观望态度的。如果我们这些人来了,还和原来的厂长一样,坐着豪华轿车,住着小招待所,手里还拿着最新款的移动电话,大家会怎么想?我们说的话,又怎么会有人听?届时我们就算要推出一些措施,只怕也是阻力重重,最后不了了之。"

"的确。"唐子风这回再没有调侃的意思了,他认真地说,"企业管理里非常重要的一个问题,就是企业的文化建设。没有健康的企业文化,一个企业就没有了灵魂,没有了动力。临一机这么好的基础,还竞争不过周边那些十几个人、七八条枪的私营机床企业,说到底就是没有了精神。"

"你不是学计划经济的吗,怎么还懂企业管理?"周衡没好气地呛了唐子风一句,这就是报复唐子风此前在他面前说的瞎话了。

唐子风凛然说:"我学计划经济不假,计划经济的本质,就是把整个国家当成一个大企业来管理。企业管理需要文化建设,国家管理同样需要文化建设。苏联为什么垮台了?就是因为它的文化崩溃了。"

"算你有理。"周衡无语了,这厮实在是太善辩了,那张嘴几乎可以把死人说活。

他回到正题上,说:"我有个考虑,咱们俩在招待所最多住两天,就搬到宿舍楼去住,也不允许张建阳他们买什么豪华家具。厂里的豪华轿车,我准备封存起来。这两部移动电话,我也打算让张建阳拿去退掉,把钱还给财务。秦仲年和宁素云他们过几天来报到,也照此办理。"

"就这些?"唐子风看着周衡问。

"怎么,不够?"周衡反问道。

唐子风笑道:"樊彩虹和张建阳对咱们这样殷勤,又是送手机,又是买家具,这是送上门来的人头,咱们为什么不用用呢?"

"人头?"周衡还是不明白。

唐子风说:"当年曹操大军缺粮,曹操让仓官王垕用小斛放粮。士兵不满,曹操便砍了王垕的头示众,说缺粮的原因就是这小子捣乱,结果大家都觉得曹丞相英明。现在老樊和老张上赶着把人头送过来了,你还犹豫什么?"

第十一章　借人头一用

"听说了吗,张建阳被撸下去了!"

"什么,小张子被撸了? 谁撸的?"

"新来的厂长啊!"

"不会吧,难道是小张子伺候得不够尽心,惹'皇上'生气了?"

"哈哈,正好相反,他拍新厂长的马屁拍得太狠了,新厂长不吃这套,直接把他给撸了,让他到服务公司当经理去了。"

"哇塞,从厂办到服务公司,这可贬到地底下去了。不过,也该,看他一天到晚跟着领导屁股后面转,就让人恶心。"

"老张这人还是不错的,围着领导转也是没办法,那是他的工作嘛。不过,咱们的新厂长还真有点新气象,张建阳给他和新来的厂助配了两部大哥大,他愣是没要,让张建阳把大哥大退了,退回来的钱,给退休工人报了3万多块钱的医药费呢。"

"真的? 有这样的好事? 这样的厂长,可真是不多见了。这么说,咱们厂还有救?"

"不好说。不过,我听人说,咱们这个新厂长是从部里派下来的,在部里当了20多年的处长,作风挺正派的,有没有本事就不知道了。"

"有没有本事倒在其次,人品好就行了。像咱们原来那帮兔崽子……"

张建阳的一颗人头,在临一机激起了无数的浪花。周衡就以这样拉风的方式,点燃了他在临一机的头一把火。

依着周衡原来的想法,他只是要提醒樊彩虹、张建阳他们改变原来的工作作风,不要再给厂领导特殊照顾,下不为例。但唐子风的建议,让周衡觉得眼前一亮。以过分照顾厂领导为名,给张建阳一个严肃处理,虽说对张建阳不公平,但对于平复全厂职工对厂领导的怨怼,却是大有好处的。

选择张建阳而不是樊彩虹下手,也是有考虑的。一方面,买家具、买手机这些事情,都是由张建阳经手的,处分他合情合理。

另一方面,新厂长一上任就把厂办的正职给处理了,有点说不过去,张建阳应当也有这个觉悟吧。

周衡把樊彩虹和张建阳找来,向他们说了这个想法。樊彩虹惊得目瞪口呆,张建阳则顿时就面如死灰,却又不知道如何为自己喊冤。

他其实过去就与周衡打过交道,知道周衡是个比较清廉的人,也犹豫过自己这些做法是不是过头了。

不过,当时他转念一想,觉得新厂长上任,他宁可做过头,也绝不能让新厂长觉得不如意。

好吃好喝地接待着,再送上最时尚的手机,对方就算是不接受,最起码也是伸手不打笑脸人,还能因为这件事而处分自己?

可谁承想,周衡偏偏就是这样不识趣。自己做得越多,反而越有了罪过。周衡的道理也是上得了台面的,厂子的经营状况这么糟糕,你身为厂办副主任,不为厂分忧,不主动监督厂领导的奢侈行为,反而为领导大开方便之门,你这不算是渎职吗?

"周厂长,小张这也是好心办了错事。我觉得吧,把移动电话退了,对小张做个内部批评,也就可以了。毕竟小张这么多年在工作上也是兢兢业业,这一点周厂长你也是知道的嘛。"樊彩虹在旁边怯怯地打着圆场。

她知道周衡的这雷霆一击,离她的俏脸也就差着0.01毫米,她如果敢说得再多,没准就要和张建阳一起渡劫了。

周衡看着张建阳,说:"建阳,这件事,只能委屈你了。我知道你是出于好意,但现在厂里这个情况,我们做领导的,一举一动都会影响到群众对我们的信心。你这样做,其实就是把我这个新厂长架到火上去烤了。如果厂里不能对这种行为做出一个交代,后面的工作就没法开展了。"

"我明白。周厂长,这件事是我考虑欠周了,给厂里和周厂长都添了麻烦,我向您做检讨,我愿意接受组织的处分。"张建阳带着哭腔说道。

他也是读过《三国演义》的人,知道周衡此举是借他的人头来收买人心,但他又有什么办法呢?周衡能够这样跟他说话,已经是很客气了。

前面的厂领导都已经进去了,他这个厂办副主任哪里会没有污点?周衡如果要往深处去追究，那还不知道生出多少事。

对张建阳的处分，相对来说还是比较轻的。除了一个党内警告之外，便是把他贬到厂劳动服务公司当经理去了，而且还保留了他原来的副处级待遇。

劳动服务公司最早是厂里用来安置待业青年的机构，管着两家小型的家属工厂以及几个菜场、商店、饭店等，算是一个冷板凳。不过，如果你没啥雄心壮志，待在劳动服务公司当个经理也不错，最起码家里日常的蔬菜副食都可以到治下的小菜场去白拿，也算能有一些油水了。

可是，我还有理想好不好！我今年才38岁，我还想进步呢！张建阳在内心绝望地呼喊着。

张建阳怎么想，周衡是不在乎的。他让张建阳去邮电局退了手机，把退回来的近3万元款项交给财务处，指明用来报销厂里最困难的几十名退休工人的医药费。

因为财务上没钱，职工的医药费拖欠非常严重，区区3万元不足以报销这几年欠下的所有医药费。周衡从樊彩虹那里了解到有一些退休老职工家庭生活非常困难，便指定先报销这些人的医药费，其余的稍微拖后一些再说。

优先报销退休工人的医药费，让大多数人都无话可说。这些退休工人，都是目前在职工人的师父，或者他们的师父的师父，属于工厂里的元老级人物。

工厂里素有尊师的传统，一日为师、终身为父这种说法，在工厂里还是很有市场的。每逢年节，徒弟们都要到曾经的师父那里去走一走，送点礼物啥的，不管你当了多大的官，不敬重师父都是要被人戳脊梁骨的。

这些年，社会风气有些变了，人们内心对于师长已经不再那么敬重了。但饶是如此，这种想法也只能藏在心里，在表面上，谁敢说一句老师父不重要？

此外，老工人一般都比较闲，是厂里各种舆论的传播中心。周衡一上台就帮他们报销了医药费，这些人对周衡肯定是会心存感念的。他们在各种场合宣传这件事，对于周衡在临一机站稳脚跟，也有极大的帮助。

处分张建阳，给一部分退休工人报销医药费，这两项举措所起到的效果甚至远远超出了周衡和唐子风预先的估计。

没有经历过严冬的人，无法体会到春天的温暖。过去几年中，临一机的领导班子只顾自己奢侈淫欲，中层干部各有打算，普通工人完全处于一种爹不亲、娘不爱的状态，只能自己去找出路。

可现在，来了一个新厂长，上台伊始就把专门拍领导马屁的张建阳给贬到服务公司去了，又给生活困难的老退休工人报了医药费，用的还是原本给新厂长配移动电话的钱，这怎能不让全厂职工的心里暖洋洋的？大多数的工人其实都是很善良的，但凡有人给他们一点阳光，他们就能够灿烂起来。

接着，周衡又指示要把厂部的几部豪华小轿车全部变卖，收到的钱用于报销更多职工的医药费和其他欠款。这个决策经樊彩虹刻意宣传，在厂里再次掀起一个舆论热潮。

借着民意，以及张建阳被贬一事在中层干部心里留下的阴影，周衡要求各部门立即上报小金库情况，并规定小金库自即日起全部封存，其中的资金由厂里统一安排使用。任何部门胆敢顶风作案，私分小金库，厂里将会采取严厉的手段进行处分，最严重的会移送司法机关。

这些措施相继出台，对于提振民心还真起了挺大的作用。封存小金库一事，对于不少机关干部的利益是一种伤害，但大多数人还是给予了非常谨慎的理解和支持。

绝大多数人的命运都是与企业绑在一起的，企业如果垮了，自己的部门还能存在吗？部门小金库里那点钱，又够干什么用的？

如果新厂长真的能够革新除弊，让厂子起死回生，那么自己放弃一点从小金库得到的利益，又有何妨呢？想当年厂子经营红火的时候，有什么年终奖、双过半奖，五一国庆啥的也都有各种名目的补贴，三十五十的，加起来也非常可观。还有，厂里夏天发西瓜，冬天发木炭，过年每人10斤猪肉、20斤鸡蛋，那叫一个爽。有这样的福利，谁又会在乎部门小金库里那点小钱？

至于说过去就无缘染指小金库的那些人，对于这个政策就更是举双手支持。同一个厂子里的人，说好的同甘共苦呢？早就看不惯机关里那些人私底下分钱了！

面对着一片好评，周衡心里明白，这一切都不过是暂时现象而已。厂里已经又有两个月没给工人发工资了，不满的情绪正在积蓄。等到大家发现自己做的一切不过是一场"秀"的时候，他们会重新对厂领导失望，并且会掀起新的一轮讨薪运动，让新厂长颜面无存。

"老韩，周厂长能不能在临一机站住脚，就看咱们此行的成果如何了。如果我们不能把金尧车辆厂欠我们的200万元货款要回来，厂子就要彻底完蛋了。"

在千里之外的霞海省金尧市,唐子风拽着韩伟昌从火车上下来,笑呵呵地对他说道。

第十二章　犯不着为公家的事情生气

临一机连年亏损,已经欠了银行 4000 多万元,还有欠上游企业的钱也有几百万元。

但与此同时,临一机也有近 500 万元的在外欠债未能收回,那是临一机把机床销售给了客户企业,而客户企业因为各种原因,迟迟未能支付货款。年复一年,就积下了这么大的数字。

这样的情况,在时下并不罕见。有时候,甲企业欠了乙企业的钱,乙企业欠了丙企业的钱,丙企业又欠甲企业的钱,大家的债务互相拖欠,谁也还不上,这就是所谓的"三角债"问题。

三角债现象最严重的时候,有些企业完全不敢通过银行转账,因为只要钱出现在银行,就会被截留下来,用于偿还各种欠款。这些企业销售产品,一律只收现金,采购原材料,同样是背着一包现金去支付,整个生产经营体系简直是回到了几百年前的自然经济状况。

周衡还在京城的时候,就已经了解到临一机在外面有几百万元应收款,他也早就打了这些应收款的主意。

如果能够收回一部分货款,他就能够给全厂职工发一个月甚至两个月的工资,这对缓解全厂职工的困难是非常必要的。

唐子风说要优先拓展业务,这个想法当然也不错,但从揽回业务到收到货款,起码有两三个月的间隔,嗷嗷待哺的工人们能等得了吗?

就这样,周衡在厂里大搞亲民秀的同时,唐子风便奉周衡之命,出门催讨欠款去了。

周衡也知道,这种事情让一个嘴上没毛的小年轻去办,实在有点不靠谱,但他又抽不开身,因为他必须先把厂里人的情绪安抚下去才行。

唐子风交代的关于攒书的事情,也给了周衡一些小小的信心。

第十二章 犯不着为公家的事情生气

既然唐子风是做过业务的,还赚了大钱,没准也能办成一点事情吧?最不济,他也可以先去探探路,递个话啥的,等周衡腾出手来,再亲自出马。

唐子风要催讨欠款,当然不能一个人去,需要带个拎包的助手。周衡和唐子风刚到临一机,眼前一抹黑,也不知道谁能干、谁不能干。

唐子风灵机一动,想起了火车上遇到的韩伟昌,便向周衡提出,自己可以带着韩伟昌一道去。韩伟昌其人有几分机灵劲,同时又是技术人员,遇到一些技术问题还可以应付一下。要知道,唐子风是学经济出身,在技术方面完全就是白痴。

韩伟昌对于自己被周衡点名成为唐子风的助手感觉很是无奈。他知道自己已经陷得很深了,如果新厂长能够在临一机站住脚,甚至做出一些成绩,那么自己的前途就是一片光明。反之,如果新厂长灰溜溜地离开了,他这个被新厂长贴过标签的人,在厂里就真的不好混了。

"唐厂助,你坑我啊!"

在前往金尧的火车上,韩伟昌不止一次地对唐子风幽怨地嘟哝着。唐子风明明是陪新厂长到临一机去上任的,却骗他说自己是个新分配过来的大学生,害他说了那么多不该说的话。现在唐子风出去催讨欠款,也要把他带上,这是逮着他一点把柄就不放手的节奏吗?

"老韩,这是周厂长对你的信任,你可别不识好歹哦。"唐子风说。

"厂里这么多能人,尤其是这事应当是归销售部管的,结果让我一个技术部的人去,你让销售部那帮人怎么看?我可听说了,周厂长在厂里严查小金库,这可是把销售部往死里得罪了。没准销售部的人还以为是我告的密呢。"

"你敢说不是你告的密?"

"我……"

韩伟昌顿时就哑火了。唐子风说得没错,的确是他向周衡告了密,而且人家周衡连老虎凳、辣椒水都没拿出来,他就一点没剩地把临一机的事都给抖出来了。

周衡采取雷霆手段,封了各部门的小金库,还让采购部、销售部的人员都停职整顿,严查各种吃里爬外的行为。厂里早就有人议论,说肯定是谁把厂里的事情都泄露给新厂长了,否则新厂长的打击怎么可能这么精准?

韩伟昌这些天在厂里走路都鬼鬼祟祟的,总觉得谁的眼光里都充满了恶意,再这样下去,他都打算得个抑郁症啥的了。

"老韩，你想多了。"唐子风笑嘻嘻地安慰着韩伟昌，"老周到临一机来，是真正打算做点事情的，我有足够的信心，老周能够让临一机起死回生，重振辉煌。到时候，你就是从龙之功，前途一片光明。至于说你向老周告密这事，就算厂里的工人知道了，也会夸你见义勇为，大义灭亲，谁会责怪你？"

"唐厂助，你就别说了。"韩伟昌连哭的心都有了，什么见义勇为、大义灭亲，自己完全就是嘴太欠好不好？唐子风说得越多，他就越觉得心痛，索性还是岔开话题。

"唐厂助，咱们这次到金尧车辆厂，是打算把他们欠咱们的钱全部要回来，还是打算只要一部分啊？"韩伟昌问。

唐子风说："当然是全部要回来。咱们厂都已经揭不开锅了，哪还有钱向别人放贷？我到销售部查过了，金尧车辆厂欠咱们的钱，最久的已经欠了五年了。我也真是服了你们原来那批厂领导，这么一个买东西不给钱的客户，你们居然还年复一年地给人家生产设备，欠款这样一年一年累积起来，都累积出了200多万元，这些厂领导不会是傻子吧？"

韩伟昌冷笑道："傻？他们才不傻呢。金车这边欠的是临一机的钱，又不是他马大壮的钱，他着什么急？马大壮的媳妇娘家就在金尧，每次马大壮的媳妇回金尧探亲，不都是金车接待？一趟下来，连吃带拿的，也得好几千，马大壮能不给金车面子吗？"

他说的马大壮，正是刚刚落马的原临一机副厂长，是分管销售工作的。

金尧车辆厂是临一机的老客户，每年都要从临一机订购一些机床，金额从十几万到上百万元不等。这些年，金车自己的财务状况也不太好，订货之后经常不能及时付款。

马大壮以金车是老客户，又是国企，不可能赖账为由，一直容忍金车拖欠货款，甚至在金车欠临一机的货款已经高达近200万元的情况下，还向金车发货。

这其中，韩伟昌说的原因当然是最重要的，另外就是这些原来的厂领导根本就不关心临一机的死活，偶尔去催讨一次欠款，讨不回来也就算了。

现在换了周衡当厂长，这种情况当然是不能再延续下去的。周衡让销售部给金车发了一个函，表示临一机现在经济状况非常糟糕，希望金车能够及时偿还欠款。同时，他又通过自己的关系，找到了金车的上级部门铁道部，让铁道部方面给金车打了一个招呼。

第十二章 犯不着为公家的事情生气

金车方面做出了答复,先是强调了一番自己的困难,表示自己也身陷三角债的泥潭,人家也欠了他们很多货款未还,导致他们自己资金也非常紧张,所以才不得不拖欠了临一机的货款。随后,便是声称可以先偿还一部分欠款,余下的随后再分期支付。具体的偿还比例之类,就需要临一机派人过来面商了。

古今中外,欠钱的都是大爷,讨债的都是孙子。周衡虽然是个强势的人,但钱在人家金车的口袋里,人家不说话,他也掏不出来,所以也只能委曲求全,派了唐子风代表自己,去与金车协调。

唐子风临出发前,周衡向他密授了半天的机宜,最后提了一个要求:最好能够把欠债全部要回来,最不济也得拿回50%。如果金车方面愿意归还的欠债不足50%,唐子风就别回来了,在那耗也得把钱耗回来。

唐子风当然也知道周衡的这个要求只是一种态度,如果他真的要不回50%的欠债,周衡还真的能不让他回来?不过,他还知道一点,周衡放这样的狠话,是因为他的退路已经不多了,如果不能从金车这边拿回来100万元,厂子就真的揭不开锅了,后面的各种措施,都很难出台。

"全部要回来啊?我看悬。"韩伟昌呷巴着嘴说,"金车是铁道部下属的大企业,排场大得很,平时很强势的,谁的面子也不给。"

"谁的面子也不给?那他们对马大壮的老婆鞍前马后地伺候着,又是怎么回事?"唐子风说。

韩伟昌说:"这个不一样啊。接待马大壮的老婆,那是私事。在私事上,大家都是会互相给面子的。道理也很简单,金车的领导在临河这边也都有个亲戚朋友啥的,同样需要我们临一机帮忙照顾。私人的事情,谁会不尽心去做?我们去讨债,这是公家的事,人家得罪你就得罪你了,你还会为了公家的事情跟他们生气不成?"

"这是什么逻辑!"

唐子风怒了。他自忖也不算是什么大公无私的人,但好歹还知道吃人家的饭,就要护着人家的锅。临一机的领导也罢,金车的领导也罢,都是吃公家这碗饭的,居然能够觉得公家的事情不要紧,大家犯不着为了公家的事情去生气。

"老韩,我跟你说,这回的事,我还就当成私事来办了,我倒要看看,他们给不给我这个面子!"唐子风愤愤然地说道。

第十三章　金尧厂准备赖账

"是临一机的唐厂助和韩科长吧？有失远迎，有失远迎！哎呀，早听说唐厂助年轻有为，这一看……呃，呃，果然是名不虚传啊！"

金尧火车站的月台上，一位举着"欢迎临一机领导"字样牌子的中年人看到向他走过来的唐子风和韩伟昌二人，笑吟吟地迎上前来，热情地打着招呼。他嘴里喊着"唐厂助"，手却是向韩伟昌伸过去的。在他看来，从年龄看，韩伟昌才像是厂领导的样子，唐子风显然应当是韩伟昌的跟班。

这位中年人，正是金尧车辆厂派来迎接唐子风一行的。他叫李全胜，是金车厂办的一个副科级干部。

在此前，李全胜与临一机销售部通过电话，对方说自己这边派出的是一位很年轻的厂长助理，所以李全胜早就在心里准备好了"年轻有为"这个词。一看韩伟昌的脸，李全胜觉得似乎也够不上"年轻有为"这样的评语，但是话已经说出去了，只能接着往下说，补一句"名不虚传"，就是在给自己圆话了。

韩伟昌多精明啊，一眼就看出李全胜是摆了乌龙。他连忙放慢了步子，让唐子风走到他的前面，同时向李全胜介绍着："这位才是我们唐厂助，我是给唐厂助提包的。"

"呃，这……"李全胜窘了，认错领导这种事情，是非常严重的，这意味着你认为对方长得不像领导，搁了谁也不会乐意。

如果换成一位与唐子风同样级别的干部，犯这种错倒也无妨，你还能跟我较这个真？问题在于，金车的厂领导对临一机前来讨债一事并不积极，只派了李全胜这样一位副科级干部过来迎接。

李全胜知道，像临一机这种企业的厂长助理，一般是正处级甚至副局级，与他的级别有着巨大的落差。他一个小科长，敢说人家长得不像正处级？

可是，你也真的不像个正处级干部啊！有你这么年轻的正处吗？

第十三章　金尧厂准备赖账

李全胜在心里愤愤地嘀咕着,同时对唐子风充满了羡慕嫉妒恨。

这就只能说是位置决定想象力了。机械部安排周衡和唐子风前往临一机工作,任命周衡为临一机厂长,唐子风作为周衡的助手,自然不能没有个位置,于是就被顺手任命为厂长助理了。

基层干部苦哈哈地熬资历,熬到四五十岁才提成一个副科级,也足以让一干同僚羡慕了。但在部委里,副科级几乎就是一个起步的级别。

唐子风心里没有这么多小九九,他也没觉得李全胜认错人有什么不妥。听韩伟昌报了他的身份,他便上前一步,向李全胜伸出手,说道:"我是临河第一机床厂厂长助理唐子风,请问你怎么称呼?"

"我叫李全胜,是金车厂办接待科的副科长,是我们刘主任安排我来接唐厂助和韩科长的……"李全胜忙不迭地与唐子风握着手,结结巴巴地报着自己的身份。

"刘主任是……"唐子风拖了个长腔。

"是我们厂办副主任刘锋,他是我的直接领导。"李全胜解释道。

唐子风漠然地点了点头:"了解了。辛苦李科长了。"

"不辛苦,不辛苦!"李全胜满脸赔笑地说,接着又伸手去帮唐子风接行李,同时招呼着说,"咱们出去吧,小车在外面等着。"

唐子风把自己的行李交给李全胜,自己帮韩伟昌拎了个包,跟在李全胜的身后出了火车站,来到停车场。

金车派来接唐子风和韩伟昌的是一辆老掉牙的"拉达"轿车,车子很小,而且车身的漆皮都掉了不少,看上去很有一些复古工业风的样子。李全胜殷勤地请唐子风坐在副驾位置。

唐子风上了车之后,才感觉到李全胜的这个安排也不能算是错误,因为车子实在是太小了,前排副驾好歹还能伸开脚,韩伟昌和李全胜二人坐在后排,就只能半蜷着身子了。

"李科长,我和韩科长这次来金车的目的,你应该了解吧?不知道你们刘主任打算怎么安排?"

车开动起来之后,唐子风向李全胜问道,他坐在前排,也懒得回头,就这样看着前面的道路对后排的李全胜说话。

"刘主任跟我交代过了,说唐厂助和韩科长这次是来商谈货款的事情。

具体怎么安排嘛,刘主任没说,他就是让我先把你们接到厂招待所,再负责你们这几天的吃饭和用车,其他的就不知道了。"李全胜说。

"哦。"唐子风淡淡地应了一句,心里对于自己此行的难度已经有数了。

自己是临一机的厂长助理,也是属于厂领导级别的。对方只派了一个副科长来接站,而且还自称是受厂办副主任的安排,也就是说,金尧的厂长连安排接站都不屑于做。

再看前来接站的车,也是如此破旧,唐子风才不相信金车会没有几辆好车呢。金车这样做,一方面可能是因为不重视临一机的事情,另一方面也可能是在给他唐子风一个下马威,以便在后续的谈判中占据心理优势。

出发前,周衡告诉唐子风,他已经请铁道部的朋友给金车打过招呼,金车这边应当是会给个面子的。

另外,金车的厂长宋福来与周衡也是认识的,以往开会的时候碰上还会互相寒暄几句,关系说不上很近,但也算不上太远。

照周衡的意思,唐子风与宋福来见面的时候,可以提一下这层关系,拜托宋福来看在周衡初任厂长、百废待兴的分上,"拉兄弟一把"。

可现在看来,周衡的打算是有些过于乐观了。铁道部给金车打过招呼不假,但金车也只是限于愿意与临一机商谈欠债的事,并没有承诺更多。从金车表现出的怠慢来看,他们肯定是想赖账的,至少也要赖掉大部分的欠款。

后面的事情发展,与唐子风的预计完全一致。

李全胜在金尧的厂招待所给他们俩开了一个双人房间,然后便带他们去厂里的小食堂用餐。

吃饭期间,李全胜只是与唐子风他们聊些金尧的风土人情,还征求了一下他们的意见,问他们是否有想去周围旅游一下的想法,如果有的话,他可以帮着安排一个车。

韩伟昌有些耐不住,问李全胜金车打算何时安排他们与有关领导商谈欠债的事情,李全胜只是搪塞说自己不知情,具体安排要向刘主任请示,请他们二位少安毋躁。

吃过饭,李全胜把二人送到招待所门口,约好晚饭的时候再来相邀,然后便匆匆地离开了。韩伟昌看着他的背影,往地上干唾了一口,说道:"我呸!金车这是打算跟咱们耍流氓呢,派了这么一个上不了台面的家伙来糊弄我们。"

他这样说,其实是把自己也给贬了,因为他在临一机的职位也就是一个副科长而已,还真没有瞧不上李全胜的资本。不过,他是站在唐子风的立场上说这话的,有点狐假虎威的意思。

"没事,这也是预料之中的事情。"唐子风说,"如果催欠款这种事情这么好做,老周也犯不着派我过来了。"

"是啊是啊,唐厂助是人民大学的高才生,足智多谋,周厂长派你过来,就是觉得你一定能够解决问题的。"韩伟昌送着廉价的恭维。

唐子风没有在意韩伟昌的废话,他问道:"老韩,你的摄影技术怎么样?"

"摄影技术?"韩伟昌一愣,不明白唐子风的意思,但还是老老实实地回答道,"还是懂一点的。我们搞工艺的,有时候也要拍现场工况的照片的,如果拍得不好,回去做工艺设计的时候,就难免要出差错了。"

"喵,原来你这还是专业水准呢。"唐子风笑道,"那好啊,这几天,你就给我当专职摄影师吧。"

"专职摄影师?"韩伟昌更不明白了,"怎么,唐厂助,你真的打算在金尧旅游啊?你怎么不早说呢?早说我就把工艺科的照相机借出来了,那可是正宗的德国徕卡,好得很呢。"

"徕卡就免了。"唐子风说,"一会我们到商场去买个长焦相机,多买几卷胶卷。咱们也没时间去旅游,就在金车的厂子里面,随便拍几张照片留念。对了,我让你拍什么,你就拍什么。"

"那谈判的事情……"韩伟昌提醒道。

唐子风说:"人家不跟我们谈,我们有什么办法?这样吧,一会我给老周打个电话,让他打电话和老宋攀攀交情,这种事情,总得他们领导之间协调好才行,是不是?"

第十四章　真是旅游来了

"他们真是旅游来了？"

金尧车辆厂厂长办公室，厂长宋福来听着副厂长葛中乐汇报的情况，不由得皱起了眉头。

照着领导的吩咐，办公室副主任刘锋安排李全胜去接待唐子风一行，交代他大面上的礼节要做到，但涉及欠账方面的事情要一概敷衍。

铁道部方面的确是给金车打过招呼，说要考虑到兄弟单位的难处，欠了临一机的钱，如果能还就先还一部分吧，人家临一机也不容易，现在职工工资都开不出了。当然，如果有困难的话，那就另当别论了……

周衡在机械部二局也只是一个处长，所以他在铁道部能找到的人，级别也不算高，给金车打招呼的时候，自然是只能用比较委婉的态度，不可能向金车下命令。对于部里打的招呼，金车方面当然是不能不有所反应的，但要说接一个电话就把 200 万元欠款都给偿还了，金车可没那么傻。

这年头，钱拿在自己手上才是最好的，凭本事赖到的账，凭什么要还给别人？临一机发不出工资不假，但自己还了它 200 万元，它又能发几个月的工资？银行可比金车有钱多了，临一机活不下去，不会找银行贷款吗？

带着这样的想法，宋福来吩咐分管采购的副厂长葛中乐，让他和临一机那边接洽一下，把姿态做得高高的，但还钱只能还 20 万元，也就是相当于欠款的 10%。对方想要讨到更多的欠款，那就去找更高的部门来向自己打招呼吧。

葛中乐得到这个授意，便找到厂办副主任刘锋，让他去安排。二人商量了半天，决定先把临一机的人请过来，然后给他们碰一个软钉子，等到他们完全失去希望了，再答应还他们 20 万元，把他们打发走。刘锋在此前的种种安排，都是照着这个方案做的。

照着葛中乐和刘锋的想法，唐子风一行被晾上几天之后，肯定就要着急了，

第十四章 真是旅游来了

会上蹿下跳地找关系,同时会在心里降低索款的期望。他们的计划是把对方晾上三到四天,然后再安排谈判,相信这时候谈判的主动权就已经全部握在自己手里了。

李全胜照这个计划做了,回来汇报说临一机派来的那个极其年轻的厂长助理似乎很不高兴,那个什么韩科长也有些急眼,但都没有说什么狠话。刘锋对于这个结果很是满意,让李全胜继续做下去,起码拖上三天时间。

可谁知道,第二天李全胜回来汇报的情况,就出乎了刘锋的意料。李全胜说,唐子风和韩伟昌两个人没有再向他追问谈判时间的问题,而是扛着一个相机在厂子里到处乱逛,看到点什么都要拍上一张照片,好像对啥都感兴趣的样子。

"拍照?他们拍什么了?"刘锋诧异地向李全胜求证道。

"啥都拍,办公楼、礼堂、招待所、大路上也拍,有时候还拍咱们的人上下班。"李全胜说。

"他们拍这个干什么?"

"我……我不知道啊。"李全胜委屈地说。

从下属那里得不到一个解释,刘锋只能把这个情报汇报给了自己的直接上司,副厂长葛中乐。葛中乐听了,也是丈二和尚摸不着头脑,于是继续上报,把这事汇报给了宋福来。

"咱们有什么怕人拍的东西吗?"宋福来向葛中乐问道。

葛中乐摇头。唐子风和韩伟昌只是在厂区里瞎逛,拍一些大家都看得到的东西,这能对金车产生什么威胁呢?或许,他们真的是抱着旅游的心态,在这里苦中作乐、糟蹋胶卷?

"老葛,你们也别抻着这俩家伙了,抓紧时间和他们谈,让他们带着20万元滚蛋吧。昨天,临一机的新厂长周衡也给我打电话了,强调了一大堆困难,让我拉他一把。我琢磨着,是那个小年轻找他告状了。周衡说到这个程度,咱们再这样拖着也不好。"宋福来说。

葛中乐说:"我怎么听说这个周衡在机械部的时候只是一个处长啊?而且是50多岁的老处长,明显是不得势嘛,他说什么,咱们根本不用在意。"

宋福来笑着说:"老葛,你有所不知。周衡是个处长不假,但他当年是当过许老的秘书的。我不是给他面子,我这是得给许老面子啊。"

他说的许老,是二局原来的老局长许昭坚,这可是能够算作新中国工业奠基者之一的人物,在整个工业领域里都是极有威望的。周衡早年的确当过许昭坚的秘书,他如果请许昭坚出面打个招呼,宋福来还真不敢不听。

"嗯,好吧,那我就让刘锋跟他们联系一下,我亲自和他们谈,一口价,20万,爱要要,不要滚!"葛中乐霸气十足地说道。

"哈,你个老葛,这种话,你可别一不小心真的说出来了,这会影响我们和兄弟企业的关系的。"宋福来半真半假地警告道。

葛中乐与唐子风的会面,气氛异常好,好得让葛中乐都觉得这位年轻厂助就是一个花瓶,智商情商双欠费的那种。

在听说唐子风是毕业于人民大学的时候,葛中乐的这种惊讶又甚了几分,他对人民大学也并不陌生,知道那里的学生都是精英,怎么会出了唐子风这样一个小白呢?

会面一开始,葛中乐就表示,金车的财务状况非常紧张,今年也是严重亏损的,是看在兄弟单位的情分上,才挤出了 20 万元,先偿付一部分欠款。至于其他的欠款嘛,金车一定会抓紧时间还上的,不过,饭要一口一口地吃,钱要一分一分地还,不可能一蹴而就嘛。

"葛厂长,您就真的不能给我们再加一点吗?"

唐子风用一种央求的口吻,多次向葛中乐请求说。

"这个真的是爱莫能助。"葛中乐说。

"我们厂现在非常困难,职工已经很长时间没有发出工资了。"

"我们的情况也非常困难,虽说还没有拖欠职工工资,但福利是一分钱都没有了。"

"可这些钱是我们的钱……"

"我们知道,我们也非常抱歉。可我们银行账上没有钱,你说怎么办?"

"你们再困难,也比我们强一点吧,毕竟你们是这么大一个厂子……"

"小唐助理,你没从事过企业管理,不了解情况。我们厂子大不假,可家大业也大,一万多张嘴都要吃饭,这个压力有多大?我们账上现在就只能挤出这20万,小唐助理如果不要,说不定过几天就没有了。"葛中乐威胁说。

"那……"唐子风看着坐在一旁的韩伟昌,露出为难的样子。

韩伟昌低声说:"唐厂助,我觉得有 20 万也不错了,咱们先收下吧。葛厂长说得对,万一过几天就没有了呢?"

"可是,周厂长给我下过死命令,说我如果不能把200万元都拿到,就别回去了。"唐子风说。

"哈!"葛中乐夸张地笑了一声。他看出来了,这俩人是在他面前唱双簧呢,目的不外乎想再多榨出一点钱来。什么不拿到200万元就别回去,那你就别回去好了。讨欠款能够全部讨到,你以为你是谁呀?

"小唐助理,我跟你说,你想把200万元都拿到,是绝对不可能的。如果你有这样的想法,那我们就没啥好谈的了,你愿意在金车待下去,就待着好了,金车管你们二位的饭。现在我们能拿出来的,就是这20万元,你想要就要,不想要就……呃,我们这里有个姑恩寺,据说香火蛮灵的,你可以去拜一拜看。"

葛中乐一个"滚"字都已经说出口了,但还是机智地岔开了。他说的姑恩寺还真有其事,但说让唐子风去拜一拜,就是在损人了。

"老韩,你看……"唐子风的口气里已经流露出了放弃的意思。

韩伟昌安慰说:"唐助理,你已经尽力了,是金车这边实在没办法,我想周厂长也不会怪你的。"

"可是,万一周厂长觉得我态度不够认真,怎么办?"

"不会的,我可以给你做证,你真的已经很努力了。对了,葛厂长也可以做证的,是吧?"韩伟昌看向葛中乐,问道。

葛中乐点点头,随口说道:"没错,唐助理是非常努力的,刚才花了半天时间给我讲你们厂的困难,让我都很感动。只是我们实在有困难,所以才没办法帮助兄弟单位的。"

"这个……"

葛中乐实在看不下去了,他把面前的笔记本一合,站起来,说道:"唐助理,这事就这样了。如果你没别的事情,我这里还有点事,就不留你们多谈了。"

"要不……"唐子风似乎是被葛中乐的气势吓住了,他也站起来,面有难色地说,"葛厂长,我有两个不成熟的要求,不知道葛厂长能不能满足?"

"什么要求?"葛中乐问,说完,又补了一句,"如果是要加钱的事情,你就不必再说了。"

"不是不是。"唐子风连声否认,"其实,我就是想麻烦葛厂长和我握个手,让老韩给我拍张照片,这样回去以后,我就可以向厂里交代了。"

第十五章　相机控

你是相机控啊！

葛中乐在心里怒骂道。

换成其他人，谈判完了说要合个影啥的，也都不算是什么离谱的要求。但葛中乐联想到刘锋向他汇报说唐子风一行这几天天天在厂里拍照，忍不住就有些闹心。

不过，听到唐子风这个要求，葛中乐倒是觉得自己明白了唐子风此前拍照的用意，估计这小子是想带一堆照片回去交差，证明自己这些天很努力。至于此时要和自己合影，当然也是立此存照的意思了。

"这个有什么难的。"葛中乐很爽快地走到唐子风这边，伸手与唐子风握手。韩伟昌迅速地从随身的包里掏出一台看上去很新很高级的相机，对着二人握手的场景，咔咔咔连按了好几张。

"你拍这么多干什么？"葛中乐诧异地看着韩伟昌，你又不是新闻记者，拍张照片留个影而已，至于一口气拍好几张吗？胶卷不要钱的？

韩伟昌没有回答，事实上葛中乐这句话也不算是一个疑问句，他可以认为只是一个质问句，甚至是感叹句，这都是不用回答的。

葛中乐果然也不在意韩伟昌的回答，他把手抽回来，问唐子风："这样就可以了吧？"

"嗯嗯，这件事就可以了。"

"还有别的事？"葛中乐这才想起来，刚才唐子风说了是有两件事的。

唐子风忸怩地说："还有一件事，和这件事是一样的。就是我希望能够和宋厂长握一下手，也拍张照片，这样更好交代。"

"这个就不必要了吧？"葛中乐说。

唐子风连连地做着打躬作揖的样子，说："这个很必要。葛厂长，你想，我到金车来了这么多天,连宋厂长的面都没见着,回去怎么向我们周厂长汇报?"

"你就跟你们周厂长说,我们宋厂长去京城开会了,你没见着。"

"可是我们周厂长刚给我通了电话,说宋厂长就在金尧,他还和宋厂长通过电话呢。"

"呃……"葛中乐想起来了,还真有这么一回事。他想了想,问道:"你是说,你只是希望和宋厂长握个手,拍张照,就行了?"

"我还想向宋厂长反映一下我们的情况。"

"那绝对不行,宋厂长没空。"

"五分钟,我只需要五分钟。"唐子风说,"葛厂长,你想,我拿着照片回去,说我见着宋厂长了,却什么话也没说,我们厂长能饶得了我吗?"

葛中乐把牙都快咬碎了。这个年轻厂长助理,可真是一个不折不扣的人渣啊!

听他的意思,他压根就不在乎能不能讨回欠款,他只是担心自己回去之后会被厂长批评,会影响自己的前途。他用在作秀上的精力,远远多于用在琢磨业务上的精力,早知如此,自己就不该答应给他20万元,估计给个3万元、5万元的,打发一下对方就足够了。

被唐子风这块牛皮糖粘上,葛中乐也是没办法了。他让唐子风稍等,自己去向宋福来请示,是否愿意接见唐子风。宋福来记起周衡给自己打过电话,觉得也该有个交代,便指示葛中乐把唐子风一行带过来。

唐子风与宋福来的见面,同样非常和谐,唐子风甚至表现出了一些谄媚的样子。在五分钟的谈话中,宋福来重申了金车的经济困难,以及与临一机的兄弟感情。

唐子风则象征性地说了临一机的困难,请求兄弟单位帮助,这样的交流自然是毫无成果的。五分钟过后,唐子风非常自觉地起身告辞,临走前与宋福来做了一个长时间握手的动作,并让韩伟昌拍照用于存档。

"这真是一个小滑头!"

打发走了唐子风一行,宋福来鄙夷地评价说。

"早知道周衡派来的是一个这样的人,我们连20万元都不用给的,我估计给他10万元,他也会高高兴兴地接受的。"葛中乐说。

宋福来说:"我估计,他就是下来混资历的,临一机是死是活,他才不会关心。这 20 万元,我是看在部里和许老的面子上,和这个小屁孩无关。"

"是啊,明天我就让刘锋把他们送走,我觉得连礼物都不用给了。"葛中乐说。

照葛中乐与刘锋原先的计划,送唐子风一行离开的时候,是要送一点当地土特产的,这也是一个礼仪问题。可唐子风的表现,实在是让葛中乐觉得恶心了,当下决定什么礼物也不送,你就带着你那些照片回去好了。

唐子风和韩伟昌离开葛中乐办公室的时候,信誓旦旦说第二天就启程回临河。葛中乐本着不和小屁孩计较的想法,吩咐刘锋派车送唐子风一行去火车站。谁承想,当第二天一早刘锋亲自来到招待所,准备把这两个人送走时,唐子风却声称,自己刚刚与厂里通过电话,厂长周衡坚决不答应金车只还 20 万元,如果他们俩不能把 200 万元欠款全部讨回,就不许回临河去。

"你们昨天不是答应得好好的吗?"刘锋急眼了。

唐子风把脖子一梗,说:"我有什么办法,我们厂长下了死命令,我们俩如果就这样回去,一个处分肯定是少不了的,说不定就被打发到服务公司打扫卫生去了。"

"200 万元是绝对不可能的,你们别妄想了。"

"不行,我要求见葛厂长,再不行我就去见宋厂长。"

"你以为我们厂长那么闲,天天有时间管你们这点破事?"

"什么叫破事? 欠账还钱,不是天经地义的事情吗?"

"我们不是已经答应先还你们 20 万元了吗? 剩下的以后再还,又没说不还你们。"

"可是我们厂长说了,我们这一次必须把钱拿到。"

"那你们的意思是什么?"

"你给我们安排见葛厂长。"

"这不可能。"

"那我们自己去葛厂长办公室!"

两方话赶话,不一会就都急了眼了。刘锋撂下狠话,说唐子风他们爱走不走,反正葛中乐是绝对不可能见他们的。唐子风则表示,如果金车不给他们安排,他就要和韩伟昌硬闯厂部办公楼,反正他们也知道葛中乐的办公室在什么地方。

第十五章　相机控

刘锋不敢做主,到招待所前台给葛中乐打了一个电话,汇报此事。葛中乐闻听,也是勃然大怒,在电话里咆哮了好几句之后,才吩咐把唐子风一行带过去,他要当面拒绝这两个人的无理要求。

"葛厂长,我跟你说句实在话,你们金车欠临一机多少钱,还与不还,其实与我本人没有任何关系。但是,你是知道的,周厂长和我都是机械部派下来帮助临一机扭亏的。如果在一年之内我们无法完成这个目标,周厂长和我都要被调回去,局领导会给我们俩人一个缺乏能力的评语。周厂长已经是 50 多岁的人了,能不能做出成绩也无所谓。但我唐子风今年才 23 岁,局里第一次给我派任务,我就做砸了,以后我还有机会吗?"

唐子风一改头天那淡定无畏的神态,用激动的语气对葛中乐说道。

葛中乐皱了皱眉头,问:"你跟我说这个干什么?"

唐子风说:"我们厂已经好几个月没有给工人发工资了,周厂长就等着这笔钱回去发工资,同时也是鼓舞干部职工的信心。如果我不能把这笔钱要回去,周厂长的安排就会落空,临一机就危险了。

"说白了,我这趟到金尧来,不是为了什么临一机的公事,而是为了我自己和周厂长的前程,这是彻头彻尾的私事。葛厂长,你们厂就不能体谅一下我们的困难,把欠我们的钱都还给我们吗?"

葛中乐心中冷笑,你和周衡的前程如何,关我们金车屁事?凭这样几句话,就想让我们把 200 万元的欠款都还上,你以为你有多大的面子?

别说你一个机械部的小小科员,就算是你的领导周衡,在部里的时候也不过就是一个处长而已。

大家同是工业口的,见面寒暄几句,不伤害自己的利益的事情,给你们提供一点方便也不是不可以。但这种一下子拿出 200 万元的事情,周衡那点面子够用吗?

想到此,他面无表情地说:"唐助理,你刚才说的话是非常错误的。我们都是在为国家工作,我是要对金车的经营负责任的,怎么可能为了你那点彻头彻尾的私事,就损害国家的利益?我看,你的思想觉悟还得再提高一下,我会把你刚才说的话,报告给你们厂领导,让你们厂领导帮助你端正一下思想。"

唐子风哈哈大笑起来,他用手指着葛中乐,说:"老葛,你在我前面装这个样子有意思吗?大家都不傻,你们是怎么想的,你们自己知道,我也知道。我刚才跟你说这些，就是不想绕弯子。我把话撂在这里，你们敢拒绝我，就别怪我和你们拼个鱼死网破。大不了我回去就辞职下海，20年后还是一条好汉。你老葛这把岁数了，如果和我这个小年轻拼到两败俱伤，我看你一家老小上哪喝风去！"

第十六章　真是一个无赖

"滚！你给我滚出去！"

葛中乐真是被气疯了。唐子风指着他的鼻子叫他老葛，还口口声声说要拼个鱼死网破，这哪里是什么国家干部，分明就是一个无赖好不好？

葛中乐好歹也是一个国营大厂的副厂长，在金车是一人之下、万人之上的身份，哪能容忍唐子风如此撒野？他站起来，用力一拍桌子，冲着唐子风和韩伟昌发出了逐客令。

唐子风慢悠悠地站起来，脸上带着讥讽的笑容，说："老葛，我该说的话都说了，你好自掂量。我告诉你，没拿到全部欠款之前，我是不会离开金尧的，我会天天来催债，我就不信你能躲得开。"

说罢，不等葛中乐抓电话叫人来轰他们，唐子风便抬腿离开葛中乐的办公室，韩伟昌见证了这一幕，惊得目瞪口呆，但也没法说什么。唐子风与葛中乐的交锋，不是他有资格去打圆场的，他能做的，只有跟在唐子风的身后，屁滚尿流地逃走了。

到了办公楼外，韩伟昌追上唐子风，问道："唐厂助，咱们现在怎么办？"

"怎么办？先搬家吧。"唐子风笑嘻嘻地说。离开葛中乐办公室的时候，他还是满脸怒容，韩伟昌甚至怀疑他出门的目的只是为了去买把刀，再回来与葛中乐决斗。可这会，他脸上哪里还有一丝怒色，分明就是一个因为偷到了糖吃而兴高采烈的孩子。

"搬家，搬什么家？"韩伟昌莫名其妙地问。

唐子风不答，只是往招待所走。来到招待所门前，韩伟昌一眼就看到自己和唐子风的行李已经被扔在门外的台阶上了。还好，招待所的服务员也知道私人财产神圣不可侵犯的道理，没有把他们的东西扔到水池里去，而是整整齐齐地收拾好了，搁在台阶上，等着他们拿走。

韩伟昌这才明白唐子风的意思。他们和葛中乐翻了脸,而且是以让人全家喝风这样的方式去进行了威胁,金车岂能还会招待他们?这个举动,就是金车在表明态度,他和唐子风已经是金车不欢迎的人,还是麻溜地滚蛋吧。

刘锋就站在台阶上,用冷冷的目光盯着唐子风和韩伟昌二人。唐子风上前拿了自己的行李,还笑着向刘锋打了个招呼,说:"刘主任,这些天给你添麻烦了。放心吧,过几天我会给你添更多的麻烦的。"

听到唐子风的前一句话,刘锋正想找一句什么话来撑一下,没料想紧接着就听到了唐子风的后一句,把刘锋噎得差点没从台阶上栽下去。

"唐子风,你是什么意思?"刘锋怒喝道。

唐子风耸耸肩:"我向葛厂长说过,没拿到全款,我是不会离开金尧的。我们会天天来催债。"

刘锋这回算是找到话了,他学着华容道上曹操的样子,仰天大笑了三声,然后说道:"你们想来就来吧,我倒要看看你们能不能进得了金车的厂门。"

"那我不进厂门,只是站到厂门口,刘主任没意见吧?"唐子风向刘锋询问道。

"你到金尧打听打听,我们金车是个什么企业。你想站我们厂门口也可以,50米范围外。进了这个范围,别怪我们不客气。"刘锋说。

唐子风很认真地回过头,向韩伟昌吩咐道:"老韩,你记清楚了,刘主任说咱们可以站在厂门50米之外,你可别搞错了。"

"呃……"韩伟昌无语了,这个厂长助理到底靠不靠谱啊,怎么像是个小孩子在赌气一样。

更让韩伟昌崩溃的事情还在后面。

唐子风带着韩伟昌出了金车,在厂区外就近找了一家招待所住下。然后,唐子风便到旁边的一家制作锦旗标牌的小店,掏钱让人加急制作了一面硕大的锦旗,上面只有四个大字:欠债还钱!

"唐厂助,你这是要干什么?"韩伟昌战战兢兢地问道。

唐子风没有回答,而是专心致志地与小店老板打着商量:"老板,有长一点的杆子没有?给我一根。什么,这也要钱?不就是一根破竹竿吗,你没看我这锦旗上写的是什么,人家欠了我们的钱不还,我们厂都快揭不开锅了,哪有钱让我们买竹竿……"

第十六章 真是一个无赖

小店老板败退了,几毛钱的事情,你至于说得这么惨吗?他找了一根竹竿交给唐子风,唐子风顺手把竹竿递到韩伟昌的手里,把锦旗挂在竹竿上,然后说道:"老韩,你现在就到金车门口去,记住,别进入人家50米的范围。然后你就举着这面锦旗,有人问你是怎么回事,你就说金车欠了临一机200万元欠款,赖账不还……"

韩伟昌把嘴张得比锦旗还大:"唐厂助,你不会是要和金车玩真的吧?"

"你觉得呢?"唐子风笑道。

"这样做,我觉得不太合适。"

"我也觉得不合适。"

"对吧,所以……"

"那你告诉我一个合适的办法,能讨到钱就行。"

"……"

"你是说,你也没有合适的办法?"

"……"

韩伟昌张口结舌。别看他是个话痨,但要和唐子风辩论,也就是一个战五渣。中关村几大高校,清华牛,北大狂,人大的辩手满街转。论耍嘴皮子,全中国的高校学生绑一块也没法和人大的学生比,更遑论韩伟昌这样一个小工程师了。

"那么,唐厂助,你干吗去呢?"韩伟昌讷讷地问道。

"我有更重要的事情。"唐子风霸道地说。

"如果金车的人出来干涉,怎么办?"

"见机行事,只要他们不敢打死你,你就给我牢牢地戳在金车厂门口,我就不信他们能扛得住。"

"唐厂助……唐子风,我是前世欠你多少债啊!"韩伟昌怒吼道。

"肯定不到200万元吧。"唐子风轻描淡写地说。

韩伟昌没辙了,唐子风是他的领导,领导这样安排了,他还能怎么办?如果他拒绝唐子风的安排,唐子风就会把讨不回欠款的责任推到他头上,届时他就更麻烦了。

罢了罢了,既然已经上了唐子风的贼船,自己这张老脸就豁出去了。

唱着"风萧萧兮易水寒"的战歌,韩伟昌回到了金车的厂门口,数出70步的距离，估摸着差不多是 50 米，然后停住脚步，把挂在竹竿顶上的锦旗亮了出来，正对着金车厂门的方向。

一个人举着一个幡傻站在马路上，想不吸引路人的注意都难。不一会，韩伟昌周围便围上了一群吃瓜群众，大家站在离韩伟昌五米左右的范围内，指指点点，议论纷纷。

"这是讨薪的农民工吧？"

"我听说，现在有些私人老板可黑了，欠农民工的工资好几年都不给。"

"央视不是还播了吗，首长亲自去帮农民工讨薪了。"

"可是他站在这干什么，难道是金车欠了农民工的钱？"

"看他的装束，也不像农民工啊。"

大家不想管闲事，所以也不会凑到韩伟昌面前来。所有的人与韩伟昌的距离保持着高度一致，从天上看下来，就是以韩伟昌为中心，5 米为半径的一个标准正圆。

处在正圆圆心上的韩伟昌，觉得自己就像是动物园里的一只猴子，被人围观着，评头论足。他连自挂东南枝的心都有了，可开弓没有回头箭，他都做到这一步了，还能有后悔的机会吗？

厂门外这样闹腾，守门的门卫自然不能无视。两名门卫走过来，拨开人群走到韩伟昌的面前，面色不豫地问道："你是哪的，为什么站在这里？"

"我是临河第一机床厂的。金车欠了我们厂 200 万元货款，赖账不还，连面都不见我们，我们只能站在这里抗议了。"

韩伟昌照着唐子风事先教他的说法，大声地说道。刚才这会，他一直在心里默念着这段话，好不容易找到说出来的机会，他连个磕巴都没打，便喊了出来。

"原来是这样！"

吃瓜群众恍然了，同时对韩伟昌产生了强烈的敬意。

真不容易啊，为了公家的事情，不惜自己站在这里出丑。这个金车也真是的，欠了人家的钱，为什么不还？就算是不还，你总得给人家一个好脸色吧，怎么能连人家的面都不见呢？你们看这位大叔，站在这里，多委屈啊！

门卫事先已经得到了刘锋的通知，说如果有临一机的人要进厂，就坚决拦住。他们并不知道临一机与金车的债务纠纷，也不关心这件事的真实性。他们只是门卫,负责阻拦不受欢迎的外人进入厂区,维护厂门外一定范围区域的和谐。现在听说韩伟昌正是临一机的人,但人家并没有进入厂区的意思,只是举着一个锦旗示威,自己该如何处置呢?

"老张,你看这事?"一个门卫对另一个门卫问。

"把他赶走吧。"

"他又没进厂,我们凭什么赶他。"

"他在咱们厂门口闹事啊。"

"这个地方……"

两个门卫都犹豫了,这个区域离厂门已经是50米开外,严格地说已经不归金车管了。他们要赶韩伟昌走,韩伟昌如果不走,他们还能动粗不成?

这种事,唉,还是先请示领导吧。

第十七章　来啊，互相伤害啊

"真是一群浑蛋！"

葛中乐接到刘锋的汇报，气得直接摔了一个杯子。他平时就有生气摔东西的习惯，不过一般都是摔摔香烟盒、书报杂志、帽子手套之类，摔杯子这种败家行为，刘锋印象中只见过这一次，可以想见葛中乐的气愤到了一个什么程度。

"我一定要打电话给临一机，向他们厂领导狠狠地告上一状。"葛中乐威胁道。

"可是，这或许就是他们厂领导授意的呢？"刘锋提醒道。

"那……"葛中乐也回过味来了，人家是帮厂里讨钱，厂里支持还来不及呢，他去告状，这不是上赶着让人家数落吗？

"你去通知保卫处，把那个家伙赶走。"葛中乐又说。

刘锋说："葛厂长，他在咱们厂门外，离着好几十米，咱们也没权力赶他走啊。"

他没敢说韩伟昌站的地方不多不少正好离厂门口 50 米，这个距离还是他亲口告诉唐子风一行的。这个小屁孩子，真是浑身都是坏水，自己随便说句话，都能被他抓住当成把柄。

"这样吧，你安排人，先去跟他们商量商量，就说这样做影响不好……"葛中乐屈服了。

刘锋派出的第一个人就是李全胜，仗着前几天一直陪唐子风、韩伟昌吃饭结下的交情，李全胜赔着笑，去和韩伟昌商量了："韩科长，你看你们这是干吗呢，这样搞，影响多不好啊。"

"李科长，我们也是没办法。厂里给我们下了死命令，你们厂领导又不见我们，我们只好出此下策了。"韩伟昌同样打着感情牌。

"这件事，我们刘主任正在向厂领导请示，你看你是不是先把这个锦旗摘了,凡事好商量嘛,何必搞得大家都下不来台?"

"没事,我在这里等着,你们啥时候商量出个结果,我就啥时候把锦旗摘了。"

"我们厂领导这几天很忙……"

"那没关系,他们先忙着,我倒是挺闲的。"

李全胜败了,换成了刘锋上场。

"韩科长,我代表金车提醒你们,你们这种行为是非常不妥的,严重伤害了我们金车的声誉!"

"你们拖欠我们的货款不还,就不影响声誉了?"

"我们说了不还吗?我们不是答应先还一部分了吗?"

"这远远不够。我们要的是 200 万元,你才给我们 20 万元,我们回去根本没法交代。"

"你以为你们这样做,我们就会答应你们的无理要求吗?"

"这个可不好说……"

韩伟昌得意地笑道。他不得不承认,唐子风的这一招还是挺管用的,这不,刘锋都上门讲理来了,你把我们的行李从招待所扔出来的时候,怎么不考虑声誉呢?现在知道我韩王爷几只眼了吧?

刘锋气呼呼地走了,不一会儿就带来四名膀大腰圆的保卫处职工,把韩伟昌围在了核心。

"韩科长,我已经警告过你了,你如果再在我们厂门口捣乱,就别怪我们不客气了。"刘锋威胁道。

韩伟昌一指厂门的方向,说:"刘主任,是你自己说的,离你们厂门 50 米就没问题,你想赖账吗?"

刘锋一口老血涌到嗓子眼,又好不容易地咽了回去。他说道:"我说 50 米只是打个比方,你现在已经影响到我们厂的正常生产秩序,我们有权对你进行驱逐。"

"我走,我走。"韩伟昌答应得极其爽快,"那么,刘主任,你看我离你们厂多远合适,100 米够不够?"

"多远都不行,只要是在金尧,就不许你举这个破锦旗!"

"哟嗬,还有这样的说法?我如果举了,你能拿我怎么样?"

"小王,去,把他赶走!"刘锋下令道。

韩伟昌把眼一瞪:"我看你们谁敢!"

这一嗓子,韩伟昌也是壮着胆子喊出来的,他赌的是金车的保卫处不敢动他一根毫毛。他是临一机的职工,占着理,而且是在金车的厂区外,金车保卫处如果对他动粗,后果是很麻烦的。

万一他磕着碰着哪个地方,临一机就有理由来和金车打官司了,别看临一机上门讨债显得低三下四的样子,涉及职工生命安全的事,临一机是真可以闹个天翻地覆的。

刘锋也明白这一点。把唐子风一行赶出厂招待所,这是金车有权力做的。但在厂区外对另一家国有大型企业的职工动粗,他还真没这个胆子。

再说,就算现在动粗把韩伟昌赶走,人家不会转个身再来吗?你还真能把人家一棍子打死?

"报警,让派出所来处理!"刘锋对保卫处的人员吩咐道。

厂保卫处不能做的事情,派出所是可以做的。厂区外是归派出所管的,韩伟昌扰乱社会秩序,派出所把他带走,问问话,警告一下,完全在合理的范围内。被派出所警告过之后,韩伟昌如果还敢这样做,就是屡教不改,拘留几天也是可以的。

金车作为一家大型企业,与辖区派出所的关系是极其密切的。保卫处的电话一打过去,派出所便派出了一名副所长,带着两名民警来到了现场。

"同志,你的证件!"

副所长黑着脸,向韩伟昌伸出手去。

韩伟昌正待掏工作证,却见一人从旁边走过来,抢先一步,把一本红皮工作证拍到了副所长的手里。

"中华人民共和国机械部……"

副所长拿起那本工作证看了一眼,顿时就觉得不好了。这是什么情况,怎么出来一个中央部委的人员?刘锋不是说这个人是什么临河来的吗?

"我叫唐子风,机械部二局的。他是我同事。你有什么事,跟我说吧。"唐子风冷着脸,对副所长说道。

"这个……"副所长有些语塞了。

带一个外省的人回派出所问问话,副所长是毫无心理压力的。但要说带一

第十七章　来啊,互相伤害啊

个中央部委的工作人员去派出所,副所长也没这个胆子。

"我们接到群众反映,说你们在这里干扰金车的正常生产秩序。"副所长结结巴巴地说。

"我们干扰金车什么生产秩序了?这个地方离金车的厂门足足有 50 米远吧?我们一没堵路,二不制造噪音,怎么就干扰生产秩序了?"唐子风问。

"你们挂这个锦旗,损害了金车的声誉。"副所长又换了个理由。

唐子风说:"这就更不对了。金车欠了我们的钱,我们要求他们还钱,是天经地义的。损害金车声誉的,是他们的欠款行为。你啥时候听说欠钱的有理,讨债的反而理亏了?"

"这个……"

警察最终也只能灰溜溜地回去了。他们是真的找不到带走唐子风和韩伟昌的理由,而唐子风的身份又让他们有些投鼠忌器。尽管刘锋再三向副所长保证,说这个唐子风没什么了不起的,机械部又如何,我们金车还是铁道部的呢,副所长依然不为所动。

"来来来,老韩,累了吧?是不是也饿了?你快到旁边歇一会,我给你买了盒饭,还专门给你买了一只烧鸡、一扎鲜啤,你喝几口解解乏。我说你也真是实心眼,也不知道带个马扎来坐着。对了,我今天在街上看到一个旅行帐篷挺不错的,回头买过来,你就在这扎个帐篷住下吧……"

唐子风没有管站在旁边、脸黑得如锅底一般的刘锋,只顾絮絮叨叨地向韩伟昌说着关心的话。他像变戏法一样,拿出一个折叠椅让韩伟昌坐下休息,又给他拎过来一袋吃的,还有一袋淡黄色的液体。刘锋认得,那正是金尧大街上卖的散啤,金尧人平时也是用食品袋去装的。

"唐子风,你到底要闹到什么程度才行?"

刘锋大吼道。

唐子风瞥了刘锋一眼,似乎刚刚发现刘锋的存在。他笑着说:"哟,这不是刘主任吗?要不一块喝点?对了,你问我要闹到什么程度,很简单啊,把 200 万元给我们汇过去,我和老韩立马就走,但凡多待一分钟,我允许你跟我姓!"

"你做梦!"刘锋说,"你以为你们这样做,就能让我们低头吗?我告诉你,姓唐的,你这是白费力气!"

"是吗?"唐子风笑得很邪魅,"那我们就试试看喽。"

"别以为我们没有办法对付你们,你会为你的举动付出代价的!"

"来啊,互相伤害啊!"唐子风把胸一挺,冲着刘锋露出了一个帅气的笑脸。

第十八章　其中有什么原因

"我们还真拿这个姓唐的没办法！"

在葛中乐办公室，刘锋垂头丧气地做着汇报。讲理，他讲不过唐子风。动粗，又投鼠忌器。人家就是把脸皮撕下来不要了，在你厂子门口撒泼打滚，你能怎么办？

葛中乐黑着脸说："我也没想到这个姓唐的小子会来这样一手，真是癞蛤蟆蹦脚面，不咬人，就是恶心人。你让保卫处的人盯着他们，如果他们跑到厂门口来了，就把他们赶走。如果他们站得远远的，那就由他们去。我还就不信了，他们还能一辈子待在金尧？"

"可是，这样一来，会不会对我们的声誉造成不良的影响？"刘锋问。

葛中乐说："这件事情，市里已经有领导打电话过来问了，宋厂长给他们做了解释，他们也能理解。毕竟我们金车是在金尧的，市里的胳膊肘也不会朝外拐。市里不管，普通老百姓懂什么，大家看看热闹而已，过不了几天，大家就没这个新鲜劲了。"

"还是厂领导有定力，我遇到这种事就没了主意了。"刘锋恭维了葛中乐一句。

葛中乐也是心里叫苦，这算什么定力啊？分明就是拿那个姓唐的没办法，只好装聋作哑了，就盼着这个姓唐的没长性，闹两天就走。他说是说由着唐子风他们去，但实际上唐子风他们这样闹，对金车肯定是有影响的。

外面的客户和供应商如果知道此事，会有什么想法？

厂里的干部职工看到自己的厂子因为赖账而被人家堵着门叫骂，又会有什么想法？

这些事，现在也没法考虑了。

不过，葛中乐倒是也有一件让自己解气的事情，那就是厂长宋福来已经下了令,说原本答应还临一机的 20 万元也不还了。你们不是要闹吗?那就让你们一分钱都拿不到,看谁的损失更大。

"葛厂长,外面来了个记者,说要采访你。"

二人正在说着事,厂办的小秘书跑来向葛中乐通报道。

"记者,哪家报社的?"刘锋问。

"说是《经济日报》的,是个女记者。"小秘书说。

"《经济日报》的记者?怎么会来采访我?"葛中乐诧异道。

小秘书说:"她说,是接到了群众提供的新闻线索,知道咱们厂和其他厂子发生了商业纠纷,想来了解一下情况。"

"我们没有和其他厂子发生商业纠纷啊。"葛中乐说。

"呃……葛厂长,怎么没有了?"刘锋忍不住要提醒一二了。老大啊,门口还堵着俩人呢,你居然就给忘了。

葛中乐也反应过来了:"你是说,这个女记者,是为了唐子风他们的事情来的?"

"十有八九是。"

"那……"

"要不,我去把她打发走。"刘锋自告奋勇说。

葛中乐想了想,说:"算了,还是请她进来吧。记者是无冕之王,不好惹。我们听听她的意思再说。"

女记者很快就被带过来了,这是一位年轻的女孩子,长发披肩,眉目灵动,穿着一件时下很流行的红外套,单肩背着一个采访包,脖子上挂着相机,看上去颇为精干。

"您就是葛厂长吧?我是《经济日报》的实习记者包娜娜,这是我的介绍信,请您过目。"女记者向葛中乐彬彬有礼地做着自我介绍,同时递上了一份介绍信。实习记者没有记者证,但有新闻单位开的介绍信,也能证明身份。

葛中乐脸上带着和煦的春风,一边说着用不着看介绍信之类的话,一边又心口不一地接过介绍信看了一眼。

没错,介绍信是如假包换的,虽然说对方只是一名实习记者,但实习记者也是记者,是不能小瞧的。

"包记者,请坐请坐。你这次到金车来,是想了解一点什么情况呢?"葛中乐招呼着包娜娜坐下,又叫秘书给她倒了水,然后问道。

包娜娜说:"葛厂长,这一次我们几位同学跟带队老师到金尧来,主要是调查部分工业企业出现严重亏损的问题。昨天,我们接到群众提供的新闻线索,说有两名自称是临河第一机床厂的人员,在金车门前举牌讨要欠款,引发群众的围观。

"我们在此前的调查中,也经常听到企业领导向我们反映有关三角债的问题。我们老师觉得这件事情是个不错的新闻点,便安排我先过来了解一下情况,如果后续发现更多的新闻线索,他会亲自带领我们其他同学到金车来进行更全面的采访。"

"这件事纯粹是一个误会!"葛中乐断然说,"关于有两位临一机的职工在我厂门口举牌的事情,纯粹是他们的个人行为,目的是通过败坏我们厂的名声,达到他们不可告人的目的。"

"哦?"包娜娜应了一声,却并不评论,只是用漂亮的大眼睛看着葛中乐,等着他解释。

"这件事情是这样的。我们的确是有一些货款暂时没有支付给临一机,这在商业上其实也是很常见的嘛。前几天,临一机派出了两个人,到我厂来商讨货款支付的问题。我们之间其实还是谈得非常融洽的。我们答应先支付一部分货款,其余货款稍后再支付,这一点他们也是接受了的。"

"你们答应先支付多少?"

"20万元。"

"那么你们欠临一机的总货款又是多少?"

"其实也没多少,具体数字我不太了解……"葛中乐开始支吾起来。

包娜娜说:"刚才我采访过临一机的那两位同志,他们声称金车欠他们的货款总共是200万元,这个数字属实吗?"

"这个数字嘛……"葛中乐拖了个长腔,然后说,"说是200万元也可以。不过,这200万元中间还是有一些不同情况的。包记者你可能不太了解我们企业经营的事情,这欠款和欠款,也是不一样的。"

"对对对,欠款和欠款是不一样的,有些事情涉及我们和临一机之间的商业秘密,就不合适向包记者你透露了,哈哈哈。"刘锋在旁边帮着腔。

包娜娜点点头,略过了这个问题,问道:"那么,葛厂长,我能不能了解一下,金车为什么不能把欠款全部还上呢？民间说,欠债还钱,是天经地义的事情。既然金车的确欠了临一机的钱,就应当如数偿还,为什么只答应先还10%,其中有什么原因吗？"

"当然有。"葛中乐说,"这个最重要的原因,就是包记者你刚才说过的三角债问题。我们欠了临一机的货款不假,但其他企业也欠了我们的货款没还。我们现在财务上也非常困难,就是答应付给临一机的这20万元,也是我们想了很多办法才挤出来的。如果要偿还更多的欠款,我们厂就要揭不开锅了。"

"是这样啊？"包娜娜说,她向葛中乐微微一笑,突然说道,"可是,据我看到的情况,金车的财务状况应当是非常好的。我刚才在楼下的时候,见到了七八辆豪华轿车,每辆车的价格都在50万元以上。我问过门卫了,他们说这些车都是你们金车各位厂领导的座车。请问,你们有钱购买豪华轿车,为什么没钱偿还应当偿还给其他企业的欠款呢？"

"这不一样!"葛中乐脱口而出,"这些轿车嘛,嗯,这个这个……"

"包记者,其实,这些轿车都是过去买的,和我们欠临一机的货款没有关系。"刘锋急中生智,替葛中乐把谎圆上了,"包记者,三角债的问题,是这两年才变得严重起来的。前几年,我们厂的财务情况还是不错的,所以购买了一些轿车,主要也是为了方便业务联系。这些轿车也不能算是很豪华,按照我们厂的级别,配这个档次的轿车是允许的。"

"对对,刘主任说的情况,就是我想向包记者解释的。这些轿车,都是三年前采购的,和我们欠临一机的钱无关。"葛中乐说。

包娜娜问:"那么,葛厂长,你的意思是说,你们厂这两年没什么奢侈性的公款消费？"

"没有!"葛中乐说,"从前年开始,我们厂也有很多货款无法收回,导致财务上非常紧张。所以,我们在厂里执行了非常严格的财务管理制度,一切开支从简,省下经费,用于维持正常的生产以及职工的生活。我们现在还没有摆脱财务压力,所以要一下子偿还临一机的全部货款,是办不到的。"

"可是,葛厂长用的移动电话,好像是今年才上市的最新款吧？"包娜娜把目光投向葛中乐放在办公桌上的手机,微笑着说道。

葛中乐下意识地抓起一份报纸便扔在了手机上,把这部价值近2万元的最新款手机挡上了,然后尴尬地笑着解释说:"这个……实在是业务需要,我因为是负责供销业务的,经常要出差,所以厂里给我配了一部移动电话。这样的支出,还是必要的嘛。"

"您是说,金车只有您配了移动电话?"包娜娜逼问道。

"是的。"葛中乐说。在他说这话的时候,坐在一旁的刘锋迅速地把一只手挡在了自己的腰间,在他的皮带上,分明就挂着一部手机,那也是价值一万多的款式。

包娜娜其实早就看到了,她用眼睛盯着刘锋那只挡在手机上的手,笑而不语。

第十九章　真正的杀招

见到包娜娜的这副表情,葛中乐知道这样当面说瞎话是过不了关的。

他干笑着说:"对对,刘主任也有一部移动电话,这也是工作需要。他是负责搞接待的,什么上级领导啊、兄弟单位的同行啊,来到金车,都是由刘主任负责接待的。搞接待工作嘛,头绪很多,各个环节有点事情都要及时处理,所以厂里也给他配了一部移动电话。"

"理解理解。"包娜娜点头不迭,她在采访本上记了两笔,然后问道,"葛厂长,你能不能告诉我,金车有多少干部是像您和刘主任一样,出于工作需要而必须配备移动电话的?为了配这些移动电话,金车花费了多少钱?"

"这个……"葛中乐觉得脑子有点不够用,这个女记者真是目光犀利,一下子就找出了金车的破绽。一边是欠着人家几百万货款不还,逼得人家上门讨债的厂长助理不得不在厂门外举牌抗议,另一边却是自己奢侈无度,花费了大量金钱买豪华轿车和移动电话。

这样的事情,其实也是公开的秘密,但公开的秘密也是秘密,是不能公开说出去的。这种事情如果被记者捅到报纸上去,读者才不管你是什么潜规则,肯定是要议论纷纷的。

"其实也没几个。"刘锋再次救场,他说,"包记者,你要问我们具体给干部配了多少部移动电话,我一时也回答不上来。不过,我可以负责任地说,我们全厂给厂领导和中层干部配的移动电话,不超过这个数。"

说到这,他伸出两个巴掌,在空中晃了晃。

"刘主任的意思是……100 部?"包娜娜猜测道。

"这怎么可能呢?"刘锋装出因为被人误解而很生气的样子,纠正说,"最多就是 10 部。"

他这样说,就是存着耍赖的心理了。

第十九章 真正的杀招

葛中乐的手机被包娜娜看见了,无法抵赖。他刘锋的手机也被看见了,同样无法抵赖。

他不确信包娜娜是否还在金车其他地方看到过有人配手机,所以不能把话说得太死。他说出一个10部手机的数量,就是留出了余地。届时不管包娜娜问起谁,他都可以算到这10部手机的范围内,这样包娜娜就没办法了。

谁承想,他刚把数字说完,包娜娜就笑了,笑得很甜的样子。

她一边笑,一边从采访包里掏出一个厚厚的大信封,放到葛中乐的桌上,说道:"葛厂长,正好,我收到了群众提供的一些材料,您和刘主任看一下,然后麻烦您二位就这些材料的真伪,给我解释一下。"

葛中乐接过信封,把里面的东西掏出来一看,居然是厚厚一沓彩色照片,足有上百张。最上面的一张,是一位男子握着一个手机边打电话边走,似乎是担心葛中乐看不出照片上的亮点,不知是谁专门在那照片上手机的位置用粗笔画了一个圈。

这位男子,葛中乐是认识的,他是财务处的一位副处长。这张照片分明是在说,这位副处长也是配备了手机的。

再翻过一张,是同样的主题,只是主角换成了劳资处的处长,他腰间的皮带上挂着一个皮套子,里面也插着一个手机。

再往后,全是如此。

刘锋的脸霎时就黑了。这是在给我刨坑啊。你手里掌握着这样的材料,还问我全厂有几部移动电话。我刚刚说能够负责任地说全厂只有不超过10部手机,你一转身就掏出这些材料。光这材料上的人,就有好几十位了,这不是赤裸裸地打脸吗?

刘锋不敢说这些人不是厂里的干部,因为这种事要查起来是很容易的。你现在敢否认,人家就敢把材料递到铁道部去,让铁道部下来查,那就更麻烦了。

能不能说这些手机都是当事人自己买的呢?别逗了,在大家工资才一两百块钱的年代里,你一个企业干部花一万多去买个手机,通话一分钟就是好几毛钱,谁信?

好吧,其实人家不信反而是好事,如果人家信了,你这些钱的来源,说得清楚吗?

关于这些照片的来源,葛中乐和刘锋心里都是如明镜一般的。原来唐子风和韩伟昌待在金车天天拍照,就是为了取证,以证明金车有钱还债。亏得自己还以为这俩人是抽风呢。

那么,唐子风那天哭着喊着非要和自己合影,甚至用欺骗的方法去和宋福来合了一个影,又是为了什么呢?自己当时手里拿着手机吗?

想到此,葛中乐加快了翻照片的速度,一直翻到了自己与唐子风的那张合影。

照片上并没有看到葛中乐的手机,这让他松了一口气。就在他打算把照片翻过去的时候,却发现在照片上自己左手手腕那个部位,被人用黑笔画了一个圈,这是这张照片的亮点所在。

"手表!"

葛中乐心里咯噔一声。

他拿起那张照片,想认真看看,却发现下面还有一张更清晰的,那是他腕子上手表的特写。韩伟昌用的是长焦相机,隔着几步远,给他的手腕来个特写是毫无问题的。

他想起来了,那一天,韩伟昌连续拍了好几张照片,原来是有不同的目的。

一张照片是葛中乐与唐子风合影的全景照,坐实了葛中乐手腕上戴着的手表。

另一张则是手表的特写,这张特写是如此清晰,懂行的人一眼就能够看出手表的品牌和型号。

没有人比葛中乐更清楚自己腕子上的手表是什么牌子,价值多少。以他和老婆的工资,要买下这块手表,需要全家人不吃不喝积攒五年时间。

这样价值不菲的一块手表,赫然出现在他的手腕上,还被人拍了特写。葛中乐能够想象得出,这样一张照片如果被交到部里的相关部门去,等待他的会是什么。

"包记者,你是什么意思!"葛中乐怒气冲冲地质问道,甚至连刘锋都能够听出,葛厂长的问话里带着一些颤音,让人听着就有些感动,嗯,想哭。

"没什么呀,我只是接到群众提供的线索,向葛厂长求证一下而已。"包娜娜心平气和地说。

"你说的群众,是不是唐子风那个浑蛋!"

"葛厂长,不好意思,我们要替线人保密的哦。"

"你说,唐子风跟你说什么了?"

"你说唐师兄啊,他什么也没说,他说葛厂长一看这些照片,就会明白的。"

"唐师兄?"

"是啊,我和唐师兄是同一个大学的,他比我高三届,所以我叫他师兄。"

"你是说,你从前就和他认识?"

"其实认识的时间也不长,一年多而已。"

"唐子风想要什么?"

"他没跟我说,他只是说你懂的。"

葛中乐再没有了此前的霸气,他像是斗败的鸡一样,垂头丧气地对包娜娜说道:"包记者,这件事,我还需要向厂长请示一下,麻烦你在这里等一会,你看可以吗?"

"完全可以。"包娜娜轻松地回答道。

葛中乐交代刘锋陪着包娜娜,自己拿着那一大沓照片,匆匆出了自己的办公室,径直来到宋福来的办公室。他把办公室的门关上,然后凑到宋福来面前,低声说道:"老宋,出了点情况……"

看着自己与唐子风握手的照片以及自己手腕上同样被画上的圈圈,宋福来气不打一处来。他用手指着葛中乐,骂道:"老葛啊老葛,你让我说你什么好。人家下个套,你居然看不出来,还把他带到我这里来,连我都被套进去了。我这块手表,分明就是外商作为礼品送给我的,我也只是暂时戴几天,然后就会交给厂里统一处理。现在可好,让一个别有用心的人拍了照片,这照片如果传出去,影响有多坏,你知道吗?"

"老宋,我是真的没想到这个姓唐的会这么阴险。你说说看,这么损的招数,他是怎么想出来的?"葛中乐做着检讨,心里却在暗暗庆幸。幸好自己把唐子风带到宋福来这里来了,把宋福来也拖下了水。这种事情,有宋福来顶着,自己就好办了。

宋福来发完飙,脑子冷静了几分。他想了想,说道:"这个唐子风也就是20岁刚出头,我估计他没这么深的算计。这件事,没准是周衡那个老东西出的主意,要拿住我们的把柄,逼着我们还钱。"

"你是说,如果我们还上了钱,周衡就不会为难我们了?"葛中乐问。

宋福来说:"我们如果还了钱,他还怎么为难我们? 一块手表,能说明什么问题？我们完全可以说得清楚的，他如果拿着这样的证据去部里诬告我们，我们也不怕。

"不过嘛，这种事情，还是尽早解决为好，俗话说，宁得罪君子，不得罪小人。这样吧，我马上给周衡打个电话，他不就是要钱吗，咱们先还他一半，另外一半下个月还，他还能放什么屁？"

"对对，临一机那些人就是小人，不值得和他们一般见识！"葛中乐附和着。他才懒得去揭穿宋福来那外强中干的叫嚣，宋福来愿意还钱，周衡那边估计也就收手了吧，大家都是吃公家饭的，还真会为了这么点事把人往死里整？

唉，早知道这样，自己为什么要和那个臭小子合影呢？还有，这么烧包的一块手表，自己干吗非要戴在手上显摆呢？

第二十章　解决问题

"喂,老周吗?我是金车的宋胖子啊。"

宋福来打通周衡的电话之后,上来便是这么一句甜腻腻的自我介绍。

他原本是打算说得更强硬一些的,让周衡觉得自己并不怕他。可话到嘴边,他又失去了勇气,没办法啊,命根子在人家手里捏着,他还能强硬得起来吗?

周衡一听这话,心里就是一个激灵:

哎哟,唐子风这小子不会是把事情给办成了吧?

心里是这样想,他的语气里可不会流露出来。他装出一副平淡的口吻,说道:"哦,原来是宋厂长啊,怎么,你有什么指示吗?"

"瞧你说的,什么指示。我是金车的厂长,你是临一机的厂长,我哪有资格指示你啊?"宋福来说。

"哈哈,我这个厂长是临时的,宋厂长可是金车的老领导了,啥时候调回部里,起码是一个副部长的职务,指导我这个小处长,不是理所应当的吗?"

两个人没油没盐地扯了好一会,宋福来才收回话头,说道:"老周啊,有个事一直挺对不起你的。前两天,你们厂那个唐助理到我这里来联系欠款的事情,当时我们有几笔钱没有收回来,我跟他说要等一等,他可能是有些误会了,大家闹了点不愉快。

"我给你打这个电话呢,就是想说明一下,咱们都是部属企业,怎么可能会相互拆台呢?你们那笔钱,我已经安排好了,下个星期就给你们付一半,剩下一半,下个月中旬之前,一定给你们汇到账上,你看怎么样?"

"此话当真?"周衡又惊又喜,同时在心里盘算着,唐子风到底干了些什么,逼得这个牛烘烘的宋福来主动给自己打电话,还如此爽快地答应马上付款,下月中旬之前全部付清。

要知道,周衡给唐子风的任务,也只是让他尽可能讨回一半的欠款。在周衡心里，觉得唐子风能拿回来三分之一，都算是很成功了。

周衡才不会相信宋福来是出于什么兄弟企业的感情才这样做的，他有一百个理由相信，是唐子风采取了一些极端手段，逼得宋福来不得不这样做。

前天，唐子风给厂里通过一个电话，说金车那边只答应付10%，他要给金车施加一些压力。至于怎么做，他以电话里不便说得太多为由，并没有向周衡通报。

周衡倒也不担心唐子风会采用什么违法乱纪的手段，比如拿块板砖，薅着宋福来的脖子说"伏尸二人、流血五步"之类的。毕竟唐子风也是名校毕业，这点起码的觉悟还是有的。

在这个时候，周衡也没时间去猜测唐子风的作为了。他对着电话听筒，笑呵呵地说道："是吗？如果是这样，那我可太感谢宋厂长了，你这是救了我一命啊！不，你是救了我们临一机两万干部职工和家属的命啊！没说的，宋厂长啥时候来临河，我一定八碟八碗盛情招待，大家来个一醉方休。"

"八碟八碗就不必了。老周，你还是先把你们那个什么唐助理和韩科长弄回去吧。好歹咱们也是国营大厂，他们搞的那些名堂，实在是上不了台面，让人看你们临一机的笑话呢。"宋福来说。

"是吗？还有这样的事情！"周衡在电话里就表现出愤怒了，"宋厂长，小唐他们到底做了什么不合适的事情，你告诉我，我要严肃地批评他们，不，是严肃地处理他们。"

"唉，严肃处理倒不必了。他们也是为了工作吧，就是方法上有些欠缺。他们两个人，做了一面锦旗，写了一些不合适的话，立在我们厂门口，都整整两天了，这个影响非常不好嘛！"

"岂有此理！宋厂长，你现在能联系上他们吗？你叫他们过来接电话，我马上就让他们把那个什么锦旗撤了，回厂里来接受处理。"周衡信誓旦旦地说道。

唐子风很快就被刘锋带过来了。为了不多生波折，宋福来是让他到自己办公室来接电话的。唐子风进门的时候，看到宋福来向他投来一束恶狠狠的目光，几乎是想用意念把唐子风撕成碎片。

唐子风才不会在乎这个，他既然敢得罪宋福来、葛中乐一行，就不担心他们对自己进行报复。他手里捏着这二人佩戴高档手表的照片，逼急了，把照片往"有关部门"一递，这二人不死也得蜕层皮。

第二十章 解决问题

前一世的唐子风啥阵势没经历过,他清楚,像宋福来这样级别的人,是不会和他这种小年轻去赌命的。用句简单的话来说,他唐子风光脚的不怕穿鞋的。

从刘锋手里接过电话听筒,唐子风刚喂了一声,就听到电话那头传来周衡假装严肃的批评声,但唐子风分明能够从周衡的话里听出其他意思,大致就是说宋福来已经认栽了,唐子风和韩伟昌可以撤回去了。

唐子风对着听筒唯唯诺诺,脸上是一副惶恐神色。接完电话,他把听筒交还给刘锋,然后对着宋福来、葛中乐深深地鞠了一躬,用痛心疾首的语气说道:"宋厂长、葛厂长,我错了,我向你们做深刻的检讨。"

"检讨就不必了,你把你搞的那些名堂,都收回去吧,你们也别在金尧待了,今天就给我回你们临河去。"宋福来端着架子训道。

"是是是,我们马上就走。"唐子风答应得极其爽快。

"还有,你那些照片……"葛中乐提醒道。

"我全部交给葛厂长,保证一张都不会流传出去。"

"还有底片……"

"我都带来了,葛厂长请过目。"唐子风从随身的挎包里掏出一堆胶卷,全摆在了葛中乐的面前。

"我看看。"葛中乐伸手拿过一个胶卷,就打算把里面的胶片抽出来检查。

宋福来制止了葛中乐,说道:"这种乌烟瘴气的东西,有什么好看的?让厂办拿去全部销毁。还有,唐子风,那个记者那边,你打算怎么跟她说?"

"我去解释,告诉她这只是一个误会。您放心,她不会乱说的。"

"去吧!"宋福来像轰一只苍蝇一样,向唐子风挥了挥手。

刘锋带着唐子风出去了。葛中乐看着宋福来,问道:"老宋,你怎么不让我检查一下这些胶卷,万一他还留了一些怎么办?"

宋福来冷笑道:"你以为他没有留下另一套照片吗?你拿到了底片又有什么用?"

"你是说,他冲洗了不止一套照片?"葛中乐反应过来了。是啊,如果人家存着留证据的心,怎么会只冲洗一套照片呢?他让唐子风交出底片,其实是多此一举了。

"这个小年轻心机很重,他知道自己已经把我们得罪死了,他是不会不留一点证据用来牵制我们的。"宋福来幽幽地说。

"那咱们怎么办?"葛中乐问。

宋福来说:"问题不大。从他刚才的表态来看,他也只是为了把钱要到,能够回去刷个资历。他前途远大,不会乱来的。你去安排一下,给这个小年轻包个1000块钱的劳务费,就说是因为我们没有给他们安排食宿,补贴给他们的食宿费用。给那个老的和那个记者,也都包个300块吧。收了钱,他们会知道该怎么做的。"

"我明白了。"葛中乐说,"我这就去办。这个唐子风如果识相,这件事就到此为止了。如果他不识相,还要继续闹下去,我就不信以我老葛这么多年积累下来的关系,还收拾不了这么一个小屁孩子。"

"唉,终日打雁,反而让雁啄了眼睛。你去通知一下,让各部门的人都给我低调一点,别成天那副烧包样,配个移动电话是为了方便他们联系工作的,到处显摆个屁啊!"宋福来恨恨地说道。

唐子风和包娜娜在前,韩伟昌在后,三个人以"倒三角"的队形走出了金车的大门,唐子风回过头来,低声吩咐道:"老韩,关于照片的事情,你得严守秘密,不能泄露半点。咱们这次可是把金车的厂领导得罪死了,这件事如果泄露出去,大家就是不死不休的仇恨,你们觉得我们几个能扛得住他们的报复吗?"

韩伟昌这才想起来,对啊,这一次的事情,实在是玩大了。那些照片,正是他拍的,唐子风事先也向他交代了拍照的要领,他岂能不知道唐子风让他拍这些照片的目的?原来金车向他们低头,并不是因为他举锦旗抗议的事情,而是唐子风抓住了对方的把柄。

作为一名国企干部,韩伟昌太明白这些照片的杀伤力了。作为这些"大规模杀伤性武器"的制造者和拥有者,他现在已经是宋福来一伙的眼中钉、肉中刺了。

第二十一章　失散多年的亲师妹

唉，又被这个小年轻坑了。

韩伟昌哭了。整件事都是唐子风策划的，却让他韩伟昌负责拍照，还美其名曰发挥韩伟昌的专业水平，其实不就是为了让他去吸引仇恨吗？从此之后，唐子风的手里又多了他的一个把柄，他真是想逃都没地方逃了。

"唐厂助，瞧你说的，咱们不是一条船上的人吗？我怎么可能随便乱说呢？就是……不知道包记者这边……"韩伟昌用目光示意着包娜娜那边，吞吞吐吐地没把话说完。

包娜娜也回过头，冲韩伟昌嫣然一笑，说道："韩科长，你放心吧，我就是陪我唐师兄来演戏的，唐师兄让我说什么，我就说什么。唐师兄让我别说的话，我肯定是烂在肚子里，绝对不会泄露半句的。"

"原来你们早就认识啊，哦哦，那可就太好了。"韩伟昌道。

"唐师兄，我帮了你这么大的忙，你是不是该请我吃顿大餐啊？"包娜娜把头转向唐子风，嘻嘻笑着说道。

唐子风把手一挥，说："你说吧，想吃什么，20块钱之内，我眨眨眼就不姓唐。"

"20！"包娜娜喊了起来，"我说师兄，你也太抠门了吧？你这么有……呃，你这么有才的一个人，请失散多年的亲师妹吃顿饭，才20块钱的标准？"

包娜娜咽回去的那句话，其实是想说唐子风那么有钱。韩伟昌不知道唐子风的家底，包娜娜可是非常清楚的。

她正是唐子风雇佣过的金牌销售员，帮唐子风推销了好几百本图书，光是自己拿到的提成就已经有2万元了。

她可知道，帮唐子风卖书的，并不只有她一个人，那么唐子风能够赚到多少钱，还用说吗？

这一次，唐子风到金车来催账，事先是准备了好几套方案的，其中就有动用媒体力量给金车施压的一项。

作为一名穿越者，唐子风实在是太清楚如何借媒体造势了，20世纪90年代的国企领导，对付媒体的知识几乎为零，唐子风相信，只要自己稍加引导，就足以让金车的那些领导屈服。

选择葛中乐和宋福来的手表作为下手目标，既是偶然，也是必然。

说偶然，是因为唐子风无意间发现金车的某一位中层干部手上戴了名表，进而推测出金车的厂领导也有这样的嗜好，所以才打算从这个角度入手。

说必然，那就得益于唐子风从后世带过来的丰富斗争经验了。后世的人，谁不知道几个关于"表哥"的传说，在唐子风穿越之前，那帮吃着公家饭还成天戴个名表瞎嘚瑟的贪官们一个个都落马了。

想法有了，照片也到手了，剩下的就是要找一个人把这些照片捅到葛中乐等人面前，给他们传递一个信号。能够做到这一点的，当然非记者莫属。

唐子风并不想真的把宋福来一行送去喝茶，所以不敢随便找一个不知根底的记者。他打电话给王梓杰，让他帮忙找一个熟悉的记者，最好就是人大本校毕业的，这样会比较好说话。

王梓杰一打听，发现给他们当过金牌销售的新闻系大四学生包娜娜正好在《经济日报》做毕业实习，而且此时又恰好跟着报社老师在金尧采访，便帮唐子风联系上了她。

与包娜娜的交流是非常简单的，这位能够成为金牌销售的女生，非常精于人情世故，一听唐子风的安排就明白了自己的角色，这才有了她的金车之行。

唐子风安排的杀招，就是关于葛中乐和宋福来腕子上名表的照片，但包娜娜却把这些照片混在一堆手机照片中间交给葛中乐，没有把名表照片单独拿出来说事。

这样葛中乐等人就可以自欺欺人地相信记者并没注意到这些更敏感的照片，要找台阶也会更容易。如果换成一个愣头青，直接拿着这几张手表照片去质问葛中乐，大家就很难收场了。

包娜娜在最后关头透露出自己与唐子风是校友关系，其实也是为了给葛中乐吃一颗定心丸，让他知道自己只是受人之托来传话的，并无兴趣就此事深究下去。葛中乐只要能够摆平唐子风，其余的事情就不用担心了。

第二十一章　失散多年的亲师妹

所有这些细节，韩伟昌自然是不清楚的，唐子风也没兴趣向他做更多的解释。他需要做的，是让自己在韩伟昌心目中保留更多的神秘感，这样未来韩伟昌就能够为他所用了。

见到包娜娜和唐子风说笑，韩伟昌非常识趣地说："要不，唐厂助，你陪包记者去吃饭，我就先回招待所了。"

"没事，老韩，一块去吧。这几天你辛苦了，我理当给你摆酒谢罪的。"唐子风说。

韩伟昌连连摆手："唐厂助说哪的话呢，这不也是我的工作吗？吃饭我就不去了，你们年轻人在一起有话聊，我掺和进去没意思。"

唐子风想了一下，觉得自己有些话需要单独叮嘱包娜娜，让韩伟昌在旁边听着也不合适，于是点点头，说："如果是这样，那老韩你就自己去解决午餐问题吧。吃好一点，花几十块钱也无所谓，记得开张票，回去以后我签字帮你报了。"

"哪花得了这么多钱？嘿嘿，那我就先走了。"韩伟昌嘴里说着客气，一溜烟就跑得没影了。

"师兄，我怎么觉得这位老韩挺怕你的？"包娜娜看着韩伟昌远去的方向，笑呵呵地对唐子风说。

唐子风说："那是当然，你也不看看你师兄是什么气质。我跟你说，哥往临一机的门口一站，立马……"

"打住打住。"包娜娜拍拍唐子风的胳膊，装出一副鄙夷的神色说，"又来你那套忽悠了，去年我就是被你那通话给骗了，心甘情愿帮你们当了三个月的推销员。"

"这叫心灵鸡汤，每天喝几口，活到九十九哦。"唐子风说。

两个人斗着嘴，倒也没耽误走路。离金车不远的地方，就有一座挺高档的酒楼，俩人步行走了十分钟，便来到了这里。穿着红色旗袍的服务员把他们带进一个装修得颇为土豪的雅间，安排他们坐下，把菜单递到了二人面前。

"师兄，真的只能吃20块钱吗？"

包娜娜看着花花绿绿的菜品照片以及照片下面不菲的价格，可怜兮兮地问道。

唐子风正色说："你以为呢？我们出差在外就是这样的伙食标准，今天花了20块钱请你，明后天我和老韩都只能吃咸菜下饭了。"

"可是你自己有钱啊,我帮了你这么大的忙,你不该感谢我一下?"

"谁会掏自己的钱帮公家办事?傻呀?"

"要不,就由我这个可怜的实习生请师兄吃饭吧?"

"好啊好啊。"唐子风连声应道,随即把头转向服务员,说道,"先来四个凉菜,西施舌、昭君鸭、贵妃鸡、貂蝉豆腐,再来两只奶油焗龙虾、四个鲍鱼、一对熊掌……"

"呃……"服务员面有难色,你这是点菜还是玩人呢?

"师兄,别闹!"包娜娜隔着桌子向唐子风挥了一下手,像是要打唐子风一下的样子,但那柔若无骨的巴掌挥动起来的样子,看在唐子风的眼里,不像是威胁,倒反而像是在卖萌。

制止住唐子风的胡说八道之后,包娜娜选了几个菜报给服务员听,又吩咐服务员上一扎散啤。这几个菜虽然没有唐子风说的那样夸张,价格也不算低,差不多要花到100块钱了,相当于一个普通工人近一个月的工资。

包娜娜也没纠结于谁付账的问题,她好歹也是有着2万元存款的91级"富婆",请人吃顿饭的钱还是付得起的。

更何况,她早就想有个机会能够与眼前这位年少多金而且长得颇为帅气的师兄共进午餐了,就算不能擦出点火花,给自己留个念想也是好的吧?

不愧是大酒楼,几个菜很快就做好端上来了,淡黄色的散啤也盛在一个大玻璃壶里摆在了他们面前。

包娜娜亲自起身,给唐子风和自己分别倒上了啤酒,然后端着酒杯笑吟吟地向唐子风说:"师兄,其实我早就想请你吃顿饭了,在京城的时候一直不敢约你,却想不到在金尧让我逮着机会了。这杯酒,主要是感谢师兄给我创造了那么好的赚钱机会,让我把出国留学的钱一下子就存够了。"

"师妹言重了,其实你也帮了我们的大忙呢。"唐子风与包娜娜碰了杯,把一杯啤酒一饮而尽,然后拿起玻璃壶,一边给包娜娜倒酒,一边问道,"怎么,你要出国留学?"

"是啊。"包娜娜伸筷子夹了一口菜塞进嘴里,赞了一声菜的美味,然后说,"我一直都有这个打算的,从大一就开始背托福单词。去年申请了美国的几所大学,他们最多的也就是给了我半奖,我家里又拿不出钱来资助我。结果,天上掉下个唐师兄,竟然帮我把问题给解决了。"

第二十二章　最有机遇的国家

"那我就祝贺包师妹了。"

唐子风笑着向包娜娜举了举杯子。

包娜娜噘着嘴,用撒娇的口吻说:"师兄……你就真的不愿意和我一起去美国吗?你现在又不缺钱,随便申请个学校就能去,何必留在国内干这些没意义的事情呢?"

针对包娜娜最后那句话,他笑呵呵地回答道:"我在国内怎么就是干些没意义的事情了?我现在可承担着一家近万人的国有大型企业的振兴大计,这还叫没意义?"

"有什么意义?"包娜娜说,"师兄,你不会真的认为这些国企能够活下来吧?"

"怎么就活不下来了?"唐子风被包娜娜说愣了。在他穿越之前的那个年代里,大型国企活得那叫一个张扬,怎么会活不下去呢?具体到临一机,他倒是想不起来了,不知道有没有这样一家企业。但其他许多类似的企业在经历了一番涅槃重生之后,都开始走上了欣欣向荣的道路。唐子风愿意跟着周衡到临一机去,也是因为预见到了这样的前景。

包娜娜不是穿越者,自然不明白唐子风的信心所在。她说:"你们临一机怎么回事,我不清楚。但你看金车的那些领导是什么样子?说真的,看到你给我的那些照片,我都快气炸了,真想把那些照片送到纪检去,让纪检好好地查一下这帮蛀虫!"

唐子风看着包娜娜愤怒的表情,微微一笑,说:"如此说来,你还是很有正义感的嘛。"

"有正义感有什么用?"包娜娜说,"我当初选择学新闻,就是为了铁肩担道义,揭露这些丑恶现象。可到了现实中,才发现世界没我想象的那么简单。就说金车这事吧,你只是让我来帮你演戏,不让我戳穿真相。我就不明白了,师兄,你为什么不让我把那些照片交上去?把这些人送进去不是更好吗?"

"时机还不到吧。"唐子风叹了口气,"社会风气不是一天两天就能够扭转过来的,我现在最关心的就是临一机的脱困问题,不想多生枝节。我们临一机的领导班子,呃呃,我是说现在的领导班子,还是不错的,我对临一机脱困很有信心。"

"可是,就算临一机脱困了,和你又有什么关系?你觉得,咱们这个国家还有希望吗?"包娜娜继续说道。

"这就是你要出国的原因?"唐子风反问道。

包娜娜点点头:"没错,我对自己在中国发展是没信心了,还是趁早出国去。以后争取弄个绿卡留下来,把我爸妈带出去,我就此生无憾了……也不对,如果师兄你能跟我一块出去,那就更完美了。"

说到此,她的眼睛里又开始嗞嗞地向外放着电,像是某款时下颇流行的游戏里那种磁暴线圈。

唐子风也是那种随身自带360度全覆盖式法拉第笼的人,对于这样的电磁攻击具有免疫力。

他笑着说:"娜娜,我支持你到国外去转转,不过,绿卡之类的,我劝你最好不要去琢磨。这个时候移民美国,相当于1911年进宫,或者1949年投奔国民党政府,绝对是上错了船。"

包娜娜也是情商、智商、财商的"三高"人群,虽然唐子风说的哏她并没听过,但她还是抓住了唐子风话里的玄机,试探着问道:"师兄的意思是说,国外不如国内有前途?"

"听我的,5年之内回国来,在国内守着一个行业踏踏实实地干上10年,你的成就绝对比你的外国同行要大得多。"唐子风笃定地说。

"就是你跟我们说过的,在风口上连猪都能飞起来?"

"没错。未来20年乃至40年,中国都是全世界最有机遇的国家。"说到这,唐子风用手指了指地面,说,"中国,才是最好的平台。"

包娜娜沉默了。如果换成其他一个人这样对她说,她肯定要嘲笑对方没见识,或者嘲笑对方是被学校的思想政治课洗了脑。

但唐子风不同,包娜娜是看着唐子风如何把一桩生意做起来的,这生意的模式是如此简单,但别人却想不到。唐子风能够从平凡之中发现商机,一年赚了人家一辈子才能赚到的钱,甚至自己这个帮唐子风跑腿的人,都赚到了2万块钱,成为一个富婆。这样一个目光敏锐的青年才俊,会错判形势吗?

"可是,师兄,如果我听你的,回国来发展,到最后一事无成,怎么办?"包娜娜想了一会,脸上露出一个暧昧的笑容,对唐子风问道。

唐子风耸耸肩:"那只能怪你自己喽,这么好的机会,你干不出成绩,还能怨谁?"

"到时候,你会不会养我?"包娜娜索性把话说得更明白了。

唐子风点点头:"到时候你还可以来给我打工,只要你足够努力,我保证你不会饿死。"

"呸!"包娜娜向唐子风唾了一口。真是一个没情调的渣男,本小姐都说到这个程度了,你跟我说两句逢场作戏的情话会死啊!你有钱就了不起吗?你帅就了不起吗?你帅就可以为所欲为吗!

心里这样嘀咕,包娜娜其实倒也没有多少郁闷的情绪。她这样对唐子风放电,本来也就是半真半假,相当于下一步闲棋。

她与唐子风之间并没有什么感情基础,即便是现在唐子风反过来追她,她也是不可能答应的。她之所以敢这样大胆地撩唐子风,也是因为知道唐子风不会接她的茬,换成班上那些花痴男,她躲都躲不及,哪里还敢放电?

"师兄,你现在管一家大企业了,有没有啥赚钱的机会介绍给我呀?"包娜娜换了一个话题,问道。

唐子风说:"当然有。你不问,我也想跟你说的。你现在当记者,而且是跑经济口,肯定有机会接触各种企业。你可以帮我问问,看看他们是否需要采购机床。如果你能够给我拉来业务,多的不敢说,千分之二三的提成,我肯定能给你争取到。"

"千分之二三?本小姐的劳动就这么不值钱吗?"包娜娜抱怨道。

唐子风说:"什么叫不值钱,你有没有一点常识?大型机床,一台就是一两百万,千分之二三就是好几千了。更何况,有的单位需要的机床数量大,说不定一个订单就是上千万,你算算,千分之二三是多少钱?"

"那岂不就是两三万?"包娜娜眼睛里闪着小星星,她拍着手做出高兴的样子,说,"好呀好呀,我一定去帮你联系。如果我给你拉来一个亿的业务……"

"一口价,30万提成。"唐子风拍着胸脯说道。

这些天，唐子风已经打听过了，临一机并没有给业务员提成的机制，充其量是在年终的时候给成绩突出的业务员发一笔奖金，也就是100来块钱的样子，根本就没什么吸引力。现在民营企业都是有业务提成机制的，有些提成比例高达5%，拉一个100万的业务进来，就能够拿走5万元提成，所以民营企业的业务员会像疯了一样地到处跑业务，无所不用其极。

唐子风想好了，回厂之后，就要向周衡建议在临一机建立业务提成机制，哪怕只是千分之五的提成比例，也比现在的情况要强得多。

别看千分之五这个比例只相当于民营企业的十分之一，业务员能够从中拿到的提成丝毫不会比民营企业的业务员差。

原因就在于临一机是一家大型国有企业，虽然现在亏损严重，但人的影、树的皮，临一机在整个工业领域里还是有几分名气的。民营企业要拿个100万的业务，比登天还难。但临一机拿个千万级别的业务，也只是略有难度而已，不是不能做到的。

至于这个时候向包娜娜提起此事，也就是有枣没枣打几竿子的想法了。对于包娜娜的业务能力，唐子风有几分期待，毕竟这也是双榆飞亥公司的金牌业务员，一个人能够卖出几百本书，想必是有些独门绝技的。

想到此，唐子风看着包娜娜的眼神就带上了周扒皮般的笑意。

"喂喂喂，你这样看着我干什么？"包娜娜敏感地发现了唐子风的不怀好意，她挥着手抗议道，"你是不是又在算计我了？我可是你亲师妹呢，有你这样当师兄的吗？"

"师妹就是用来出卖的嘛。"唐子风幽幽地说。

"人渣！"包娜娜鄙夷地评价了一句，然后又似乎想起了另外的事情，问道，"对了，师兄，你和王师兄在京城的公司，除了卖书以外，还有什么其他的业务需要人做的？"

第二十三章　啥都擅长的闺密

"什么意思?"唐子风问。

包娜娜说:"我突然想起来了,我有一个从小一起长大的闺密,也想赚点外快补贴一下生活。可是她生性不喜欢和人打交道,我从前拉她跟我一起去卖书,她死活不同意。我想,你们公司是不是有什么其他的事情可以让她做。"

"那么,她擅长什么呢?"唐子风问。

"擅长?"包娜娜拍着自己硕大而光洁的脑门,说,"这个就不好说了。我就这么说吧,除了卖书以外,她什么都擅长。"

"啥都擅长?"唐子风狐疑地问,"核弹头抛光,航母甲板打蜡,清洗核潜艇螺旋桨,翻新 B-52 轰炸机,她会哪样?"

"讨厌啦!人家跟你说正经的!"包娜娜尖叫起来。

唐子风笑呵呵地说:"好好好,你说正经的。不过,什么都擅长这种牛皮,就别瞎吹了。哥我最看不惯吹牛的人。"

"说得跟你不吹牛似的!"包娜娜嘟哝了一声,没等唐子风说什么,她便赶紧说道,"我这个闺密是我们市当年的高考理科第一名,上的是清华的机械系,年年都是一等奖学金。她琴棋书画样样精通,还拿过清华一个什么文学大赛的几等奖。你说我就够优秀了……"

"是吗?"唐子风反问道。

"是的啦!"包娜娜知道唐子风狗嘴里吐不出象牙,只能自己给自己一个回答了,"像我这样优秀的人,往她面前一站,那都是黯然失色。如果不是我在高中非常机智地选了文科,我一辈子都会活在她的阴影之下,那是多么悲哀啊。"

唐子风评估了一下包娜娜的体形,然后说道:"一个能够让你活在阴影中的人,体重得在 200 斤以上吧?否则怎么可能有这么大的阴影面积?"

"我呸!我呸呸呸!"包娜娜连呸了若干口,说,"这就是我要说的另外一方面。我这闺密,一米六五的个头,身材苗条,长得那叫一个闭月羞花。就这么说吧,如果我是男的,绝对会一天24小时蹲在她窗户底下给她唱情歌。对了,师兄,你对我没兴趣,想不想见见我的闺密啊?"

"不想。"唐子风夹了口菜,故意嚼得咯吱咯吱响,以表示自己的不屑。

"不想拉倒!"包娜娜愤愤地说,"本来还想着给你们牵牵线,既然你这么不识相,我也就懒得给你介绍了。不过,我可告诉你,错过了我这个闺密,你肯定会后悔一辈子的。"

"后悔一辈子,也比一辈子生活在一个200斤的阴影里强吧。"唐子风说。

"我的刀呢!"包娜娜四下里张望着,"我今天怎么忘了把我那把40米的长刀带出来了,要不我现在就把你砍成肉酱,拿去喂狗。"

一顿饭就在这样的打闹中吃完了。临到结账的时候,唐子风倒是表现出了一些绅士风度,自己掏钱结了账,没有让包娜娜出钱。包娜娜见此情景,满意地点着头说:"嗯,这还像个当师兄的样子。我决定了,再观察一段时间,如果你表现足够好,我就把我闺密介绍给你。"

唐子风把包娜娜的话只当成了口水话,丝毫不放在心上。什么市里的理科第一,什么清华的一等奖学金,在唐子风眼里都是浮云。

他让王梓杰帮忙找来攒书的研究生里,什么市状元之类的也有好几个,不也一样成天拿着剪刀糨糊去复制粘贴吗?他现在丝毫没有想找个女朋友的意思,有句古话说得好,大丈夫只患没钱,何患无妻?

唐子风打发走包娜娜,回到招待所,发现韩伟昌正坐在房间里看着电视,一边看嘴里还一边哼哼哈哈地唱着什么歌,听起来很是开心的样子。见唐子风进屋,韩伟昌连忙起身招呼,唐子风问:"老韩,中午吃了点啥?"

韩伟昌说:"在门口的小店吃了碗面。"

唐子风说:"我不是让你自己吃点好的吗?早知道你舍不得,我就叫你和我们一起吃了。辛苦了这么多天,怎么也该请你大吃一顿的。"

韩伟昌连连摆手:"这倒不必了。我也不是什么金贵人,吃饭这种事情,能吃饱就行了,没必要吃得那么好。我家里两个孩子,一个16岁,一个14岁……"

唐子风打断了他的唠叨,说:"我不是说了,给你签字报销吗?"

韩伟昌赔着笑脸说:"这多不合适啊,厂里的经济也很紧张,我怎么好去占公家的便宜呢?唐厂助还不如帮我争取一下,把这笔钱当成奖金发给我……"

第二十三章 啥都擅长的闺密

唐子风明白了韩伟昌的意思，他点点头说："这个我会去向周厂长申请的。不管怎么说，咱们这次从金车要回了200多万元的欠款，这是过去好几年都没有办到的事情，厂里发一笔重奖也是应该的。"

韩伟昌赶紧附和道："对对，这一次能够讨回欠款，完全是唐厂助你的功劳，给你发一笔重奖是应该的。"

唐子风哈哈笑道："老韩，你就别言不由衷了。你想的是让厂里给你重奖吧？"

韩伟昌不好意思地说："唐厂助是首功，我嘛，沾唐厂助的光，也有点小功劳，给我发个十块八块的奖金，我也就知足了。"

唐子风摇摇头，说："周厂长不会给我发奖金的，我毕竟也算是厂领导之一，如果一来就领一大笔奖金，群众该有说法了。不过，你的奖金，我会去替你争取，十块八块是不可能的，最起码也应当有个三五百吧。"

"三五百？"韩伟昌眼睛里闪着光芒，嘴上却虚伪地说，"这怎么可以呢？这么大的额度……厂里恐怕不会同意吧？"

唐子风没有回答，而是换了一个问题，问道："老韩，上次在火车上，你说你是去黄阳省帮人家修机床了。你在外面的朋友多，应当能够揽到一些机床的业务吧？如果厂里出台一个政策，按照所承揽业务的千分之五给业务员提成，你有没有兴趣去做？"

韩伟昌一愣："给提成？咱们是国企，怎么可能给业务员提成呢，这不符合规定吧？"

唐子风说："是不是符合规定，不是你要考虑的问题。我想问的是，如果有这样的制度，你能不能拉来业务？"

韩伟昌想了想，郑重地点点头，说："如果有这么高的提成比例，说不定还真能拉到几桩业务。我这些年在外面也交了不少朋友，这些人都是各个厂子里的。我找他们帮帮忙，拉几桩业务过来，应当是有希望的。不过，拉业务这种事情，免不了要请人家吃吃喝喝，有些是开不出发票来的……"

"这个厂里不管。"唐子风说，"既然给了提成，那么吃吃喝喝的费用就由业务员自己承担，不管能不能开出发票，厂里一概不给报销。"

"如果是这样，那么千分之五的比例就太低了。"韩伟昌说。唐子风一开始跟他谈这事的时候，他只是当成闲聊，现在听唐子风说得认真，他也开始严肃起来,真正设身处地地琢磨起这事了。

"唐厂助,你光算了我们业务员的提成,你还没算客户那边的回扣呢。"韩伟昌说,"虽说回扣这种事情不合法,可是那些乡镇企业去做业务,给回扣几乎是公开的事情。咱们如果想把业务做大,回扣这种事情就是无法避开的。其实人家拿了回扣,也不是进个人的腰包,而是进了单位的小金库,也不能算是犯法,对不对?"

唐子风无奈地苦笑了,在这个年代里,还真有这样的说法。只要钱不是进了个人腰包,那么就只能算是违规,而不能算是违法。

各个单位都有林林总总的小金库,都是通过这种不合规的方法建立起来的。

用今天的规章制度去审视昨天的作为,实在是没什么意义的。那个年代正处于计划经济向市场经济的转轨时期,国有企业应当如何管理,各级部门也都在摸索之中,规章制度都不健全。

"如果算上给对方的回扣,你觉得总计应当拿出多大比例,才是合适的?"唐子风虚心地向韩伟昌请教道。

韩伟昌说:"这个我也说不好。以我的经验,千分之五的提成,再加上千分之五的回扣,加起来差不多是百分之一的样子,应当足够了。回扣如果给得太高,也容易出事,唐厂助你觉得是不是这样?"

"那就暂定为百分之一吧。"唐子风说,他知道这个比例还要再找销售部的老业务员们一起商议,此时和韩伟昌讨论,也就是让自己心里先有个底。

他想好了,金车的这笔钱拿回去,省着点用,维持两个月没什么问题。在这段时间里,必须要承揽一些业务,这样企业就能够进入良性循环。至于跑业务的事情,除了原来销售部的业务力量之外,他还打算发掘出一批如韩伟昌这样的人一块去做,高手在民间,这话是有道理的。

第二十四章　千金市马骨

唐子风和韩伟昌在金尧又待了两天，主要是担心金车这边再出变故。

宋福来估计也是被唐子风手里的"大杀器"唬住了，并没有搞什么名堂，直接下令让财务给临一机汇去了 100 万元。

唐子风看到金车财务出示的信汇单底联，知道这东西也做不了假，这才兴高采烈地与韩伟昌一道坐上返程的火车，回到了临河。

樊彩虹亲自开着车到临河火车站迎接唐子风和韩伟昌，见了面对唐子风一顿猛夸，顺便也送了几句夸奖给韩伟昌，让韩伟昌怀疑自己今天在火车上是不是起得太猛，出现幻觉了，樊彩虹怎么可能会对他这样一个小人物大加夸奖呢？

回到临一机，樊彩虹让韩伟昌回家，自己却带着唐子风来到了厂部会议室。周衡和一干厂领导正在那里等着他，要听取他关于此次赴金尧催讨欠款情况的汇报。

唐子风坐下之后，周衡先向他介绍了这些天陆续到任的各位厂领导，其中包括总工程师秦仲年、总经济师宁素云、副厂长张舒和吴伟钦，唐子风自然是不停地起身行礼，说着诸如"以后请多多指导"之类的客气话。

除了这几位"空降"的干部之外，临一机原来的班子里还剩下两位厂领导，分别是副厂长朱亚超和副书记施迪莎。

朱亚超是转业军人出身，原来在厂里分管安全保卫，与原来领导班子里的一干蛀虫处不到一块，因此没被拉下水。

施迪莎的情况就更复杂一些，她的丈夫是东叶省的一位领导，原来班子搞贪腐那一套，她也不屑于参加，所以才躲过了这一劫。

介绍完厂领导之后，接下来就是唐子风汇报的时间了。唐子风自然不会提照片的事情，他只是说对方一开始只答应偿还 10% 的欠款，他在情急无奈之下，做了面锦旗去金车门口示威。

他还说韩伟昌主动要求承担举旗示威的工作,在烈日酷暑之下足足站了七七四十九个小时,这才引起了过路记者的注意。在记者的施压之下,金车最终不得不低头,答应付款。

"烈日酷暑?"施迪莎首先提出质疑了,"小唐,你没搞错吧,金尧那边,现在都快开始供暖了,怎么会有烈日酷暑?"

"呃呃,略有点夸张……"唐子风尴尬地笑笑,光顾着替韩伟昌表功,忘了季节气了。不过,姐姐,这似乎并不是重点啊。

"小唐,你说你看到了金车开出的信汇单?"宁素云还是更靠谱一点,她关心的是更实际的问题。

唐子风从包里掏出一份复印件,交给宁素云:"宁总,你看,这是他们给我的信汇单底联复印件,钱是昨天上午汇出的。"

宁素云接过复印件,认真看了看,点点头,说:"有这个就没问题了,这个底联应当不会是假的。从金尧汇款到临河,最多三天时间也就到了。我明天就让出纳去银行问一问。"

"小唐,你这可是为咱们厂立了一大功啊。"张舒向唐子风跷起一个大拇指,赞了一声。

他是从二局下属的另外一家大型企业调过来的,现在的工作是分管后勤。他早知道唐子风是周衡带过来的助手,也存了要与唐子风搞好关系的心理,此时自然不会吝惜一句夸奖。

周衡坐在自己的位置上,看着唐子风说话时的表情,心里便明白这小子肯定是隐瞒了什么关键的环节,或许是因为在这样的场合不便说出来。

不过,不管唐子风用的是什么方法,能够把200多万元欠款都要回来,就是一个非常大的本事了,周衡自忖换成自己去也不一定能够办到。看来,这小子的能耐比自己预想的还要大,带他到临一机来,也算是误打误撞对了。

"周厂长,小唐跑这一趟,可是解了咱们厂的燃眉之急了。我觉得,厂里应当对小唐进行重奖,可不能光是轻飘飘地表扬几句就把小唐给打发了。"张舒在夸完唐子风之后,又向周衡提出了建议。

周衡微微一笑,对唐子风问:"小唐,张厂长说应当对你进行重奖,你自己说说,希望厂里怎么奖励你?"

这话就问得非常没有诚意了。领导要奖励一个人,直接定一个标准就行

第二十四章 千金市马骨

了,哪里需要征求当事人的意见?

领导当面问你要什么奖励,大多数人的反应都会是表示谦虚,因为作为当事人,你好意思狮子大开口,让单位奖励你一万八千吗?所以,周衡这样问,其实就是让唐子风自己拒绝重奖的动议,这是存心不打算给他奖励的意思。

当然,领导这样做,也表示领导是把你当成自己人的。你放弃了获得奖励的机会,却能够在领导的心里赢得高分。作为一位有理想、有抱负的年轻干部,在这种时候应当知道该如何回答的。

大家都觉得唐子风应当会慷慨陈词,表现出视金钱如粪土的节操。谁承想,唐子风并未照着大家的想象回答,他笑了笑,说:"我觉得张厂长的提议很好啊,厂里的确是应当对做出贡献的职工给予重奖,这样以后才有人愿意为厂里鞍前马后地奔忙。"

这话让众人都是一愣,朱亚超看向唐子风的眼神里已经带上了些许的不屑,不知是鄙夷他的贪财,还是鄙夷他的短视。

唐子风迎着大家的目光,悠悠地说:"我的意思是说,对做出贡献的'职工'需要重奖,这并不包含我。我好歹也算是厂领导之一,虽然只是负责给各位领导拎包的,但还是应当对自己高标准、严要求。我的意思是,我个人不需要任何奖励,但请求厂里对在本次催款工作中做出重大贡献的韩伟昌同志给予奖励,奖金的数额嘛,我的意见是不少于500元。"

"500元?这个太高了吧?"施迪莎第一个跳起来质疑了,"临一机从来也没有给单个职工发过这么高的奖金。就算小韩做出了一些贡献,但他本身就是厂里派去催讨欠款的人,做这些事情也是分内的工作吧。对于他的成绩,厂里适当奖励一下是应该的,但一次性地奖励500元,太过头了,此例不可开啊。"

吴伟钦摇了摇头,说:"施书记,我倒不这样看。厂里安排我分管生产工作,我这几天一直在车间里转,也听到了一些说法。大家都反映,过去的临一机最大的问题就是大锅饭现象严重,干多干少一个样,干好干坏一个样。

"有些工人白天在厂里上班打瞌睡,工资一分钱也不少……当然我是说厂里还能发得出工资的那个时候。晚上他们就到私营企业去干活,干一通宵也不嫌累,赚的工资抵得上厂里的两倍。

"在上次厂务会上,周厂长提出要在临一机改革分配制度,我觉得这次小唐他们去催讨欠款的事情就可以成为一个很好的契机。给韩伟昌发500元奖金,对咱们厂的财务来说，算不了什么事情。但这一举措可以向全厂的干部职工传达一个明确的信号，那就是厂里对的确做出贡献的职工，是会非常慷慨的。这有点那个什么金来着……"

"千金市马骨。"唐子风替他补充上了。

吴伟钦连连点头，说："对对，就是这个说法，千金市马骨。大学生就是大学生，果然比我们这些大老粗要强。"

周衡看看朱亚超，问道："老朱，你觉得呢？"

朱亚超看了唐子风一眼，说："我只有一个问题，如果给韩伟昌发500元奖金，那么唐助理在这件事上的贡献比韩伟昌更多，应当发多少呢？"

周衡断然说："小唐不考虑！刚才他自己也说了，他不需要任何奖励。我的考虑是，咱们这些厂领导，在厂子彻底扭亏之前，都不得从厂里拿奖金或者其他任何形式的补贴。等到厂子扭亏了，我向部里打报告，请求给大家每人发1万元的奖金，作为补偿，大家觉得如何？"

"哈，我同意！"施迪莎抢着回答道。这位大姐也属于不差钱的人，平时对厂里的奖金之类就不感兴趣，周衡的提议对她没啥影响，倒是最后那个1万元奖金的承诺，让她觉得挺有意思的，万一真的有呢？

其余的人都是笑而不语，心里各有想法。不过，对在厂子扭亏之前不给厂领导发奖金一事，大家基本上都是认同的。

不算朱亚超和施迪莎两位本厂干部，其余众人都是带着做出点成绩的心态到临一机来的，对个人收入方面的问题考虑得并不多。至于说周衡最后承诺的1万元的大红包，大家也只当是镜花水月，没有真正放在心上。

周衡又征求了一下其他厂领导的意见，最后拍板，决定照唐子风的提议，给韩伟昌发一笔500元的奖金作为激励。这件事还要通过中层干部会议传达出去，其实就是一个千金买马骨的套路了。

第二十五章　宋福来派出的杀手

说完金车那边的事情,周衡又对唐子风说道:"小唐,前两天班子分工,你不在家,我们就没等你,直接把分工给定下来了。现在各位厂领导的分工是这样的:我管全面工作,兼管人事,秦总工分管技术,宁总分管财务和供销,张厂长分管后勤,吴厂长分管生产,朱厂长分管安全保卫和与临河市这边政府的关系维护,施书记分管党政工团。你的分工还没有定,你自己有什么考虑没有?"

"我?"唐子风笑笑,说,"局里派我过来,就是来给周厂长跑腿打杂的,哪里需要我就去哪里,没有什么自己的考虑。"

周衡说:"那好,我其实也是这个想法。你的角色,就是当个'不管部长',所有大家管不过来的事情,你都可以参与,哪里需要你就到哪里。不过,平时你也别闲着,我觉得你脑子比较灵活,对市场比较熟悉,想安排你分管劳动服务公司,你看如何?"

"劳动服务公司不是安排张主任去当经理了吗?我去了,他去干吗?"唐子风问。

周衡说:"他还是当他的经理,你是分管这个部门的厂领导,不冲突。"

朱亚超说:"周厂长,劳动服务公司那边也就是几个菜场,几家小饭店,专门安排唐助理分管,是不是有点大材小用了?我觉得唐助理很有能力,应当能够发挥更大的作用的。"

"我正是希望他发挥一些更大的作用。"周衡笑呵呵地回答道。见大家一脸疑惑的样子,他解释道,"劳动服务公司一直都是咱们临一机的包袱,但因为涉及安排职工家属就业的问题,我们又甩不掉这个包袱。我安排小唐过去,就是要发挥他脑子灵、鬼点子多的长处,看看能不能给劳动服务公司找到一条新路。我也不求劳动服务公司能够给厂里上缴多少利润,能够自负盈亏,不要让厂里补贴,就算小唐的首功。"

周衡做出了安排,别人也没啥话说了。大家其实都还不太熟,会上讨论问题也就限于点到为止。唐子风是周衡带来的人,算是周衡的铁杆亲信,周衡安排唐子风去管劳动服务公司,算是一个苦差事,可唐子风都没意见,大家能有啥意见?

接下来,大家又讨论了其他的一些事情,十件事里倒有八件事是与唐子风讨回来的欠款相关的。

大家畅谈着有了钱之后该干些什么,比如补发工资、报销医药费、偿还一些最紧要的欠款、开发新产品等等。最后算来算去,发现区区 100 万元也办不成几件事,更多的事情还得等到下个月金车把余下的 100 多万元打过来才能解决。

散会之后,大家各回自己的办公室。唐子风也有自己的办公室,不过他很自觉地先到周衡的办公室报到去了。

"坐吧。"

周衡坐在办公桌后面没有起身,只是用手指了指沙发,让唐子风坐下,然后说:"你这次的事情办得不错,不但给咱们厂子弄回来 200 多万元欠款,解了厂子的燃眉之急,也向全体厂领导和全厂干部职工展现了你的能力。要知道,你的资历是一个硬伤,对于局里任命你当厂长助理这件事,今天你见到的这些厂领导以及厂里的很多中层干部都是持保留意见的。"

"觉得我嘴上没毛,办事不牢?"唐子风调侃道。

周衡点点头,说:"的确如此。厂里所有的中层干部都比你年龄大,结果你进了厂领导班子,他们反而成了你的下级,大家能没看法吗?这一次我安排你去金车讨债,厂里就有很多人是等着看笑话的。"

"可惜我把钱一分不剩地要回来了,他们是不是很失望啊?"

"失望倒不至于。"周衡说,"不过,倒是有不少人在猜测你的家境,说你父母一定是高级干部,你肯定是以势压人,才逼着金车答应还钱的。"

"哈,哥虽不在临一机,临一机却有哥的传说。"唐子风笑道。

周衡没笑,他说道:"你的确是办成了一件不可能的事情,别说他们惊讶,连我也觉得很意外。你说说看,这次是怎么办到的?"

唐子风把手一摊,说:"我刚才不是已经说过了吗,我让韩伟昌举了面锦旗去抗议,结果招来了记者,宋福来就认栽了。"

第二十五章 宋福来派出的杀手

周衡冷笑一声:"一个记者就能让宋福来认栽?你当我是今天才认识宋福来的吗?你老实说,你是不是做了什么见不得人的事情,拿住了老宋的把柄?"

唐子风竖起一个拇指,说:"高,领导实在是高。我的确是拿住了宋福来、葛中乐他们的一些把柄,说严重点,凭着这些把柄,把他们送进去喝茶都有可能。我拿着这些东西,和他们做了个交易,他们还钱,我严守秘密,于是他们就屈服了。"

"你是……"周衡话说到一半,又咽了回去,他说,"算了,这件事,我就不打听了。既然是秘密,你自己知道就好,跟谁也别说。我只问你一句,这件事会不会有什么后患?比如说,过了这阵风头之后,他们会不会想办法对你进行报复?"

唐子风摇摇头:"这个应当不会。这个把柄还在我手上,我随时都能够放出去。我想他们也犯不着和我一个小科员为难。"

"那就好。"周衡说,"以后,这样的事情,你还是要少做一些。我想,你做的这些事情肯定是不能见光的,做得多了,难免会走漏风声,会让上级领导对你有看法。另外,你还年轻,前途远大,也不宜在行业内结太多的冤家。算了,这件事就到此为止,关于我安排你分管劳动服务公司的事情,你有什么考虑?"

唐子风说:"我明白你的意思。劳动服务公司下属的产业,其实是非常市场化的,如果经营得好,完成你说的自负盈亏的目标并不困难。具体该怎么做,我现在还没有想法。我想先休息一天,明天再到张建阳那里去走走,了解一下劳动服务公司的情况,争取找到一些好的方向,尽快地帮助劳动服务公司扭亏。"

周衡笑道:"你还得到张建阳那里,给他做做思想工作。对于我撤他职的事情,他嘴上不说,心里还是有个疙瘩的。不管怎么说,他也是为了拍我们这些人的马屁,本意是好的。结果我非但不领情,还撤了他的职,说起来也有些不近人情了。"

"放心吧,周厂长。别的我不敢说,忽悠个把张建阳,也就是手到擒来的事。"唐子风信心满满地说。

唐子风是下了火车就由厂里的小车接回来的,直接去参加厂务会的,到现在连行李都还没放下。向周衡汇报完工作之后,他就顺便请了半天假,声称下午要好好休息一下。周衡倒也不是不近人情的人,直接就准了他的假。

唐子风去金尧之前,就已经从小招待所搬出来了,搬进了张建阳此前给他安排的大两居室。临一机财务上很困难,但职工住房并不紧张。在计划经济年代里,临一机任务多,每年都有大量的利润留成,历届厂领导都热衷于建房子,这使得临一机的职工居住条件在整个临河市都是首屈一指的。许多临河市的姑娘愿意嫁给临一机的子弟,主要也是看中了临一机的住房条件。

因为知道这个情况,所以对厂办安排的宽敞住房,周衡和唐子风都没有拒绝,只是否定了厂办要给他们购买新家具的安排,让张建阳从仓库里找一些闲置的家具摆放进去。

也正应了那句古话,叫作破家值万贯。临一机仓库里,还真的有不少闲置家具,从席梦思床到桌椅橱柜样样不缺。这些家具据说是从招待所和办公室淘汰下来的旧家具,其实一点都不显得旧,用的木料非常高档,漆色锃亮,拿来当结婚家具都不显得寒酸。这样的家具,居然会被扔在仓库里不招人待见,这其中或许就有一些故事了,唐子风也没闲到要去考据一番的程度。

拎着行李来到自己的家门口,唐子风掏钥匙开了门,正打算随手把行李扔到客厅沙发上时,唐子风忽然听到北边那间卧室里有一点轻微的声响,显然是有人的动静,这让他不禁打了个寒战。

屋里有人!

这一刹那,唐子风的脑子里闪过了无数的念头,其中最强烈的一个想法,就是宋福来派出杀手找他灭口来了。

工厂家属院是一个熟人社区,进进出出的都是互相认识的人,所以各家各户的门窗并没有很强的防盗功能。就以唐子风家的房门来说,门上用的是最普通的自动锁,属于用一张身份证就能够捅开的那种。

唐子风住进来的时候就已经注意到这一点了,但也没想过要装个防盗门啥的。他心想,自己无财无色……呃,至少临一机并没有人知道他是一个隐形富翁,他家里没有什么值钱的东西,所以也就不用担心贼惦记了。门锁简单一点,至少有一个好处,那就是万一哪天出门忘了带钥匙,找张身份证就能把门捅开,不是很方便吗?

可这一刻,唐子风却实实在在地慌了。俗话说,不做亏心事,不怕鬼敲门。他现在的确是做了亏心事的,手里攥着宋福来等人的"命根子",人家万一真的来寻仇呢?

第二十六章　张建阳的道德绑架

一刹那间，唐子风有一种想扔了行李夺路而逃的冲动，幸好矜持心理占了上风，他才没做出这样过激的举动。他现在还不能确定房间里的人就是杀手，如果自己高喊着"救命"跑出去，带十几名壮汉回来，却发现屋里只有一只耗子，那么自己的脸面何在呢？

应当不是坏人吧？如果是坏人，这个时候就应当举着十八米长的大刀冲出来了。还有，认真听听，屋里的那人似乎正在看书，隔半分钟就翻一页书，显然看得还挺认真的。会这样看书的人，应当不会是坏人吧？

唐子风给自己壮着胆，蹑手蹑脚地走到了北卧的门边，探头一看，不由得吁了口长气。只见在北卧的窗口，有一位瘦弱的小姑娘正背对着门席地而坐，手里捧着一本书看得入神。刚才唐子风进门的时候也是有些动静的，这女孩愣是没有注意到。

"嗨！"

唐子风决定向对方打个招呼了。他虽然不知道为什么这个小女孩会出现在他的房间里，但目测对方应当不是宋福来派的杀手，自从初尘姐姐退隐江湖之后，好像江湖上就没有女杀手的传说了吧？

听到身后突然传来一声问候，那小女孩发出"呀"的一声尖叫，像是装了弹簧一样从地上蹦了起来。唐子风叫她的时候，她还是背对着唐子风的，但当她站立起来之后，却已经变成面对着唐子风了，也不知道她是如何完成这个复杂的空中转体180度的。

唐子风这回看清楚了，这是一位十四五岁的小姑娘，留着短发，脸尖尖的，眼睛显得很大。她上身穿着一件用厂里的工作服改的上衣，下身穿着镶了白边的浅蓝色运动裤，一看就是中学校服的款式，怎么看怎么显得丑。她手里还握着那本书，脸上满是惊恐之色，直愣愣地看着唐子风，一时竟忘了说话。

"我说……你尖叫什么？难道不应当是我尖叫才对吗？对了，我都忘了尖叫了，呀——"

唐子风笑呵呵地说道，最后还捏着嗓子模仿了一下尖叫的样子，不过音量稍稍控制了一下，他可不想让邻居以为他家里招狼了。

"噗！"女孩被唐子风的表演给逗乐了，扑哧一声就笑了出来。她赶紧伸手去捂嘴，以掩饰自己的失态，先前那种因惊恐而木讷的感觉倒是一下子就消失殆尽了。

"你是谁，怎么会在我房间里？"

唐子风用尽量温和的语气问道。他可以相信，对方肯定不是贼，贼是不会待在房间里看书的。既然不是贼，那就不便对人家凶神恶煞了。这小姑娘比自己的妹妹还小，自己千万别把人家吓着了。

"您是唐叔叔吧？我叫于晓惠，是劳动服务公司的张经理安排我来帮你做家务的。"

小姑娘在度过了最初的慌乱之后，用清脆的声音向唐子风说道。

"张经理？你说的是张建阳？"唐子风问。

于晓惠点了点头。

"他为什么要让你来给我做家务啊？"唐子风又问。

于晓惠摇了摇头，显然这并不是她能回答上来的问题。

"呃……那么，他让你来帮我做家务，你会做什么家务呢？"唐子风换了一个问题。

这一回，于晓惠回答得很利索："我什么都会。张经理让我帮你打扫卫生，收拾房间，洗衣服，买菜，做饭，洗锅碗……反正，张经理说了，你需要我做什么，我就做什么。"

"你多大了？"唐子风问。

"14岁。"于晓惠答。

果然还是儿童……

唐子风皱了皱眉头，说："那不就是童工吗？这个张建阳，怎么会安排你来给我做家务呢？"

于晓惠又不吭声了，这个问题似乎也不是她有资格回答的。

唐子风也没指望于晓惠来回答这样的问题。他走进自己的卧室，从写字台

第二十六章　张建阳的道德绑架

上拿起电话,拨通了劳动服务公司的经理办公室:

"喂,是张经理吗?我是唐子风。"

"哦哦,是唐助理啊,听说你回来了,吃饭没有?如果没吃饭的话,我让人给你送去?"

电话那头的张建阳颇为热情。这么一会工夫,他非但听说了唐子风回来的消息,还知道厂务会安排了唐子风分管劳动服务公司,成了他的顶头上司。他心里虽然不服,但态度上是不能表现出来的,必须显得十分殷勤才是。

唐子风说:"我刚从周厂长那里出来,还没来得及吃饭,派人送饭就免了,我一会自己去食堂打饭就好了。对了,老张,我给你打电话,就是要问一下,你是不是安排了一个小姑娘来给我做家务?"

"是的是的,她叫于晓惠,是车工车间工人于可新家的大女儿,现在在厂子弟中学读初中。我打听过了,她在学校里成绩很不错,年年都是三好学生……"张建阳像报简历一样地介绍道。

"老张,跑题了。"唐子风哭笑不得。他知道张建阳强调于晓惠是三好学生的目的在于证明他挑选的人是可靠的,至少不会手脚不干净啥的,让唐子风放心。但问题在于,唐子风关心的并不是这个啊。

"老张,我说你真是没吸取教训啊。周厂长反复强调不要给领导搞特殊化,你怎么悄无声息地就给我安排了一个保姆?这符合规定吗?"唐子风压低了声音说。他不确定于晓惠现在在什么地方,这些话显然不适合让于晓惠听见。

电话那头的张建阳同样压低了声音,说道:"唐助理,你别误会。你和周厂长,还有秦总工、宁总他们,都是一个人过来的,生活上肯定非常不方便。给你们安排一个保姆,平常帮着打扫打扫卫生,洗洗衣服啥的,算不上什么特殊化,这也是符合规定的。"

"符合个……"唐子风好不容易咽回去一个脏字,接着说道,"是不是符合规定,咱们回头再说。你给我安排一个这么小的保姆是什么意思,这算童工好不好?是违反劳动法的。"

"不会吧?"张建阳有些愕然,劳动法有这样的规定吗?他解释道,"唐助理,关于这个情况,我要跟你解释一下。这个于晓惠,年龄是小了一点,但做家务是没问题的,手脚很麻利,做饭做得也不错。我跟唐助理说句实在话吧,我其实是有意把她安排到唐助理你那里去的。因为我觉得唐助理你是个有包容心的人,有些话我不敢跟其他人讲,我只敢跟你讲。"

"嗯嗯,老张,你讲讲吧。"唐子风被张建阳发了一张好人卡,也不便再吹胡子瞪眼了,他决定听听张建阳的解释再说。

张建阳说:"这个于晓惠,我刚才跟唐助理说了,她是车工车间工人于可新的大女儿。于可新是个老病秧子,很早就办了病休,每个月只能拿一半工资,这两年厂子效益不好,他连这点工资都拿不到了。他老婆是个家属工,也赚不了几个钱。老于生病,还得补充营养,所以家里的日子过得紧紧巴巴的。我和老于过去也是好朋友,看到这个情况,能不帮他一把吗?"

"所以你就安排他女儿到劳动服务公司来当保姆?"唐子风有些明白了。

张建阳说:"就她这个岁数,又瘦得像只小鸡崽似的,除了能做点家务,还能做个啥?我过去在厂办的时候,就给她安排过了,让她课余时间就到劳动服务公司帮帮忙,随便做点事情,能赚几块钱也算是补贴一下家里,是不是?现在有这么一个机会,我安排她到你这里做做家务,一天来两三个小时,也不会太累。你唐助理又是一个和善的人,相信也不会欺负她,你说是不是?"

"好吧,你赢了。"唐子风挂断了电话。

张建阳给出的理由实在是太强大了,强大到唐子风想不让于晓惠留下都不可能。

这是一个贫寒家庭的姑娘,就指望着帮他做点家务赚点劳务费。如果他把于晓惠赶走,那么张建阳要么安排她去给其他厂领导家里当钟点工,要么就只能让她回家去待着,她的收入也就没有了。面对这种情况,唐子风还能怎么办呢?

要说起来,张建阳的这一手就属于道德绑架了。唐子风同情于晓惠,就只能接受于晓惠给他当保姆,而这样一来,所谓避免特殊化照顾之类的规定,也就被打破了。唐子风也想过不能上了张建阳的当,但这毕竟是大人之间的钩心斗角,何必让于晓惠这样一个小姑娘来承担后果呢?

唐子风给张建阳打电话的时候,于晓惠已经来到了他的卧室门外,站在那里忐忑地等着唐子风对自己的最后判决。

唐子风放下电话,扭头看见于晓惠,对方那瘦瘦弱弱的身材让唐子风终于放弃了打发她离开的念头。他在写字台前坐下,用手指了指对面的一把椅子,说道:"进来吧,坐下,我有话问你。"

第二十七章　雇了个钟点工

于晓惠乖乖地走了进来，却没有坐下，而是规规矩矩地站在唐子风面前。

唐子风也没有计较，问道："你现在读几年级了？"

"初二。"

"成绩怎么样？"

"还行。"

"你今天怎么没上课？"

"我们老师病了，上午最后两节课就改自习了。"于晓惠说，看到唐子风眼里带着几分狐疑，她又补充了一句，"我们老师经常生病。"

唐子风倒真的觉得奇怪了，问道："经常生病？什么病？"

于晓惠脸上露出一个与她的年龄很不相称的嘲讽表情，说："不是一个老师生病，是我们很多老师都经常生病。"

唐子风愣了一下就明白了，这哪是什么老师生病，分明就是老师不想上课，便随便找了个理由搪塞学生。他想起张建阳说过，于晓惠上的是厂里的子弟中学，厂子都这个样子了，估计子弟中学的情况也不乐观吧。

所谓树倒猢狲散，指的就是这种情况。厂子不景气，干部职工都在自谋出路，子弟学校的老师也不能免俗，肯定都已是人心思动，没多少心思放在教学上了。

这样一来，学生也就被荒废了。三天两头因为老师"生病"就停课，你还指望这些学生能学成什么样子？于晓惠自称学习还行，这个"还行"是指什么水平，恐怕只有天知道了。

"叔叔，你吃饭没有？"

于晓惠见唐子风不吭声了，便怯怯地问道。

"没吃呢，我正准备去食堂打饭。"唐子风说。

于晓惠像做了错事一样,低着头说:"叔叔,对不起,我不知道你今天回来,没有提前买好菜。要不,我去帮你打饭吧?"

"不用……呃,好吧,那就麻烦你跑一趟吧。"唐子风本想拒绝,转念一想,又点点头答应了。他既然已经打算接受这个小保姆,就应当找点事情给对方做。如果他一味客气,说什么"自己来"之类,想必这个小姑娘也会觉得不安的。

果然,听到唐子风答应了,于晓惠的眼睛里霎时就有了光彩。

刚才那会,她能够感觉得到唐子风是排斥她这个保姆的,一直担心唐子风会把她赶走。现在听唐子风同意让她去帮忙打饭,她知道自己的工作有保障了,人也顿时就活跃了起来。她原本就长得清新可人,脸上一带上笑容,就显得更加青春烂漫了。

唉,把她留下吧。大不了,她这份工资由我支付,算我雇了个钟点工来做家务吧。唐子风在心里盘算着。

"叔叔,你吃几两饭?要给你打几个菜,你喜欢吃肉菜还是素菜?要不要带一份汤回来?食堂里的汤是不要钱的。"于晓惠一口气就问了好几个问题。

唐子风拉开抽屉,把出门之前买的饭菜票抓了一把,交给于晓惠,说:"你看着买吧,两荤一素,六两饭,如果拿得动,就带个汤回来。"

"不用这么多饭菜票的。"于晓惠看着一大把饭菜票,觉得有些眼晕。

唐子风说:"你先收着,既然张经理安排你帮我做家务,以后你就天天帮我打饭吧,饭菜票你记个账就好了。"

说到这个程度,于晓惠也没法说啥了。她到厨房转了一圈,拎出来一个上下三层的饭盒,另外一只手则拿了两个饭盆。这饭盒和饭盆,也是张建阳给唐子风预备的,据说是厂部小食堂的东西,是"借"给唐子风使用的。唐子风对于这样的小节问题已经免疫了。

于晓惠离开之后,唐子风在几个房间都转了一圈,这才发现各个房间都已经收拾得井井有条。

他出差之前只是把自己从京城带来的行李随手扔在床上,这会儿发现他的衣服都已经被收拾到衣柜里了,外衣是用衣架挂着的,内衣则叠得四四方方的,摆放在柜子的搁板上。

南边这个房间,是唐子风当作卧室的,床上的床单铺得整整齐齐,被子叠得几乎像部队里的"豆腐块"一样平整。北边的房间,唐子风打算作为书房,此时

第二十七章 雇了个钟点工

摆了一张行军床和一套办公桌椅,他带来的十几本书都码在办公桌上。他出差这么多天,办公桌上一点灰尘都没有,显然是于晓惠的功劳了。

这个小保姆,倒的确是挺能干的。

唐子风翻了翻书桌上的书,看到摆在最上面的一本书里面夹了一张小纸片,估计是作为书签的。唐子风进门的时候,于晓惠坐在北屋的地上津津有味阅读的,正是这本书——今年上半年才出版的三联书店版《射雕英雄传》。武侠小说对中学生的吸引力真是没说的,于晓惠作为一个女孩子,看武侠居然也能如此入迷,以至于唐子风进门的声音她都没有听见。

于晓惠很快就回来了,两只手各端着一个饭盆,那个三层的大饭盒勾在右手的两个手指头上。这姑娘看起来瘦弱,手上还真是有点儿劲的,端着这么多饭菜从食堂走过来,居然没泼没洒。

"叔叔,给你打了6两米饭,一份回锅肉,一份青椒肉丝,一份白菜,一共是6块2毛钱。汤是免费的。"

于晓惠把买来的饭菜在客厅的小饭桌上摆好,向唐子风汇报道。

唐子风到厨房拿了一个碗,把米饭拨了一半出来,放到于晓惠面前,吩咐道:"来,坐下吃吧。"

"不!"于晓惠像是惊着了一样,往后退了半步,连连摆着手说,"叔叔,我一会就回家去吃饭,这些都是你的。"

"你以为我是猪啊?"唐子风笑道。他指了指对面的位子,说,"我让你买6两饭,就是算好咱们俩一人一半的,我也不知道你饭量多大,不过三两米饭你肯定是能够吃下去的。如果还不够,你就只有回家再吃了。来,坐下。"

"不,我不能吃你的饭。"于晓惠坚持说。

唐子风把眼一瞪,说:"让你吃,你就吃,怎么这么啰唆?难道我在这吃饭,让你站在旁边看着?赶紧的,不听话我就让张建阳把你领回去了。"

最后一句话,显然是让于晓惠害怕了。她不敢再执拗,怯生生地坐下来,拿起了筷子。

"夹菜吃啊,你光吃白菜干什么?多吃点肉才是正道!"

唐子风见于晓惠的筷子只往那份白菜里伸,不由得急眼了,他索性抄起装回锅肉的盘子,不容分说地拨了一半到于晓惠的饭碗里。

"叔叔,我⋯⋯"于晓惠抬起头,看着唐子风,不知道说啥好了。

"赶紧吃!"唐子风说,"我喜欢吃饭的时候有人陪着,这样吃起来香。一个人吃饭没意思,是不是?"

"嗯。"于晓惠答应着,吃饭的速度明显快了几分。她嘴里说着不吃,动作却很诚实,她大口嚼着油汪汪的回锅肉,脸上明显有着一种享受的表情。

唉,可怜的娃,估计家里也没啥好吃的吧。

唐子风在心里生起了一些悲天悯人的情绪。

罢了,以后多留她在这里吃几顿饭,也算是行善积德吧。张建阳没有看错人,自己的确是一个心地善良的人,张建阳把于晓惠安排在自己这里,或许也是存了这样一份心思吧。

"晓惠,喜欢看小说啊?"唐子风一边吃饭,一边问道。

"嗯。"于晓惠应了一声,随即又赶紧说道,"叔叔,对不起,我没经过你同意,就看了你的书。"

"没事没事,书就是给人看的嘛。"唐子风说,"你过去看过金庸的书吗?"

"没有。"于晓惠说,"我光是看男生他们传看过,他们是在书摊上租的,是繁体字的,男生可迷金庸了。"

"你呢?"

"我也觉得他的书挺有意思的。"于晓惠不好意思地说。

"嗯,金庸这套书,一共是36本,我只带了'射雕'过来。你如果喜欢看,我让京城的朋友把剩下的也寄过来。"

"不用了。"于晓惠小声说,"其实我也就是随便看看。"

"多看点书没坏处。"唐子风说,"我这里的书,你如果喜欢看,可以拿回家去看。我这次来得匆忙,没带多少书来。过一段时间我让京城的朋友把我的书都寄过来,有好几千本呢,就怕你看不过来。"

"你有这么多书啊?"于晓惠眼睛里直冒小星星,她简直无法想象拥有几千本书是一种何等土豪的生活。

两个人边吃边聊,很快就吃完了。于晓惠在经历了最初的忸怩之后,也就放开了,两个肉菜有一多半是进了她的肚子。吃过饭,她手脚麻利地洗了碗筷,擦了桌子,这才向唐子风告辞,并表示下午下课之后会过来帮唐子风做晚饭,问需要给他买什么菜。

打发走于晓惠,唐子风睡了个午觉。睡到下午两点多钟的时候,他起身出了门,前往劳动服务公司。周衡给唐子风放了半天假,唐子风原本是打算在家里歇半天,明天再去劳动服务公司。因为有了于晓惠这桩事,唐子风决定提前去见张建阳了。

第二十八章　第三产业是朝阳产业

临一机的劳动服务公司由来已久，最早可以追溯到20世纪50年代成立的家属工厂，其主要职能是安置单职工家庭的家属，让她们能够有点事情做。这里用"她们"而非"他们"是有原因的，那就是当年的家属工百分之百都是女性。

到了20世纪80年代初，临一机出现了大批的待业青年，都是职工的子弟。为了安置这些年轻人，临一机把家属工厂扩充成了劳动服务公司，把厂里的许多杂活都交给劳动服务公司去承担，劳动服务公司的人数最多时曾达到2000人。

经过十几年时间，原来的待业青年基本上都已经找到了工作，有些是顶替了父母的岗位进厂工作了，有些则是通过考大学、参军等渠道摆脱了待业身份。

到现在，劳动服务公司又回到了原来安置职工家属的那个职能，现有家属工800余人，分别在两个家属工厂、几个菜场、商店等单位工作，领取一份家属工工资。

作为拥有800名职工的一个机构，劳动服务公司也有属于自己的一幢办公楼，虽然只是一幢两层的小楼，但里面经理办公室、会议室、财务室、收发室等一应俱全。

唐子风走进办公楼的时候，便有前台气势汹汹地迎上来盘问，听说他就是厂里新来的厂长助理时，前台大妈的脸色迅速由雷暴改为万里无云，一路小跑着给唐子风带路，把他带到了经理张建阳的办公室。

"唐助理，你来了，快请坐，快请坐。哎呀，唐助理要来怎么也不提前打个招呼，我这里什么准备都没有。你等着，我这就打电话让小商店送点水果点心过来……"

张建阳见了唐子风，又是习惯性地一通忙乱，让唐子风哭笑不得。他按住张建阳准备拿电话听筒的手，说道："老张，你就省省吧。都是同一个厂的人，你需要这样客气吗？让周厂长知道，你是不是打算再背一个处分？"

此言一出，张建阳的脸以肉眼可见的速度黑了下去。他勉强地笑了笑，放弃了打电话的打算，在旁边一张椅子上坐下来，对唐子风说道："唐助理，你看……我老张干了十多年办公室工作，啥本事也没有，也就只会侍候人了。你不知道厂里的职工背地里是怎么叫我的。"

"怎么叫？"唐子风好奇地问。

"他们叫我小张子。"

"小张子，哈哈哈……呃，这些人怎么能这样呢！"唐子风听懂了这个哏，正欲大笑一通，又觉得不妥，只能硬生生地把笑声掐断，换成了一副义愤的嘴脸。

张建阳却是不在意，这种带着一些侮辱性的称呼，第一次听的时候自然是让人很生气的，但听多了也就麻木了。他自嘲地笑笑，说："唉，在厂办待着，本来就是干这种活的，职工们这样称呼我也没错。可是，唉……"

他原本想发两句牢骚，转念一想，唐子风是周衡带来的人，他在唐子风面前发牢骚有什么用，说不定这些话传到周衡耳朵里去，自己又得遭受无妄之灾。他和唐子风还没有熟到能够发牢骚的程度，卖卖惨倒是可以的。

唐子风知道张建阳那一声叹息里包含的意思，他说："老张，这一次的事情，周厂长也是不得已而为之，你还是要理解吧。"

"我当然理解。厂子这样不景气，群众怨言很大，周厂长借处分我来平息怨言，也是应该的。"张建阳赶紧表白。

唐子风又说："不过，老张，你知道为什么周厂长要安排你到劳动服务公司来当经理吗？"

"这个……我还真不清楚。"张建阳答道。在他想来，周衡打发他到劳动服务公司来，不过就是一种处罚手段罢了，因为劳动服务公司相比厂办来说，是一条彻头彻尾的冷板凳。把他安置到劳动服务公司，就相当于把一个太监打入冷宫，或者说是打发一个宫女去守陵……呃，好像哪有点不对，但意思肯定是如此的。可现在听唐子风专门提起此事，莫非周衡此举还有其他的意思？

唐子风要的就是这个效果，他在沙发上换了个更舒服的姿势坐着，悠悠地说："我就知道你不清楚，所以你是不是对周厂长的安排还有一些怨言啊？"

"没有没有，我怎么敢有怨言呢？"张建阳连声否认。

"是不敢有，还是没有？"

"就是没有!"

"一点点都没有?"

"没有!"

"没关系的,有一点点意见也是应该的嘛……"

"呃……"张建阳实在是服了唐子风了。这种事情,搁在谁身上能没有点怨言?你这样追着人问,真的有意思吗?可让唐子风逼到这个程度,他觉得自己再否认下去也没意思了,于是避重就轻地说,"唐助理一定要这样问,我只能说我有一点点不理解,怨言是肯定没有的。厂领导的决策,肯定有厂领导的用意,我做下属的,怎么能质疑领导的决定呢?"

唐子风点点头,说:"嗯,老张你这样说就对了。我今天过来,就是来向你解释一下周厂长的用意的。其实,周厂长把你安排到劳动服务公司来当经理,并不是为了处分你,而是为了给你一个机会,让你能够出人头地。"

"机会?"张建阳这回是真的有些吃惊了,他吃不准唐子风此言是在安慰他,还是别的。从厂办贬到劳服公司,这是离机会越来越远了好不好?怎么唐子风反而说是给了自己机会呢?

唐子风说:"老张,你和周厂长过去就认识,而且还比较熟,是不是?"

"是。"张建阳点头说。

"那个时候周厂长就非常欣赏你的才能,是不是这样?"

"这个……我还真不知道。"

"那没关系,现在你不就知道了吗?"唐子风霸道地说,"这一回,周厂长和我在京城出发之前,就跟我说过,临一机有一位非常能干的年轻干部,本来是可以发挥很大作用的,可惜临一机的原领导缺乏眼光,把这样一个能干的干部放到厂办,成天干些侍候人的工作,生生把人给用废了。"

"周厂长说的……不会是我吧?"张建阳有些不敢相信了。他在脑子里飞快地回忆着自己以往与周衡打交道的过程,隐约觉得周衡似乎是夸奖过他的,是不是还说了诸如"小张很能干"这样的话呢?

对了对了,有一回周衡来临一机检查工作,是他张建阳全程陪同的,那一回,他的表现还是非常不错的,周衡是不是就在那一回发现了自己的才能呢?

自恋这种事情,是很容易进入自循环的。唐子风几句话,就让张建阳进入了一种自我麻醉的状态,越琢磨越觉得唐子风说的是实情。

第二十八章　第三产业是朝阳产业

自己原本就是才华横溢,周衡这么睿智、这么有眼光的人,怎么能看不到自己的才华呢?

周衡在出京之前还专门向唐子风提起过自己,这说明自己在周衡心目中的地位远胜于其他人,那么,这一回周衡把自己贬到劳服公司来,莫非真的是存着给自己机会的意思?

看着张建阳的脸色由阴晴不定逐渐转向阳光明媚,唐子风放心了:这位大兄弟已经被忽悠住了,进入了自我感觉良好的状态,自己往下再说什么,就由不得他不信了。

唐子风有一点没有说错,那就是周衡的确与唐子风聊过张建阳这个人,但不是在京城,而是到了临河之后。周衡对张建阳的评价是认为此人大事糊涂,小事明白,在与人打交道方面比较活络,还是有可用之处的。唐子风当然不会把这个评价原话说给张建阳听,适当地粉饰一下,让老张陷入迷之自信,还是非常必要的。

"所以啊……周厂长就借着给你处分的名义,把你从厂办调出来,安排到劳服公司来了。"唐子风用总结式的口吻说道。

"可我还是不明白。"张建阳这回是诚心诚意地求教了,"唐助理,周厂长让我到劳服公司来,我能做什么呢?劳服公司不过就是一个安置家属的服务部门,我在这能干出什么成绩呢?"

"这就是你的问题了!"唐子风说,"劳服公司是个大有作为的地方啊。我问你,21世纪最有前途的朝阳产业是哪个?"

"不知道。"张建阳摇摇头。要说起来,这些年专家说过的朝阳产业还真是不少,一会是什么高科技产业,一会是什么节能环保产业,还有生物科技、信息高速公路啥的,把他弄得有点晕。唐子风乍一这样问,他还真不知道唐子风的意思是什么。

唐子风带着几分恨铁不成钢的态度,说道:"是第三产业啊!你没学过中央文件吗?"

张建阳愣愣地点着头,印象中似乎某份文件里的确有这样的提法。眼前这位唐助理是名校的高才生,又是部里派来的,想必对中央文件理解更深刻,那么他说什么就是什么吧。

唐子风继续说:"啥叫第三产业?简单说,就是服务业。咱们临一机属于第二产业,落伍了,所以就亏损了。但劳动服务公司不是这样,劳动服务公司是第三产业,所以就是朝阳产业,大有可为。周厂长撤了你厂办副主任的职务,没有让你下车间去,而是让你到劳动服务公司来当一把手,你还不理解周厂长的用意吗?"

"原来是这样!"张建阳露出一个恍然大悟的表情,内心却在嘀咕,整个临一机都是落伍产业,只有劳服公司是朝阳产业,这事怎么那么不可信啊。

第二十九章　另一层含义

"除了因为第三产业是朝阳产业之外,周厂长派你到劳动服务公司来,还有一层目的,你能想得到吗?"

成功地把张建阳忽悠晕了之后,唐子风换上一副严肃的表情,压低声音问道。

"还有一层目的,那是什么?"张建阳诧异道。他现在已经被唐子风带歪了节奏,失去独立思考的能力了。

唐子风故作神秘地说:"这件事,你自己心里知道就行,绝对不能告诉任何人,包括你的家人、亲戚、朋友、同事,一概不能说,你明白吗?"

"明白,明白,上不传父母,下不传妻子,这点保密意识我还是有的。"张建阳说,同时心里怦怦地跳了起来,不知道唐子风要跟他说什么重大的核心机密。看唐子风这神神道道的样子,最起码也应当涉及世界和平这样的重大主题吧?

唐子风问:"老张,你觉得临一机走到今天这个地步,除了领导班子的问题之外,还有其他什么客观的原因吗?"

"客观的原因吗?"张建阳想了想,说,"我觉得,最主要的原因还是外部竞争吧。咱们临一机原来是市场上的老大,不愁业务。但这些年,高端市场上有国外企业的竞争,低端市场上有私营企业的竞争,咱们不上不下的,卡在中间,还要和其他的国企竞争。市场上的业务也就这么一点,狼多肉少,咱们总是接不着业务,厂子就这样一天一天垮下来了。"

"说得太对了,难怪周厂长对你这么器重!"唐子风向张建阳竖起一个大拇指,赞道。

张建阳连忙谦虚地说:"哪里哪里,我也是因为做办公室工作,经常听领导和中层干部提到这些事情,所以多少了解一点。"

唐子风又问道:"那么,你有没有想过,我们既然原来是市场上的老大,和国外企业竞争不过,也就罢了,为什么和私营企业竞争,也会失败呢?"

张建阳又想了想,说:"这个问题嘛,我还思考过。我感觉,私营企业有一个方面是我们比不了的。他们企业规模小,负担轻,成本可以压得很低。我们有7000 名职工,还有 1000 多名退休职工,这么多人的工资就是一个大问题,还有各种管理成本。这些成本摊到产品中去,产品的价格就压不下来了。我们和私营企业竞争,主要就是输在产品价格上,这是我们的天然劣势。"

"对头,对头!说得非常好嘛。"唐子风模仿着川味普通话说道。这一刻,他对张建阳真的有几分欣赏了。

能当厂办副主任的人,那也得是八面玲珑的,只可惜他的脑子过去一直都用在迎来送往的方面,如果能用在生产经营管理上,也不失为一个优秀的职业经理人了。

"老张,你说得太对了。咱们厂最大的一块短板,就是人太多了,人浮于事。我计算过,以咱们厂的生产能力,保留 3000 人都勉强,余下的 4000 人完全就是过剩的。你说是不是?"唐子风说。

张建阳点点头:"的确如此,咱们厂人浮于事的现象非常严重,很多人都是不必要的。"

"那么,对于这些不必要的职工,你觉得该如何处理呢?"唐子风又问。

张建阳下意识地摇了一下头,想说自己也没办法。可就在这时,他脑子里忽然灵光一闪,一个可怕的念头冒了出来。他怯怯地问道:"唐助理的意思,不会是要把他们都安置到劳动服务公司来吧?"

"为什么不呢?"唐子风反问道。他对刚才这番对话的效果非常满意,他什么也没说,却成功地让张建阳自己悟出了许多内容,这就是忽悠人的最高境界了。

人对于自己悟出来的道理,总有一些迷之自信。相反,如果这些道理是别人灌输给自己的,人们都习惯于持怀疑态度,甚至没事都要想办法杠一下。这就是人性的弱点。

"这怎么可能?"张建阳失声说,"我这个劳动服务公司,有两家小工厂,还有两个菜场、三家饭店、三个小商店,另外还有一个服务大队,主要是给厂里搞搞绿化,厂里搞活动的时候帮着布置个会场啥的。就这么点事情,我们已经安置了 800 名职工家属,已经是人满为患了。厂里如果还要把裁撤下来的正式职工安置到服务公司来,我们……我们……"

他说不下去了,这件事实在是太颠覆他的三观了。

唐子风刚才说过,整个临一机的生产体系里只需要3000人就能够维持,这就意味着全厂应当有4000人的冗员。

这么多人,都安置到劳动服务公司来,岂不意味着他张建阳管的人比周衡管的人还要多了?这算不算一种僭越之举呢?

再说,这些人到服务公司来能干什么?劳动服务公司的工作,不外乎是做饭、端盘子、卖菜、卖货、打扫卫生之类的杂事,毫无技术含量,一些没文化的职工家属干干这样的工作还合适,把厂里的4000名职工弄过来干这些事,这不是疯了吗?

"你说到关键问题上了。"唐子风说,"以劳动服务公司现有的业务,肯定是安置不了这些冗员的,就算安置过来,服务公司也养不活他们,只能让厂里输血,说到底,这个包袱还是背在厂子身上的。周厂长派你到劳动服务公司来,就是希望你在最短的时间内,盘活劳动服务公司的业务,让劳动服务公司具备造血功能,以便在不久的将来,承担安置全厂冗余人员的重任。"

"啊?"张建阳这一回是真的震惊了,他反复地琢磨着唐子风的这番话,一股豪迈之气逐渐从丹田升腾而起,让他有一种想放飞自己的冲动:这么重大的任务,居然就落到我张建阳头上了,这让人怎么敢相信?安置整整4000人的就业,不让厂里背包袱,这怎么听都像是一个天方夜谭啊。

但是,如果自己真的能够做到这一点,说自己是拯救临一机的第一功臣,恐怕都不为过了。届时一个小小的劳动服务公司经理足以补偿自己吗?就算让自己官复原职,继续去当厂办副主任,都属于亏待了。给自己一个厂长助理甚至副厂长的职务,才算是合情合理的。

如果周衡派自己来当劳服公司经理的时候,的确是存着这样的打算,那么这一次安排,非但不能算是贬谪,反而应当算是重用才对啊。

狂喜过后,张建阳迅速地回到了现实中。馅饼再好,也得能吃到嘴里才行,他张建阳有这样的能耐吗?他晃了晃脑袋,把那些披红挂彩骑大马的幻觉从脑子里摇出去,然后对唐子风说道:"唐助理,你说的都是真的?"

唐子风不满地说:"你以为我大中午不睡觉,跑到你这里来,就是为了逗你玩?"

"那当然不是!"张建阳连忙否认,"我的意思是说,这么重要的一个任务,周厂长怎么会放心让我来承担呢?"

唐子风说:"没有让你一个人承担啊,周厂长不是还把我派来了吗?"

张建阳心里咯噔一下,但还是连连点头说:"对对对,我糊涂了,这项工作,主要是唐助理你来抓,我就是帮唐助理跑跑腿的,你让我怎么做,我就怎么做。"

唐子风说:"老张,你这样说就不对了。你是劳服公司的经理,事情主要是由你来做的。周厂长派我来,只是让我给你出点主意,具体怎么做,还得依靠你和劳服公司的全体职工群策群力。不过,你记住,你做出的贡献,厂领导是会看在眼里的,厂里的职工更是会看在眼里的。你要想让临一机的职工不再叫你小张子,而是尊称你一句张厂长,就看你能不能完成这项极其重要的任务了。"

"呃呃……唐助理说笑了,我哪敢奢望当什么厂长啊?"张建阳一张老脸涨得通红,其中有两分害羞,却有八分兴奋。他相信,唐子风刚才这话,绝对不是什么口误,而是替周衡向他传达了一个承诺,那就是如果他张建阳能够把这件事办成,副厂长的宝座就会向他招手。

"这怎么是奢望呢?你没听人说过吗,一个不想当厂长的办公室主任,不是好的劳动服务公司经理。"唐子风像说绕口令一般地说道。

"可是,我还是觉得很难啊。"张建阳愁眉苦脸地说,"劳动服务公司已经办了这么多年,始终都是不死不活的,要靠厂里输血才能维持。唐助理你说要盘活业务,还要达到能够养活几千人的水平,这实在是很困难啊。"

"不困难,还值得专门安排你来做吗?"唐子风斥道。没等张建阳解释,他便站起身来,说道,"老张,咱们也别在这里纸上谈兵了,今天你就带我去参观一下你的产业,我看看咱们的劳动服务公司到底是一个什么样子,为什么不能赚钱。"

第三十章　经营不善的菜市场

被唐子风强灌了几十碗心灵鸡汤，张建阳觉得腰不疼了，腿不软了，一气爬个十几层楼也不用换气了。他拎上自己的手包，带着唐子风出了劳动服务公司办公楼，开始逐个地视察公司麾下的产业。

"这个菜场在厂里被叫作东区菜场，主要是为住在家属院东区的职工提供蔬菜副食的。菜场销售的蔬菜副食，一部分从市里的副食品公司采购，另外一部分就是厂里定期派卡车去市里的几个蔬菜批发市场采购，然后加一点差价卖给职工。"

在一个颇具规模的菜市场里，张建阳向唐子风介绍着情况。

菜市场是一幢两层的建筑物，每层的面积大约有1000平方米，被分隔成肉类、水产、蔬菜、水果、干货等若干个柜台，柜台里的售货员都是劳动服务公司雇用的职工家属。

菜场里买菜的人不少，有些柜台前还排着队，售货员在不紧不慢地称着商品，排队的人们也不着急，一个个聊着闲天，显然是对这样的节奏见怪不怪了。

唐子风把菜场的两层都看了一遍，然后向张建阳问道："老张，这么一个菜场，一年能赚多少钱？"

"赚钱是不敢想的，算上工资、水电和其他消耗，每年的收支也就勉强能够持平吧。"张建阳讷讷地回答道。似乎是觉得自己这个回答有些失败，他又赶紧补充道，"厂里办这个菜场的目的，主要是为了方便职工群众，不是为了赚钱，所以我们的副食进销差价定得不高，也就是15%的样子。像蔬菜副食这些东西，运输和销售环节里损耗也是比较大的，这样实际的销售毛利也就只剩下不到5%了。

"菜场一年的销售额大概是100多万，5%的毛利也就是六七万。菜场有40名职工，一年的工资就要3万多，水电等各种消耗有2万多，最后算下来，能做到盈亏平衡都很不错了。"

唐子风露出一个诡异的笑容，问道："你说的损耗，是不是也包括了给领导家里送的那些蔬菜瓜果？"

"这个……"张建阳尴尬了，一时不知如何回答才好。

给厂领导家里送蔬菜瓜果这种事情，在临一机是很公开的。

张建阳身为办公室副主任，过去也没少占菜场的便宜，现在当了劳动服务公司经理，就更是近水楼台，到菜场拿点蔬菜瓜果之类的，根本不算个事。就在刚才，唐子风去他办公室，他还张罗着要让菜场送水果过来，这显然也是不会给钱的。

靠山吃山，靠水吃水，在企业里是惯例。车队的司机们公车私用是惯例，食堂大师傅吃饭不要钱也是惯例，车间里的工人拿点废料回家做阁楼、做家具，也是大家习以为常的事情，谁会去挑这种毛病呢？

可是，但凡是个有常识的人，也知道这种事情其实是不合规的。大家私下里做做无妨，但厂领导亲自过问，味道就不一样了。张建阳可是清楚地知道，自己是为了什么才被贬到劳动服务公司来的。

所幸，唐子风也并不是打算就这样的事情对张建阳兴师问罪。他说道：

"老张，过去的事情，就既往不咎了，你也别有什么心理包袱。从现在开始，你把口袋给我扎紧一点，无论是菜场还是小商店，要严格产权关系，不但要公私分明，就算是公家的各个部门之间，也不能搞无偿平调。

"比如说，厂里搞招待的时候需要水果点心，你不能让办公室的人随便到菜场商店去拿，而是要按照市场价格购买，或者是先记账，最后统一与厂里的财务结算。包括我，还有周厂长、秦总工、宁总等这些厂领导，如果家里需要买菜，你可以找人帮忙送过去，但必须收钱。很多事情，习惯了也就好了，你觉得这些厂领导是差这点菜钱的人吗？"

"我明白了，我明白了。唐助理，你放心吧，从今天开始，我一定严格管理。"张建阳连声应道。

他知道，唐子风这番话代表的并不是唐子风自己，而是代表他背后的周衡。

前两天，周衡已经让办公室把专门配给他使用的奔驰轿车给卖掉了，声称是要和全厂职工同甘共苦。这一举措，再次赢得了全厂的一致好评。

不管周衡是出于真心也好，还是为了作秀也好，至少他正在塑造一个清廉

第三十章 经营不善的菜市场

的领导班子形象。

在这种情况下,张建阳如果时不时给周衡和其他厂领导送点免费的蔬菜瓜果过去,就属于顶风作案了,周衡已经向他借过一次脑袋,再借一次也毫无压力。

他又不是九头蛇,哪有那么多脑袋让周衡去砍?

唐子风说完这事,又把话头引回了菜场这边,说道:"老张,你刚才说的情况,我有两个疑问。第一,你说菜场一年的销售额是100多万,但我算了一下,全厂连职工带家属,有2万多人,分东西两个菜场买菜,那么我们这个东区菜场理论上说应当能够服务1万人以上。按每人每天1元钱菜金计算,一年起码有400万的销售额才合理,可为什么现在只有100多万呢?"

"这个嘛……"张建阳愣了一下,旋即回头向站在一旁的一位中年妇女喊道,"洪柳,你过来给唐助理解释一下这个问题。"

名叫洪柳的那位中年妇女,正是东区菜场的负责人,刚才也是一直陪着张建阳和唐子风二人考察的。

唐子风考察完毕,站在空处与张建阳讨论问题,洪柳便一直陪在旁边。唐子风向张建阳问的问题,她也听得清楚。此时听到张建阳吩咐,她便紧走两步,来到唐子风身边,笑着说道:

"唐助理,你说的这个情况呢,是这样的,我们东区菜场服务的职工和家属,的确就是1万人出头。唐助理真是了不起,一下子就算出来了,要不我怎么听说唐助理是人民大学的高才生呢,有学问就是不一样,我那两个孩子如果有唐助理一半的本事……"

"呃,说重点……"唐子风赶紧打断洪大妈的意识流。这楼一旦歪到子女学习的问题上去,可就是八头牛都拉不回来了。

"对对,你看我这嘴,怎么说到这上面去了。"洪柳脑子里装的CPU(中央处理器)明显是支持多线程的,思维转换极快,她说道,"这个1万人一年买蔬菜副食的花销,肯定是不止100多万的,唐助理说有400万,我觉得不一定能够达到,但300多万肯定是有的。不过呢,厂里的职工买菜,也不光是在我们这两个菜场,他们有时候也会到外面的菜场去买菜。外面的菜又新鲜又便宜,花样又多,我也经常……"

"洪柳,你又跑题了!"这回轮到张建阳来干预了。这位洪大妈前面的话还正常,后面的话明显就不对味了。

你就是菜场的直接负责人,我张建阳则是菜场的间接负责人,你说外面的菜又新鲜又便宜,花样又多,这不就是说自己的菜场不行吗?你这是想拆谁的台呢?

"张经理,我说的都是真的……"洪柳颇为委屈,为什么说几句真话也不行,难道我不像是个诚实的孩子……妈吗?

唐子风按住正准备发飙的张建阳,对洪柳说道:"洪师傅,你说的情况,我也注意到了。咱们这个菜场里的蔬菜,看起来是不太新鲜,但你说我们的菜比外面的菜还贵,我就不太明白了。张经理刚才说,为了照顾厂里的职工,咱们菜场的菜进销差价不到15%,而市场上一般的进销差价应当是在30%以上。为什么我们的进销差价低,价钱反而更贵呢?"

洪柳说:"因为外面菜场的菜,都是农民自己家里种的,有些就是在本村收来卖的,哪有什么进销差价?我们从批发市场采购的菜,已经转过一道手了,批发价都比人家的零售价高,再加点进销差价,就高得没影了。我就这么说吧,如果不是因为到外面去买菜比较麻烦,谁乐意在我们自己的菜场里买菜?"

张建阳听洪柳像倒豆子一样把底都交出去了,也就不再瞒着了。他对唐子风说:"唐助理,这个情况也是没办法的。咱们不可能像那些农民一样,自己从家里挑菜过来卖,我们只能到批发市场去采购,价钱上自然就没有竞争力了。"

"我明白了。"唐子风点点头。他回过身,看了看整个菜场,琢磨了一会,对二人问道,"那么,张经理、洪师傅,依你们之见,这个菜场的经营还有没有改善的余地呢?"

洪柳虽然是个快嘴,但也知道回答领导的问题是需要论资排辈的,张建阳没开口之前,她不便抢答。

张建阳对这个问题并没有什么准备,现在被唐子风问到头上,也不便回避。他想了想,说道:"这个问题,我还没来得及认真考虑。我觉得,改善的余地嘛,肯定是有的。比如说,我们可以派车到周围几个县的农贸市场去采购,那边的菜会比市里的批发市场更便宜一点,也会更新鲜一点。还有嘛,我们是不是可以考虑给职工送菜上门,方便群众,也省得他们跑到厂子外面去买菜?"

第三十一章　高手在民间

听到张建阳的主意,洪柳的嘴微微地撇了一下,显然是有些不屑。张建阳没有注意到她的这个细节,唐子风却是看得明白。

"嗯,这两个主意都不错。"唐子风对张建阳说道。其实,他也觉得张建阳的这两个点子都属于典型的馊主意,但老张情急之下能够想出这样两个点子,没有功劳,也有苦劳,所以还是得鼓励一下的。

夸完张建阳,唐子风把目光转向了洪柳,问道:"洪师傅,你呢,觉得有什么更好的办法?"

洪柳明显地踌躇了一下,嘴张了张,却没有发出声音来。她看了张建阳一眼,似乎想从对方那里获得一个许可。无奈张建阳也不知道这位大嘴巴大妈准备说什么惊世骇俗的话,所以也不便阻止。

"洪师傅,你有什么想法就说出来吧,咱们不都是为了把工作做好吗?"唐子风微笑着鼓励道。

洪柳从唐子风的笑容中获得了勇气,她说道:"其实吧,唐助理,我们几个姐妹平时没事坐着聊天的时候,也聊过菜场的事情。大家都觉得,这个菜场与其这样不死不活地吊着,还不如租出去,我们坐着拿租金,都比现在赚的钱多。"

"租出去?"

唐子风眼前一亮,他用手指了指旁边,说道:"走,咱们到那边坐着谈。"

三个人一起走到旁边,那里有几把椅子,也是平时售货员们休息时坐的。三人坐下来,唐子风对洪柳说:"洪师傅,你详细说说,为什么把菜场租出去比自己经营要强,如果要租出去,又是怎么一个租法?"

洪柳未曾开口,先扭头去看张建阳。张建阳心里觉得好生无奈,但也只能向她露出一个僵硬的笑容,说道:"洪柳,唐助理让你说,你就说,你看我干什么?"

"哦哦，我说，我说。"洪柳没有从张建阳那里得到任何暗示，或者说张建阳也许是有一些暗示的，无奈洪柳根本看不出来。她对唐子风说："唐助理，我们厂子外面有三个菜场，规模都比我们这个菜场小，里面卖菜的，都是郊区的农民，那菜都是当天新摘下来的，又新鲜又便宜，就说那黄瓜吧，都顶着小花的，咬一口，那个嫩啊……"

"嗯哼？"唐子风从鼻子里哼了一声，大妈，又歪楼了……

"哦哦。"洪柳迅速醒悟过来，"我刚才说啥来着？对对，我说那三个菜场，都是把摊位租给农民的，一个摊位一个月三四百块钱，一个市场最起码是 50 个摊位，你算算，这一年得多少钱？"

"一年 20 多万元！"张建阳抢先算出来了，算完之后，不由得吃了一惊。他扭头去看唐子风，发现唐子风面带微笑，一副一切尽在掌握的表情。张建阳开始明白过来，自己先前说的那些主意是何等失败。不管是去郊县批发蔬菜也好，给职工上门送菜也好，最终都解决不了蔬菜又贵又差的问题，菜场的亏损问题依然无法解决。而洪柳说的方案，仅一个规模不及东区菜场的小菜场，一年租金就能够赚到 20 多万元，这真是可以坐着赚钱了。

"可不是 20 多万元吗！"洪柳兴奋地说，"我盘算过了，我们这个东区菜场，比外面的几个菜场都大，楼上楼下安排 100 个摊位也没问题。我们把摊位租给郊区农民，让他们把菜挑到这里来卖，大家就不用到厂子外面去买新鲜菜了。我们一个摊位一个月收 300 块，一年光是摊位费就能够收 36 万元，比现在赚的钱多好几倍。你们说，这不是两全其美的大好事吗？"

"可是，这样一来，你们干什么去呢？"唐子风笑着问道。

洪柳说："我们也不会闲着啊。我们可以当市场管理员，戴个红袖箍的那种，万一有哪个农民缺斤少两，欺骗咱们职工，我们就抓住了狠狠地罚。"

说到最后一句，她的音调里透出几分杀气，想必当城管才是她的理想，让她来卖菜，实在是委屈人才了。

"这个想法不错。"唐子风称赞道，其实他刚才也想到了这个方案，却不料洪柳早有些想法，甚至不仅仅是洪柳，菜场里的其他职工也是思考过这个问题的。人们经常说高手在民间，看来此言非虚。

"洪师傅，你把这个方案再完善一下，最好能够再去考察一下其他菜场的做法，思考一下咱们和他们有什么区别，如果要把摊位租出去，该如何操作。等你

第三十一章 高手在民间

思考成熟了,就向张经理汇报,到时候由厂里来做决策,你看如何?"唐子风说。

"好的啦,好的啦!"洪柳忙不迭地应道,脸上闪烁着红光,显然是因为自己的建议得到了领导首肯而觉得自豪了。

从东区菜场出来,张建阳看看左右无人,压低声音对唐子风问道:"唐助理,你真的觉得可以把菜场租出去经营?"

"为什么不呢?"唐子风反问道。

张建阳摸着后脑勺:"可是,我们从来没有做过这样的事情啊。弄一帮农民来卖菜,会不会有什么安全隐患啊?"

"你是担心咱们8000名职工打不过这80个郊区农民?"

"这倒不至于……"

"要不就是咱们厂菜场涉及国家机密,怕被他们窃取了?"

"……"

"菜场这块地是咱们厂的龙兴之地,外人进来会破坏咱们厂的风水?"

"……"

张建阳张口结舌,这位唐助理的脑洞也太大了吧?

"这不就得了?"唐子风说,"把菜场拆分成摊位,租给郊区农民经营,我们赚的钱更多,职工能够买到新鲜蔬菜,你张建阳还不用成天操心,这是一举三得的好事,你有什么好犹豫的?"

"说的也是啊。"张建阳嘟哝着,随即又问道,"那么,唐助理,菜场可以这样做,其他的单位是不是也可以这样做?比如说咱们的商店,是不是也可以分成不同柜台,租给别人去经营呢?"

"不错,老张,你这个脑子转得挺快的嘛。"唐子风赞道。

"哪里哪里,我实在是太笨了,这么简单的办法,我竟然想不到。"张建阳有些郁闷地说。

唐子风说:"老张,我说句糙话,其实你是很聪明的,你之所以想不到这个方法,只是因为公司亏的并不是你自己的钱。你想想看,如果你有一个门面,一个月能收200块钱租金,你会把它扔在那里不管吗?"

"是是,唐助理批评得对。"张建阳尴尬地笑着说。

唐子风说:"我告诉你,劳动服务公司应当是全厂机制最灵活的,毕竟这些职工都是家属工,发多少钱的工资,你是有权做主的。你把各单位的人都找过来,直接告诉他们,只要他们的单位赚了钱,就给他们发奖金,上不封顶。你放心,重赏之下必有勇夫,只要你舍得给钱,大家就能够想出无数的办法来赚钱的,群众的智慧是无穷的。"

"是啊,我早该想到这么做!"

张建阳只觉得眼前一片光明。这一会工夫,他已经回过味来了,把菜场包出去这件事,的确是对所有人都有好处的,对于他本人来说也同样有好处。

东区菜场原来一年的毛利只有六七万元,扣掉工资、水电,也就是勉强盈亏平衡的样子,这还不算两层楼2000多平方米建筑物的折旧。而按照洪柳的方案,把菜场完全租出去,一年起码能收回30多万元,同样扣掉工资、水电,能够给公司上缴20多万元的利润,这可是一份沉甸甸的业绩呢。

如果其他的单位也能如法炮制,至少实现自负盈亏,劳动服务公司就算是打了一个翻身仗,届时周衡还能不高看自己一眼吗?

临一机的主业现在处于严重亏损的状态,如果劳动服务公司非但不用厂子输血,还能上缴几十万利润,自己在厂里的地位可就大不相同了。

唉,难怪唐助理年纪轻轻就能够被任命为厂长助理,自己当个办公室副主任都会被人撸掉,自己的目光实在是太短浅了。刚才那些主意,如果是自己想出来的,或者至少是自己去向洪柳问出来的,该有多好。

现在这件事就算能够办成,功劳也是唐子风的,他能分到的部分就非常少了。到时候自己给厂部写汇报材料的时候,必须在前面加上一句"在厂长助理唐子风的英明指导下",这该是一件多么煞风景的事情。

一路兴致勃勃,二人来到了东区商店,这也是劳动服务公司的下属产业,其性质与东区菜场相仿,经营状况也是大同小异。这家商店,有着1000多平方米的营业面积,经营各种副食、日杂、文具、服装等等,差不多算是临一机的百货商场。但就是这样一家店,一年的毛利也就是几万元而已,劳动服务公司每年都要拿出钱来补贴给它,用以发放职工工资和交纳水电费等支出。

这一回,张建阳有了经验,他带着唐子风在商店里转了一圈,把里里外外都看了一遍之后,便吩咐商店经理郑斌把手头暂时没有工作的人员都找来开会,还美其名曰"诸葛亮会"。

第三十二章　重赏之下必有勇妇

"诸葛亮会"这个说法,在体制内很流行,它来源于"三个臭皮匠,抵得上一个诸葛亮"这句俗语,其实就是一个集思广益的员工会议而已。

东区商店有30多名职工,除去倒休的和需要在柜台里值班的,一共来了十七八个人。郑斌的经理办公室坐不下这么多人,于是便把会议挪到仓库的一角去开。

会议一开始,张建阳便开门见山地说道:

"各位师傅,唐助理给我们带来了周厂长的指示。周厂长希望我们劳动服务公司能够转变经营观念,开拓思路,不但要实现扭亏为盈,还要成为全厂最能赚钱的部门。刚才,唐助理和我去了东区菜场,和菜场的职工进行了深入的讨论。在唐助理的启发下,东区菜场的师傅们提出了许多合理化建议,对于改善菜场的经营能够起到非常好的效果。

"其中,东区菜场的负责人洪柳师傅提出的一个方案,得到了唐助理的充分肯定。洪师傅认为,菜场可以改变经营方式,放弃自己采购、自己销售的模式,把摊位出租给郊区农民,让这些郊区农民到厂里来卖菜,以方便群众。

"唐助理和我测算了一下,如果采用出租摊位的方法,仅东区菜场,一年下来,除了支付现有职工的工资和水电费用之外,还能给公司上缴近20多万元的利润。这是一个非常大的转变。

"唐助理要求我们,要开动脑筋,学习东区菜场的经验,积极分析咱们东区商店经营中存在的问题,开动脑筋,群策群力,争取找出一个既不会影响方便群众的目的,又能够实现扭亏,为公司上缴利润的方法。大家想想看,有没有什么好办法?"

说到这里,他向全场巡视了一周,收获的却是一堆漠然的表情。劳动服务公司的职工大多是厂里职工的家属,以女性为主,大家也不懂什么群策群力,听张建阳说得绕口,她们也就懒得去琢磨了。不少大妈大婶把毛衣针和线团拿了出来,开始聚精会神地织起了毛衣。

"喂喂,你们这是怎么回事?"郑斌有些抹不开了,他用手指着几个织毛衣的妇女,训斥道,"张经理刚才说的话,你们听到没有?现在是上班时间,把毛衣都收起来,上班时间干私活,是要扣工资的,知不知道?"

几个女人果然停下了手,并在一刹那间就把线团等物都藏起来了。不过,没等张建阳松一口气,就发现她们几个已经不知从什么地方掏出了瓜子,你一把我一把地互相谦让一番之后,便开始嗑了起来。

"你们这是……黄丽婷,要不你先说说,你平时不是很喜欢说话的吗?"郑斌气得七窍生烟,但也拿这些人没办法。他不是家属工,而是厂里派来的正式职工,平时混在这些女人中间,没少受她们的气。情急无奈之下,他只能开始点将了,选择是商店里平时最喜欢提意见的女工黄丽婷。

黄丽婷是个30岁刚出头的少妇,穿着显得比其他妇女时尚一些,长得也略有几分姿色,眼波流动之间,唐子风甚至能感觉到一些荡漾。听到郑斌点自己的名,黄丽婷放下瓜子,拢了拢头发,问道:

"郑经理,你让我们说啥呀?"

"就是刚才张经理说的那些,你们有什么想法?"

"想法?没有啊,我觉得张经理非常英明,嗯嗯,唐助理就更加英明了。"

"唐助理要求我们集思广益,提出一些改善咱们东区商店经营管理的方案,你带个头,提几条吧?"

"方案?"黄丽婷看看张建阳,说道,"刚才张经理不是已经说了菜场的做法吗?那咱们就照着学好了,把各个柜台也租出去,咱们也坐着赚钱好了。"

"对对,咱们也坐着赚钱,把柜台都租出去。"其他妇女也七嘴八舌地附和着。

郑斌好歹也当了几年商店经理,对于商店和菜场的区别还是分得清楚的。他支吾着说:"这个……咱们商店的情况,和菜场还是不太一样的,不能完全照搬吧。"

"那我就没办法了。"黄丽婷干脆地说,"我就是一个没工作的家属,又没什么文化,哪能想到什么好办法。听说唐助理是人民大学的高才生,办法肯定是很多的。要不,就请唐助理说个办法出来,我们照着做就是了。"

第三十二章 重赏之下必有勇妇

说到这,她向唐子风瞟了一眼,唐子风就觉得有一股钱塘潮向他扑面而来。这位大嫂,可真是一个神人啊。

唐子风在心里暗暗嘀咕着,他轻咳一声,清了清嗓子,说:"我没有什么好办法,我就有几个问题想先问问郑经理,不知道合适不合适。"

郑斌赶紧表态:"唐助理有什么问题就问吧,我知无不言。"

唐子风问:"我想打听一下,目前咱们东区商店有多少名职工?"

"一共38人。"

"职工的工资一般是多少?"

"原来一个月是70块钱,现在厂里的经济状况不好,我们已经有两个月没发工资了。"

"那么商店一年的毛利有多少?"

"这个不太好算。我们有些货采购进来,一直没有卖出去,钱都压在库存里了。照着销出商品计算,我们一年的进销差价是四五万元的样子。"

"这么说,你们的收入用来发工资是足够的?"

郑斌苦笑道:"哪够发工资啊?我们压了这么多货在货架上,这都是钱呢,是要付利息的。有些食品放过期了,只能处理掉,这些损失也得算在成本里呢。再加上水电费、油费之类的,我们一年到头也是净亏损的。"

唐子风点点头,然后突然把头转向众人,说道:"大家都听到了,咱们商店一年的毛利是5万元,但各项开销算下来,是超过5万元的,所以咱们商店是净亏损的。如果我给大家一个政策,只要你们能够让商店扭亏为盈,盈利的部分,厂里拿出20%来给大家发奖金,大家愿不愿意去试一试?"

"什么意思啊?"好几个女工都诧异地抬起头来问道。唐子风前面说的话,她们是这个耳朵进,那个耳朵出,根本没放在心上。但唐子风最后一句话说是要给大家发奖金,她们便都听到了,于是忍不住要打听发奖金的细节。

黄丽婷用明亮的大眼睛看着唐子风,问道:"唐助理,你的意思是说,如果明年我们商店的毛利能够涨到10万元,那么你最少会拿出5000元来给我们发奖金,是这样吗?"

"前提是你们的成本不能提高,比如说存货的占款不能增加,水电费不能增加,职工人数也不能增加。"唐子风说。

"哦。"黄丽婷应了一声,便不再吭声了。

经黄丽婷这样一解读，其他人倒也明白了，一个个交头接耳地议论起来。5000元的奖金，平摊到每个人头上就有100多元，可不是一笔小钱，没有人不想赚这笔钱。可是，赚这笔钱的前提，是把商店的毛利增加5万元，这就有些难度了。要知道，此前商店一年的毛利也就是5万，现在要翻一番，谈何容易？

有了利益刺激，大家的积极性倒是高涨了起来，很快就有人开始提出合理化建议了，比如延长营业时间，增加商品种类，有顾客来买东西的时候大家态度友善一点等等。听他们的意思，在此前大家的服务态度似乎是有点不尽人意的，"不得打骂顾客"这样的规定，是不是也贴在店堂中间呢？

"小黄，你也说几句吧。"有人注意到了黄丽婷的沉默，开始向她招呼。

"对对，小黄平时最有主意了，你说说看，咱们怎么才能多赚5万块钱？"其他的人也一起鼓噪起来。看样子，这位名叫黄丽婷的少妇在商店里挺有些威望，就冲刚才她说的那几句话，就比其他职工要条理清楚得多。

黄丽婷看看众人，忽然淡淡一笑，说道："一年多赚5万块钱有什么难的？不过，前提是我能够说了算。"

说到这，她又把头转向唐子风，盯着他的脸说道："唐助理，厂里敢不敢把东区商店承包给我？如果厂里同意让我承包，明年一年做到10万以上的毛利，扣掉工资、水电，起码向公司上交3万元的利润。"

"承包？"

众人都惊了。职工们的第一个反应就是转头去看经理郑斌，因为黄丽婷这个想法简直就是在夺郑斌的权，郑斌能忍吗？而张建阳和郑斌则下意识地扭头去看唐子风，想知道唐子风对此有什么看法。

唐子风眯起眼睛看着黄丽婷，心里好生感慨。刚才与黄丽婷一对眼的工夫，他就意识到这个女人不简单，却没料到她居然有这么大的野心，还想着要承包东区商店。从她言语中的那种果断，唐子风能够猜得出，她这个想法绝对不是刚才这一会的心血来潮，而是蓄谋已久的。

重赏之下必有勇妇啊。

第三十三章　一个"红颜薄命"的承包者

黄丽婷对自己的评价就是"红颜薄命"。想当年,她也是十里八乡出了名的美女,还在县城上了高中,这在农村女孩子里是非常罕见的。可惜的是,她高中毕业的时候还没有恢复高考,所以她也只能回乡务农去了。

再往后,有人给她介绍了个对象,是在临河的大工厂里当技术员。怀着对文化人的崇拜以及跳出农村的期待,她嫁给了现在的丈夫蔡越,成为临一机职工家属的一员。

她刚嫁过来的时候,还想过要在临河找一份工作。但那时正是20世纪80年代初,政府的主要精力都在忙着安置待业青年,她虽然正在待业,年龄也在青年之列,却不属于临河土生土长的子弟,所以安置待业青年的政策与她无缘。她只能在家里老老实实地相夫教子,当一名没有出头之日的家庭妇女。

后来,她进了劳动服务公司,被安排到东区商店当售货员。她头脑灵活、手脚勤快,加之人长得漂亮,对待顾客的服务态度好,赢得了许多顾客的好评。

然而这并没有给她带来什么好处,相反,还有一些老娘儿们背地里说她是卖弄风情,作风不正。对于这些人来说,似乎只有对顾客横眉立目才能够配得上她们作为一名家属工的崇高地位。

黄丽婷因此而开始愤世嫉俗,看什么都觉得不顺眼,也三天两头地撑自己的经理,嘲笑他不擅管理,批评商店人浮于事。

由于她敢出头闹事,每次职工们要争福利、争待遇的时候,都是她出来挑头,这让她赢得了众人的认可。大家一边在背地里忌妒她的美貌与风情万种,一边又把她当成自己的利益代言人。

黄丽婷也知道众人的这种两面做派,但她不屑于与这些人计较。在她看来,这些人根本就不配让她生气,她替众人出头的原因,只是为了绑架这些人给她当炮灰,这样当她向领导提出什么出格的要求时,领导就会因为法不责众而无法与她为难。

她的丈夫蔡越是临一机技术处的一名普通技术员,憨厚老实,用她的话说,纯粹就是一个窝囊废。黄丽婷给许多人的印象是很风流,这其中有相当一部分原因在于她长得漂亮,漂亮女人总是容易让人产生某些误解的。

事实上,黄丽婷对丈夫和家庭都非常忠诚,也正是为了能够让家里的生活条件更好一些,她才会如此张扬,到处抛头露面,抓住一切机会多赚点钱。

东区商店的经营不景气,黄丽婷一直都看在眼里。她无数次地在心里盘算过,如果由自己来管理这家商店,能够做成一个什么样子。

这些年,各行各业都在搞承包,她也动过要承包东区商店的念头。她坚信,如果由她来承包东区商店,商店的毛利翻上一番没有任何问题,而她作为承包者,自然也能从这种业绩中获得一笔丰厚的承包收入。

当她拿着这个想法与蔡越商量时,蔡越把头摇得像拨浪鼓一样,从一个技术宅的角度提出了几百条反对意见。不过,真正阻拦她的脚步的,是她对当时临一机领导班子的不信任。

那是一个贪腐成性的领导班子,如果她真的能够做出一些成绩,领导不可能不会伸手过来索要好处,届时她很可能就成了替人做嫁衣的傻瓜。

旧的领导班子落马,上级派来了新厂长,上任伊始就撤了厂办副主任张建阳的职务,还卖掉了手机和奔驰轿车,给厂里的退休工人报销医药费。厂里的干部职工由此看到的仅仅是新厂长的清廉,而黄丽婷想到的却是自己的机会或许即将来临。

正在她思考着如何去找厂长谈承包商店一事的时候,厂里指派分管劳动服务公司的厂长助理唐子风亲自来到了商店,还号召大家集思广益,并举了菜场准备靠出租摊位实现转型的例子。

黄丽婷对这位年轻的厂长助理有着一种先入为主的好感,这好感来自于唐子风的学历以及他的帅气。一个美男子总是能够让各年龄段的女性都产生一些莫名其妙的好感,这其中的原因只能从生物学上去解释了。

黄丽婷没有急于抛出自己的想法,而是先说了一些含糊其词的话,并成功地点燃了那些中年大嫂的斗志,让她们在前面冲锋陷阵,试探唐子风的真实用意。

待到大家都说得差不多了,她也观察到了唐子风脸上那很难察觉出来的不屑之色,这才语出惊人,直接提出了承包商店的想法。尽管丈夫蔡越一直都反对她的这个想法,但她并不在乎。在她家里,蔡越只能对诸如伊拉克战争以及苏联解体这样的国际大事拥有话语权,涉及家庭内部事务,一律是由她拿主意的。

"呵呵,承包商店,很好啊。"唐子风笑着说,"你能不能说说具体的承包条件呢?"

"我保证一年之内完成10万元的毛利,上缴给公司不少于3万元的利润。如果我能做到,我希望公司能够答应拿出20%的利润来作为大家的奖金,另外拿出10%的利润作为我的承包奖金。"黄丽婷说。

"什么,你一个人就拿10%?我们这么多人才分20%,你也太贪心了吧?"一个女人脱口而出。

黄丽婷向她瞟了一眼,不屑地说:"王姐,如果你有这样的本事,也可以一个人拿10%。"

"我没这个本事,可是你一个人拿10%,也太……"那位王姐嘟哝着,旁边有人拽了拽她的衣袖,示意她不要多嘴,她这才悻悻地闭嘴了。

唐子风看着这一幕不吭声,等到没人说话了,他才又对黄丽婷说:"你刚才只说了奖金的事情,如果你赚不到10万元的毛利,无法向公司上缴3万元利润,又当如何呢?"

"当如何?那我就不拿奖金呗。"黄丽婷理直气壮地回答道。

唐子风摇摇头:"那可不够。哪有做好了得奖,做砸了不需要负责任的道理?如果照你这个条件,在座的各位也都想承包了,反正就是试试,万一能成呢?"

此言一出,先前那位王姐顿时活跃了起来,对旁边的人大声说:"就是嘛,这样好的事情,我也要去承包。"

黄丽婷回过头,用冷冷的眼神盯着王姐,王姐一开始没感觉,待注意到黄丽婷的目光后,她的音量便以可察觉的速度从80分贝降到了绝对静音状态。黄丽婷对领导狠,对同事也同样狠,商店里被她撑过的人可不在少数。

"如果我做不到,扣我一半的工资!"

黄丽婷咬了咬牙,对唐子风说道。

"好!有魄力!"唐子风向她跷起一个拇指。黄丽婷做出这个表示,实在是很不容易的。虽然只是扣一半的工资，但也是寻常人不敢接受的条件。毕竟，要让一个一年毛利只有5万元的商店在一年之内收入翻番，并不是一件简单的事情，她敢拿出一半工资来赌，就说明她是有一定底气的。

"这样吧，今天这个会就先开到这里，大家先回去工作，空闲时间也可以再讨论一下这个问题，看看有没有人像黄师傅这样，勇挑重担。黄师傅，你请留一下，我想听听你对于承包商店的具体想法，你看可以吗？"唐子风说。

众人杂乱地起身，小声议论着各回各的岗位去了，有好几个人临离开之前，都向黄丽婷这边投来不善的目光。黄丽婷愿意出来承包商店，给大家创造了一个瓜分20%利润的机会，大家是乐见其成的。但她同时要求自己独得10%的利润，这就让大多数人都觉得不爽了。

凭什么你能够拿这么多钱，我们就只能拿一点点？我们拿你当同事，你却想当我们的老板，你还要脸不要脸了？

黄丽婷太了解这些人的心理了，她也是因此而觉得这些人都不配成为自己的同事，只配给自己打工。甚至于对现任经理郑斌，她也是充满了不屑的。在以往，她觉得整个临一机没有一个人值得她尊重，现在嘛，这个厂长助理唐子风勉强能入她的眼，至少是一个让她觉得能够平视的人。

售货员们离开之后，郑斌招呼着唐子风、张建阳和黄丽婷来到他的办公室。他把自己的座位让给了唐子风坐着，自己与张建阳、黄丽婷坐在几张折叠椅上，然后赔着笑脸对唐子风说：

"唐助理，我跟你介绍一下，她叫黄丽婷，是技术处蔡工的家属，在我们商店已经工作了七八年，每年都是先进工作者。小黄的头脑很活跃，这个大家都是知道的。不过，关于承包商店这件事情，小黄过去没跟我讲过……"

唐子风摆摆手，示意郑斌没必要再说下去，然后他转头看着黄丽婷，说："黄师傅，你刚才说要承包商店，我觉得你的勇气可嘉。但做事情仅仅有勇气是不够的，我还得知道你有什么具体的想法才行。你应当知道，一年时间是很宝贵的，如果你没有具体的措施，白白浪费了一年时间，扣你一半工资，对于厂里没有任何的好处，而厂里损失的机会是无价的，你说是不是？"

第三十四章　黄丽婷之野望

"具体的想法,我当然也有,唐助理如果想听,我也可以说给你听。"黄丽婷回答说。

唐子风看了张建阳和郑斌一眼,然后笑着对黄丽婷问道:"那么,要不要请张经理和郑经理回避一下?别让他们剽窃了你的想法,自己就干起来了。"

听到这话,张建阳和郑斌二人的脸色都有些难看。

黄丽婷也向他们瞟了一眼,然后摇摇头说:"这倒不必了,你们都是领导,怎么可能会剽窃我一个小职工的想法。……再说,我这些想法也不是谁想剽窃就能够剽窃的,换成其他人,就算知道这些想法,也不一定能够做到。"

这话就更得罪人了,唐子风能够看到郑斌的脸都变成酱紫色了,却没有要跳起来批驳一番的意思。看来,黄丽婷在郑斌面前说这种话也不是第一次了,郑斌这个经理,想必也是当得够窝囊的。

黄丽婷没有在意郑斌和张建阳的想法,她说道:"唐助理,你刚才也到我们商店看过了,我想,以唐助理的聪明,肯定能看出我们商店有很多问题,是不是?"

唐子风摇头道:"关于商业,我是外行,还请黄师傅指教。"

黄丽婷向唐子风飞了一个鄙夷与嗔怪交织的眼神,然后说道:"其实,我们商店经营成现在这个鬼样子,和内部管理有很大的关系。首先一点,我们的采购根本就不负责任。他们去进货的时候,专门进些人家卖不出去的货,进进来了就只能摆到货架上落灰,一年都不见得卖得出几件。"

"你能举个具体的例子吗?"唐子风问。

黄丽婷说:"这种例子多得很。比如说,现在市面上最流行的香皂是舒肤佳和力士,大多数人家都是买这两个牌子。可我们商店偏偏就没有。我们采购的都是我们临河生产的几个烂牌子,价钱倒是比舒肤佳便宜一点,但香味、泡沫什么的都差得多。买一块香皂能花多少钱,谁家也不会为了省两毛钱就买一块不好用的香皂回去。结果,我们仓库里堆了几十箱这些烂牌子的香皂,再放几年都干成砖头了。"

"有这样的情况吗?"唐子风向郑斌问道。

郑斌苦着脸说:"这种情况也是有的。上次小黄向我反映过之后,我已经严肃地批评过采购员了,要求他们必须进流行的商品。"

"批评了有用吗?"黄丽婷哦道,"他们也就是好了一个月,第二个月又是这样的,那个焦雪芬还怪我向领导告她的状,下了班要找我的麻烦。"

"然后呢?"唐子风饶有兴趣地问道。

"然后?让我扇了一巴掌就老实了。"黄丽婷牛气烘烘地说道,"就她胖成那个样子,还想跟我打架?我不是说说的,她和她老公两个人加到一块,都不是我的对手。"

"大姐威武!"唐子风忍不住向黄丽婷跷了个大拇指,然后说,"你继续。"

"第二点,就是我们商店的服务态度必须全面改变。我在农村的时候都听人家说过和气生财,可我们这个商店就是门难进、脸难看、话难听,人家来买点东西,还要受一肚子气,以后谁还会来?"黄丽婷越说越激动。

"也没那么过分。"郑斌不得不再次辩解,"也就是偶尔有几次售货员和顾客吵架的事情,事后也都说开了嘛。我们商店售货员都是女同志,女同志嘛,有时候情绪不太稳定,也是可以理解的……"

黄丽婷冷着脸说:"有什么可理解的?和顾客吵架,就必须严肃处理。第一次吵架扣奖金,第二次吵架扣工资,第三次就直接滚蛋回家。想要小性子,回去跟老公耍去,上班的时候谁欠她们的?"

"黄师傅说得对,上班的时候,得有上班的纪律。革命导师说过:'至少就劳动时间而言,可以在这些工厂的大门上写上这样一句话:进门者请放弃一切自治。'"唐子风不失时机地卖弄了一下自己的才学。

"小黄说的这些,其实我们也是可以做到的。老郑,你在这些方面,还是要加强点管理。厂里把一个商店交给你,你还是要负起责任来的嘛。"张建阳对郑斌说。

"是是,张经理批评得对,我平时的要求的确不够严格。"郑斌讷讷地做着检讨,心里却并不在意。

第三十四章　黄丽婷之野望

东区商店是用来安置家属工的，厂里一向都对商店没有盈利方面的要求。商店进货有问题，服务态度不好，这也不是一天两天的事情了，连厂里的职工们都已经麻木了，偶尔抱怨几声，但日常买点东西啥的，不还得到这来吗？你总不能为了给娃买支铅笔都专门出去一趟吧？

家属工大多是没啥文化的中老年妇女，你跟她们讲大道理，她们听不懂，或者是假装听不懂。你触犯了她们的利益，她们就会一哭二闹三上吊，让你无法应付。别看眼前这位黄丽婷说起别人来头头是道，其实她自己就是一个绝顶刺头，是郑斌不得不避让三分的主儿。

郑斌在这样一个地方当个经理，除了无为而治之外，还能怎么样？

当然，当着领导的面，他还是得显得态度诚恳一点的。其实领导对你也没啥更高的要求，不就是让你在领导训话的时候当个捧哏，在正确的时候及时给予掌声，至于你实际工作如何，谁在乎呢？

唐子风没在意张建阳和郑斌之间的对话，他对黄丽婷说："这么说来，你承包东区商店的主要举措，就是加强管理，抓好采购环节，多进一些受职工家属欢迎的商品，另外就是整顿劳动纪律，和气生财。你认为，依靠这样的手段，就能够实现毛利翻番吗？"

"当然不够。"黄丽婷回答得非常干脆，她说道，"前面这些，只是手段，做好了，我们商店能比现在强一些，但要说做到毛利翻番，还是有些危险的。我想承包，是因为我打算把商店的销售方式做一个彻底的改变。"

说到这，她有意停顿了一下，同时用俏皮的目光看着唐子风，等着他追问。

唐子风笑了笑，说道："黄师傅，你就别卖关子了。你说要彻底改变，打算怎么改？"

"唐助理是从京城来的，你肯定知道自选商店吧？"黄丽婷说。

"自选商店？"唐子风一愣，"你说的是超市？"

"超市？"这回轮到黄丽婷诧异了，"什么叫超市？"

唐子风这才反应过来，这个年代里超市还是一个新鲜事物，国内不少地方出现了早期形态的超市，但一般都是冠以自选商店的名头。超市的内涵，是比自选商店要丰富得多的，以黄丽婷的见识，能想到自选商店这种模式，已经是非常不错了。

想到此，唐子风微微一笑，说："黄师傅，你先说说你为什么想开自选商店吧。关于什么是超市,我一会再跟你解释。"

黄丽婷点点头,说:"我在报纸上看到,很多大城市里都已经开始搞自选商店了。自选商店就是把柜台撤掉,让顾客直接到店里来选自己想买的东西,选好了统一结账。我觉得,自选商店至少有这样几个好处:

"第一,可以减少人手。现在进来一个顾客,我们就要有一个售货员去服务。有时候顾客多了,我们的人就忙不过来,顾客还要排队。其实,有些顾客就是买一块香皂而已,自己从货架上拿过来,再交钱,就可以了。为什么还要让他们排队呢?

"第二,可以充分利用店面的空间。我们这个商店有1000多平方米,柜台就占了一半的面积。如果可以把柜台去掉,省出这些地方来摆货架,起码可以多放一倍的商品。这样我们每种商品都可以多进几个不同的品牌,让顾客有挑选的余地。

"第三,我觉得,如果是能够自选,顾客进来以后,买的东西可能会更多一些。我自己就有这种体会,有时候到商场去买东西,明明是自己想买的,但看到还要让售货员去拿货,我就懒得买了。当时我就想,如果这个货架是直接对我开放的,我肯定会多买很多东西的。就算是这些东西买回去其实用不上,我也高兴。"

听到黄丽婷这话,张建阳忍不住吐槽道:"你们女同志怎么会有这样的毛病?买什么,不买什么,难道不应当是事先想好再去商店的吗?"

唐子风笑道:"老张,这你就不懂了。这种情况,叫作'激情购买',或者叫'冲动购买'。超市……不,黄师傅说的那种自选商店,就有鼓励顾客进行冲动购买的作用,这是一种非常高明的销售手段呢。"

"唐助理真有学问,我光知道我自己有这种想法,不知道这里面还有这么多讲究呢。"

黄丽婷发自内心地赞道。她从少女时代就对学习成绩好的男生充满崇拜,现在知道唐子风是名校毕业的大学生,又能随口说出这么多道道,她已经有化身为迷嫂的迹象了。

第三十五章　捧着金饭碗要饭吃

"怎么,唐助理觉得小黄的想法可行?"

张建阳见唐子风与黄丽婷一唱一和,颇为和谐的样子,忍不住问道。

唐子风点点头,说:"黄师傅的这个想法很好。其实我刚才和张经理参观整个商店的时候,也有这个想法,却不料和黄师傅英雄所见略同了。"

"我算什么英雄?我就是一个没文化的家属工罢了,哪比得上唐助理有学问有见识?"黄丽婷连忙谦虚,但她那涨红的脸和压抑不住的笑靥暴露了她的真实想法。看来,唐子风说与她是英雄所见略同,这个评价让她颇为受用。

唐子风接着说:"刚才黄师傅问我什么叫超市,我这里给大家解释一下。超市就是超级市场的简称,在国外是非常流行的一种商业业态。超市的特点有几个方面。

"第一,它是开放式售货的,也就是黄师傅说的自选商店的模式。超市会配备购物筐或者购物车,顾客自己选择需要的商品,然后统一到出口处结算,这样可以充分地节省人力,提高店面的利用率,还能够刺激顾客的购买欲望,这些方面,黄师傅都已经说到了。"

"我是瞎说的。"黄丽婷再次虚伪地谦虚道。

"第二,它提供的是一种一站式服务模式,也就是它的货品种类非常齐全,基本上覆盖老百姓日常生活所需要的各种商品。顾客到这家超市来,能够一次性地把东西买完,不需要跑好几个地方。这样一来,大家就不愿意到那些分散的商店去采购,而是更愿意到超市来采购。"

黄丽婷已经眼明手快地从郑斌的桌上拿过来一沓稿纸和一支圆珠笔,开始做记录了。唐子风说的这个概念,她也曾模模糊糊地想到过,但想得不够深。现在听唐子风一说,她有一种豁然开朗的感觉,对于承包商店改办超市一事,又有了更多的信心。

"第三,超市要给顾客提供一种良好的购物体验。简单说,就是店面要美观、干净、明亮,让人愿意在里面逛。他们逛的时间越长,就越可能会发现更多想买的东西。如果你的商店里脏兮兮、臭烘烘的,人家进来就想走,你还怎么卖东西?"

"对对,我在那个什么电视剧里看过,人家美国的商场,看着就舒服,不买东西都想去逛逛。现在听唐助理一说,就是美国的超市吧?"黄丽婷兴奋地说。

"没错,美国的大超市就是如此。"唐子风说,"此外,超市的经营时间也要延长,可以一直经营到晚上 10 点、11 点。有些人晚上吃完饭出来散步,就可以顺便到超市买点东西,这样既方便了顾客,也增加了超市的营业额。"

"太好了!"黄丽婷说道,她把头转向张建阳,用带着几分央求的口吻说,"张经理,你看唐助理都赞成我的想法,公司是不是可以同意我承包东区商店啊?我想好了,如果我们这个东区商店照唐助理说的办法,改造成一个超市,不但咱们厂里的职工家属会来买东西,周围的居民也会来买东西,到时候别说一年 10 万元的毛利,做到 20 万元我都有信心。"

"唐助理,你看呢?"张建阳向唐子风问道。说实在的,他也被唐子风描述的场景打动了,如果能够实现唐子风的设想,这个超市想不火都难。有没有一年 20 万元的毛利,他不敢说,但扭亏为盈是毫无悬念的。

唐子风笑着说:"关于这个问题,还是要看黄师傅的决心。如果黄师傅想好了,敢和公司立下军令状,拿出全部身家来担保,我觉得可以让她试试。黄师傅,你觉得呢?"

"全部身家?"黄丽婷脸色有些变了,这个赌注可有些大,她输不起啊。

唐子风没有逼她,而是站起身来,说道:"今天我们就先说到这,关于这个问题,我想黄师傅最好还是再想一想,思考成熟了再去向公司提出承包要求。我这样说吧,黄师傅,这一步踏出去,你的人生轨迹就会完全发生变化。你完全有可能因此而成为一个百万富翁,甚至千万富翁。但是,正因为有这样的机会,我才希望你三思而行,不要冲动,冲动害死猫啊。"

冲动害死猫?

几个人都晕菜了,这里面怎么还有猫啥事啊?

黄丽婷晕晕乎乎地离开了郑斌的办公室,唐子风最后说的那句话,让她彻底进入了思维空白的状态。在此前,她只是想通过承包商店赚上三千五千的,让自己家成为临一机的一个富裕人家。开自选商店的想法，是她从报纸上看来的，她觉得可行，希望能够有机会尝试一下。

可唐子风向她介绍的超市模式，打开了她的视野，让她意识到，这个机会所能带来的收益，比她原来预想的要多出十倍、百倍。

唐子风说，她这一步踏出去，很可能会变成一个百万富翁乃至千万富翁。她觉得这已经完全超出她的认知范围了。拥有100万的财产，这是一种什么生活啊？

给一个穷人100元钱，他会很高兴；给一个穷人1000元钱，他会欣喜若狂；给一个穷人100万元，他只会觉得恐惧，以至于完全失去思考能力。

黄丽婷现在的状态，就是如此。

"唐助理，你觉得黄丽婷的想法真的可行？"

看到黄丽婷离开，张建阳再一次问道。

唐子风说："她能不能把超市开好，我不敢说。但超市这种模式肯定是大有前途的。东区商店有1000多平方米的营业面积，还有同样大的库房，在需要的时候也能够开辟成营业空间，开个超市怎么可能会亏本？我这样说，这么一大片房子，租给别人当门面房，一年也不止5万元的收入。你们简直就是在捧着金饭碗要饭吃。"

"唐助理批评得对。"郑斌再次检讨，"是我的工作没做好，辜负了厂里和公司对我的期望。"

"这个不怪老郑。"张建阳替他开脱着，"这个是我们过去思想僵化，明明有这么多的办法，我们硬是想不到。幸好有唐助理给我们指出一条明路，否则我们真的对不起厂里的厚望了。"

"群众的智慧是无穷的。"唐子风说，"只要你能够让他们的利益和单位的效益挂上钩，他们就会想方设法地改善单位的经营。像这个黄丽婷，经营眼光是非常不错，对商店的管理问题剖析得也非常透彻。这样一个人，如果能够给她一个机会，她应当是能够创造出奇迹的。"

"可是，如果真的让黄丽婷承包商店，那么现在商店的这些职工怎么办？"郑斌不安地问。

唐子风说："要同意她承包，当然是要有条件的。现有的职工全部留用，这是起码的要求。商品不能漫天要价，不能坑害厂里的职工家属，这也是起码的要求。毕竟劳动服务公司还有社会职能嘛。"

"可是,如果职工不听她的呢?"郑斌继续问道。

唐子风说:"这又是另一方面了。我们要求她必须留用现有的职工,但同时也要要求现有的职工必须服从管理。如果不服从,那就只有开除了,哪个单位都不能容忍职工不听话吧?"

"这个就麻烦了。"张建阳嘟哝道。

唐子风说:"就比如黄丽婷刚才说的采购的事情,你们那个采购员,叫焦什么芬的,为什么专门采购一些滞销商品,郑经理,你知道原因吗?"

郑斌脸色有些窘,他说道:"这个我也了解过,她的确是拿了人家的一些好处,所以把那些滞销商品采购过来了。关于这事,我已经批评过她好几次了。"

"这样的人,你们不开除,还留着她过年啊?"唐子风提高音调质问道。

张建阳苦笑道:"这事嘛,老郑也有他的难处。这个焦雪芬的爱人,就是行政处的老刘,也是一位老同志了,咱们不看僧面也得看佛面吧?"

"我的天啊!"唐子风以手抚额。

"唐助理,你一直都是在上面工作,不了解我们下面的难处。老刘这个人,工作还是非常踏实的,群众关系也不错,所以嘛……"郑斌还在解释着。

唐子风说:"这些情况,你们不必跟我讲。我说一条原则:如果劳动服务公司同意让黄丽婷承包,那么就要给她必要的权力。原有的职工,如果没有违反劳动纪律,她不能随意开除。

"但如果像焦雪芬这样吃里爬外,拿人家的好处,采购一些滞销商品进来,那么绝对得'格杀勿论'。至于你们说那个老刘工作如何踏实,你们要照顾他的家属也可以,把焦雪芬调到其他单位去就是了。"

"我明白了。"张建阳连忙答应,其实这种处理方法,他也是能够想到的,并没有什么困难。

郑斌对于黄丽婷要求承包商店一事,也没啥意见。他对商店经理这个职务并没有兴趣,只是厂里安排他来当经理,他也就当着。如果黄丽婷承包了商店,他大不了到劳动服务公司本部去任个什么职务就是了。

第三十六章　他乡遇故知

　　接下来,唐子风又在张建阳的陪同下,视察了小饭店、家属工厂等单位。这些单位的家属工在得到唐子风的各种许诺之后,也都纷纷迸发出工作热情,提了不少改进经营的建议,其中有一些是颇具可行性的。

　　张建阳一一记下,准备过后就开始逐步推行。在不断的思想碰撞中,张建阳的思路也在快速地拓宽,他渐渐能够跟上唐子风的思路了,明白自己该如何做,才能把劳动服务公司真正地带出泥潭。

　　到了下班的时候,唐子风与张建阳约定第二天继续视察,又专门说了一下于晓惠的事情,表示他决定留下于晓惠给自己当钟点工,一个月给60元钱的报酬,这笔报酬由他私人承担,不需要劳动服务公司出钱,但还需要请劳动服务公司代为支付。

　　张建阳解释了半天,最后被唐子风一句话给撑回去了,唐子风说的是:"你不会是想让周厂长把我的职也撤了吧?"

　　唐子风回到家,于晓惠已经把晚饭给他做好了,一荤一素的两个菜,口味还很是不错。于晓惠做的菜量只相当于一个人的份,唐子风象征性地邀请她一起吃,被她坚决地拒绝了,唐子风也就不再勉强。隔三岔五请小姑娘吃顿饭,给她补补营养,也就罢了,如果每顿饭都让她陪着一起吃,养成习惯了,反而不合适。

　　唐子风吃饭的时候,于晓惠就待在北屋看唐子风带来的小说,看得津津有味的。唐子风不时与她聊几句学习、生活等方面的闲话,她也对答如流,没有什么胆怯的样子。这小姑娘心思比较单纯,觉得唐子风待人和善,她也就不害怕了。

　　对于于晓惠一口一个"叔叔"地称呼自己,唐子风一开始有些不适应。他自己的妹妹在老家上高三,今年17岁,也就比于晓惠大3岁而已,自己在于晓惠面前当"叔叔",似乎有些违和。

不过，他转念一想，他是个单身小伙子，于晓惠天天过来给他做家务，这也算是孤男寡女的，拉开点距离倒是能少些尴尬。

唐子风吃完饭，于晓惠帮他洗了碗筷，收拾了垃圾，便告辞回家了。唐子风按开电视，换了几个台，没找到什么值得看的东西，百无聊赖之下，决定出门去转转。

在整个临一机，唐子风认识的人非常有限，除了因为工作关系而认识的张建阳、郑斌以及一群厂领导之外，余下能够算得上有交情的人只剩下两个：一个是周衡，另一个是韩伟昌。

拽着周衡去逛街，唐子风自忖还没傻到那个程度。至于说找老韩去逛街，他唐子风或许会觉得很开心，但老韩肯定是开心不起来的，老韩现在对唐子风有点 PTSD（创伤后应激障碍）。这种损人利己的事情，唐子风又何必做呢？

找不着伴，唐子风就只能自己逛了。他穿过家属区，从一个角门出了临一机的厂区，扑面而来的便是一阵灯红酒绿的视觉和听觉冲击，还混杂着路边摊飘出的各种香味臭味。他回头观望临一机那静悄悄的厂区，不由得心念一动。

这已经是一个市场经济的年代，而在临一机厚重的围墙之内，还是计划经济的自留地。

自己白天在菜场、商店的那番作为，算是为临一机引入了市场观念，但这还远远不够。

其实，临一机拥有的资源远不只是几个菜场、几个小商店，这么大一片身处闹市之中的厂区，光是土地就是一笔无价之宝啊。

临一机建厂的时候，是在 20 世纪 50 年代初，当时这片地方属于临河市的郊区，据说是一些河滩地和乱坟岗，临一机的干部职工花了几年的时间才彻底平整出来。经过几十年的发展，临河市的规模扩大了 10 倍不止，临一机也就被城市给包围了，围墙之外都是居民区，很是繁华。

这些年，随着临河市城市建设规模的扩大，临河市政府对于临一机在闹市区中占了这么大一片土地，越来越感到不满，也曾和临一机原来的领导班子进行过商议，希望临一机能够从现址迁出去，由市政府在远郊另外划一块地予以安置。

临河市这些年房地产业得到迅猛发展，城区的土地价格上升很快。临一机所处的位置，一亩地的价格已经涨到了 30 多万元。临一机拥有 1350 亩土地，价值 4 个亿,由不得临河市政府不动心。

临一机原来的班子也明白这一点,提出迁址也可以,但临河市政府必须拿出不少于 3 亿元的现金来作为补偿,另外还要再奉送一块同样大的地皮用以建设新厂区。

市政府认为,当初把这块土地划拨给临一机,临一机方面一分钱都没出,现在张嘴就要 3 个亿,是完全不合理的,出于各种革命友谊等方面的考虑,市政府最多拿出 5000 万元来予以补偿也就罢了。

双方的开价差异甚大,当然是无法达成协议的。几经扯皮,当市政府答应把补偿款的额度提高到 1 亿元的时候,临一机的班子就全部喝茶去了,换成了周衡等人前来接手。由于新班子刚刚上任,还没来得及与市里沟通这方面的事情,这件事也就先搁置下来了。

这个情况,樊彩虹曾向周衡汇报过,唐子风也就是那个时候听说的。

据樊彩虹分析,市里的补偿款估计能提高到 1 亿 5000 万元的样子,再高恐怕就不会答应了。也就是说,周衡手里其实有一个撒手锏,那就是把厂区的土地交给临河市政府,用以换取不少于 1 亿 5000 万元的补偿款。有了这笔钱,厂子眼前的困难就能够迎刃而解了。

得知这个情况之后,周衡私下里与唐子风讨论过,商议是否可以考虑采取这个方案。

周衡的想法是,这个方案应当是万般无奈的时候才能够使用的。置换土地,理论上能够拿到 1 亿 5000 万元的补偿,但临一机要重建厂房、宿舍,花费也不少,最起码要投入 1 个亿,厂子最终剩下的不过是区区 5000 万元而已。

5000 万元的资金,能够让厂子渡过眼前的困难,但并不能支撑太久。如果厂子自己没有造血功能,光靠卖地求生,迟早还是要破产关门的。机械部派周衡和唐子风下来,可不是让他们来卖地的。

不卖地,或者暂时不卖地,但我们可以把地租出去啊,确切地说,是把楼租出去啊。劳动服务公司把一个菜市场租出去,就能够有一年 30 多万元的租金收入。如果把厂里那些奢华的办公楼租出去,又能赚回多少呢?

没错,明天就去向周衡献这个计。紧要关头,厂子需要开源节流,任何一个能赚钱的机会都不能放过。

唐子风兴冲冲地想着,脚步也变得更加轻松起来。他欣赏着两边的街景,不觉来到了临河市的人民广场。

临河市人民广场一直都是临河市最热闹的地方。早先,这里有全市最大的两家百货商场,还有几家高档饭店,是全市的商业中心。近年来,围绕着百货商场和饭店,周围建起了好几条小商业街,有专门卖小商品的,也有专门供应各种美食的。从南方传来的卡拉OK歌厅在这里就有十几家,还有两家的门脸上写着"KTV"的字样,据说是卡拉OK的升级版本。

以唐子风的眼光来看,这个地方也就相当于后世八线城市的水平,但对于时下的新新人类来说,这里简直代表着时尚的最高境界。临河的小伙子们搞对象,如果不三天两头把女友带到人民广场来消费,恐怕就只能注定孤独终身了。

"帅哥,吃羊肉串吗?"

"帅哥,港岛最新口味的水果沙冰要不要尝一下?"

"老板,进来唱唱歌吧,我们有最新引进的录像带……"

唐子风一走到人民广场旁边,就吸引了一群拉客者的关注。有些中年妇女跟在他身后,走了上百米还在絮絮叨叨地推销着自家店里的服务,让唐子风都怀疑自己是不是天然带着招风属性了。

"滚开,为什么又是我请客!"

"你最胖,每次都是你吃得最多,你多请几次客有什么不对?"

"老子没钱了,下半个月都要喝白开水了。"

"反正你肉厚,多喝几天白开水还能减肥呢!"

"屁,老子就是喝开水才长肉,吃肉反而不长肉……"

身后几个年轻男子的吵闹声吸引了唐子风的注意,他隐约从几个争吵者的对话中听到了一个熟悉的音调。他回过头,正看到那几位争吵者向他迎面走来,走在中间的,是一位体重200斤开外的胖子,有三个小伙伴正一边簇拥着他往前走,一边力劝他掏钱请客,而他则在大声地争辩着,但显然有些寡不敌众的意思。

"咦,瞧我发现了什么?"

唐子风与这群人打个照面之际,只见那胖子原地蹦起来一尺高,手指着唐子风欢喜地喊了起来:"唐帅,你怎么到临河来了?"

"哈,胖子,原来是你啊。我还没问你呢,你怎么会在临河?"

唐子风也认出了对方,不由得也欢喜地答应着。

此君正是他在屯岭中学读高中时同桌三年的死党——胖子宁默!

第三十七章　我哥们叫唐子风

"哈,唐帅,你怎么会到临河来啊?你不是留在京城工作了吗,是来出差的吧?咱们有好几年没见面了吧,我想想,我们还是大前年的春节在一起吃过饭,后来就没再见到你了……"

宁默甩开身边的小伙伴们,冲到唐子风面前,不由分说便把一条肥腻腻的胳膊搭在唐子风的肩膀上,吧啦吧啦地问了一堆问题。

宁默的胳膊一搭上来,唐子风就觉得自己像是被泰山压顶一般,气都喘不过来了。他拼出全身的力量,把宁默的胳膊推开,宁默脸上的笑容却一点都没有减少。

"胖子,这是你的朋友?"唐子风用手指着宁默的那几个小伙伴,问道。

宁默点点头,开始给唐子风介绍:"这都是我在厂里的同事,这是赖涛涛,这是崔冰,这是陈劲松……这是我的高中同学,人民大学的高才生,唐帅!"

最后一句,他是向他的伙伴们说的。他口口声声称唐子风为唐帅,这其实是唐子风在高中时的一个雅号,据说还是从女生那边传过来的。唐子风在读高中的时候,是全校一半女生的梦中情人,这得益于他的学习成绩和颜值,或许颜值起的作用还更多几分。

"各位好。"唐子风向那几位年轻人打着招呼。

"唐帅好!"几个人也客气地应道,在他们的心目中,还真以为对方的名字就叫唐帅了。

"你们这是……"唐子风问道。

宁默说:"我们正准备去吃羊肉串。美食街那边新开了一家串店,味道特别好,这不,今天我们从老板那里领了工资,就准备过去开开荤。你来得正巧,一块去吧,涛涛说他请客的。"

"怎么就我请客了?"名叫赖涛涛的那个年轻人不干了,"说好是你请的,你看,你同学都来了,你好意思不掏钱?"

"看看,这些家伙就是这样的人品!"宁默对唐子风说,随即又展颜一笑,对那几个人说道,"我决定了,由我请客。我哥们来临河了,肯定得由我请客的,你们可记住了,这都是托了我哥们的福!"

"哈哈,一会啤酒我掏钱,算是给你哥们儿接风!"崔冰爽快地说。

"要不,吃完肉串去唱歌,我和劲松出钱。"赖涛涛也表示道。

这几位都是单身汉,一人吃饱全家不饿的那种人,别看刚才叫别人请客的时候显得那么抠门,听说唐子风是宁默的高中同学,大家也都纷纷表示出要出钱招待的意思了。

唐子风笑着说:"算了,还是我请客吧。不瞒各位,我前一段在京城和朋友做了点小生意,赚了几个小钱。我和胖子是好多年没见的朋友了,你们也都是胖子的朋友,大家就给我个机会,让我做东,请各位一回,怎么样?"

"原来唐哥们是做生意的,那理应你请客!我可说好了,大串的羊腰子,我一个人要五串。"崔冰笑着说。

"你也不怕吃了上火!"陈劲松笑骂道。

众人边说笑边走,由宁默带路,不一会就来到了他说的那家串店门前。虽然已经是 11 月初的天气,临河的夜间室外气温还不算特别低,串店门外摆了七八张桌子,其中大多数都已经坐了人,正在一边吃烤串喝啤酒,一边聊着五花八门的话题。

看到几个年轻人过来,串店的小服务员赶紧给他们安排了一张桌子,让他们坐下。宁默一伙看来也是这夜市的常客,一坐下便开始熟练地点着各种吃食,包括烤串、煮花生和啤酒等。待服务员拿着单子去备菜,宁默这才转过头对唐子风问道:"对了,你还没说呢,你怎么到临河来了?"

"你怎么到临河来了?"唐子风笑呵呵地反问道。

宁默说:"我一直都在临河啊。我从技校毕业,就分到临一机工作了。临一机你应当知道吧,就是临河第一机床厂……"

"呃……"唐子风无语了,这世界也太小了吧?不过,细想一下也没啥奇怪的,临一机在东叶省也是数一数二的大企业,宁默高中毕业没有考上大学,而是读了技校,毕业之后分配到临一机工作也并不奇怪。

"你既然在临一机,怎么刚才说是从老板那里领了工资?"唐子风想起了刚才宁默说过的话,他乍听到宁默的说法时,还以为宁默是在私营企业里打工的。

宁默笑道:"临一机都好几个月没发工资了,现在我们都是在外面的厂子里打野食,要不早就饿死了。我们几个,前些天给一个私人老板的厂子做了点事,今天老板给我们开了工资,一个人50块钱,这不,我们就来开开荤了。"

"原来如此。"唐子风点点头,这个情况,韩伟昌也是向他说起过的。临一机成了一家"三资企业",一年只发过三次工资,工人们如果不自己出来打工挣钱,早就撑不下去了。

"私人老板就是黑,我们起早贪黑给他干了一个多星期,一个人才50块钱,天天吃大白菜都不够。"赖涛涛抱怨说。

"我就是天天在厂里吃大白菜,吃得满肚子都是酸水。"崔冰也用幽怨的口吻说道。

"唉,我们那个破厂子,早点倒闭就好了,老子到南方打工去,听说珠三角那边招技工,一个月三四百块钱呢。"陈劲松说。

宁默挥挥手:"你们说这些干吗?让我哥们笑话呢。对了,唐帅,你到临河来,是来出差吗?"

唐子风笑着说:"胖子,你在临一机,就不知道这些天临一机换了一个新厂长吗?"

"知道啊,叫什么周来着。"宁默说。

"叫周衡,是机械部派下来的。"崔冰显然比宁默更关心厂内大事,直接说出了周衡的名字。

唐子风又说:"机械部除了派周厂长下来之外,还派了一个厂长助理,你们知道吗?"

"知道,好像也姓唐,叫什么风?"赖涛涛说。

"是叫唐子风。"陈劲松补充道。

"什么唐子风!你们瞎扯什么,我这哥们才叫唐子风呢!"宁默嘿嘿地笑了起来,为几个伙伴的糊涂而感到滑稽。

"什么,你叫唐子风?"几个小伙伴可丝毫也没觉得这事有什么好笑的,自始至终,宁默根本没有说过他这哥们名叫唐子风,而是说他叫唐帅,所以大家是绝对不可能把两个名字搞混的。既然不是搞混了,那么就只有一种可能性,即彼唐子风,正是此唐子风。

第三十七章 我哥们叫唐子风

联想到唐子风无端地出现在临河,而且与传说中的厂长助理有相同的学历背景,大家还不明白是怎么回事吗?

"幸会幸会!"唐子风向众人抱拳作揖,"我的确就是跟着周厂长一起来的那个唐子风。唐帅是胖子瞎叫的,你们别当真。"

"啊,唐、唐助理……"崔冰先有些磕巴了。刚才自己没说错啥吧,这个死胖子也真是糊涂得紧,他的高中同学要到厂里来当厂长助理了,他居然一无所知。

宁默这个时候才反应过来,他看着唐子风,不敢相信地问道:"唐帅,你不是说真的吧?等等,你真的是叫唐子风?"

唐子风拎起一个啤酒瓶,作势砸在宁默的脑袋上样了一下,怒道:"你这脑子里装的都是猪油啊,跟我同桌三年,连我叫什么都忘了?"

宁默抚着脑袋委屈道:"我当然记得你叫唐子风。好家伙,高中三年,校长、年级组长、班主任、任课老师,哪个人一天不念叨几遍你的名字,我耳朵都快听出茧了。可是,你怎么会成了我们厂的厂长助理呢?"

唐子风没有理会宁默的嘟哝,他向赖涛涛等人笑着说:"不好意思,刚才不知道你们也都是临一机的人,现在既然认识了,今天这顿更应该由我请了。以后在厂里,还请各位多帮忙。"

说罢,他招手喊来服务员,掏出一张百元大钞递过去,说道:"这钱你先收着,我们这边的啤酒和烤串尽管上,对了,来十串大腰子。"

服务员飞快地接过钱跑开了。几个青工互相看看,都有些怯怯的样子。陈劲松壮起胆子,说道:"那个,唐助理,我刚才……"

唐子风伸手拦住他后面的话,说道:"各位,如果大家看得起,就叫我唐子风,或者叫哥们,叫老唐,或者像这个死胖子一样叫我唐帅,都行;如果叫我唐助理,大家就做不成朋友了,是不是这样?"

"这……"几个青工都犹豫了。

宁默却是已经回过味来了,他伸手在唐子风肩膀上猛拍了一下,说道:"没错,我就叫你唐帅了,怎么的!冰冰、涛涛、松松,我跟你们说,和我哥们真的没必要太客气,他不是那种会摆架子的人。过去,他是全年级第一,我是全年级倒数,他也没嫌弃过我,一直和我称兄道弟的。人家这才叫真正的才子,不像技术处那几个酸溜溜的大学生!"

第三十八章　厂长助理的贴身高手

一个人能够成为胖子，是有其道理的，最重要的一条，就是心思单纯，对世界充满着美好的想象。宁默就是一个这样的人，他对自己与唐子风的友谊笃信不疑，哪怕他只是厂里的一个普通工人，而唐子风却是从上级派下来的厂长助理。

宁默的乐观感染了他的小伙伴们，当然，唐子风掏钱买的十串大腰子发挥了更大的作用，大家撸着羊腰子，喝着啤酒，不一会就忘掉了自己与唐子风之间的地位落差，果然一口一个"老唐"地称呼了。

"老唐，你说咱们临一机，还有救没有？"崔冰眯缝着因酒精作用而有些泛红的眼睛，对唐子风问道。

唐子风肯定地回答道："当然有救。我和老周商量过了，一年扭亏，三年产值翻番，到时候大家的工资起码比现在高一倍。"

"工资高一倍我是不敢想了，能把过去欠我们的工资补上，我就给新厂长烧高香了。对了，顺便给老唐也烧两支。"赖涛涛呵呵笑着说，也不管这话是不是有点歧义。

唐子风说："过去欠的工资，肯定是要补上的，不过现在还不行。我估摸着，最多下个星期，应当能够发一次工资吧，我们从外厂讨回来100万元，足够发一次工资了。"

"对了，老唐你一说这事，我还真想起来了。好像那100万元，就是你去金尧那边讨回来的吧？厂里都传疯了，说你在金尧拿着板砖威胁金车的厂长，他才答应还钱的。"陈劲松说。

"呃，这个是谣传，其实我拿的是管钳……"唐子风徒劳地辩解着。

"有这样的事，你怎么不叫上我？"宁默气愤地质问着，"过去在学校的时候，每次出去你不都是带着我的吗？"

第三十八章　厂长助理的贴身高手

"不会吧？你不是说唐助理年年都考年级第一吗？怎么还会闯祸？"几个年轻人都诧异地看着宁默和唐子风。

唐子风笑道："读书的时候，我和胖子都是农村出来的住宿生，在学校没啥吃的，肚子空空，所以就经常到农民地里去偷红薯回来烤着吃。我本来说我自己去偷，回来分给胖子一份，结果这个胖子说他饿死不吃嗟来之食，非要跟我一块去偷不可。"

"然后呢？"

"然后他就被农民捉住了，吊着打……"

"根本不是这样！"宁默喊道，"是他让我去把看守红薯的农民引开，他自己去地里偷红薯。结果我不小心绊到红薯藤了，摔了一跤，就被人家捉住了。人家也没吊着打我，还送了我两个大红薯。"

"你为什么不说那块红薯田是你舅舅家的？"唐子风揭发说。

这顿消夜，几个人吃得酣畅淋漓。赖涛涛等人原本对唐子风的身份还有些敬畏之感，吃过消夜之后，就都与他勾肩搭背，把他看成自家哥们了。

回厂的路上，赖涛涛一行走在前面，宁默与唐子风走在后面，小声地聊着一些家常。

宁默告诉唐子风，赖涛涛等人与他都是技校毕业的同学，同时分到临一机来，按照各自的专业分配了工种，其中宁默和赖涛涛是钳工，崔冰是车工，陈劲松是铣工。

他们一行刚到临一机工作的时候，临一机虽然也是处于亏损状态，但好歹还能从银行借些钱出来发工资，大家的日子勉强能够过得去。这两年，厂里欠银行的钱越来越多，贷款也就越来越难了。去年一年，厂里只发了三次工资，至于奖金、福利之类，那是想都不用想的。

于是，厂里的职工只能自己到外面去赚钱，有给私人工厂打工的，有到城里骑三轮车拉客的，还有到集贸市场摆摊做生意的。

临河地处南方，商品经济比较发达，工人们想找一点事情做还是比较容易的，只是收入肯定不如过去，大家的日子都过得紧巴巴的。相比东北那些老工业城市的情况，当然又好得多了。

"你的生活怎么样？"唐子风问。

宁默笑道："还能怎么样？我好歹还有一把子力气，在技校也算学了点技术,到私人老板那里去做点事,吃饭钱肯定是能赚到的。每次发工资的时候,就和涛涛他们几个凑钱出来吃一顿,也算是打打牙祭了。"

"你怎么不跟我说呢?"唐子风抱怨道,"就算我毕业以后没给你留地址,你回屯岭的时候不会打听一下吗?"

"跟你说有什么用?你不也是刚毕业,就算你在机械部工作,能赚几个钱?"宁默说。

唐子风往兜里摸了一下,掏出两张百元钞票,塞到宁默的手里,说道:"这些你先拿着,委屈了什么也别委屈自己的胃,钱花完了再找我。"

宁默接过钱,既没有急着揣进兜里,也没有急赤白脸地非要还给唐子风,而是笑嘻嘻地问道:"怎么,你真的发财了?我记得刚才你说和人家做生意赚了点钱的。"

唐子风低声说:"你知道就行了,我在京城的时候,和大学同学攒了本书卖,一人赚了好几千呢。"

"那我可就不客气了!"宁默闻听此言,也就不再犹豫了,飞快地把钱揣了起来。高中三年,他们俩可谓是相濡以沫,饭菜票都是合在一起用的。

他们俩都是农村学生,手头十分拮据,在很多时候,他们俩在食堂只能买得起一份最便宜的菜,然后你一半我一半聊以佐餐。在宁默心目中,用唐子风的钱是无所谓的,当然,前提是唐子风的确有钱。听说唐子风赚了几千块钱,宁默收下这200元也就毫无心理压力了。

揣好钱,宁默脸上神采飞扬,嘿嘿笑道:"我一直都知道你有本事的,早知道你赚了这么多钱,我肯定会写信让你拉兄弟一把的。对了,唐帅,你现在当了厂长助理,是不是可以照顾一下兄弟,给我换个好位置,起码每个月能发得出工资的那种?"

"你除了会拧螺丝,还会干什么?"唐子风不屑地说道。

"我会打架啊!"宁默说,"你当厂长助理,不需要带个贴身保镖吗?"

"这个还是算了吧。"

"你就忍心看着我身陷苦海?"

"不会的。"唐子风说,"胖子,你放心,有我在,临一机肯定能咸鱼翻身,到时候一线工人的工资会比行政部门高得多,你现在调出来,以后肯定会后悔。"

"你说的是真的?"宁默盯着唐子风问。

第三十八章　厂长助理的贴身高手

唐子风点点头："如果没有这个把握，我何苦放着京城的办公室不坐，跑到临河这个鬼地方来？这么说吧，如果一年之内临一机没有起色，你就跟我到京城去，我随便给你介绍个啥工作，一个月挣500块钱是没问题的。"

"一言为定！"宁默欢喜地说道。

唐子风又想起一事，低声地对宁默问道："你这几个技校同学，人品可靠吗？"

"绝对可靠！"宁默说，"老唐，我宁默交的朋友，哪个不是响当当的男子汉？那种喜欢搞阴谋诡计的人，我连看都不会看他们一眼的。"

好像你看了我好多眼吧？

唐子风在脑子里搜索了一下前身的记忆，发现自己的前身的确符合宁默交友的标准，是那种不擅长搞阴谋诡计的人。可现在自己穿越过来了，自己最精通也最喜欢搞的，恰恰就是阴谋诡计，希望宁默发现这一点之后，不要与自己割袍断义才好。

"胖子，你一会跟你那几个同学说一句，关于我们之间的关系，让他们不要说给别人听。以后在厂里碰见，大家就装作是普通同事好了。"唐子风交代道。

"为什么？"宁默问。

唐子风说："你傻呀！你如果要我照顾你，你就不能说我们过去认识，要不人家就该说我营私舞弊了。我现在好歹也是个厂领导，很多人都盯着我的一举一动，你如果到处说你和我是高中同学，你还想过逍遥日子吗？"

"对对，我明白了！"宁默恍然大悟，他虽然看上去呆萌呆萌的，但智商好歹也过了及格线。唐子风把事情都说得这么明白了，他还能理解不了吗？

走进厂门之前，唐子风便与几位青工都对好了口径，声称他们是在夜市上偶遇，因为是同厂的，所以在一起吃了夜宵，相互认识了，除此之外再没有其他关系。唐子风也向几个人做出了承诺，日后会找机会照顾他们一番，但他们也要注意日常小节，不要被人抓住什么把柄。

在临一机遇到自己的发小，这对唐子风来说是一个意外之喜。他是打定主意要和周衡一起把临一机的事情做好的，那么就需要在厂里有一些自己的人手。宁默虽然只是一个小工人，但给唐子风当个耳目还是没问题的，有些事情，他不合适自己亲自去做，假手于宁默这样的小工人就再合适不过了。

至于宁默对自己的忠诚，唐子风是丝毫不怀疑的。宁默这种人脑子就是一根筋,一旦觉得别人对自己好,他就会对别人忠心耿耿。再说,唐子风不是刚刚还资助了他200元钱吗?吃人嘴软,拿人手短。

第三十九章　傲骄的工商支行

唐子风睡了个美美的好觉,睁开眼已经是早上 9 点多钟了。头一天,他向周衡说过,这几天准备到劳动服务公司蹲点,所以就不用去厂部点卯了,睡个懒觉也没人发现。至于说张建阳那边,也不会傻到指责他上班迟到,他什么时候过去,张建阳都得等着,这就是当领导的好处。

你是我的小呀小苹果
怎么爱你都不嫌多
红红的小脸温暖我的心窝
点亮我生命的火
火火火火火……

哼着后世的流行歌曲,唐子风穿衣下床,来到卫生间,开始洗漱。
"丁零零……"
卧室写字台上的电话突然毫无征兆地响了起来,把唐子风吓了一跳。他叼着牙刷来到卧室,拿起电话,含含糊糊地"喂"了一声。
"是唐助理吗?你还真的在家里啊。"
听筒里传来的是樊彩虹的声音。
"呃……"
唐子风有些窘了,这是办公室主任在查岗吗?他支吾着说道:"哦哦,是樊主任啊,我正在写一个材料,准备一会去劳动服务公司和张经理讨论用的……"
"你先把材料放放,周厂长让我通知你,马上来厂部开会。"樊彩虹说。
"怎么又开会?"唐子风下意识地问了一句。
樊彩虹的声音有些神秘:"唐助理,你别问了,还是赶紧过来吧。对了,周厂长不太高兴,你小心点,别碰他气头上……"

说完这话,没等唐子风再问什么,她就把电话给挂了。

老周不太高兴?

莫非是冲自己来的?

唐子风快速地回忆了一下自己做过的事情,发现除今天早上睡了个懒觉之外,自己似乎并没有做什么能够让老周愤怒的事情。

事实上,自己昨天上午从周衡那里出来的时候,周衡对自己还是颇为满意的。昨天下午自己去视察了劳动服务公司,做了一些重要指示,其中有一些是属于比较大胆的改革措施,但唐子风相信周衡即便不太理解,也不会因此而生气。再至于说昨天晚上和胖子他们喝酒的事情,老周想必也不会知道吧?

既然自己没啥过错,那么老周生气就不是冲自己来的,自己又有什么可害怕的呢? 这个樊彩虹,就是喜欢一惊一乍的,肯定又是在小题大做了。

想到此,唐子风释然了。他回到卫生间,把刚才没刷完的牙又刷了一遍,又仔细地洗了脸,对着镜子陶醉了半分钟,这才穿上上班的衣服,抓了两块饼干在手里,出门一边啃着饼干一边向厂部走去。

他这样一磨蹭,到厂部的时候已经快到 10 点了。他来到会议室门外,轻轻把门推开一条缝,准备看看情况。屋里的樊彩虹却先看到了他,赶紧过来拉开了门,还轻声地埋怨了一句:"唐助理,你怎么才到?"

"呃……"

唐子风这才发现,其他厂领导都已经到了,他是到得最晚的一个。他原本以为樊彩虹通知他开会,怎么也得有个十几分钟的缓冲时间,谁知道这个会居然这么急。坐在主席位子上的周衡瞟了他一眼,面色不豫地哼了一声,却也没训他,只是努努嘴示意了一个位子,说道:"还不快坐下!"

唐子风坐下来,忙里偷闲地看了看其他厂领导,发现大家的脸色都不太好看,却又不敢问是怎么回事。周衡看出他的疑惑,说道:"事情比较急,我们没等你就先开会了。情况也很简单,金车答应还我们的 100 万元欠款,刚才小宁去银行问过了,只到了 20 万元。"

"什么?"唐子风一下就急了,"你是说,宋福来那个老小子赖账了?"

"说什么呢?"周衡斥道,"注意一下你的身份!"

唐子风赶紧改口:"哦,我是说,宋厂长那个浓眉大眼的,居然也会赖账?"

第三十九章 傲骄的工商支行

坐在唐子风身边的张舒扑哧一声就笑喷了,其他人的脸上也都露出了古怪的神气,显然是被唐子风的恶搞给逗乐了,但又不便笑出来。这一来,会议室里的紧张气氛倒是缓解了几分,连周衡也没法再绷着一张麻将脸了。

"金车那边没赖账。"宁素云说,"他们的确给我们汇过来100万元,但市工商行只给了我们20万元,余下的80万元被工商行截留下来了。"

"银行截咱们的钱?什么理由?"唐子风问。

宁素云说:"咱们厂累计欠了工商行2700万元的贷款,欠其他几家银行的贷款还有1000多万元。工商行扣下这80万元,就是偿还贷款的。"

"这算个什么事?!"唐子风怒道,"欠债还钱是应该的,可现在是咱们临一机最关键的时候,我们还指望这100万元到账,能够先给工人发一个月的工资,鼓舞一下士气。工商行把钱一扣,咱们发不出工资,后面的戏根本就没法唱了。"

"谁说不是啊!"张舒叹道,"咱们订好了计划,先稳定民心,再积极找业务,恢复生产,逐步实现扭亏。可现在第一步就踏空了,后面的事情就办不下去了。"

"宁总没有把这个情况向工商行解释一下吗?"唐子风问。

宁素云说:"怎么没解释?我直接找了市支行的行长魏永林,向他说明了情况,希望他能够体谅我们的困难,把我们欠的贷款再延期一段时间。可他说这是总行下的命令,今年全国各银行都要紧缩银根,原来发出的贷款要限期收回。他还说过几天要正式给我们发通知,让我们把欠的2700万全部还上。"

"咱们账户上空空的,怎么还?"吴伟钦没好气地问道。

"他说我们可以用固定资产来抵债。"宁素云冷笑着说。

吴伟钦怒极而笑,说道:"好啊,他们有这个本事,就让他们来把咱们的固定资产拉走好了,我倒想看看,一个小小的市支行有没有这个胆子来拉咱们一家部属企业的东西。"

周衡没有搭理吴伟钦的牢骚,他对朱亚超问道:"老朱,咱们厂过去和市工商支行的关系怎么样?"

朱亚超是临一机原领导班子的人,虽然与当时的厂长不对付,但厂里的一些情况还是比较了解的。他说:"咱们厂是临河市最大的工业企业,工商支行一半的业务都和咱们厂有关,过去和咱们厂的关系还是非常好的。这两年,咱们厂效益不好,不得不经常从工商行贷款来发工资,他们对我们是有点意见,但总的来说关系也不算糟糕。这种不打招呼就直接把钱划走的事情,我过去是没听说过的。"

"依我看,他们就是想给我们的新领导班子一个下马威吧。"施迪莎说。

"可这是为什么呢?"周衡问。

"这我就不知道了,也许是想让咱们的新领导重视他们呗。"施迪莎猜测道。

张舒说:"这种情况我过去也听说过,大致就是希望我们能够给他们一些好处吧?比如送点礼物啥的。"

宁素云却摇摇头,说:"我觉得不像。如果他们是想用这样的方法向我们索取好处,魏永林应当会给我一些暗示的。但我去和他交涉,从头到尾,他都是说我们厂欠了工商行的钱,他们希望我们尽快全部还清,并没有给我什么暗示。"

"不会是这个魏永林和宋福来有什么交情吧?"唐子风说,"我在金尧折了宋福来的面子,他就让魏永林来拆咱们的台了。"

周衡摇头说:"这不太可能。这又不是小孩子过家家,在这个紧要关头扣咱们的钱,这件事情的性质是非常严重的。别说魏永林和宋福来是不是真的有关系,就算是他们认识,魏永林也不至于为了给宋福来出气,就做出这样的事情。"

总工程师秦仲年说:"工商行为什么这样做,咱们可以等到以后慢慢了解。当务之急是要让工商行把钱还给我们。我们已经向工人放了风,说最迟下星期就能够发一次工资,现在被工商行扣了80万元,这工资就发不出去了,我担心工人那边的情绪会非常激烈,咱们前面所做的工作就前功尽弃了。"

"没错没错,秦总工说得对,咱们先想想怎么才能够让工商行把钱吐出来。"张舒附和道。

吴伟钦说:"这件事,宁总已经和工商行交涉过了,工商行这边没有任何松动。所以我想,再这样交涉下去也是没用的,恐怕需要找上级单位出面来协调才行。"

"你是说,通过部里来协调?"张舒问。

施迪莎说:"我赞成。周厂长就是部里派下来的,现在工商行不买周厂长的账,让部里出来给咱们撑撑腰,也是应该的嘛。"

周衡默然不语,唐子风看了看周衡的脸,举起一只手做请求发言的样子,不等周衡同意,他便说道:"吴厂长和施书记说的方案,我觉得不可行。企业经营哪有不碰上困难的,如果碰上点困难就去找部里帮忙,还要我们这些人干什么?

部里给我们的支持是有限的,我们用一回就少一回。现在我们新班子才刚刚上任,碰到一件小事就去找部里出面,部里会怎么看我们？会不会觉得我们是窝囊废了？"

第四十章　锦上添花还是雪中送炭

听到唐子风这番话，大家都沉默了。

的确，如果机械部能够出面来打个招呼，区区一个市里的工商支行，是不敢扣着钱不给的。

关于银行要紧缩银根的事情，大家也是听说过的，工商支行以这个名义扣住临一机的钱，当然也说得过去。

但全国各地工商银行发出去的贷款数以千亿计，哪里就缺临一机这几十万元了？部里打个招呼，说临一机情况特殊，希望工商行网开一面，工商行能不给这个面子？

但是，唐子风说得对，款项被工商支行截留一事，对于临一机来说，只是企业经营中的一个小麻烦。如果这样的小麻烦也要请部里出面来解决，部里对现在这个领导班子会怎么看呢？大家都是想做出点成绩来让上级领导刮目相看的，现在成绩没做出来，反而要让上级领导来给大家擦屁屁，大家好意思吗？

"这件事，我觉得应当找临河市政府来解决。"宁素云对周衡说，"市工商支行是受市政府领导的，咱们和工商行沟通不了，就应当去找他们的上级来协调。关于临一机的困难，临河市政府应当是了解的，我想市领导应当会更加顾全大局的。"

周衡点点头："小宁说得对。这些天我光顾着整顿厂内的事情，一直都没顾上去市政府走一走。不管怎么说，咱们也是在临河市的企业，换了新班子，怎么也得去汇报一下的。"

说到这，他转头对樊彩虹问道："小樊，过去咱们厂的事情是由市里的哪位领导负责分管的？"

"是市里分管工交财贸工作的副市长吕正洪。"樊彩虹答道。

"你联系一下吕市长，就说我想去拜访他一下，问他什么时间合适。"周衡

第四十章 锦上添花还是雪中送炭

说道。

"好的,我一会就去打电话。"樊彩虹应道。

接下来,大家便讨论了一下应急方案,万一与工商行的交涉陷入持久战,原来答应给工人发放的工资就要拖上一段时间了,那么必要的解释工作是要做的,还要考虑到一些困难职工的生活救济问题,这也是非常琐碎的。

开完会,樊彩虹马上联系了市政府方面。听说临一机新上任的厂长要来拜访自己,副市长吕正洪马上谦虚地表示不敢劳周厂长的大驾,应当是自己亲自上门去拜访周厂长才是。

樊彩虹当然知道吕正洪这话只是一种客套,于是也打着哈哈说了一些冠冕堂皇的话,最后才敲定今天下午见面的事项。至于说会面的地点,当然还是在市政府,吕正洪是不可能真的到临一机上门拜访的。

到了约定的时间,周衡带上樊彩虹和唐子风,坐着小车来到了市政府。吕正洪派出秘书芦伟到市政府楼下迎接,待芦伟把周衡一行带进吕正洪的办公室里,吕正洪笑着走到门口迎接,然后一边与周衡握手,一边道歉说刚才正在接省领导的电话,没能亲自下楼迎接,实在不好意思云云。至于这话是真是假,那就只有天知道了。

一通寒暄过后,宾主分别落座。周衡说道:"吕市长,非常不好意思,其实我早就应当来上门拜访的,只是临一机刚刚经历了领导班子的全面替换,各项管理工作都非常混乱,我刚刚接手,各种事情千头万绪,所以也抽不出时间过来,还请吕市长谅解。"

吕正洪连连摆手,说道:"周厂长说哪里话,临一机虽然是部属企业,但在我们临河市范围内,咱们就是一家人。周厂长上任,其实我是应当上门去祝贺的,无奈这段时间市里一直在搞创优的工作,我也是分身乏术,周厂长还亲自到市政府来,实在是让人过意不去。"

"我到市政府来是应该的。"周衡说,"临一机的情况,想必吕市长也是很清楚的。过去的领导班子作风上有问题,导致临一机陷入严重亏损,成了国家的包袱。部里派我下来,是希望我能够带领临一机迅速脱困,扭亏为盈。要做到这一点,离不开临河市政府对我们的大力支持,不瞒吕市长说,我这趟到市政府来,就是来请市政府帮忙的。"

吕正洪说:"帮忙这种话,周厂长就别说了。临一机的事情,也是我们临河市的事情,自家的事情,怎么能叫帮忙呢?周厂长有什么需要市政府做的,尽管吩咐就是,我这个副市长,不就是给企业当服务员的吗?"

周衡说:"我们哪能让吕市长当服务员啊?要说起来,临一机需要市政府帮忙的事情非常多。不过,眼下有一件事是比较着急的,所以我才急着来见吕市长了。"

"什么事情?"吕正洪问。

周衡便把金车偿还货款却被市工商支行截留的事情,向吕正洪说了一遍。他表示,从金车讨回来的这笔货款,对于临一机脱困是至关重要的。有了这笔钱,厂里才能够给职工发放工资,让职工对厂子重新燃起希望。临一机新领导班子的各种改革措施,也只有在这样的环境下才能够顺利推行。而如果这笔钱被工商行截留住了,临一机的脱困大计就难以实施了。

"有这样的事情?小芦,你知道是为什么吗?"

吕正洪黑着脸,向秘书芦伟问道。

芦伟说:"吕市长,这个情况我大致知道一点。去年以来,各地出现股票热、房地产热、开发区热,各级金融机构贷款规模失控,已经引起了中央领导同志的关注。今年央行提出要紧缩银根,要求各家商业银行要减少贷款规模,已经发放的贷款要及时收回。不止临一机,咱们临河市的很多企业都被银行催讨过贷款,有不少企业也遇到过像周厂长刚才说的那种情况。"

"是这样?"吕正洪做出一副沉思的样子。

这俩人的一问一答,落在周衡和唐子风的眼里,就是一场双簧了。吕正洪肯定知道工商行截留临一机资金的原因,但他不直接说出来,而是借芦伟的口来说。这样一来,他相当于是一个局外人,对此事毫不知情,回旋的余地就非常大了。

周衡也没兴趣和吕正洪玩什么心眼,他说道:"吕市长,这个情况,工商支行的魏行长也向我们厂的总经济师宁总说过了。国家的政策,我们自然是不能左右的。但国家提出紧缩银根,也不是不分青红皂白一律地把钱收回去,如果真是这样,那还需要银行干什么?银行就是用来给企业贷款的,银行要做的就是雪中送炭,不是雪上加霜,是不是这样?"

唐子风在旁边插话道:"周厂长,您这话也不完全对。我上大学的时候,教金融学的老师说过,在资本主义国家里,银行的经营方针就是嫌贫爱富,宁可锦

第四十章 锦上添花还是雪中送炭

上添花,绝不雪中送炭。"

"你说的这是资本主义国家的银行,市工商支行是这样的银行吗?"周衡说。

唐子风笑道:"这个我就不清楚了,是不是应当请魏行长来问问,看看他们支行到底是资本主义的银行,还是社会主义的银行?"

"你胡说什么,工商支行怎么不是社会主义的银行了?"周衡假意地瞪着唐子风训道。

吕正洪的眉毛皱了起来,他刚刚和自己的秘书唱了一曲双簧,转眼人家厂长和助理也给他唱了一曲双簧。

国家现在的工作重点之一就是国企脱困,临一机是机械部的部属企业,机械部专门派出周衡到临一机来当厂长,领导临一机脱困,临河市如果在这个时候拆台,那可就是缺乏大局意识,对上对下都很难交代了。

可以这样说,如果吕正洪敢表示自己不在乎临一机的死活,周衡就敢揪着他去省里讨个说法。工商支行的行长可以不讲政治,但吕正洪是不能不讲的,这就是为什么周衡不找魏永林的麻烦,却要来找吕正洪协商的原因。

"小芦,你给工商支行打个电话,让魏永林过来一趟。"吕正洪向芦伟吩咐道。

芦伟出门打电话去了,吕正洪转身对周衡说:"周厂长,这件事情,涉及银行那边的业务,他们的业务也是垂直管理的,我也不能越俎代庖。这样好不好,我让小芦把魏永林叫过来,你们就在这里沟通一下,我给你们做个见证人,涉及政策方面的事情,我肯定是站在你们这边的,你看如何?"

吕正洪把话说到这个程度,周衡还能说什么呢,只能是向吕正洪表示感谢了。

第四十一章　背后的考量

从工商银行到市政府,颇有一段路程,魏永林赶过来是需要一些时间的。在等候魏永林的时候,吕正洪便与周衡闲聊了起来。

"周厂长,临一机现在到底欠了银行多少贷款?"吕正洪问。

"总共是4000多万元吧。"周衡答道。

"有这么多!"吕正洪装出惊讶的样子。

芦伟又是恰到好处地插进话来,把临一机的情况向吕正洪说了一遍。

吕正洪连声啧啧地表示着惋惜,随后向周衡问道:"那么,周厂长接手以后,有些什么打算呢?我对企业管理不太了解,但也听说企业生产需要有流动资金支持,临一机现在这个情况,流动资金方面,恐怕是非常紧张吧?"

"的确如此。"周衡说,"这也是我要向吕市长求援的事情。下一步我们考虑要扩大业务范围,开发一些适销对路的新产品,恐怕少不了要请银行提供支持呢。"

"这个恐怕有点难度。"吕正洪把眉毛皱成一个疙瘩。

芦伟说:"周厂长,据我了解,明后年银行这边的银根只会比现在收得更紧,你们要想找银行贷款,恐怕难度非常大。其实,市政府过去也是一直在帮临一机想办法解决资金短缺问题的,周厂长刚到任,可能不太了解这些情况。"

周衡心念一动,扭头去看唐子风,发现唐子风也正向他递过来一个会意的眼神。周衡心里有数了,原来问题出在这里呢。

"芦秘书,你说市政府过去一直在帮我们想办法,不知道具体有些什么办法?我刚到临一机,的确不太了解这些情况。"周衡说。

芦伟说:"其实,临一机是典型的端着金饭碗要饭吃。临一机现有的厂区,地处闹市,我们市政府曾经请专业机构评估过,仅临一机这1350亩厂区,现在的地皮价值就有1个亿。如果临一机愿意把厂区迁到郊区,同样购买1350亩

第四十一章 背后的考量

土地，连2000万元都用不了，这就足足多出了8000万元的流动资金，足够临一机完成生产转型了。"

"……"

听到芦伟这样说，一旁的樊彩虹忍不住就想插话了。你们这是坐地起价啊。原来的领导班子和市政府谈判的时候，市政府开出的价钱已经退到了免费划拨1500亩土地，同时补偿1亿元资金。你这是欺负老周初来乍到，打算把免费划拨的土地给黑了。

唐子风眼明手快地拦住了樊彩虹，然后装出一副欣喜的模样，对周衡说道："周厂长，竟然有这么好的一个方案，咱们怎么从来没听说过？如果能拿到1个亿的资金，最起码临一机未来5年都不用发愁没钱了，这的确是一个好办法啊。"

周衡面有难色，说："这件事，部里恐怕不一定能通得过。"

唐子风说："事在人为。现在临一机连工资都发不出去了，部里也是一筹莫展。咱们能够提出这样一个方案，说不定部里还觉得是一个创新呢。"

"这件事，恐怕得从长计议。"

"那是当然，不过，咱们最好马上向部里打报告申请，这样也能给部里留出一些讨论的时间。"

"要不……"

樊彩虹坐在旁边，看着这一老一少说得热火朝天的样子，不禁有些愕然。

拜托，上上个星期我就向你们说过这件事好不好，你们怎么是好像刚刚知道的样子？唐子风这个小混混装傻也就罢了，你老周好歹是厂长，是在部里当了20多年处长的老同志，怎么也被唐子风给带坏了？或者是你们京城人的套路深，让我这个临河人看不懂了？

吕正洪和芦伟二人却是心中暗喜。市政府对临一机的这块地已经觊觎很久了，此前一直与临一机的前任班子谈判，因为对方开价过高而未能达成协议。这次听说临一机前任班子集体落马，部里派来了新厂长，吕正洪和自己的幕僚们就讨论过此事，一些幕僚认为，临一机的新班子很有可能会接受迁址的方案，原因有三：

第一，临一机已经山穷水尽，除迁址卖地之外，没有其他的出路了；

第二，听说临一机的新班子是具有过渡性质的，只要实现了扭亏，就会调回

部里去。作为一个临时班子,他们是更容易接受这种饮鸩止渴的条件的;

第三,新班子对临河的情况不了解,不一定能够知道临一机这块土地的真实价值,市政府很容易用一个较低的价格与对方达成交易。

这一次市工商支行截留金车偿还给临一机的货款,其实正是得到了吕正洪手下一位秘书的授意,吕正洪知道此事之后,采取了默许的态度。

这位秘书认为,只有断了临一机的所有希望,才能逼迫临一机的新班子做出壮士断腕的决定。如果临一机拿到这100万元货款,缓过一口气来,让新班子有时间充分了解情况,市政府再要逼迫临一机就范,难度就会加大了。

如果换成临一机原来的在任班子,市里是不会轻易这样做的。因为原来的班子与临河市和东叶省的关系都非常密切,有无数的渠道能够给工商支行施压。一家部属企业是一个庞然大物,即便是债务缠身,也还有相当的能量,吕正洪要对临一机出手,是不得不考虑再三的。

现在临一机换了新班子,吕正洪对这个新班子完全不了解,这一招,也有"试应手"的意味,即通过一个小事件来测试一下周衡的能力和态度,以便决定未来与临一机的合作模式。

现在看来,周衡和那个名叫唐子风的厂长助理,似乎的确被市政府的方案打动了。

他们对临一机的土地价值一无所知,而且似乎也并不关心其真实价值如何。唐子风的话说得很明白,他只在乎未来5年内临一机不缺钱花,至于5年之后,他早就调回京城去了,临一机的死活,与他何干呢?

呵呵,如果是这样,那倒不妨给他们一个面子,让工商支行松松手,少截留一点他们的货款。至于说100万元都还给他们,那是不可能的,怎么也得让他们难受难受,否则他们怎么可能会妥协呢?

正想到此,门外有工作人员通报,说工商支行的行长魏永林已经到了。吕正洪吩咐把他带进来,接着又给他和周衡他们做了相互介绍。

"原来是周厂长,幸会幸会!"魏永林倒是挺客气,握着周衡的手连声地问候着,水桶腰还微微地弯着,显出谦恭的样子。临一机的领导在临河市还是有几分地位的,魏永林在周衡面前不敢显得太过桀骜。

到了与唐子风握手的时候,魏永林的态度就牛气多了,握完手还拍了拍唐子风的肩膀,说了句"年轻有为",俨然就是一副上位者的姿态。

第四十一章 背后的考量

这一通寒暄过后,大家分别落座,吕正洪率先说起了正题。他把周衡提出的要求向魏永林说了一遍,并代表市政府表示要积极支持亏损企业,希望银行方面予以配合。说完这些,他话锋一转,又说政府也不能干预金融工作,毕竟紧缩银根是中央的既定方针,这件事最终如何处理,还是应当由银行自行决定的。

"吕市长的指示,我们银行肯定是要严格遵照执行的。"魏永林先表了个忠心,然后不出众人所料地来了个转折,"但是,今年总行对我们的要求也是前所未有地严格,贷款额度压缩了一半多,过去发出去的贷款,必须如数按期收回,我们的压力也是非常大。今天上午临一机的宁总到我那里去,我已经向她介绍过这个情况。不是我们不支持企业的经营,实在是国家的政策有要求,我们作为一家市支行,也不能和国家政策对着干啊。"

说这话的时候,他的眼睛不断地往吕正洪的脸上瞟,想从吕正洪那里得到一些暗示。吕正洪面无表情,眼观鼻,鼻观心,大有羽化登仙的迹象。他相信魏永林是能够把握好分寸的,他只需要在双方无法达成共识的时候,出来打打圆场,既给周衡一个面子,又保持对临一机的压力就可以了。

周衡对于魏永林的态度早有思想准备,他说道:

"魏行长,关于银行这边的困难,我们宁总今天回去之后已经向我汇报过了。国家有紧缩银根的要求,魏行长职责所在,我们也是能够理解的。但是,临一机的情况,想必魏行长也是非常清楚的。厂里已经好几个月没有发工资了,原来的领导班子集体落马,让厂里的干部职工人心浮动。

"在这个时候,如果我们新班子不能做出一些让群众看得到的举措,就很难恢复干部职工的信心,这对于临一机脱困是非常致命的。我想,中央提出紧缩银根,目的也是为了稳定经济。而如果像临一机这样的特大型国有企业都不能做到稳定,那么对经济的冲击恐怕会更大吧?"

第四十二章　别怪我不客气

"周厂长,支持亏损企业,一向是我们工商支行的重要职责,我们在这方面也一向是不遗余力的。吕市长是知道的,对了,樊主任也是知道的,临一机这几年经营状况都不理想,一直都是靠我们工商行贷款支持,才能维持住现在的局面。也正因为这样,我们前后给临一机贷款的总额达到了 2700 万元,整个临河市,也没有第二家企业欠我们这么多贷款了。"魏永林说。

周衡说:"过去的事情,我作为临一机的新厂长,要向魏行长表示诚挚的谢意。过去的领导班子工作作风有问题,这是导致临一机陷入长期亏损的主要原因。现在部里给临一机配备了新班子,也是希望我们这个新班子能够带领临一机凤凰涅槃、起死回生,我想,这也是吕市长和魏行长的心愿吧?"

"那是肯定的!"吕正洪和魏永林二人异口同声地回答道。

周衡说:"要想让临一机脱困,我们肯定是要有一些耐心的。人家常说,病来如山倒,病去如抽丝。临一机现在是重病缠身,要想让它恢复健康,怎么也得两三年的时间,你们说是不是?"

吕、魏二人不吭声了,等着周衡继续往下说。

周衡也没在意他们的表现,只是继续说道:"所以,我们新班子上来,制订了一个三年期的计划,准备先整顿厂子的生产经营秩序,恢复原有业务,积极开拓新业务,逐渐形成造血能力,再通过不断累积,推出几个新的拳头产品,最终彻底完成扭亏为盈的目标。

"要做到这一点,我们首先要让职工看到希望,而及时发放一次工资,就是给职工希望的一个关键。为了从金尧车辆厂讨回这笔欠款,小唐亲自出马,带着我们的销售人员在金车门口顶着烈日站了七天七夜,这才感动了金车的同志,答应分两期把款项还给临一机。

"现在第一笔货款刚刚到账,就被银行划走了,让我们前期的努力化为乌

第四十二章 别怪我不客气

有。这样一来,我们后面的工作就完全无法开展了。魏行长能不能考虑到我们的这种情况,暂时不要扣留我们的各种款项?等我们的经营恢复之后,原来的欠款,我们肯定是会如数归还的。"

"原来小唐助理还有这样的事迹,实在是让人感动啊!"吕正洪看看唐子风,发了一句感慨。

关于唐子风去金车讨欠款的事情,吕正洪也听别人提过一嘴,似乎里面有唐子风身上捆着易燃易爆危险品胁迫宋福来之类的情节,他当时是不以为然的。现在听周衡说起,他才忍不住多看了唐子风一眼。

"魏行长,周厂长说的这个情况,倒也有道理。你看,银行这边还有没有松动的余地?"吕正洪夸完唐子风,又转头向魏永林问道。

魏永林面带愁色,说:"这个……真的很困难,这是省分行下的硬指标,我们也扛不住啊。"

"但是,在此之前,工商行从来没有扣过我们的钱。我们去年做了 7000 万的产值,大多数款项都是从工商行往来的,工商行并没有这样做过。现在我们新班子刚上任,工商行就来这样一手,是什么原因呢?"周衡逼问道。

魏永林说:"分行的这个要求,也是刚刚下达的,这不就是凑巧吗?我们真不是针对周厂长的。"

"可是,如果我们没有讨到这 100 万元的欠款,你不也没办法吗?"

"话是这样说,但既然你们的钱已经到账了,我如果直接就全部划给你们,分行知道这个情况后,是会处分我的。周厂长有所不知,就是留给你们的那 20 万元,也是我顶着很大压力交代的,我也是知道临一机的困难才这样做的。"

"光有这 20 万元,对于我们来说只是杯水车薪。"

"我只有这么大的权限了,为了给你们留下 20 万元,我都要专门给分行写个情况说明的。"

"有关临一机的情况,省分行应当也是了解的吧?他们就丝毫不考虑这个情况?"

"这个我就不了解了,要不,周厂长去和省分行直接沟通一下?"

"魏行长……"吕正洪发话了,"对于周厂长他们这边的困难,市里也是非常着急的。常委会也多次讨论过这个问题,要求政府这边要多给临一机一些支持。这一次的事情,周厂长他们也有现实的考虑,你看看工商行这边是不是可以想想办法,多给他们挤出一些钱来?"

"这……"魏永林做出一副便秘多年的表情,憋了足足三分钟,这才咬着牙说道,"既然吕市长都开口了,我想想办法,要临一机留出30……呃,留出40万吧!"

周衡皱起了眉头,说道:"魏行长,40万元解决不了我们的问题,我们有6800名在职职工,还有1000多名退休工人,一个月的工资要120万元。你扣下了我们60多万元,我们根本就没法给职工开出工资来。"

"这个我是真的没办法了。"魏永林说。

"吕市长,你看……"周衡又把头转向吕正洪。

吕正洪对魏永林问道:"魏行长,你这边真的一点办法都没有吗?"

"没有!"魏永林回答得非常干脆。

周衡的脸色很难看,他已经看出来了,吕正洪愿意帮忙的程度也就到此为止了。

他可不相信什么分行、总行提出严格要求之类的话,银行是垂直管理不假,但魏永林的帽子其实是攥在临河市手上的,吕正洪如果能表明一个态度,魏永林绝对不会是现在这个表现。

见到周衡这副表情,唐子风吸了口气,对魏永林说道:"魏行长,现在到账的只是金车归还我们的一半欠款,另外一半欠款,金车会在下个月上旬归还我们。我想问问,届时你们是不是还会把这笔钱扣下来?"

魏永林愣了一下,旋即点点头,说:"从规定上说,的确是这样的。"

"那么以后我们如果卖出了产品,收回货款,你们也一样要把钱扣下,是这样吗?"

魏永林不好回答了,只能用沉默表示承认。

"甚至如果我们签了订单,客户打过来材料款,你们也会扣下,是这样吗?"

"……"

唐子风呵呵一笑:"所以,魏行长的打算,就是把我们临一机彻底逼死,是这样吗?"

"唐助理怎么能这样说呢?"魏永林说。

唐子风翻脸比翻书还快,他把眼一瞪,喝道:"你不就是这个意思吗?我们厂都两个月没发工资了,我好不容易讨回来一笔货款,想着给厂里职工发一笔

第四十二章 别怪我不客气

工资救救急,你们二话不说就把钱扣下了,这不是想把我们临一机逼死,又是什么意思?"

"你们临一机欠了我们的贷款,我们扣下钱是合情合理的,没有任何一点违规!"魏永林回应道。唐子风的声音很大,态度很不好,魏永林也就不客气了,跟着呛了起来。

"姓魏的!"

唐子风吼了一声,突然站起来,一个跨步走到魏永林面前,伸出手直接薅住魏永林的衣领,生生把他从座位上拽了起来。

"小唐!"

"唐助理!"

周衡和樊彩虹同时出声喝止。周衡只是喊话,却没有行动,樊彩虹已经跳起来了,上前就去拉架。

吕正洪和芦伟也被这一幕给惊呆了,芦伟愣了半秒钟,也冲上前去,与樊彩虹一道,好不容易算是把唐子风的手给拉开了。唐子风后退一步,隔着站在他面前的樊彩虹,用手指着魏永林骂道:

"姓魏的,你早不扣钱晚不扣钱,周厂长一到任你就扣我们的钱,你这就是存心想给周厂长一个下马威!

"我就不信你对全市的企业都是这样做的,我就不信你没违规放过贷款。我告诉你,这 100 万元是我要回来的,你敢扣下一分钱,我跟你不死不休!"

魏永林已经被吓蒙了,他是奔五的人,成天养尊处优,哪见过这种阵势,他都不知道该说什么好了。

吕正洪毕竟是当副市长的,有点泰山崩于前而不惊的风度。他黑着脸,对周衡问道:"周厂长,你们这是什么意思?"

听吕正洪问到自己头上,周衡也不便装哑巴了,他咳了一声,吩咐道:"小唐,先坐下。"

唐子风马上闭了嘴,他狠狠地瞪了魏永林一眼,然后退回了自己的座位。

周衡转过身,对吕正洪说:"吕市长,对不起,小唐性格比较冲动,刚才的事情,我们回去之后会严肃批评他的。但是,小唐说的话,是有道理的。魏行长也用不着在我们面前装腔作势,国家的政策,我们也同样了解,国家绝对不会要求一家银行对陷入严重困难的特大型国有企业落井下石。我希望魏行长明白你们这种行为的恶劣性质,停止截留我厂货款的行为,马上把我们的款项拨付过来。"

吕正洪沉着脸,说道:"周厂长,关于唐助理刚才的举动,我希望临一机能够给魏行长一个解释,大家都是为了工作,怎么能够采取这样极端的手段呢?至于说货款方面的事情,市政府不便插手,就由你们和魏行长直接协商好了。魏行长,周厂长他们的困难,你也认真考虑一下,在政策允许的范围内,尽可能给予他们一些照顾。"

魏永林脸色铁青地点了点头,一言不发。吕正洪又转向周衡,说道:"那么,周厂长,今天这事,恐怕也只能到这了……"

周衡站起身,向吕正洪点了点头,又向唐子风和樊彩虹招呼道:"咱们走!"

说罢,他抬腿便走,唐子风和樊彩虹紧随其后。在走过魏永林身边时,唐子风扭过头去,盯着魏永林,一字一顿地说道:

"姓魏的,我给你 24 小时,24 小时之后,如果你还是这个态度,别怪我不客气!"

第四十三章　症结所在

"这……这也太嚣张了！"

看到芦伟把周衡一行送出办公室，魏永林这才跳了起来，用手指着门外，大声地向吕正洪嚷道。

吕正洪也觉得自己的三观被完全颠覆了，一个企业干部，在他这个副市长面前薅着一个银行行长的衣领威胁，这样的事情在临河市几十年的历史上都不曾发生过一起，可现在偏偏就发生了。

这样做的人，居然是部委派下来的临一机厂长助理，据说还是名校毕业的大学生，看上去人畜无害的样子，怎么一翻脸就如此狂躁了？

临一机的级别和临河市一样，这不假。但因为这些年临一机经营不善，企业亏损严重，临一机在临河市的地位已经大幅度下降了，即便是临一机原来的领导班子，到市里来办事也是会赔着三分笑的，哪有如此嚣张的道理？

如果仅仅是唐子风这个小年轻一时冲动，也就罢了。关键是在唐子风威胁魏永林的时候，周衡居然坐在那里稳如泰山，有点看戏的味道，这就值得琢磨了。

唐子风发飙，吕正洪也只能表示不满，要说用什么办法去对付唐子风，他是想不出来的。

临一机是部属企业，干部任免是由机械部决定的，吕正洪能上机械部去告状？唐子风做的，也只是薅了魏永林的衣领，构不成违法犯罪，吕正洪也没法让公安去把唐子风给拘了。甚至退一步说，就算唐子风刚才给了魏永林两个耳光，吕正洪恐怕也不合适让警察介入，原因还是在于临一机的背景。

但是，反过来想，周衡指使唐子风这样做，用意又何在呢？难道周衡真的认为唐子风的几句威胁就能够让魏永林就范吗？在这种时候，临一机难道不应当是想办法笼络魏永林，让他网开一面，唐子风这样做，不是把双方妥协的路都给堵上了吗？

吕正洪思前想后，也想不明白刚才的事情是怎么回事。看着一脸委屈的魏永林，他只能虎着脸，说道："老魏，我问你一句实话，临一机的这笔钱，你能不能完全放过去？"

"那是肯定可以的。"魏永林说，"如果你吕市长说句话，我保证一分钱都不会扣着。我们前面小3000万元的贷款都放出去了，扣下这100万元有什么意思？"

"所以，这个小年轻的话也有点道理。咱们这样做，动机有点太明显了。"吕正洪似乎是自言自语地说。

魏永林一愣，不确信地问道："吕市长，你的意思是说，我们答应他们的条件？"

吕正洪摇摇头："当然不行。如果他们过来说两句话，我们就放过他们了，以后再想和他们谈条件，就更不容易了。你再晾一晾他们，看看他们有什么后手。"

"可是，那个小年轻跟我说，只给我24小时……"魏永林心有余悸地说。

"他说啥就是啥吗？他能有什么本事？"吕正洪不屑地说。

"可是，周衡说了，这钱的确是他要回来的。现在各地三角债那么严重，出去讨债能把钱全部要回来，没点本事是不可能的。吕市长，你说，这个小年轻是靠什么把钱要回来的呢？"

"这个……"吕正洪也挠头了。这个唐子风又是如何办到的呢？

"吕市长，你说，这个姓唐的，会不会是什么人的子弟啊？"魏永林怯怯地猜测道。

吕正洪不吭声了，他也想到了这种可能性。临一机的领导班子集体落马，机械部重新派人过来组建新班子，周衡、宁素云这些人被派过来都不奇怪，毕竟他们都是富有经验的干部。

但委派这个唐子风来当厂长助理，就让人有些捉摸不透了。最合理的解释，反而就是魏永林猜测的那种情况，即唐子风是有过硬背景的，此次下来，就是来刷资历的。如果真是这样，那么他能够从金车讨回货款，以及刚才他的嚣张跋扈，都好解释了。

"老魏，你在省分行那边不也有熟人吗？你让那边的熟人多帮你留意一下。我想，如果这个唐子风真的有什么上层关系，他要向你施压，肯定也是通过省分

第四十三章　症结所在

行压下来的。你提前做好准备,如果压力太大,就把款给他们放了,我们也顺便了解一下他们的底牌。"吕正洪交代道。

"好吧……"魏永林也只能这样答应了。要让他平白无故就把钱给放出去,他实在是不甘心。但如果那个年轻人真的能量巨大,能找到上面的人打招呼,他也只能屈服了。他一个市支行的行长,听起来挺威风,其实也就是个芝麻大的官,谁想踩他一脚都是很容易的。

不提吕正洪这边怎么想,周衡一行在芦伟的陪同下下了楼,坐上临一机的小车,樊彩虹这才轻轻拍着胸口,对唐子风说:"小唐,你刚才怎么那么冲动?我都吓死了。"

"我很冲动吗?"唐子风说,"樊姐,我觉得我刚才很冷静啊。"

"……"樊彩虹无语了,是不是你们人大学生对于"冷静"这个词都存在着一些误解的?

"小唐,刚才的事情,你怎么看?"周衡平静地对唐子风问道。

唐子风冷笑一声,说:"这件事,整个就是吕正洪给咱们布的局,目的就是把我们逼到绝路上去,最后不得不答应把厂区卖给临河市。"

"你是说,魏行长扣咱们的钱,是吕市长安排的?"樊彩虹惊讶道,刚才那会,她还真没想到这一层。

周衡说:"也不见得就是吕正洪亲自安排的,可能是下面的人揣测上意,设下了这个局。不过,吕正洪肯定是默许的,刚才他对魏永林说的那些话,都是话中有话的。"

"说到底,就是没把咱们临一机放在眼里啊。"唐子风说。

周衡叹道:"人穷志短,马瘦毛长。我过去来临河的时候,临河市政府对临一机可是敬重有加的,临河市很多要找中央部委办的事情,都是通过临一机带话的。那时候,临一机的领导在临河享受的待遇也是很高的,吕正洪见了临一机的正职,也得客客气气的。"

"就是!"樊彩虹义愤填膺地说,"看吕市长在周厂长面前趾高气扬的样子!"

周衡道:"小唐,刚才那件事,你也实在是太冲动了,哪有这样做工作的?"

唐子风说:"周厂长,人善被人欺,马善被人骑,咱们跟那个姓魏的客客气气,他才不会在乎我们的想法呢。我这样威胁他一下,至少他今天晚上是别想睡好觉了。"

"可是,到明天呢？明天如果他依然不答应放款,你打算怎么办？"周衡问。

唐子风反问道："周厂长,你有什么好办法？"

周衡摇摇头："我目前还没有什么好办法,不过,有一点是肯定的,我不能让你去对魏永林进行人身威胁。"

"我傻呀？"唐子风说,"我去对魏永林进行人身威胁,回头吕正洪让警察把我抓了,我连个讲理的地方都没有。再说,我赤手空拳的,怎么去威胁他？"

周衡说："咱们今天到市政府,倒是搞清楚了一件事情,那就是工商支行扣咱们的钱,根源不在于工商支行,而是在于市政府。所以,我们光对付一个工商支行是没用的,必须釜底抽薪,让市政府愿意支持我们,才能一劳永逸。"

唐子风说："我也是这样想的。我觉得,问题的症结在于临一机是部属企业,不归临河市管,所以临河市有点隔岸观火的意思。他们想谋我们厂的地皮,所以就要趁我们虚弱的时候,落井下石,逼我们让步。

"要想让临河市放弃这种念头,真正地关心我们厂的死活,只有一个办法,那就是让临河市意识到,临一机不仅是机械部的企业,也是临河市的企业。临一机如果破产倒闭了,临河市也没好果子吃。"

"你说得对！"周衡点头道。唐子风能够这么快地理清整个思路,让周衡很是欣赏。换成一个其他人,面对这样的局面,恐怕只能是头疼医头、脚疼医脚,被别人卖了都不知道是怎么回事。唐子风却能够一眼看出问题的症结,也不枉周衡专门把他带在身边了。

第四十四章　集体咨询

　　一夜无事,只有魏永林辗转反侧睡不着觉,唐子风冲上来薅他衣领的那一幕,反复地在他眼前出现。他稍稍合上眼,就觉得太阳穴似乎被人顶上了一支"沙漠之鹰",好几次老婆的呼吸吹到他脖颈上都让他吓得出了一身冷汗。

　　第二天天亮之后,魏永林拎着公文包小心翼翼地出了门,银行的小车准时地在他家门口等着。他上了车,心里依然很不踏实,想着唐子风会不会布下了几百名杀手,正在他前往银行的路上等着。好不容易到了银行,坐进自己的办公室,魏永林算是松了口气。银行这个地方还是有一定的安全等级的,除非唐子风能弄到加农炮,否则应当是威胁不到他的安全的。

　　"行长,临一机的总经济师宁总要见你。"

　　秘书过来报告道。

　　"不见!"魏永林中气十足地吼道,似乎这样才能表现出他的霸气。

　　秘书莫名其妙,不知道行长早上吃错了什么药,但又不敢询问,只能怯怯地退出去,然后去向宁素云委婉地表示道歉,说行长正在召开什么重要会议啥的,请宁总改天再来。

　　宁素云倒也没怎么纠缠,问了问魏永林可能有空的时间,便离开了。当秘书再回来向魏永林汇报时,魏永林反而带着几分关切地问道:"你这样一说,她就走了?"

　　"是的,她就走了。"秘书答道。

　　"她没说什么?"

　　"她问您什么时候有空,我说最早也得是明天了。"

　　"她没有坚决要求马上见我?"

　　"没有。"

　　"她还会再回来吗?"

"呃……"

秘书哑了:你问我,我问谁去?领导,你到底是想不想见这个宁素云,刚才说句"不见"都恨不得用高音喇叭喊出来,现在人家走了,你怎么好像还有点恋恋不舍的样子呢?

"临一机那边,没什么异样?"魏永林又问。

"没有……"

"你派人去看看,如果有什么异样,马上来向我汇报。"

"……行长,你让人去看什么呢?"

秘书都要哭了,这个要求也太诡异了。一家工厂能有什么异样,我派人去看,让人家看啥呢?

魏永林也知道自己不够淡定了,他实在想不出唐子风会有什么狠招来对付他。他现在有些后悔,自己应当去见一见宁素云的,至少能够从她那里刺探出临一机下一步的打算。现在自己在明处,对手在暗处,这种没着没落的感觉,实在是太糟糕了。

与魏永林一样忐忑不安的,还有吕正洪。他嘴上说不用怕唐子风做什么,心里还是有些不踏实的。主要原因就是昨天唐子风的表现太离经叛道了,这压根就不是一个照着常理出牌的人,他会不会真的捆着啥东西去要挟魏永林呢?

一个上午过去了,太平无事。下午上班之后,吕正洪开了个小会,又找了几位自己分管的手下谈了些工作。就在他把一位下属的局长送走之后,秘书芦伟匆匆忙忙地跑进了他的办公室,一进门就神色紧张地说道:"市长,不好了,出事了!"

"出什么事了!"

吕正洪腾地一下就站了起来。因为起得太猛,眼前金星乱闪,有些眩晕的感觉。他制止住了芦伟要来搀扶他的表示,只是问道:"到底出了什么事情?"

"派出所打来的电话,临一机的职工和家属听说工商支行扣了他们的工资款,准备去把工商支行给围了,说要活捉魏永林!"芦伟说道。

"活捉魏永林!"吕正洪的脸色都变了,"有多少人?到哪了?"

"好几千!"芦伟说,"还没出厂门公安已经过去了,赵市长已经到市长办公室去了,市长让您也过去一趟。"

"临一机这帮王八蛋!"吕正洪骂了一声,抬腿就往外走。好几千人万一旦上了街，这可不是一件小事。这事是因为工商支行扣了临一机的钱而引发的，他这个分管工交财贸的副市长，是不可能置身事外的。

来到市长高贺的办公室，吕正洪发现分管政法的副市长赵西满果然也在。见到吕正洪进来，高贺说道："老吕，工商支行那边的事情，你知道了吗？"

"刚才听小芦说了，还不太清楚。"吕正洪说。

赵西满说："就在刚才，有大约3000多人从临一机的家属区出来，喊着口号准备前往市工商支行，这些人都是临一机的职工和家属。他们计划包围工商支行，说要讨回血汗钱，还说要活捉魏永林。我已经安排公安去现场维持秩序了，但事情的起因，我们现在还没有来得及调查清楚。"

"老吕，你清楚这事的原因吗？"高贺问。

吕正洪黑着脸点了一下头，说："我大概知道一些。"

接下来，他便把工商支行扣押临一机货款，以及周衡等人上门来讨说法等事情说了一遍，其中也没漏了唐子风威胁魏永林的那一幕。

"你是说，他们的厂长助理，当着你的面威胁魏永林？"赵西满不敢相信地问。

"而且是薅着老魏的领子……"吕正洪说，同时隐隐有些郁闷。他刚才已经算了一下时间，按照工人们行进速度，临一机职工出厂门的时间，恰恰就是头一天周衡他们离开他办公室的时间。也就是说，唐子风威胁说只给魏永林24小时的时间，几乎是一分一秒都没有富余，时间到了，工人们就出发了。

要说这件事的背后主使不是唐子风，他肯定不信。但周衡是否参与了此事，他就不敢打包票了，毕竟周衡是机械部委任的临一机一把手，应当不会这样胡闹吧？

"临一机的新领导是怎么回事？还有没有一点政治觉悟了？"高贺直接就拍了桌子。

职工上街，这可是极其严重的事情，如果再闹出点事情来，上级可不管始作俑者是谁，板子都是要打到他这个市长屁股上的。工商支行扣了临一机的钱，这事的确是有点过分，但你不能跟人家好好说吗？实在不行，你给魏永林磕一个，说不定魏永林心一软就把款放出来了呢？你二话不说，就组织了好几千人去围工商支行，这是不把临河市政府当一盘菜的意思吗？

"老吕，你就在我这里，给临一机的厂办打个电话，问问他们到底想干什么!"高贺吩咐道。

高贺的办公桌上就有临河各主要单位的电话号码,吕正洪查到临一机厂办的电话,便把号码拨了出去。

接电话的是樊彩虹,听到吕正洪的声音,樊彩虹似乎有些高兴的样子,说道:"是吕市长啊,正好,我正准备向您汇报呢。我们厂有一些不明真相的职工和家属,听说因为工商支行扣了我们的钱,导致他们无法领到工资,准备集体到工商支行去咨询……"

几千人喊着口号要把人家一个单位给围了,你们管这叫咨询?

吕正洪强忍着要吐血的感觉,冷冷地说道:"樊主任,你确信这件事不是你们厂组织的?"

"绝对不是!"樊彩虹像是被踩着尾巴一样尖叫着,"吕市长,我们厂部对这件事事先毫不知情。听说这件事后,我们所有的厂领导都到现场去了,正在努力地劝说职工和家属保持克制,不要扰乱社会治安。"

"你们周厂长在不在?"吕正洪又问。

"他一早就到南梧去了。"樊彩虹说。

南梧是东叶省的省会,周衡在吕正洪这里碰了软钉子,一早赶到省城去活动,也是情理之中的事情。但吕正洪心里明白,周衡此举不过是给自己制造一个"不在现场"的证据而已,未来要处理这起"集体咨询"事件的时候,他就有充分的余地了。

"那么,你们那位唐助理呢?"吕正洪继续问道。

樊彩虹说:"唐助理到现场去了。"

"你们还有哪位厂领导在家?"

"都不在家,有的出差了,有的生病没来上班,来上班的都去现场处理事情去了,只剩下我看家。"樊彩虹说得极其流利。

吕正洪直接把电话给挂了,临一机这是要玩真的了。组织了好几千人去围工商支行,所有的领导都回避了,让临河市想找个正主都找不着。临一机的领导班子显然很明白这一举动会让临河市陷入什么样的被动境地,他们是想用这样的方法来向临河市示威,逼迫临河市出面解决问题。

"现在怎么办?"

高贺旁听了吕正洪与樊彩虹的通话,也同样悟出了其中的缘由。他向两名同僚问道。

"当下之际,只能是先稳定局面了。"赵西满说,"工商支行就在人民广场旁边,如果这几千人围上来,人民广场周围的交通肯定会完全中断,而且会有很多人围观,这就是群体事件了。"

"老吕,你到现场去,务必找到临一机领导,别让工人们出厂门。有什么事情,大家可以好好说嘛。搞这样的名堂,也不怕闹出事来?"高贺对吕正洪说。

"可是,高市长,他们如果继续提出全部放款的要求,我们答应不答应?"吕正洪请示道。

高贺也有些为难了,他想了想,说道:"老吕,稳定压倒一切。你到现场以后,相机行事。能够不完全答应他们的要求,是最好的,这样我们双方就有了协商的余地。但如果对方的态度过于强硬,咱们就先让出一局吧。这一次的事情,我是肯定要向省里汇报的,不怕没人来收拾他们。"

第四十五章　这得是多大的仇啊

吕正洪带着芦伟来到现场。他没有急着去找临一机在现场的领导，而是稍稍做了点伪装，让别人认不出自己，然后便混在人群中，观察现场的情况。

正如他事先就知道的那样，现场的临一机职工和家属聚在一起，潮水般往临一机厂门外涌，一个领导模样的人举着喇叭勉强维持着秩序。许多路过的人看到热闹，也纷纷过来围观，使得人群不断扩大。有些不小心闯进来的小汽车被堵在人群里，喇叭按得山响，但又哪里会有人理睬？

在人群的最前面，挑着十几条横幅，让人知道这些人绝对不是要去"集体咨询"的，而是来砸场子的。

被阻止在厂门里的临一机职工们议论纷纷，大致内容就是说工厂已经好几个月没有开销，好不容易来了个能干的厂长助理去把钱讨回来了，结果却被工商支行的王八蛋行长给扣下来了。一时间群情激愤。

吕正洪走到一个背人的地方，掏出手机，拨通了魏永林办公室的电话。听到吕正洪的声音，魏永林几乎都要哭出来了："吕市长，我可找到你了。我刚才不停地给你办公室打电话，始终都没人接。你知不知道，那个姓唐的小子聚集了好几千人，要把我们支行给围起来，我现在连门都不敢出去啊。"

吕正洪沉声说："老魏，我事情你都知道吧，我在现场，情况我都了解了。他们有没有跟你联系提出什么要求？"

"要求？"魏永林愣了一下，说道，"我觉得他们现在的要求就是要把我往死里整，他们的手段太卑鄙了！"

吕正洪一惊："怎么，他们对你采取手段了？"

"手段重要吗？吕市长，出了这种事，我还怎么往下混？"魏永林抱怨着。

吕正洪正要安抚魏永林，突然听见耳边有工人议论："这个姓魏的肯定是个贪官，咱们去找党组织举报他！"

第四十五章　这得是多大的仇啊

"没有证据呀!"

"怕啥?我们花钱征集,还怕没线索吗?"

"对,这个办法好,让他欺负工人!"

这是打算把老魏整死啊!吕正洪从心底里发出一声呐喊。

魏永林这个人,吕正洪还是有所了解的,谈不上是什么腐败分子,但平时收受点礼物,请人吃饭的时候找个私营老板来帮着买单什么的,这样的事情可不敢保证没有。

这种事情,如果有人存心要找他的黑材料,而且是公开征集,魏永林的仕途基本上就算是到头了。

这得是多大的仇啊!

吕正洪感慨完,旋即就想到了自己。如果群众也来找自己的毛病,自己能做到全身而退吗?

吕正洪慌了!

他挤出人群,来到了人群外面正在忙着维持秩序的市公安局长陈钊辉的面前。陈钊辉一开始还没认出吕正洪,待认出来之后,便开始叫苦:"吕市长,你说这算个什么事?你是不是赶紧找一下临一机的厂领导,让他们来帮着维持一下秩序,我的人手不够啊。"

"临一机有些别有用心的人在挑动事态,你们没有发现吗?"吕正洪没好气地问道。

"挑动事态?你是说工人们扬言收集魏永林的黑材料这事?"陈钊辉一愣,马上猜出了吕正洪的所指。

吕正洪索性挑明:"这种行为,是绝对不能允许的,这是在搞'大鸣大放'那一套嘛!"

"可是,我们真没啥办法制止啊。"陈钊辉说。

吕正洪说:"像这样的行为,你们应当采取一点更强硬的手段嘛!怎么能坐视他们煽动群众情绪呢?"

陈钊辉苦笑道:"更强硬的手段,我们哪敢啊。吕市长,这可是临一机的职工,惹着了他们,回头2万人都出来了,咱们受得了吗?再说了,别说其他地方,就是我这公安局,三个副局长里,老孟的父母是在临一机工作的,老王的丈母娘是在临一机工作的,老曹的亲家是临一机的,要对临一机的职工采取强硬手段,你说我能办得到吗？"

吕正洪一怔，一个念头涌上心来，他隐隐觉得，自己对临一机的认知，似乎是出现了什么差错。

临一机是部属企业不假，但作为一家拥有 2 万名职工和家属的大企业，又在临河市生产生活了 40 多年，已经和临河形成了千丝万缕的联系，说它是临河市的企业也完全没错。

临一机陷入严重亏损，2 万人生计无着，临河市还真没有隔岸观火的权利，如果临一机真的彻底崩溃了，这 2 万人加上他们在临河市的亲朋好友，将会掀起一个多大的浪潮啊。

真的捅着马蜂窝了，难怪昨天那个小年轻那么强硬，原来他早就想到这一点了。

吕正洪在心里暗暗地想着。他原来光觉得临一机已经衰败，没啥影响力了，却没想到人家是瘦死的骆驼比马大，光是 2 万名职工和家属就足够给临河市构成巨大的压力了。

"老陈，你看到临一机的领导没有？"吕正洪问。

陈钊辉说："临一机倒是来了几个领导，而且看上去也的确是在做职工的解释工作。那不，临一机的朱亚超就在那边，他是临一机上届班子里唯一剩下来的副厂长。还有，临一机新来的一个什么厂长助理在另外一边，那家伙年轻得不像话，倒是好像很有号召力的样子。"

吕正洪问清楚了唐子风的所在，便在两名警察的保护下，向那个方向挤过去了。走到跟前，果然见到唐子风正站在一块石头上，对着周围的一群职工和家属大声地说着话：

"各位师傅，大家千万要保持冷静，不要做出过激的举动。大家的心情我是理解的，这些钱是大家的救命钱，也是我和老韩拼了命才从金尧讨回来的，现在被银行扣了，我和大家一样，都是非常愤怒的。"

"对，把魏永林那个王八蛋揪出来！"

"我们一起去砸了这个破银行！"

有人开始鼓噪起来。

唐子风连忙抬手制止，说道："大家不要说这种过激的话。我们临一机是部属企业，我们都是有素质的，不能和那些没素质的人一般见识，大家说对不对？"

第四十五章 这得是多大的仇啊

"对!"众人纷纷响应,还穿插着一些快乐的笑声,也不知道这有什么可乐的。

"好了,大家分散开来,注意维持秩序,不要发生挤压、踩踏的事情。"

唐子风嘱咐了一声,然后跳下石头,笑嘻嘻地走到了吕正洪的面前,说道:"哟,吕市长,您亲自视察来了?"

"这就是你的手笔?"吕正洪用手一指现场,说道。

唐子风说:"吕市长,您这可是冤枉我了。我也是刚刚听说职工们准备上街找工商行讨说法了,这不就紧赶慢赶过来维持秩序了吗?您看,我昨天就说了吧,魏行长那样做,是不得人心的,最多能撑24小时,24小时一过,肯定是要出事的。"

吕正洪懒得去揭穿唐子风的谎言,他阴着脸说:"唐助理,你说吧,你想达到什么目的?"

唐子风笑道:"吕市长,您这不是明知故问吗?工人们所图的,不过是拿到工资而已。如果工商支行能够把我们的钱都还给我们,再承诺以后不再犯,大家又何必站在这里吹冷风呢?"

第四十六章　临一机也是临河市的企业

"你们就是这个要求？"吕正洪问道。

唐子风用手一指人群，说："是他们的要求，不是我的。吕市长别弄错了。"

"你知不知道，你们这种做法，会让临河市有多被动？"吕正洪气恼地说。

唐子风耸耸肩："临河市怎么被动，和我们有关系吗？"

"怎么会没关系，你们不是临河市的企业吗？"吕正洪脱口而出。

唐子风看着吕正洪，嘿嘿冷笑："吕市长，从昨天到今天，你终于说了一句人话了。"

"你……"吕正洪胸都快气炸了，掂量了一下，他终于克制住了要和对方互殴的冲动，黑着脸问道，"什么话？"

"我们临一机也是临河市的企业。"

"这……"

"昨天周厂长带着我去向你求援，你一副事不关己的样子，让我们自己去和魏永林谈。他明明知道你们市政府对这件事是在袖手旁观，怎么还可能会答应我们的要求？

"事实上，如果你在当时能够意识到临一机也是临河市的企业，你就不会是那种态度。只要你真心地表现出愿意帮助我们脱困的意图，一个小小的魏永林敢炸刺吗？"

"银行是垂直管理的，市里也不一定……"

"是吗？"唐子风笑道，"吕市长，到了这个时候，你还跟我打这种官腔，有意思吗？你如果坚持这个态度，那我只能把你的意思转告给临一机的职工，他们会知道上哪去讨说法的。"

吕正洪脸色骤变，他瞪着唐子风说："唐子风，你知道煽动群体事件是什么性质吗？"

第四十六章 临一机也是临河市的企业

唐子风笑得很无邪："吕市长,造谣是要负法律责任的。"

"你别以为自己做得漂亮,别人就查不出来。"

"欢迎你来查哦。"

"唐子风,我告诉你,组织的眼睛是雪亮的,没有一级组织能够容忍你的这种行为!"

"大不了我辞职下海,干上几年不难成为一个百万富翁。但是,吕市长,正如你说的,组织的眼睛是雪亮的,你和魏永林唱的双簧,你以为组织上看不出来?"

"……"

吕正洪再次败了。他开始相信,金车那 100 多万元的欠款,的确是唐子风用了手段讨回来的,这是一个对一切都无所畏惧的人,你能拿他怎么办?

"唐助理,我们不要说这些没用的事情,我们还是回到现实来,你说说看,这一次的事情,应当如何收场?"吕正洪妥协了。

唐子风说："吕市长,其实昨天周厂长已经向你说过了。我们需要的,只是一点点时间。市里给我们足够的支持,帮助我们渡过眼前最困难的阶段,我们很快就能够扭转大幅度亏损的局面,这对于临一机和临河市,都是有极大好处的。

"临一机的工人能够按时足额领到工资,就消除了一个重大的社会隐患,不会发生大规模的群体事件。同时,临一机 2 万多人的消费,对于临河当地经济也是一个重要的收入来源。

"此外,临一机如果能够全面振兴,必然带动下游相关产业的发展,而这些相关产业都是临河市的企业,能够为临河创造税收和就业。一个大城市,没有几个骨干产业,是不可能繁荣起来的。而要论骨干产业,临河市现在有能够超过临一机的吗?"

吕正洪不吭声了,他不得不承认,唐子风的话是有一定道理的。

在此前,临河市因为看到临一机经营不善,对它失去了希望,所以才产生出杀鸡取卵的想法。如果临一机真的能够起死回生,无论是 2 万名职工和家属的日常消费,还是一家特大型企业的产业带动能力,对于临河市都是非常重要的。

"最后一点。"唐子风乘胜追击,"昨天从市政府回来之后,周厂长和我交流过。他说市政府希望临一机迁址,腾出现有的厂区土地,这种想法他是可以理解的。但迁址的事情不能操之过急，尤其是在现在这种情形下，迁址很可能会带来一些混乱，而临一机现在是经不起这种混乱的。所以周厂长认为，迁址必须等到临一机摆脱危机之后，才能予以考虑。"

吕正洪点了点头，自己的那点小心思，都被对方看清楚了，再想玩什么花招也没意思了。

唐子风见对方认栽，口气也就变得更和缓了。他说："这一次的事情，我们希望是下不为例。请工商支行把我们的款项全部划拨过来，让我们能够给工人发一次工资，这件事就算过去了。未来我们再收到货款、预付款之类的，包括工商行在内的各家银行都不得截留。"

吕正洪说："我会和各家银行的行长沟通一下，尽量保证不出现类似于这一次的事情。"

全部商量停当，吕正洪用手机向高贺做了一个汇报，在得到高贺的认可之后，他又给魏永林打了电话，然后再让唐子风通知宁素云到工商支行去办理手续。

魏永林的确是被吓怕了，见宁素云的时候，再没有了嚣张的气焰，乖乖地把100多万元的款项都划到了临一机的账户上。宁素云与魏永林约定，第二天临一机的出纳会过来提走100万元的现金，用于发放工资，魏永林需要提前准备好这些现金。

准备上街示威的临一机职工和家属们得到消息后，便欢天喜地地打道回府了，一路上还兴高采烈地议论着今天的事情，好像只是到厂门口看了场戏的样子。

吕正洪回到市政府，见到市长高贺。高贺告诉他，周衡在省里找了有关领导，反映临一机的经营困难问题。省领导给临河市打了电话，要求临河市要把临一机的脱困当成重要工作列入日程，并要求各部门全力为重点企业保驾护航，不能出现对困难企业落井下石的事情。

省领导的这个指示，为这一次的事件定了性。魏永林因为政策水平不高，不能理解国企解困的意义，处理问题简单粗暴、差点引发群体性事件，被调离了工商支行行长的位置，安排到一个冷门岗位养老去了。

魏永林被罢官，的确起到了杀鸡儆猴的效果，在很长一段时间内，临河市的大小官员谈到临一机都有些不寒而栗的感觉。

第四十六章　临一机也是临河市的企业

几天后,高贺亲自带着市政府的班子成员前往临一机调研,与临一机的领导班子亲切会谈,畅想美好未来。几个委办局还在临一机现场办公,为临一机解决了几个拖延已久的小问题,也算是表明了一种态度。

在高贺访问临一机之后,周衡去市政府做了一次回访,为此前的事向市政府郑重道歉。对方当然也说了各种客气话,双方一团和气,算是把这些事情都给揭过了。

经此一事,临一机的新班子正式在临河市政府心目中取得了应有的地位。关于临一机新班子里各位领导的情况,别人不太清楚,吕正洪却是很清楚的,他知道,周衡好歹还是一个讲究人,做事是有一定章法的。但那个厂长助理唐子风完全就是一个愣头青,脑子里没有一点规则意识。这一老一少,一文一武,可真不是好对付的主儿。

第四十七章 提成制度

在临一机厂长办公室,周衡看着在自己面前站没站相、坐没坐相的唐子风,踌躇半天还是叹了口气:"小唐,以后这样的事情,还是少做一点……"

"老周,你当初在局领导面前哭着喊着要带我一起来,不就是让我干这种脏活的吗?没有我这一手,临河市那帮人能变得这么乖?"唐子风不以为然地说道。

在私底下的场合里,他用"老周"这个称呼来称谓周衡已经越来越顺口了,周衡一开始还有点不适应,现在也变得麻木了。

"我是看中你是个非常之人,让你在必要的时候行非常之事,但没让你违法乱纪啊。这一次的事情,上头是不追究,如果追究下来,起码也是开除公职的处分。"周衡严肃地说。

唐子风一摊手:"有证据吗?"

"你以为组织很傻吗?"周衡反问道。

唐子风嘻嘻笑道:"哪能啊?组织是万能的,我这点小伎俩,肯定瞒不过组织。不过嘛,我不是为了个人私利,而是为了帮一家特大型国企解困,组织上应当会考虑到我的动机吧?"

"我倒是真有点奇怪了。"周衡皱着眉头说,"这几天,施书记专门去调查过这件事,查来查去,谁也说不清楚关于工商行和魏永林的消息是谁传播出去的,又是谁组织大家去闹事的。

"她只查到组织工人上访是一个名叫宁默的青工带头的,他说是很多工人都在谈论这个主意,他就出头去做了,其他人也证实在宁默带头前,就已经有人出过这个主意。最关键的是,不管怎么查,这件事和你都是一点关系也扯不上,但我知道,这肯定是你在背后煽风点火。你是怎么做到的?"

"宁默吗?"唐子风装作是第一次听到这个名字的样子,点点头说,"这个人倒值得去认识一下,说不定以后还能用得上呢。"

周衡说:"我了解过这个人的情况,是技校毕业的,在装配车间当钳工,技术上马马虎虎还过得去,平时喜欢发点牢骚,但总的来说还算是比较安分守己的一个人。"

"好,我记住了。"唐子风应道。

让唐子风这一打岔,周衡刚才的问题算是白问了。他也知道,唐子风肯定有自己的一些秘密渠道,能够把水搅浑。唐子风不愿意把这些渠道说出来,他也没必要去刨根问底了,当领导的,有时候糊涂一点也好。

对于唐子风的破坏能力,周衡算是见识到了。他也明白,在当下的环境中,用寻常的办法还真没法让诸如宋福来、魏永林之类的人妥协。

唐子风的手腕,对于一家企业来说是非常必要的,甚至于周衡当初提出要带唐子风来临一机的时候,也是存着利用他这种破坏能力的想法。

这次对付魏永林,唐子风事先向周衡打过招呼,让周衡到省城去活动,一方面是避嫌,另一方面也是争取省里的支持。

至于他准备如何让魏永林屈服,唐子风并没有向周衡说起,所以当周衡事后听说有几千名职工和家属准备上街的时候,不由得吓出了一身冷汗。所幸整件事有惊无险,最终的结果还是令人满意的。

这件事也让周衡对唐子风的认识增加了几分。唐子风行事看似莽撞,其实是有分寸的。

他是如何对付宋福来的,周衡到现在也没弄明白,但至少有一点,宋福来没敢对唐子风进行报复,这就说明唐子风做事的分寸拿捏得很到位,既达到目的,又不把别人逼到绝路上去。

这一次的事也是同样的道理,看似极端,但事后没有什么后遗症,甚至魏永林也只是被调换了岗位,并没有落马,这就是给人留了余地了。

换成一个真正的愣头青,这一回没准会让临河市一干领导都受到牵连,而一旦如此,就没有任何回旋的余地了。

罢了罢了,后生可畏,年轻一代的办事能力,或许真不是自己这样的老头能够理解的。在市场经济条件下,或许还是唐子风这种人更能够如鱼得水,自己只要在必要时替他挡挡风雨就好了。

想到此,周衡撇开了刚才的话题,说道:"前些天,我通过过去的一些老关系,联系了十几家厂子,都是有意向要采购一些机床的。现在我打算安排一些业务员去和这些厂子接洽,你有什么建议没有?"

"有。"唐子风干脆地回答道,"第一,要和业务员约法三章,只要是他们联系过的业务,如果未来被他们以直接或者间接的方式转包给其他企业了,一经查实,直接按贪污罪移送司法,勿谓言之不预。"

"这个想法是对的,但他们如果真的要把业务转给私人企业,我们又怎么能够发现呢?"周衡问。

唐子风笑道:"老周,你刚才吓唬我的时候,不是说组织是万能的吗?如果我们动用刑侦力量,甚至不惜从京城请几个刑侦专家来查,你觉得查不出来?"

"这个动静就有点大了吧?"周衡迟疑说。

"必须这样做。"唐子风说,"但凡查到一起,就直接送法院起诉,判个十年八年的,非如此不能震慑宵小。"

周衡想了想,提笔把唐子风的建议记录了下来。

乱世用重典,临一机的销售队伍鱼龙混杂,作风极其糜烂,也的确是需要下狠手来整顿一下才行了。

至于说到京城请刑侦专家过来,周衡觉得自己还是有点渠道的,他认识的几个公安系统的朋友,虽然不是老刑警,但对付一家工厂里的几个销售员,完全就是牛刀杀鸡了。

"第二,落实上次厂务会上提到的奖励政策。我计算过,对于业务员谈回来的业务,按合同金额的1%给予奖励。业务员的差旅费支出暂时还按原来的制度,由厂里实报实销。但涉及给客户送礼或者回扣之类的支出,一律算在这1%里,厂里不再单独列支。"唐子风继续说。

周衡点点头:"这件事你上次跟我提过,我和几位厂领导私下沟通了一下,大家基本上是赞同的。趁着这次出去找业务的机会,我想就把这个制度定下来吧。"

唐子风说:"这个制度,咱们可以向全厂公开。同时宣布不管是不是销售部的人员,只要能够拉回业务,一律可以享受这个提成政策。这几天我陪着张建阳在服务公司调研,感觉高手在民间,只要给大家一个承诺,职工们的智慧是无穷的。"

唐子风的建议,在厂务会上得到了通过,随即便以公开文件的方式向全厂进行了公布。

第四十七章 提成制度

唐子风这两条建议,一条是对销售人员有好处的,另一条则是在销售人员的头上悬了一把剑,对他们构成了严重的威胁。当然,这只是对那些存着吃里爬外心理的业务员而言的,你如果问心无愧,又怕什么严格监管呢?

对于给销售人员以1%的提成奖励一事,大多数的干部职工都表示了强烈的不满。他们的道理也是很合理的,销售员的职责就是找业务,相当于工人上班制造零件。拉来业务就能够拿1%的提成,那我造一个零件是不是也应当有1%的提成呢?

更有人愤愤地表示,这些销售人员都是窝囊废,一年都拉不回一单业务,凭什么给他们提成?

这种抱怨其实是无法做到逻辑自洽的,既然人家拉不回业务,那么自然也就拿不了提成了,你生气什么呢?这些人拉不回业务也同样领工资,那么那些能够拉回业务的业务员,厂里给予提成奖励,又有什么错呢?

有些"富有正义感"的职工,索性就直接向机械部写匿名信举报了,说周衡一伙在临一机搞不正之风,长此以往,厂将不厂云云。这些匿名信被转到二局,谢天成不以为然,直接就给扣下了。你说不能给销售员提成,那你倒是想个办法来调动他们的积极性呀。

不管大家是不是有意见,这个政策最终还是确立下来了。唐子风通过韩伟昌、宁默等人在私底下做了不少工作,让许多职工渐渐接受了这个政策,并转而开始琢磨自己是不是也能够从这个政策中获得一些好处。一时间,有点门路的干部职工都在给自己的三亲六故打电话,询问对方能否找到一些机床方面的业务,如果介绍过来,就有提成可拿。一台机床的价格少则一两万,多则几十万,1%的提成是非常可观的。

在这个提成政策中,有一条临时的附加条款,规定厂领导班子成员揽来的业务,不能提取提成,这多少也堵上了一些喷子们的嘴。

就在这个时候,还在金尧做采访的包娜娜给唐子风打来一个电话,说自己联系上了一家企业,对方有意要采购4台机床,让唐子风抓紧时间去接洽。包娜娜还特地提醒说:"事成之后,该给自己的提成,可不许赖哦!"

第四十八章　机床和机床不一样

"机床？他们要什么机床？"

唐子风在电话里问。

"机床不就是机床吗？"包娜娜反问道，"我跟他们说，你们是生产'长缨牌'机床的，他们经理对你们的印象非常好，说他年轻的时候在工厂开的就是'长缨牌'的机床，然后说如果他们需要的机床你们能够提供，他会优先考虑的。"

唐子风叫苦道："拜托啊妹妹，机床有车床、铣床、钻床、镗床、磨床、刨床、插床、拉床、锯床，还有组合机床。同是车床，有卧车、立车，同是磨床，有外圆磨床、平面磨床，还要分不同精度、最大加工长度、最大加工深度，你凭空一句说'人家需要4台机床'，你让我怎么知道能不能提供？"

"啊，这么复杂啊，你怎么不早说啊？"包娜娜在电话那头抱怨道。她是学新闻的，对于工业的这摊东西还真不了解。其实，唐子风在读大学的时候也不知道机床还有这么多的分类，这些知识都是他到二局工作之后才逐渐听说的，有一些甚至是到临一机之后突击恶补的。

"可是，我跟人家经理都已经吹过牛了，说你们是国营大厂、老厂，什么机床都能造。他原来是打算从国外进口这4台机床的，听我一说，就把国外的订单给推了。"包娜娜说。

"我汗！"唐子风真是服了，他说道，"这样吧，你把对方的电话告诉我，我要和他聊聊，看看是怎么回事。"

"那我的提成呢？"包娜娜嗲声嗲气地问道。

"少不了你的！"唐子风没好气地说。

包娜娜嘻嘻笑着，把对方的信息报给了唐子风。原来，包娜娜联系的这家单位是金尧废旧物资回收公司，联系人就是公司经理，名叫毛亚光。唐子风挂断包娜娜的电话后，直接拨通了毛亚光的号码。

第四十八章 机床和机床不一样

"毛经理吗,我是临河第一机床厂的厂长助理,我叫唐子风。我有一个师妹,叫包娜娜的,说你们这里打算采购4台机床,有这回事吗?"唐子风直截了当地问道。

毛亚光说:"是的是的,我们的确是打算采购4台机床。我们原来是打算从国外引进的,合同都快签了,结果上面通知我们说外汇指标解决不了,买不成了。这不,正好包记者到我们这里采访,听我们说起这事,就非常热心地推荐了你们厂。好家伙,临一机,'长缨牌'机床,当年那可是顶呱呱的。我当时就说了,只要你们厂能够提供我们需要的机床,价格合适,质量可靠,性能和国外产品差不多,供货及时,售后保障可靠,我就选你们了……"

唐子风听着他像说相声贯口一样地罗列着要求,好悬自己没有一口气憋死。

你说得那么豪迈,什么临一机和"长缨牌"机床都是顶呱呱的,好像非我们不可一样。可你列出来的那些要求,哪一条也不算宽松啊。但凡是个机床企业,能做到所有这些条件,谁又会拒绝它的产品呢?说到底,这不就是一个空头人情吗?

"毛经理,我能不能打听一下,你们要的是什么机床?车床还是铣床,或者是磨床?"唐子风问道。

"我要车床铣床干什么?"毛亚光不解地反问道,"我过去是在工厂里开过车床的,可我现在到了废旧物资回收公司,我们要车床有什么用?"

"那你要的是?"

"金属打包机床啊,包记者没跟你说吗?"

"呃,没说太清楚……"唐子风汗了。

"包记者说你们能够提供的呀!"

"是吗?我还得问问……要不,毛经理能把你们的具体型号要求发一个传真过来吗?我让技术处的人看看,看我们生产的金属打包机床能不能符合你们的要求。"唐子风一身冷汗,这个包娜娜可真敢说啊。

"好的,我把外商给我们的产品介绍发一份给你吧,我们就是要那种型号和规格的机床。"毛亚光说。

唐子风把厂办的传真机号码告诉了毛亚光,毛亚光倒也是个办事麻利的人,不一会就让人把资料传真过来了。唐子风拿着这几页传真件,苦着脸来到

211

技术处,进了总工程师秦仲年的房间。

"秦总工,这是金尧一家企业想要采购的4台机床的资料,您看看我们能够生产吗?"唐子风把传真件递上前,说道。

秦仲年接过传真件,只看了一眼,便抬起头来,看着唐子风说:"小唐,你没事吧?"

"我就知道……"唐子风苦笑说,"我果然是所托非人啊。"

废旧物资回收公司,其实就是人们寻常说的废品收购站。公司回收来的物资中间,有一类就是废旧金属,这些废旧金属是冶炼钢铁或者其他金属的重要原料。这几年国内的经济发展速度很快,钢材严重短缺,导致废旧金属价格也不断上升,回收废旧金属的利润十分可观。

废旧物资回收公司回收回来的废旧金属,有各种形态,比如废旧角钢、废钢筋、铁门窗、废旧螺丝钉等等,还有一部分是工厂里进行金属切削时切出来的铁刨花,看上去很蓬松的一大堆,实际上没多少重量。

像这样的废旧金属,在运输之前必须打包,也称为压块,就是用机器把它们压成致密的块状,这样能够节约空间。毛亚光说的金属打包机床,其实就是这种打包机械,称其为机床也不算错。

关键在于,打包机床的工作原理是把疏松的金属压成块,在分类上应当属于锻压机床。而临一机的产品包括卧式车床、龙门铣镗床和精密磨床,都属于切削机床,与锻压机床压根就不是一回事。

换成一个懂行的人去与毛亚光接洽,只要一听毛亚光的要求,就会知难而退。只有包娜娜这样的工业盲,才会觉得天下机床都是一样的,也不管人家要的是什么,就大包大揽地接下来了。

毛亚光当然知道临一机是做切削机床的,但他不知道临一机是不是也能造锻压机床。

在他心目中,觉得临一机是一家大企业,没准啥都能造呢。包娜娜吹牛不上税,脑子里光想着唐子风许诺给她的提成,哪管什么切削机床和锻压机床的区别,结果就把唐子风给架到火上烤了。

刚才毛亚光说出"金属打包机床"这六个字的时候,唐子风就知道包娜娜摆了乌龙。

但在那种情况下,他还真不好意思直接说出这一点。他让毛亚光把需求发

第四十八章　机床和机床不一样

过来,是打算缓冲一下,未来说临一机不生产这种规格的设备,起码双方不至于太尴尬。他把传真件拿来给秦仲年看,也就是一个手续问题吧,毕竟像这样的需求,要驳回也得先征求技术处的意见,他不能擅专。

就在唐子风打算灰溜溜地离开时,门外走进一人,手里拿着一份材料,估计是来找秦仲年签字啥的。此人一进门,看到唐子风,脸上便堆起了笑容:"哟,是唐助理,你这是和秦总工有重要工作要谈啊,要不我等会再来……"

说话的正是唐子风的金牌马仔韩伟昌,见他果真要回避的样子,唐子风说道:"老韩,我没事了,我其实是来找虐的……"

"找虐?"韩伟昌一怔,怎么,秦总工不像这样的人啊……

唐子风挥了挥手上的传真件,说:"你在金尧的时候见过的那个女记者,我师妹,给我开了个玩笑,帮我联系了4台金属打包机床的业务。这不,我刚一开口,就让秦总工训了个狗血淋头。"

"我可没训你,更没训得你狗血淋头。"秦仲年坐在办公桌后面,一边写着什么,一边头也没抬地说,"你明明知道咱们不是搞锻压设备的,还拿着这样的订单来问我,你这不是自己找事吗?"

"是是,我错了,秦总工。"唐子风做着廉价的检讨。这些天,他和秦仲年、宁素云等一干领导也混得比较熟了,这些人的岁数最少也比他大十几岁,他在这些人面前是有卖萌资格的。

秦仲年抬起头,不满地说:"小唐,这件事我回头也要跟老周谈谈。你们搞的那个业务提成的政策,倒是调动了大家的积极性,可也让不少人利欲熏心,不管咱们做得了做不了的业务,都拿来问技术处,这纯粹是浪费时间嘛。就说今天上午吧,行政处的那个老刘兴冲冲地跑来跟我说,说他联系到一笔大业务,有好几千万。"

"这么大的业务,是做什么的?"唐子风问道。

"说是哪个省邮电局要的程控交换机。"

"呃……"唐子风哑了,这位老刘不会是脑子被驴踢过吧,机床和交换机,这完全是两码事啊。拿这样的单子来问秦仲年,说他是砸场子也不为过了,难怪秦仲年如此恼火。

"秦总工,我这个好歹也算是机床吧。"唐子风不得不为自己正名了,别下次厂务会的时候老秦拿他当例子来开炮。

"可这是锻压机床啊,咱们厂啥时候搞过锻压机床?"秦仲年斥道。

"锻压机床?"韩伟昌看看唐子风,又看看秦仲年,脱口而出道,"秦总工,咱们厂真的搞过锻压机床啊!"

第四十九章　什么都能够造出来

"临一机搞过锻压机床？我怎么不知道？"秦仲年诧异道。

这个问题可真有点不好回答,你是总工程师不假,可你刚到临一机没几天啊,临一机的事情,你怎么可能都知道呢？但韩伟昌没法这样怼秦仲年,原因是,人家是领导,你能说领导无知吗？

幸好,秦仲年也迅速反应过来了,自嘲地笑着说道："我糊涂了,临一机的事情,肯定是老韩更了解的。老韩,你说说看,咱们临一机什么时候搞过锻压机床了？"

韩伟昌谦虚地说："哪里哪里,秦总工在机械设计院这么多年,对行业里的情况肯定是非常了解的。不过嘛,临一机搞锻压机床这事,当年也是轰轰烈烈的,后来有点不了了之,所以秦总工不知道,也是正常的。"

秦仲年用手指指沙发,说道："老韩,你坐下,跟我介绍一下这件事。……对了,小唐,你也坐吧,听听是怎么回事。"

韩伟昌坐下了,开始给二人介绍这段往事。原来,这还是20世纪60年代初的事情,当时国家搞经济调整,许多部属企业都由中央管辖改为地方管辖,临一机也被下放给了东叶省,成为东叶省机械厅下属的企业。时值江南造船厂建造出中国第一台万吨水压机,轰动全国,东叶省的领导为了蹭热点,指示东叶省机械系统也要搞水压机,说搞不出万吨的,弄个七八千吨的也行。临一机作为东叶省实力最强的机械企业,便承担了这项光荣而荒唐的任务。

"后来呢？"唐子风饶有兴趣地问道。

"我也是听老工程师们说起来的。当时的技术处夜以继日搞了三个多月,突破了许多技术难关,最后设计出一台2000吨的水压机。至于省领导要求的8000吨水压机,我们是无论如何也搞不出来了。"韩伟昌说。

秦仲年说："能搞出2000吨的,也不错了。水压机的压力越大,对于材料和结构的要求就越高,寻常的材料根本经不起这么大的压力。江南厂是集中了全国力量搞出来的,临一机想靠自己一家厂子的力量来搞,实在是力不从心啊。"

"金尧那边要的打包机,也属于锻压机械,它的压力要求是多少?"唐子风问。

秦仲年说:"我刚才看过了,他们要求的压力是100吨。"

"我们连2000吨的都搞过,这100吨的,不是很容易吗?"唐子风脱口而出。

秦仲年愣了一下,说:"光从压力来说,100吨压力的装置没多大难度,就算咱们过去没搞过,要从头开始搞也不难,技术都是现成的。关键是,咱们是搞切削机床的,改行去搞锻压设备,有点不务正业啊。"

唐子风看着秦仲年,问道:"秦总工,我没明白。你是说咱们造不了这种设备,还是说咱们不应该去造这种设备?"

"主要是不应该造吧。"秦仲年说,"至于说制造能力嘛,我们过去没造过打包机,但我看了一下要求,这东西的结构也不复杂,以咱们厂的制造能力,造几台出来是绝对没问题的。"

"我倒!"唐子风几乎爆粗口了。这不懂技术真是自己的短板啊,差点就让老秦给说蒙了。自己还以为什么锻压设备有多高的技术门槛,临一机踮着脚都够不着。合着是造几台出来绝对没问题,只是老秦不乐意做而已。

"秦总工,这都什么时候了。咱们厂都快穷得去要饭了,你还挑挑拣拣的。这4台机床,我师妹可说了,'金废'是打算以5万美元一台的价格从国外引进的,我们吃点亏,按40万人民币一台接下来,也是160万的产值,你说说看,40万元的毛利有没有?"唐子风冲着秦仲年问道,金尧废旧物资回收公司,被他直接简称为'金废'了,也不知道毛亚光听到会不会气疯。

"40万元的毛利,也就是每台10万元,余下30万元的制造成本,我觉得绰绰有余了。"秦仲年说。这位老兄是机械设计院的当家大牛,各种机械都是搞过的,锻压机床对他来说也不陌生。

刚才这一小会儿,他已经把金属打包机的原理和结构都想明白了,粗粗一算,30万元一台的制造成本是完全没问题的,如果真能40万元一台卖出去,10万元毛利是完全可以保证的。

"4台设备,40万元毛利,你不想要?"唐子风问道。

秦仲年有些窘了。他也是先入为主,总觉得临一机是做切削机床的,就不

第四十九章 什么都能够造出来

应当去做锻压机床,这也是在部委工作养成的习惯。现在被唐子风一说,他才想起自己现在的角色是临一机的总工程师。这几次厂里开厂务会,周衡大多数时间都是在谈业务问题。一笔160万产值的业务,对于今天的临一机来说,绝对不是可有可无的。既然能拿得下来,为什么不做呢?

"我这个老脑筋!"秦仲年倒是个襟怀坦荡的人,知道自己错了,立马就承认了,他说道,"小唐,是我错了。其实吧,金属打包机的技术是比较成熟的,咱们国家在20世纪70年代的时候就已经开发出来了,主要技术都是我们机械设计院搞的。这些年打包机的技术有所改进,但基本原理是不变的。

"说实在的,打包机的制造难度,比咱们日常造的车床、铣床啥的低得多了。它对零部件的加工精度要求比机床要低两个级别以上,我们如果愿意去造打包机,绝对比国内几家专业厂子造的要好得多。"

韩伟昌也连连点头,说:"没错,咱们临一机是造精密机床的,每个零部件的加工精度要求都高得很。这个金属打包机,不就是用铁皮做个箱子,把那些废铁塞进去,然后用液压杆往里面杵,把废铁杵成坨坨,能有多高的精度要求?"

"韩工,你这话说得也太糙了吧?打包机虽然不算什么高难度的产品,也不至于像你说的那么简单啊。"秦仲年无语了。当年国内自主开发金属打包机的时候,他刚到机械设计院工作,帮着技术大牛们打过下手,所以对这个情况还是比较了解的。韩伟昌说的原理是对的,但经他一形容,好像成了农村里打土坯的样子,实在是有辱斯文了。

其实这种设备也是有它的技术难度的,比如说……比如说……

呃,还是不比如说了,秦仲年想了一圈,也没想出这其中有什么值得吹嘘的技术难度。当年开发的时候,主要是受制于材料、工艺等方面的缺陷,大家花了不少精力来解决这些问题。经过这么多年,国内的材料和工艺水平与过去相比已经不可同日而语了,现在再说什么技术难度,完全就是贻笑大方了。

其实,一台合盖式双压头加压型金属打包机的结构是很简单的。全机分为两大部分,即主机和动力系统。主机包括一个机体,也就是韩伟昌所说的"铁皮箱子",当然实际上是由很厚的铸铁做成的,因为它要承受很大的压力;两部互相垂直的液压机,是用来把废铁"杵"紧的,另外还有机盖、锁紧机构等。

动力系统就是对两台液压机进行操纵的系统,包括油箱、油泵、电机、控制阀、管路系统、电气系统等等。

临一机没有做过金属打包机,但切削机床同样需要用铸铁制造机体,用液压装置控制工作台起降,也同样有大量的控制系统。可以说,制造金属打包机所涉及的技术,临一机都已经掌握了,只需要画出图纸,就能够把设备制造出来。

这就是一家大型机械制造企业的能力,只要有图纸,几乎什么都能够造出来。在西方国家对中国进行全面禁运的年代里,中国经常把一台国外的设备大卸八块,把零件一个一个画出来,然后就能够自己仿造出同样的设备。当然,由于材料、工艺、加工设备等方面的限制,中国仿造出来的设备往往有其形而无其神,可行性、精度等方面都较进口设备略逊一筹。

具体到"金废"所需要的 4 台金属打包机,就基本上不存在上述的担忧了。因为金属打包机实在算不上是什么精密设备,它是用来把一些松散的废旧金属挤压成"坨坨"的,干的就是傻大黑粗的活,以临一机那能够制造精密磨床的工艺水平,造几台金属打包机实在是太容易了。

"小唐,你可以去告诉对方,我们完全有能力向他们提供这批金属打包机。你去安排一个业务员,最好再带一个工程师,到金尧去走一趟,跟他们详细地探讨一下具体的产品要求以及相应的价格。拿到对方的需求之后,我有把握在半个月之内完成设计,制造过程有半个月也足够了。也就是说,我们在一个月之内就可以向他们交货。"秦仲年信心满满地说。

唐子风说:"那可太好了,这样吧,别安排什么业务员了,既然是我师妹联系的业务,我就亲自跑一趟吧。至于工程师嘛,这不……咦,老韩,你跑啥!"

第五十章　适当给予一点经济刺激

唐子风追出门外，在走廊上把韩伟昌给截住了。他一把拽住韩伟昌的衣袖，质问道："老韩，你跑啥，我能吃了你？"

"哪能啊……"韩伟昌赔着笑脸，"我这不是突然想起桌上的图纸还没收起来，怕谁一不小心给弄乱了，所以急着回办公室收拾去。"

"你不想跟我去金尧？"

"我就不必去了吧？"

"你觉得跟我出差不愉快？"

"不不不，很愉快。"

"上次答应给你争取的奖金你没拿到？"

"……"

"老韩，你可别搞错了，我这是给你创造机会呢。"唐子风低声说道，"4台打包机，160万的产值，我是厂领导，不能拿提成，但是给你争取一笔提成是没问题的。只要你能够配合我把这笔业务谈下来，多的不敢说，2000元的提成，厂里不给你的话，我私人掏腰包发给你，你信不信？"

"2000元的提成！"韩伟昌的眼睛里滋滋地往外冒着火花，"唐助理，你说的是真的？"

"你不去算了，我找别人去。让我想想，对了，你们技术处不是有个叫蔡越的吗？我带他去……"唐子风做出一副要移情别恋的样子。

"别别，唐助理，你找蔡越干什么，他就是一个闷嘴葫芦，在家里被老婆管得服服帖帖的，哪做得了业务啊？你看，咱们俩上次合作也很愉快，所以这一次，就让我跟你去吧。我发誓，到了金尧，你让我干什么，我就干什么，皱一皱眉头，我老韩就是这个……"

说到此，韩伟昌伸出手比画了一个王八的样子，这也算是一个毒誓了。

唐子风满意地说："对嘛，这才像是我认识的老韩的样子。你现在就去查查资料，把那个金属打包机的事情彻底搞清楚。咱们明天出发去金尧，到了那里，业务上的事情我来谈，技术上的事情，你不许给我掉链子，明白吗？"

"明白明白，唐助理，你放心吧，我老韩从来不掉链子。"韩伟昌把胸脯拍得山响。

摆平了韩伟昌，唐子风离开技术处，回到厂部。他先给毛亚光回了个电话，说自己已经了解过了，临一机在30年前就生产过锻压机械，制造几台金属打包机易如反掌。他还让毛亚光做好准备，说自己即日就将启程去金尧与他面谈具体的技术要求。

打完电话，唐子风来到周衡的办公室，把打包机的事情向周衡做了个汇报。周衡点点头，说："这倒是提醒我了，咱们出去接业务，不必局限于我们原有的产品，一些我们过去没有搞过的简单机械，也是可以承接过来的，总不至于比造机床还困难吧？"

唐子风说："正是如此，秦总工和我今天也是差点犯了经验主义错误，幸好韩伟昌给了我们一些启发，才让我们发现原来临一机还是很有潜力可挖的。"

"你刚才说，你打算亲自到金尧去谈这桩业务？"周衡又问。唐子风来找周衡，其实主要是来申请亲自去金尧谈业务的。

唐子风说："金属打包机是咱们过去没有制造过的，要让金尧废旧物资回收公司相信咱们的产品，得做一些说服工作。我担心其他人去容易穿帮。"

"你呀！"周衡用手指虚点着唐子风，恨铁不成钢地说道，"你又打算巧舌如簧去骗人了？"

唐子风说："这怎么能算是骗人呢？充其量就是利用市场信息不对称的特点，赚取一点信息租金，这是符合经济学原则的。对了，周厂长，说起经济学，有一件事我得向您请示一下，这桩业务是我的大学师妹替我们联系过来的，我们是不是应当付给她一点信息费啊？"

周衡皱着眉头，说："这个不太符合规定吧？"

唐子风说："怎么就不符合规定了？咱们规定承揽业务就能够提取1%的提成。我是厂领导，不能拿提成，但我师妹不是领导，她提供了信息，为什么不能拿提成呢？我可是托了不少人在给咱们找业务，如果我师妹提供了信息却一分钱都拿不到，我托的那些人可就没有工作积极性了。"

第五十章 适当给予一点经济刺激

"这样啊?"周衡想了想,说,"你打个报告,说明一下情况,回头上会讨论一下。你说得也对,如果没有一些奖励机制,也很难让咱们找的信息员有积极性。"

唐子风说:"周厂长,从刚才的事情里,我还有一点想法。技术处那边,也得有点激励机制才行。你看秦总工,不分青红皂白就把业务往外推,这明显就是多一事不如少一事的心态嘛。如果事关他个人的奖金,他会这样吗?"

周衡的脸又黑下去了,训道:"小唐,你怎么说话嘴上没个把门的? 老秦是个什么样的人,我还不比你清楚? 好几年前就有外企要挖他去当技术总监,开出来的工资是一个月3000元,比他在设计院的工资高了七八倍,他也没动心。这样的人,怎么会因为没奖金就不想干活呢?"

唐子风笑了起来,他与秦仲年是刚认识不久,但也知道这位老兄是个技术宅,的确不是那种见钱眼开的主儿。

他刚才对周衡那样说,也只是逗个闷子罢了,属于习惯性地撑人。

他说:"秦总工的人品,我们自然是可以相信的。但技术处其他的工程师,恐怕就不是都那么大公无私吧? 我们要承揽新的业务,首先的一关就是要技术处能够拿出图纸来,这无疑会给他们增加很多工作量,不给他们一点奖励,有点说不过去。"

周衡皱着眉头,说:"现在这个时代到底是怎么啦? 做什么事情都要先谈钱,出去拉业务要给提成,找人提供点业务信息也要提成,现在可好,让工程师搞个设计,也要给奖励。小唐,你这是不是把所有的事情都庸俗化了?"

"是是,我庸俗。"唐子风没好气地呛道,"你和老秦倒是不庸俗,可这4台打包机的业务,偏偏就是我这个庸俗的厂长助理和我的庸俗师妹联系到的,还要加上一个庸俗的韩伟昌,才让秦总工这个清高的人答应接过来做,你不觉得很颠覆三观吗?"

周衡摆摆手:"好啦好啦,知道你嘴皮子溜,也用不着在我面前这样耍弄。你说得也对,现在是搞市场经济,凡事要讲个经济规律啥的。回头同样上会讨论一下吧,技术处也是一个需要发挥人的主观能动性的地方,适当地给予一点经济刺激,也是可以的。"

"这就对了嘛。"唐子风得意道,"我就知道周厂长思想开放,高屋建瓴,一定能够理解市场经济的精髓的。"

唐子风的几个提案,在当天下午临时召开的厂务会上都得到了通过。关于给技术处工程师业务奖励的事情,秦仲年一开始表示没必要,经唐子风反复解说之后,他才勉强点头答应了。

具体的规则,就是对于原来临一机不能制造的新产品,如果技术处能够拿出合格的设计,最终促成业务,则按照新产品产值的千分之五给技术处提成。具体到技术处内部如何分配这些提成,就由秦仲年这个总工程师来决定了,相信技术处那么多聪明的大脑,一定能够设计出一个既考虑贡献多少又兼顾公平的分配方案。

千分之五的提成,听起来似乎不多,但如果这种新产品销路好,不止卖出一台,而是卖出 100 台、1000 台,则整个提成额度将是非常可观的。当然,规定里还有另外一条,就是一种新产品的提成期只有 3 年,3 年过后,技术处就不能再从这种产品的销售中提成了。

带着厂务会给予的若干授权,唐子风与韩伟昌一道,再赴金尧。

韩伟昌此前死活不乐意跟唐子风去金尧,一个原因是对唐子风的脑洞心存恐惧,生怕跟着他出去又会被他整出什么幺蛾子;另一个原因,则是担心上一次得罪了宋福来等人,此时若再去金尧,万一被宋福来知道,派几个人打自己的"闷麻",那可就悲惨了。

但唐子风许诺给他的业务提成,让他把各种恐惧和担忧都置之脑后了。富贵险中求的道理,他是知道的。他家里有两个半大孩子,都处于最能吃的时候,每天不给他们投喂一点肉食,他们就会满脸幽怨。老韩是个好父亲,为了孩子的幸福,别说是什么金尧,就是龙潭虎穴,他也不惜去闯一闯。

"毛经理,幸会幸会!"

"唐助理,久仰大名,果然是年轻有为啊!"

在金尧废旧物资回收公司的废旧金属处理车间里,唐子风见到了经理毛亚光。这是一位精瘦的中年人,脑袋有点谢顶,脸上带着笑,但唐子风总觉得那笑容有些虚伪,像是隐藏着什么阴谋一样。这其实就是瘦人的原罪,每个人见到瘦子都会本能地觉得对方肯定是因为成天耍心眼才这么瘦的。相比之下,胖子就不存在这方面的担忧了,每一个胖子都能给人以一种人畜无害的错觉。

第五十一章　搞 PLC 我们最专业

"你们可别小看我这个废旧物资公司，现在捡破烂可是一笔大买卖呢！"毛亚光带着唐子风和韩伟昌二人在车间里逡巡着，同时不无自豪地说道，"这几年国内钢材市场严重供不应求，工厂买不到钢材，钢厂想生产钢材，又买不到原材料。国内的铁矿山现在都是发了疯一样地生产，有些钢厂还从国外进口铁矿石，可还是远远不够用。全国一半以上的钢厂，现在都是以废钢作为原料，那些钢铁厂的采购员天天趴在我们公司，都是等着从我们这里收废钢的。"

"看着你们这里收点破烂都能搞得红红火火，想到我们偌大一个机床厂反而没饭吃，实在是让人汗颜啊。"唐子风感慨道。

毛亚光说："那只能怪你们厂的领导思想保守。就比如说吧，如果不是包记者跟我说，我怎么会知道你们临一机还能生产金属打包机呢？你想想看，光是我们一个霞海省就有十几个地级市，就算有些地级市是以农业为主，没有这么多废钢回收业务，像我们金尧这样的市，五六个总有吧？一家采购 4 台打包机，加起来就是 20 多台。一台算是 20 万元……"

"打住打住，毛经理，您这个价钱估得有点低吧？"唐子风赶紧插话。

就说瘦人心眼多吧，这个毛亚光，看着像是给临一机出谋划策的样子，偷偷地就把私货藏进去了。如果唐子风迟钝一点，被毛亚光这样一绕，说不定一台打包机的价格就被他压到 20 万元了。

"我是打个比方嘛。"毛亚光被人识破了阴谋，并不尴尬，而是继续说道，"这个 20 多万元，我是照着过去的价格说的。这两年连猪肉都涨价了，设备涨点价，涨到 30 万元，也是可以的，我们理解。"

"你们从国外进口，好像是 5 万多美元一台吧，合 40 多万元人民币了。"唐子风揭露道。

"那是进口嘛，进口设备，肯定是会贵一点的。"毛亚光理直气壮地说。

唐子风说:"现在外汇指标有多金贵,你应当知道吧?我们按45万元人民币一台卖给你,你不亏本,还省下了外汇指标,不是很好吗?"

"可是,如果我们愿意花45万元人民币从国内买,又何必找你们临一机呢?"毛亚光反驳道,"浦机、洛机都是做打包机的专业厂家,我为什么不找他们?"

唐子风事先也做过了功课,知道毛亚光说的浦机、洛机都是专业做废钢加工机械的老牌机床企业,在国内市场的占有率很高。这些企业的产品都是成熟产品,用户认可度高,远非临一机可比。

临一机要想从这些企业嘴里抢到业务,要么是打价格战,用低价吸引客户,要么就是推陈出新,拿出一些能够让客户刮目相看的创新来。

出发之前,唐子风专门与秦仲年讨论过这个问题,秦仲年也提出了一些创新的思路,只是这些思路还需要获得毛亚光的认可才有用。听毛亚光的话,唐子风微微一笑,说:"毛经理,你说到点子上了。既然浦机、洛机都能提供打包机,你为什么又要舍近求远,到国外去引进呢?"

"进口设备质量可靠啊。"毛亚光说,"我们原来也有两台打包机,三天两头出毛病,每次也不是什么大毛病,一开始我们还叫厂商过来修,后来我们自己摸着门道了,自己也能修。但架不住它出毛病的次数太多了,一出毛病,起码耽误小半天工夫,谁受得了?"

"主要是什么毛病呢?"韩伟昌在旁边问道。这是涉及技术的问题了,唐子风肯定不灵。

毛亚光带着他们走到一台打包机前面,说道:"你们来看,这就是我们过去从浦机买来的打包机,现在已经用了五年了。头两年情况还好,后面这三年,平均一个月就坏两回。主要就是电路的问题,这一台机器上有十几个继电器,电气接点有好几百个。因为接点接触不良之类的原因,就会导致停机。其实像这种接点故障,修起来也非常容易,但要找到故障点就是一个麻烦事,需要拿着万用表一个点一个点去测,烦死个人了。"

"这种问题,我们能解决啊!"韩伟昌说。

"你们怎么解决?"毛亚光问。

韩伟昌说:"我们机床上的继电器比这打包机上多得多了,电气接点上千个的情况都有。早先的时候,我们的机床也有你说的这种毛病,就是接点容易氧化,导致接触不良。后来,我们从日本引进了技术,用 PLC 代替继电器,这些毛病一下子都解决了。"

"没错没错,我要的就是你说的那个什么 C,怎么,你们临一机能搞出来?"毛亚光问。

"PLC,也叫可编程控制器。现在国内搞这个东西的,还得属我们临一机是最专业的。"韩伟昌随口便吹嘘了起来。

PLC 技术是 20 世纪 60 年代末从美国起源的,至 70 年代中期进入了实用化阶段,到 80 年代就已经得到了普遍的应用。我国国内在 20 世纪 70 年代初即开展过相应的研究,1982 年研制成功了国产 PLC,并在小范围内得到了推广。

由于国产 PLC 与国外技术差距较大,80 年代我国工业企业使用的 PLC 主要来自于进口,一些研究机构则引进了国外的 PLC 产品进行国产化研究,以期实现进口替代。

在 PLC 得到广泛应用之前,机器设备中的控制逻辑是由一组一组的继电器来实现的。使用继电器的缺陷在于成本高,线路复杂,容易发生故障,而且一旦发生故障,查找故障点非常困难。

PLC 是用集成电路里面的电子元件来实现电路的通断,没有了电气触点,因此不容易发生故障。PLC 的控制电路非常简洁,即使是出现故障,查找起来也非常方便,因此深受机械工程师和维修工人的喜爱。

当然,也不是所有的电气控制都能够用 PLC 替代的,继电器直到今天仍然有广泛的用途,这就涉及机械设计中的一些具体问题了。

20 世纪 90 年代初,国内已经有不少企业在尝试使用 PLC 实现机械中的电气控制,但因为懂行的人不多,大多数企业对于这项技术还是望洋兴叹。还有一些企业由于领导思想僵化,墨守成规,原本可以应用 PLC 技术,却依然抱着几十年前的产品设计不做改进,这也导致了 PLC 的应用不尽如人意。

临一机作为机械部下属的特大型企业,在新技术应用方面一向都是很受照顾的。20 世纪 80 年代初,机械部就促成了临一机从日本佐久间会社引进数控机床技术,并且为佐久间会社进行几种型号数控机床的代工制造。

临一机在消化引进技术方面做得不太成功,但诸如 PLC 的应用并不是什么很高深的技术,临一机掌握的程度还是不错的。临一机原来生产的机床都是使用继电器控制的,这些年陆续采用 PLC 进行了替代,效果令人满意。韩伟昌声称临一机在 PLC 应用方面是最专业的,这话也不能完全算是吹牛了。

毛亚光也是懂行的人,他之所以愿意给临一机这个机会,也是考虑到临一机的实力,想看看临一机搞出来的打包机是否比国内那几家老牌企业做得更好。

浦机和洛机他都让人联系过,并特地询问了有关电气控制方面的技术问题。对方声称暂时还没有改用 PLC 控制的方案,这就让毛亚光有些失望了。

"浦机、洛机他们是皇帝的女儿不愁嫁,除非你们去买国外的设备,否则就只能买他们的设备。既然他们的设备不愁销路,那又何必费心费力去搞 PLC 控制呢?"

听毛亚光介绍了与浦机、洛机联系的情况,唐子风替他把事情的原委给分析出来了。

"唐助理说得对啊。"毛亚光点头附和道,"就说这个金属打包机,有几家私营企业已经在搞 PLC 控制了,可浦机、洛机还是抱着原来的产品不放。不过嘛,对于这几家私营企业,我也不太放心,液压机这东西,质量有点差池是要出大问题的,我可不敢随便用他们的产品。如果你们临一机能够搞出用 PLC 控制的打包机,价钱上……"

"45 万一台,不二价。"唐子风断然说。

"32 万。"

"44 万。"

"34 万。"

"43 万。"

"34 万 5……"

"我倒!"唐子风仰天长叹,"我说老毛,你至于这样五千五千地往上涨吗?你看看你这个车间,废钢都堆成山了。如果你能多 4 台机器,你一天能多赚多少钱?你有跟我讲价钱的时间,还不如报个实价,咱们赶紧签约,我们就按照你们的要求出图纸了。这 4 台机器早一星期到位,你赚的钱也不止 5000 块钱了吧?"

毛亚光难得地老脸一红,说道:"唐助理,不是我抠门,实在是现在压块的价钱提不起来,很多钢厂都只要剪切钢,不要压块钢。压块钢这方面,我们的利润非常薄,我进这 4 台打包机,也是因为我们积压的轻薄废钢太多,不得不处理掉。从纯粹赚钱的角度来说,我是更愿意卖剪切废钢的。"

第五十二章　韩伟昌的脑洞

废旧物资公司收回的废钢,有两种类型。一种是大块的钢材,比如一些钢管、工字梁之类,这样的钢材需要用剪切机裁成小块,才能方便运输以及熔炼。

另一种则是碎钢,包括钢刨花、钢屑、铁丝、碎铁皮之类,这种废钢就需要用打包机压成边长在20厘米至70厘米之间的立方体或长方体,也就是毛亚光说的压块,其目的同样是为了方便运输和熔炼。

剪切废钢的材料构成比较单纯,而且品质可以一目了然。压块是由各种不同的废钢混合拼凑起来的,成分构成复杂,影响成品钢材的质量。

更重要的是,近年来,一些不法的私营废钢回收企业为了谋求利润,在压块中掺入各种杂物,有些钢厂花的是买废钢的价格,买进来的却是水泥块,这就不能不让钢厂对压块心存疑虑了。

有些钢厂明确提出只要剪切钢,不要压块。另外一些钢厂则要求废钢回收企业要在压块上标明企业名称、生产日期等信息,以便当发现掺假的压块时能够进行追责。

这样一种选择的结果,就使得压块钢的价格比剪切钢要低了一大截。当然,即便如此,生产压块钢也还是有利润可图的,毛亚光的卖惨,只是一种砍价策略而已。

"这个问题,也不是不能解决的吧?"韩伟昌又插话了。他本质上还是一个技术人员,而且作为一名搞工艺的技术人员,他比其他人更擅长于创造性地解决问题,或者换个说法,他的脑洞比其他技术人员要略大几厘米。

"韩工能解决这个问题?"毛亚光诧异地看着韩伟昌,问道。

韩伟昌走到一个压好的钢块前,用脚踢了踢。当然,这只是一个象征性的动作,一个包块的重量差不多是一吨左右,那不是韩伟昌能踢得动的。他说道:

"毛经理,你看,咱们这个压块,截面是半米见方的正方形,里面是什么东西,谁也看不出来,藏个水泥墩子也不成问题,所以钢厂不喜欢要这样的压块,是不是这样?"

"正是如此。"毛亚光说。

"那么,如果我们把它压得扁一点,比如说只有50毫米厚,像一块板子一样,那么中间还能藏得进水泥块吗?"

"你是说,压成片状?"毛亚光眼前一亮。这可是一个了不起的想法,一个大铁砣子里面藏着什么东西,谁也说不清。但如果只是一块5厘米厚的铁板,要想在里面藏东西可就不容易了。废钢包块还不像铁板那样是完整的一块,而是中间有着无数缝隙,区区5厘米的厚度,几乎可以一眼看穿,钢厂厂长再也不用担心包块里藏着什么不能见人的东西了。

"把废钢压成片状,会很麻烦吧?"毛亚光问道。

韩伟昌说:"仅仅是压成50毫米的片状包块,在机型设计上并没有什么难度。不过,原来是500毫米厚,现在改成50毫米,每次的装料就必须压缩到原来的1/10,原来压一次就可以完成的工作,现在需要压10次,工作效率就降低了。"

毛亚光点头不迭:"没错没错,我想说的就是这个。"

韩伟昌说:"要提高工作效率,就得把人工装料改成自动装料,用电磁吸盘,加快装料和卸包的速度。还有,原来的侧推式加压也不适合了,应当改成顶部加压……"

他说着,便从兜里摸出了一支绘图铅笔,蹲下来,在水泥地面上给毛亚光画起了示意图。他画图的速度很快,但落笔非常精准,随手一拉就是一条直线,唐子风自忖拿三角板也不见得比他画得更直。

他画的不是完整的机械设计图,而只是一个原理图,但寥寥几笔之间,连唐子风都看懂了他想表达的意思,毛亚光是干这行的,看懂这个原理就更不成问题了。

这个老韩,还真有两把刷子呢。唐子风在心里默默地念道。

在今天之前,唐子风一直觉得韩伟昌也就是一个混日子的二流工程师而已,估计是熬资历熬出了现在的职称,然后便成天坑蒙拐骗去了。在唐子风与韩伟昌的接触过程中,韩伟昌一直都是被唐子风戏弄的角色,唐子风对此并无任何良心上的不安,其根源也在于此。

第五十二章　韩伟昌的脑洞

可这一刻，唐子风觉得自己应当对韩伟昌刮目相看了，这个老韩能够在这么短的时间内，想出破解压块困境的思路，还能够提出技术上的解决方案，这就足以证明他的水平了。嗯，以后对老韩是不是该稍微尊重一点了，比如说，戏弄过之后要道个歉啥的，给老韩多少留点面子。

"好！太好了！"

毛亚光的喝彩声打断了唐子风的思绪，唐子风转头看去，只见韩伟昌已经站起身来，收起了绘图铅笔。毛亚光拍着韩伟昌的肩膀，连声称赞，一张瘦脸上隐隐泛出了红光，应当是一种兴奋的表现吧。

"韩工，你刚才说的这些，你们临一机都能够做到吗？"毛亚光问道。

韩伟昌挺起胸膛，说道："没有任何问题。我们临一机的技术实力，毛经理还信不过吗？"

"信得过，信得过。"毛亚光连声说，"你们生产的'长缨牌'机床，当年我在工厂的时候也是用过的，那质量简直没说的。"

这就叫人的名、树的影，临一机作为当年的十八罗汉厂，在机械行业里也曾是鼎鼎有名的。这些年临一机的市场份额不断缩水，但像毛亚光这一代人，他们的青春岁月是和"长缨牌"机床联系在一起的，在回忆往事的时候，难免会对过去的事物附加一些美好的光环。就像很多人说起小时候吃过的零食，总觉得是味道最好的，其实不过是一种怀旧情结作祟而已。

当然，临一机的实力也的确是有的，这么多年的老企业，形成了一套严密的生产流程和质量控制体系，只要好好利用起来，生产出来的产品在质量上还是有保障的。

"关于价格……"

夸完临一机的技术，毛亚光又回到了原来的问题上，他把目光投向了唐子风。

唐子风没有马上回答，而是向韩伟昌说道："老韩，刚才毛经理又提出了新的要求，咱们原来的设计是不是就不够了？"

韩伟昌心领神会，回答道："那是肯定的，照刚才毛经理的要求，咱们得在原来的设计基础上，增加不少内容。成本上起码要增加1/2。"

"什么？增加1/2？"

没等唐子风说啥，毛亚光先跳起来了："韩工，你不能这样狮子大开口吧？

不就是改一个 PLC 控制,再加上一个顶推液压装置,对了,还有一个自动投料,这也不难嘛,能增加多少成本?"

唐子风正色道:"毛经理,你不能这样算。刚才韩工提出来的思路,搁在国际金属回收界也算是一个创新吧?对了,我们要马上申请专利保护。你想想看,光这一个点子,能给你们带来多大的利润,你们的压块钢的价钱,马上就能提高到剪切钢的水平上。1 吨就算多赚 50 元钱,1 万吨就是 50 万元,10 万吨就是 500 万元,100 元吨就是……"

"打住打住!"毛亚光听不下去了,我这么一个市一级的废品公司,一年收 100 万吨的废钢,你以为是沙子呢?就算是沙子,一年 100 万吨也够吓人了。

"这样吧,一口价,40 万元一台,4 台 160 万元,怎么样?"毛亚光直接出价了。

唐子风快速地瞟了韩伟昌一眼,韩伟昌微微地摇了摇头,示意这个价格有点偏低。他提出的这几处修改,的确是会增加成本的。按照秦仲年原来的设计,一台打包机的成本大约是接近 30 万元的样子,进行修改之后,一台的成本要达到 35 万元左右,再维持 40 万元的报价,利润就太薄了,这是不能接受的。

唐子风从韩伟昌的表情中得到了答案,他说道:"老毛,照着我们原来的设计,一台都不止 40 万元,现在我们又是加了 PLC,又是加了自动投料,你才出到 40 万元,这完全没有诚意嘛。这样吧,我们吃点亏,一台算你 60 万元好了。"

"60 万元!你们留着自己玩去吧!"毛亚光大声说道。

"要不,55 万元?"唐子风看着韩伟昌,似乎是征询他的意见。

"最多 45 万元!"毛亚光抬了点价。他也知道自己先前的报价低了点,要知道,浦机、洛机的同类产品价格也到 40 万元了,设计上还远不如韩伟昌说的那么好。

"53 万元!"

"47 万元!"

"这样……"唐子风灵机一动,他看着毛亚光,说道,"老毛,我也不跟你讨价还价了。你不是说 47 万元一台吗?我可以答应你,但是,我有一个条件。你如果做到了,我就按 47 万元一台,给你造 4 台。你如果做不到,那就只能按 53 万元一台买了,我是一口价,你爱要不要。你觉得如何?"

"什么条件?"毛亚光问。

第五十二章　韩伟昌的脑洞

唐子风说："你刚才不是说霞海省起码有五六个市的金属回收公司规模和你们公司差不多吗？你能不能说动他们也采购我们临一机的打包机？我按50万元一台向他们供货。不过，你起码要给我推销出去20台。"

第五十三章　争分夺秒

"帮你们推销20台?"

毛亚光想了想,说道:"如果你们能够实现刚才的设计,我帮你们推销出去20台,也不是办不到。不过,如果我给你们推销了20台,那我这4台就不是按47万元算了,一台最多30万元,4台120万元,你能答应吗?"

唐子风笑道:"毛经理,你这也太过分了吧? 47万元一台,生生让你压成30万元一台,我们连成本都不够呢。"

毛亚光说:"唐助理,现在在市场上做业务的规矩你应当也懂吧,我帮你推销20台打包机,一台算是50万元,这就是1000万元的业务,你按规矩该给我多少提成?我现在不要提成,只是让你把给我的设备价钱压一点,有什么不对的?"

"47万元一台,压到30万元,一台压了17万元,4台是68万元,你听说过1000万元的业务能拿68万元提成的吗?"唐子风呛道。

毛亚光道:"这算什么,1000万元业务拿100万元提成的都有。如果真的能够拿下1000万元的业务,你们起码有500万元的利润吧?算起来还是你们赚得更多呢。"

"毛经理,你对于我们制造企业的利润是不是有什么误解?"唐子风苦笑着问道。

"那么,你能给我们多少优惠?"毛亚光问。他当然不是对制造企业的利润有误解,刚才这话只是一种谈判策略罢了,唐子风知道这一点,毛亚光也知道唐子风知道这一点。

"这钱是给你们公司还是给毛经理本人?"唐子风压低声音问。

毛亚光笑道:"当然是给我们公司,我个人如果拿了这些钱,就要犯错误了。我都是快退休的人了,犯得着去贪这点小钱吗?"

"如果是这样,我做主,总共可以给你们优惠20万元。你们4台设备,总共

第五十三章 争分夺秒

180万元。"

"可你先前就答应按47万元一台给我们的。"

"那已经包括了给你们的优惠好不好？"

"那不成,这个优惠力度太小了,你们50万元一台本身就是暴利……"

"微利,说不定还要赔本呢……"

"如果会赔本,我跟你姓……"

"……"

两个人讨价还价,最后商定按每台打包机50万元报价,毛亚光每帮唐子风推销出去一台打包机,可以获得1.5万元的提成,这笔提成款并不以现金方式返还给废品公司,而是算在废品公司从临一机采购4台打包机的售价中。在聊天中,唐子风还了解到,毛亚光其实已经承包了这家废品公司,采购打包机的钱本身也是他自己的钱,所以不管是如何提成,其实都是毛亚光的利润。

因为打包机要进行重新设计,在临一机拿出最终的设计图纸之前,双方是不可能签约的,只能签一个合作意向。不过,唐子风告诉毛亚光,他可以先去与霞海省其他城市的废品收购公司联系,临一机方面最多半个月时间就能够拿出设计图纸。

包娜娜此时仍然是在金尧做深度采访,唐子风约她见了一面,说明与毛亚光那边谈判的情况,并答应等到与毛亚光正式签约之后,会给她一笔几千元的提成。

包娜娜自然也知道自己仅仅是一个信息员,单子并不是她签下来的,所以也没有嫌弃提成太低,反而热情地表示自己未来还会继续为唐子风寻找类似的信息。这姑娘已经联系好了美国的几所大学,准备明年大学毕业就直飞美国,现在正是急红了眼拼命赚钱的时候。

"唐助理,我不明白,你为什么要让毛亚光去联系霞海的其他城市,咱们自己跑一趟不也可以吗？一台给毛亚光让1.5万元的利,实在是太多了。"在返回临河的火车上,韩伟昌抱怨着。

这趟出来谈业务,因为是唐子风找到的信息,所以成绩无法算在韩伟昌的头上,但唐子风答应了会替他争取一定比例的提成。提成这种东西,分的人越少,每个人能够分到的就越多。

依韩伟昌的愚见,霞海的另外那些城市,完全没必要让毛亚光去联系,他们自己联系就行了。如果是他们自己去联系,就可以算是自己拉来的业务,按厂里规定的1%的提成,1000万元的业务就有足足10万元提成啊。

唐子风撇撇嘴,说:"老韩,你没见过钱啊?区区20台打包机,就让你动心了?"

韩伟昌苦着脸说:"唐助理,你真是饱汉子不知饿汉子饥啊。什么叫区区20台打包机?按50万元一台,这就是1000万元的业务,哪怕给我千分之一的提成,那得是1万元钱,我得挣多少年才能挣到这么多钱呢?"

唐子风说:"你弄错了,霞海这边能不能谈下来20台打包机,其实还是一个疑问,并不是所有的废旧物资公司都要更新打包机,就算要更新,他们也不一定要买那么多。我现在把这件事交给毛亚光去做,是因为他和其他城市的废旧物资公司比较熟,打个电话就能够知道他们的需求。而如果我们自己去接触,不一定能够顺利地谈下来,六七个城市,每个城市我们都去问一遍,一个月的时间都不够。"

"一个月不够,那就2个月、3个月。唐助理,只要厂里答应给我提成,我把家搬到霞海来都没问题啊。"韩伟昌说。

唐子风笑道:"所以我说你目光短浅吧?你想想看,霞海是废钢最多的地方吗?"

"什么意思?"韩伟昌一愣。

唐子风说:"霞海的工业,在国内也只能算是中游水平。现在工业发展最快的,是东南沿海的明溪、井南几省,那边的乡镇企业发展得红红火火的,每天那么多企业生产出来的边角料废钢得有多少?咱们陷到霞海这么一个小地方,丢了东南沿海各省的市场,你不觉得很傻吗?"

"你是说……我们到明溪、井南去推销打包机?"韩伟昌眼睛一亮。的确,相比明溪、井南等乡镇企业蓬勃发展的省份,霞海的废钢市场真的只能算是二线市场了。

唐子风说:"现在我们必须抢时间,争分夺秒。回去之后,你马上把你的想法向秦总工汇报一下,让技术处用最快的速度把产品设计出来,然后我们就拿着设计图,到明溪、井南去推销。霞海这边,就交给毛亚光好了,事成之后,也少不了你一份提成。明溪、井南这边,如果弄得好,我们起码能签下100台的订单,按一台50万元计算,你算算业务额是多少?"

"……整整5000万元！我的乖乖，那得拿多少提成啊？"韩伟昌只觉得眼前金光闪闪，那是一种跌入金山的感觉。

"我和你一起去谈，我不拿提成，你拿一半，也就是0.5%。如果是5000万的业务，你可以拿到25万元。"唐子风替他做了个计算。

"25万啊！哈哈哈哈，我老韩发了！"

韩伟昌忍不住狂笑起来，惹得火车上一干乘客都向他们这边投来狐疑的目光。

后一半的旅程，韩伟昌完全是在迷迷瞪瞪的状态中度过的。火车开到临河站，他都没反应过来，多亏唐子风把他生生拽下了车，他才没跟着火车跑到大西南去。

两人匆匆忙忙地回到厂里，唐子风叫韩伟昌马上去向秦仲年汇报修改打包机设计的事情，自己则来到了周衡的办公室，向他报告这项新的业务。

"你觉得我们能拿下100台的业务？"周衡听到唐子风的报告，有些不敢相信地问道。

唐子风说："关于这个情况，我向毛亚光了解过。他说这些年国内废钢市场的发展非常快，对打包机的需求也随之增加。咱们传统上生产金属打包机的浦机、洛机，产品设计存在滞后现象，尤其是PLC的应用跟不上，用户意见很大。

"此外，韩伟昌在金废现场提出的薄型打包机的设计，得到了毛亚光的高度好评。毛亚光认为，这种薄型打包机的概念，对于轻薄型废钢较多的回收企业，有着很强的吸引力。

"我考虑，现在乡镇企业发展最快的是东南沿海的明溪、井南等省，那里每天都能产生出大量的机加工废钢，都是需要打包成压块才能回收利用的。我向毛亚光询问过，他也表示明溪等地的废钢回收企业比霞海要多得多。霞海这边，我让毛亚光帮忙推销20台，他表示有一定的可能性。如果霞海能够卖出20台，明溪、井南等几省卖出100台是毫无困难的。"

"如果真的能够卖出100台，哪怕一台有10万元毛利，咱们也能拿到1000万元的毛利，全厂职工大半年的工资都有保障了，这可是了不起的一个突破。"周衡兴奋地说。

唐子风说："我也是这样想的，所以才匆忙赶回来。现在我需要你给老秦施加压力，让他无论如何要在15天之内拿出设计。还有，生产方面也要准备好，

100台设备的生产,也不是容易的事情呢。"

周衡说:"打包机这个东西我知道,对零部件的加工精度要求不高,生产方面没什么问题。100台设备也不是一下子就要交货的,最起码也得生产半年以上吧?"

唐子风大摇其头:"非也非也。如果我们能够签下订单,最迟一个月内就得交货。顺利的话,这100台设备必须在3个月之内全部完成,否则就来不及了。"

"3个月?"周衡一愣,"你这么着急干什么?"

第五十四章　加班的条件

"我敢跟你打赌,从咱们的设备卖出去第一台算起,三个月之内市场上就会出现仿冒品,而且价格会低到只相当于咱们的一半。届时我们要么降价,要么就只能被市场淘汰。"

唐子风言之凿凿地说道。

"仿冒?"周衡倒吸了一口凉气,他想了想,点头说,"你说得对,给咱们的时间还真的只有3个月了,超出3个月,咱们就只能和别人打价格战了。"

在毛亚光面前,唐子风说要把韩伟昌设计的薄型打包机申请专利,他也的确是打算这样做,但他并不认为这样做就能够拦住"山寨"厂家的侵权。

20世纪90年代的中国,市场上每一种流行的商品,都会以最快的速度被人仿造,并以比原厂商便宜得多的价格,挤压原厂商的空间。

原厂商当然可以拿着专利去维权,但这些山寨厂家惯常于打一枪换一个地方,你想起诉都找不着侵权方。

金属打包机的技术门槛很低,临一机能够很容易地把它制造出来,山寨厂商同样可以很容易把它制造出来。这东西不热销也就罢了,如果真的能够有100台的订单,不可能不惹人眼红。

"所以,我才一天都不敢在金尧耽搁,就这,韩伟昌还抱怨我呢,说我们应该自己去和霞海的另外那几个市联系,没必要让毛亚光赚这笔钱。"唐子风说。

周衡赞许地点点头,说道:"你是对的。你的商业敏感的确胜人一等,换成其他人,恐怕就被眼前的利润给吸引住了,看不到更大的市场。"

"现在对于我们来说,时间就是金钱,耽搁一天,就有可能会失去一个市场。"唐子风危言耸听地说。

周衡说:"那你说吧,厂里该怎么做?"

唐子风说:"首先一件事,就是抓紧把设计拿出来。我已经让韩伟昌去向秦总工报告设计思路了,周厂长现在如果没事,咱们最好去一趟技术处,把这件事落实好。"

"这个没必要吧?"周衡说,"老秦这个人我还是了解的,做事有点雷厉风行的爽快劲,他知道这件事很重要,肯定是会尽快完成的。"

唐子风笑道:"老周,我跟你打赌,如果我们不去催促,他起码要一个月才能把设计拿出来。而如果我们催得紧,他10天就能完成,你信不信?"

周衡想了想,说道:"也罢,咱们一起去看看吧。这个产品对于咱们厂来说也是至关重要的,如果真的能够打开市场,咱们的扭亏任务就完成了一半,所以,倒的确不能等闲视之。"

明白了这一点,周衡也就不再耽搁了。他与唐子风一道出了厂部办公楼,来到技术处所在的实验大楼,径直进了秦仲年的办公室,看到韩伟昌正在与秦仲年说着什么。

"周厂长,你来得正好。"秦仲年一见周衡,便满脸喜色地说道。他让周衡和唐子风坐下,然后说道,"周厂长,你可能已经知道了吧?这次小唐和韩工去金尧,可是挖出一个金元宝了。刚才韩工向我汇报,说金尧废旧物资公司的经理提出两个要求,一个是用PLC改造打包机的电气控制,另一个就是改变包块的规格,从方型包改为薄型片状包。韩工说,小唐估计这种改进后的打包机能够有100台以上的市场。"

"这只是一个保守的估计。"唐子风得意地说。

"韩工还说,金废的毛经理能够接受50万元一台的价格。我刚才粗略算了一下,一台的成本不会超过35万元,这就意味着我们每台能够有15万元的毛利。按100台计算,就是1500万元毛利,这可是一个大数字啊。"秦仲年喜滋滋地说。

周衡点点头,说:"这个情况,刚才小唐也向我说起过。我和小唐到你这里来,是想来确认一下,你们技术处大约需要多长时间能够完成这种新型打包机的设计?"

"最多一个月,我敢立军令状!"秦仲年豪迈地说。

唐子风向周衡递过来一个"我早知如此"的眼神,周衡摇摇头,说:"老秦,一个月可有点长了,有没有可能再提前一点?"

"一个月还长?"秦仲年说,"过去我们设计一个产品,花费半年、一年时间都算是快的,有些设计是需要反复推敲的。刚才韩工跟我说了一下他的思路,我

第五十四章 加班的条件

觉得不错，但要实现这些思路，就要在原有的设计基础上做很大的调整，我说一个月时间，都是比较紧张的，需要大家加加班才行呢。"

"如果大家不是加加班，而是每天加班，一天工作16个小时，那么多长时间能够完成？"唐子风问。

"一天工作16个小时？没这个必要吧？"秦仲年皱着眉头，"这是拔苗助长的办法，不能持久的。"

"我不需要持久，我只需要用最快的速度把图纸拿出来。"唐子风说。

秦仲年用眼睛去看周衡，周衡说："小唐的意见是对的。现在市场上还没有同类产品，但不能排除有其他人和我们想到一块去了。我们早一天拿出设计，就能够早一天占领市场。浦机、洛机他们想必也在考虑改进技术的问题，如果他们跟上来了，咱们就没有机会了。"

秦仲年迟疑道："可是这样一来，就是萝卜快了不洗泥，我担心设计上会有缺陷。"

唐子风说："秦总工，周厂长说得很明白了，我们现在就是抢时间，时间就是市场，错过了时间，你的设计再优秀，也没人要。我不管你用什么办法，我只提三个要求：第一，半个月之内必须拿出设计；第二，这个设计必须让人惊艳，能够打动客户；第三，必须最大限度地提高仿造的难度，最好让人家一辈子都仿不出来才好。"

"你这上嘴唇碰下嘴唇的确是很容易，可技术上的事情，不是这样简单的。"秦仲年抱怨说。

唐子风看看坐在一旁始终没敢吭声的韩伟昌，问道："老韩，你觉得我的要求能不能做到？"

韩伟昌有些窘，支吾了一会，才说："这三个要求，的确是很难做到。除非……"

"除非什么？"周衡逼问道。

韩伟昌说："除非厂里能够答应给所有参加设计的人发一笔足够高的奖金，重赏之下必有勇夫。以我对技术处的了解，大家的能力还是挺强的，只要奖金到位，一天工作16个小时不算个啥。"

"老韩，你太高估奖金的作用了吧？"秦仲年说，"我这些天也和大家聊过，很多同志身体都不是太好，连续加班，他们的身体会吃不消的。比如说结构科的杨小勤,有慢性胃病,加班时间长了就容易犯胃疼,而且一疼就是好几天没法正常工作……"

听他这样说,韩伟昌的嘴角微微勾了起来,显然是想到了什么好笑的事情,却又不便说出来。唐子风用手一指他,说道:"老韩,你想说啥就说吧,不用遮遮掩掩的。"

"没啥,没啥。老杨的那个慢性胃病嘛……呵呵,其实也是时犯时不犯,赶上不犯的时候,他加加班也是没啥问题的。"韩伟昌吞吞吐吐地说。

"我明白了。"唐子风何其聪明,听韩伟昌这样一说,便知道这位杨某人的胃病其实也是与心情有关的,估计给点钱,他心情好了,胃病也就可犯可不犯了。

周衡看着他们俩打机锋,也猜出了几分。韩伟昌毕竟是技术处的老人,有些处里的内幕,他是不便当着几位厂领导的面直接说出来的。他能说到这个程度,其实已经透露了不少信息。秦仲年是个搞技术的,所以看不穿其中的猫腻,但周衡可是个老狐狸,这样的事情怎么会看不懂呢?

"老韩,你估计一下,如果要让大家加班,一天工作 16 个小时,连续干 15 天,每个人该发多少奖金比较合适?"周衡直截了当地发问了。

周衡这样问,也真是没拿韩伟昌当外人了。韩伟昌心里半是欢喜半是尴尬。欢喜的是领导能够把他当成自己人,尴尬的则是自己因此就成了科室里的叛徒。他想了一会,说道:"按照外面私人企业雇咱们工程师去帮忙的价钱,15 天时间能给 300 块钱的奖金,大家基本上就没啥意见了。"

"老秦,你估计需要动用多少人手?"周衡又向秦仲年问道。

"20 到 25 个人吧,有些人主要是做一些辅助工作,压力也没那么大。"秦仲年说。

"按 25 个人算,每人 300 块钱的奖金,总共就是 7500 元。如果能够提前半个月拿出设计,起码能够多抢到 10 台设备的订单,那就是 150 万元的毛利,这笔钱花得值。"周衡快速地算了一笔账,然后说道,"这事就这样定了,以半个月为期限,把新型打包机的设计拿出来,每人发 300 元的奖金。老秦,你就这样去做动员吧。"

"再加一条吧,如果能够提前完成,每提前一天,每人再加 20 元的奖金。"唐子风补充道。

第五十五章　超市出问题了

秦仲年让韩伟昌先离开，然后叫来技术处长孙民，向他传达了周衡的要求。孙民乍一听要组织大家加班，便把头摇得像个拨浪鼓，可再听说厂里答应给每名加班的工程师发300元奖金，他立马就振作起来了，拍着胸脯表示这事包在他身上，谁敢掉链子，用不着厂里发话，他就能把人给收拾了。

对于奖金的发放方式，孙民提出了一些修正意见。他表示，整个技术处有近200名工程师和技术员，如果只抽25人参与这项技术攻关，并且发放高额的奖金，难免会引发一些苦乐不均的议论，影响技术处的团结，也不利于工作的开展。他建议厂里把承诺的7500元奖金交给技术处统筹发放，工作任务也进行适当的分解，让大多数人都有点事情做，也多少能够拿到一点钱。对于那些只是从事辅助工作的人来说，也许从这个项目中只能分到5元、10元的奖金，但这也能让他们感觉到自己没被轻视。

涉及这样的问题，秦仲年就玩不转了。周衡倒也有点用人不疑、疑人不用的胸怀，当即拍板，让孙民全权负责项目的具体组织，但奖金的最后分配方案还要获得厂里的审核，不能由孙民一个人说了算。至于秦仲年，他的任务就是完成打包机的总体设计，然后再把任务分解到每个工程师的头上。

孙民得到授权之后便出去安排工作去了。少顷，走廊里便热闹了起来，各科室之间不断地有人在相互串门，有些人站在走廊上讨论着事情，还有人不知什么缘由地哈哈笑着。

周衡等人待在秦仲年的办公室里，虽然听不清外面的人在聊些什么，但那种因兴奋而躁动的情绪却是大家都能够感受得到的。

"这都是怎么啦！"秦仲年郁闷地叹着气，"我前两天召集工程师们开会，号召大家努力工作，为厂分忧，大家都显得有气无力的。可现在你们听听，就因为厂里答应了给大家发奖金，这些人就能够高兴成这个样子。"

周衡说:"这些年,我们口号喊太多了,职工群众现在对口号都不感兴趣,他们要看实在的东西。"

"实在的东西,不就是钱吗?"秦仲年颇有些不屑地说,"这些人还是知识分子呢,居然也都掉到钱眼里去了,真是让人无法想象。"

唐子风说:"知识分子也是人,是人就有利益倾向。古人都知道仓廪实而知礼节的道理,要让大家有理想,首先还是让大家先富裕起来吧。"

周衡说:"小唐说得对。临一机过去一年才发3次工资,在这种情况下,跟大家说什么理想信念,没人会相信。我们必须抓紧时间实现扭亏,如果我们能够给全厂工人每人都发300元的奖金,相信大家就会变得高尚起来了。"

"这是你们该考虑的事情。"秦仲年沮丧地说。

他至今也未能把自己代入到临一机的氛围中去,无法理解一群一年只领过3次工资的人是什么心态。不过,该他做的事情,他还是会认真做好的,他对周衡说道:"我还是踏踏实实画我的图纸吧。周厂长,你放心,15天之内,我们肯定能够把新型打包机设计出来。"

"那就辛苦你了。"周衡向秦仲年拱拱手,便带着唐子风离开了。

设计新型打包机需要半个月时间,在这段时间里,唐子风是没法去明溪、井南等地谈业务的,所以只能先等着。所幸他在厂里也还有属于自己的正事,那就是劳动服务公司的整顿问题。

"唐助理,形势喜人啊!"

唐子风一走进张建阳的办公室,张建阳便如献宝一样地迎上来,用夸张的口吻向唐子风汇报道。

"怎么个形势喜人了?"

唐子风知道张建阳有点一惊一乍的毛病,自然也不会轻易被他的情绪所左右。他悠然地在沙发上坐下,笑嘻嘻地对张建阳问道。

张建阳说:"唐助理,在你的启发之下,这些天我召集各下属单位的干部和家属工都开了会,要求他们开动脑筋,转变思路,畅所欲言,为本部门改善经营出谋划策。大家的积极性都非常高,每个部门都针对自己的情况,提出了很好的意见。"

"东西两区的菜场,都决定采取出租摊位的方法,吸引郊区农民来摆摊卖菜。目前已经有一些农民表达了想在我们菜场经营的意向,我们现在正在进行摊位的调整,最快下个月初就可以开始招商了。"

唐子风说:"这的确是一个好消息。不过,你们在招商之前,一定要把管理规章制定好,所有来承租摊位的农民,都要签订承诺书,保证遵守这些规章制度。蔬菜副食是事关职工群众身体健康的大事,千万不能出什么纰漏。"

"唐助理说得太对了!"张建阳赞道,"我们一开始还真的忽略了这方面的要求,后来还是东区菜场的洪柳在外面的菜场看到他们有相关的管理规定,才提醒我们要考虑这个问题。唐助理果然是比我们想得周到啊。"

"老张,你不拍马屁行不行啊?"唐子风笑着说了一句。张建阳拍领导马屁几乎就是一种下意识的反应,有马屁要拍,没有马屁创造马屁也要拍。唐子风一开始对于张建阳的恭维还颇有几分受用,时间长了也受不了了,这样聊天实在是太累了。

张建阳吃了一句训斥,脸上露出几分尴尬之色。他支吾了几句,接着又开始汇报其他部门的情况:

"劳动服务公司下属的三个便民饭馆,都选出了新的经理,由新经理带领全体职工联合对饭馆进行承包。目前的承包条件是在保证原有毛利水平的基础上,增加的收入60%上缴公司,40%作为经理和职工的奖金,具体分配方式,由他们内部自行决定。

"包装厂那边,职工提出,目前为厂里服务的包装业务不足,应当积极开拓厂外的市场。有职工建议,包装厂可以利用现有技术,转产家用和办公的家具。他们说,我们包装厂的技术水平不比市里那些私营的家具厂差,那些私营家具厂都能够赚到钱,我们也没理由会亏损。

"绿化大队原来的任务是负责厂里的绿化,他们有一个很大的温室花圃,专门培育一些鲜花,逢年过节的时候摆在厂里的各个重要地方,用以美化环境。

"绿化大队的职工提出来,现在厂里经济困难,也不需要搞这些花里胡哨的东西。他们建议把这些鲜花拿到市场上去销售。现在临河买新房子的人很多,买了新房子之后,家里总要摆一些绿植。以后我们绿化大队就专门培育绿植供应给临河市民,不说赚多少钱,至少养活绿化大队的几十号人是没问题的⋯⋯"

"这都非常不错啊。"唐子风说,"老张,我就说嘛,你是个有能力的人,只要把精力放在正道上,肯定是能做出成绩的。听你刚才这样一说,劳动服务公司的各个部门都活起来了,到春节前是不是就可以向厂里上缴利润了?"

"我觉得有戏!"张建阳说,"我照你的吩咐,答应各个部门,说只要他们能够扭亏,就按比例给他们发放奖金。结果大家的热情都空前高涨,每天都有到我这里来提合理化建议的,光是想承包各个部门的人,就有好几十位呢。"

"对了,你说得这么热闹,我怎么没听你说到东区商店的事情?"唐子风想起一事,忍不住提醒道。东区商店的黄丽婷想承包商店,并把商店改造为超市,唐子风对这事是非常看好的,所以也就格外关心了。

"东区商店嘛……"张建阳的脸迅速地阴了下去,"这事有点麻烦。"

唐子风诧异道:"上次我们去东区商店,那个叫黄丽婷的家属工不是很有信心吗?她提了不少设想,我觉得还挺有价值的。这一转眼,也过去十几天了,怎么,她又变卦了吗?"

张建阳说:"变卦倒没有。上次我们和黄丽婷谈过之后,她在第三天就向公司递交了承包申请,当时你正忙着处理工商支行的那件事,我就没向你汇报。"

"她的申请有什么问题吗?"唐子风问。

张建阳说:"她的申请倒是没什么问题。她提出的条件也是上次我们在一起讨论过的,她保证一年之内至少完成10万元的毛利,如果完成了,公司要拿出5000元给她作为奖励。如果没完成,公司可以扣她一半的工资作为惩罚。"

"这个惩罚有点轻,不过暂时也只能这样了。"唐子风说,"毕竟超市还是一个新鲜事物,成与不成也在两可之间,真让她拿出全部身家来担保,也不现实。"

张建阳说:"问题就出在这了。公司办公会讨论通过了她的承包申请,但在东区商店公示的时候,很多职工都提出意见,说黄丽婷是在占公家的便宜,她们反对这个承包方案。"

"占公家的便宜,这是从何说起啊?"唐子风问道。

第五十六章　不遭人妒是庸才

张建阳说："黄丽婷的承包方案,是要整个商店的经营由她说了算。在保证原有的 5 万元毛利的基础上,商店有多少新增的毛利,她个人拿 10% 作为承包收益,另外拿出 20% 作为职工的奖金。一些职工觉得这样分配不公平,说这个商店随便经营一下也能实现收入翻番,凭什么她要比别人多拿钱?"

唐子风笑了,说道："这是谁提的意见?谁觉得容易,也可以提出来承包啊,大家在同等条件下公平竞争就是了。"

"这些人哪敢出来承包啊?"张建阳说,"她们也就是耍耍嘴皮子的能耐,真让她们来承包,一个个都缩回去了。不过,她们提出的意见也有一些道理,她们说黄丽婷的承包方案里,好处占得太多,惩罚条款太轻了。

"她们这些家属工,一个月的工资也就是 70 元钱,一年也就是 840 元。黄丽婷承诺如果达不到盈利目标,可以扣她一半的工资,其实也就是扣了 420 元而已。如果她在经理的位子上捞点小便宜,比如进货的时候吃点回扣啥的,得到的可不止 420 元了。"

"这……"唐子风一时也语塞了,因为他发现,这些家属工提出来的问题,还真是有点道理的。

唐子风在此前也是先入为主,觉得黄丽婷是个想干事情的人,所以本能地忽略了黄丽婷在经理的职位上捞小便宜的可能性。他觉得,黄丽婷同意拿出一半工资来作为抵押,虽然少了点,但也算是一种诚恳的态度了。

现在静下来想想,如果黄丽婷从一开始就没打算好好经营,而是存着捞一把就走的心态,那么作为商店的经理,她可以捞钱的机会可是太多了,能够捞到的钱,也远非她用来抵押的那 420 元可比。她相当于是花 420 元买了一个经理位子,然后就可以几倍、十几倍地把这些钱捞回来,这可不失为一笔好买卖了。

那么,黄丽婷是这种人吗?

唐子风认真地回忆了一下那天与黄丽婷谈话的过程,脑子里留下印象最深的,就是黄丽婷那荡漾的秋波。这是一个很擅长于利用自己姿色的女人,自己会不会是被她给迷惑,以至于对她产生了轻信?

如果黄丽婷真是一个想捞一把就走的人,自己力主把东区商店承包给她,最终导致东区商店的资产大量流失,这对于自己来说可就是一个很大的污点了。

"黄丽婷自己是怎么说的?"唐子风问。

张建阳说:"她和那些提意见的家属大吵了一架,可对方有十几个人,你一言我一语的,黄丽婷虽然厉害,也吵不过那么多人,最后还哭了一鼻子。"

"然后呢?"

"然后……这事就搁置下来了。"张建阳说,"西区商店那边搞了一个集体承包,大家说好收益平均分配,倒是没什么矛盾,大家的热情也挺高。我琢磨着,东区这边实在不行也这样搞吧。"

唐子风想了想,说:"集体承包这种方式,其实还是治标不治本。大家能看到好处,积极性肯定是会比过去高一些的。但人多乱,龙多旱,大家共同承包,相当于谁都不用负责任。初期大家凭着热情,经营上有可能会有所起色。等到大家的热情消退下去,矛盾也就该出现了。说到底,这仍然是一种大锅饭的做法,并没有解决根本问题。"

张建阳点头道:"唐助理说得有理,其实我也担心过这一点。让一个人来承包,责任明确,效果肯定是会更好一些的。但现在东区商店这些职工说的也有道理,黄丽婷这个人到底可靠不可靠,我们也说不好。我们如果强行让她承包,未来出现问题,我们就不好交代了。"

唐子风说:"这样吧,你让人通知黄丽婷到公司来一趟,然后你给我安排一间办公室,我和她单独谈一下,听听她的想法再说。"

张建阳说:"那可太好了,唐助理出马,一个顶仨。不瞒你说,东区商店这件事,我这些天也觉得头疼,一直都在等着唐助理来帮忙解决呢。"

张建阳给东区商店打了电话,通知黄丽婷到公司办公楼来。黄丽婷来得挺快,张建阳把她带到专门为唐子风腾出来的一间办公室,招呼她坐下,给她倒了水,然后便离开了,只把唐子风和黄丽婷二人留在办公室里。

"黄师傅,今天请你过来呢,主要是……"

第五十六章　不遭人妒是庸才

看到张建阳离开,唐子风拉了把椅子,坐到黄丽婷对面,准备和她好好谈谈。他的话刚说了一半,忽然就停顿住了,他这才发现,十几天没见,黄丽婷几乎瘦了一圈,脸上满是憔悴之色,过去梳得油光锃亮的头发似乎也少了一些光泽。

"黄师傅,你没事吧?"唐子风吃惊地问道。

"我没事啊,挺好的。"黄丽婷向唐子风笑了笑,眼眸习惯性地向唐子风瞟了一下,但分明没有了过去那样的灵动。

"怎么,承包东区商店的事情,给你的压力很大吗?对了,我听说有一些家属工对于你想承包东区商店的事情不服气,还和你吵起来了。"唐子风试探着说道。

刚才张建阳跟他说黄丽婷承包东区商店的事情遭到了家属工们的集体反对,黄丽婷在众人的围攻之下还哭了一场。唐子风当时觉得这也就是普普通通的一场小冲突而已,并没有往心里去。但现在看黄丽婷的状态,事情似乎比唐子风想象的要严重得多。

黄丽婷冷笑着说:"她们只是嫉妒我罢了。不遭人妒是庸才,我黄丽婷长到这30多岁,又不是第一次被人嫉妒了。就凭她们那几个,我还真没把她们放在眼里!"

"呃……黄师傅威武霸气。"唐子风讷讷地感慨了一句。这位大嫂真是个奇人,都这个样子了,说话还这么自信满满。

"可是,你现在这个状态……"唐子风话只说了一半,余下一半自然是不必说出来的。

"我怎么?呀……丑死了!"

黄丽婷不知从哪摸出一块小圆镜,对着自己照了照,便失声惊呼起来。她一边用手梳理着头发,想让自己看起来更精神一些,一边满含幽怨地说,"该死,我接到张经理的电话就跑过来了,连个脸都没洗。我现在这个样子,是不是特别难看?哎呀,让唐助理看笑话了,以后我都没脸见唐助理了。"

好像我关注的重点不是这个好不好?

唐子风有一种无力的感觉……唉,女人啊!

"黄师傅,我让张经理请你过来,其实主要是想问问,关于承包东区商店的事情,你现在是怎么考虑的?"

唐子风决定撇开有关黄丽婷丑不丑的问题,直接回到正题上。

听到这个问题,正在脸上忙着亡羊补牢的黄丽婷放下了镜子,说道:"我想好了,我一定要承包东区商店,还要把唐助理你交代的超市开起来,绝不辜负你的期望。"

"这其实不是我的期望。"唐子风赶紧纠正对方的说法,拜托,我和你不熟的好不好,你能不能不要把我们之间的关系说得那么瓷实。

"你说过的,你说如果把东区商店改成超级市场,肯定能够做成一番大事业。唐助理这么渊博,有眼界,我相信你的眼光。"黄丽婷说。

唐子风在心里叹了口气,说:"黄师傅,开超市的确是一个不错的方向。但再好的方向,也还有个事在人为的问题,不是所有的好方向都能够成功的。

"现在的情况是,你提出的承包方案,遭到了东区商店大多数职工的反对。他们提出的反对意见,也有一定的道理,所以劳动服务公司这边,也不敢轻易地答应你的方案。对此,你是怎么考虑的呢?"

黄丽婷说:"这个问题,我认真考虑过了。那些人提出来的怀疑,也是有道理的。换成是别人,比如焦雪芬,她如果提出要承包商店,我百分之百地肯定她就是想在商店里捞一把。这种事情,她是绝对干得出来的。"

"那么,你打算如何回应这些怀疑呢?"唐子风问。

黄丽婷说:"这些天,我在临河市内调查了几十家个人承包的商店,了解了一下他们的承包规则。我现在才理解你那天跟我说的话,我当时可真是太迟钝了。唐助理,你说我是不是特别笨啊?"

说到这,她又开始目光游离了。唐子风觉得后背有点寒意,他说道:"黄师傅,那天我说的话很多,我不知道你是指哪句话。"

黄丽婷说:"你当时跟我说,要我拿出全部身家来担保,还说这一步跨出去,我的人生就会完全不同。我问过好多家承包的企业,人家说现在搞承包,和过去的方式不一样了。过去是只要签一个承包合同就可以,现在都是需要承包人拿一大笔钱来入股才行的。他们把这种承包方式叫作出资承包。"

"出资承包?"唐子风点点头,说,"的确是有这种说法,也可以叫作入股承包。怎么,临河市这边已经开始流行这样的承包方式了吗?"

第五十七章　入股承包

20世纪80年代,受农村联产承包责任制的启发,城市里的许多工业和商业企业都引入了承包制,允许甚至是鼓励厂长、经理对企业进行承包。

企业承包制往往是以利润或者资产增值为目标,在一个规定的指标之上,企业如果能够获得额外的利润或者资产增值,承包者就可以从中抽取一定比例作为自己的承包奖励。

承包制改变了企业吃国家大锅饭的局面,承包者对企业的经营成果负责,也就必须拥有经营的自主权,这样就打破了传统上由国家包办一切的僵化管理模式。承包制的推行,对于工商企业转变经营方式发挥了重要的作用,是国家管理体制由计划经济向市场经济过渡的重要一环。

但是,在承包制执行的过程中,也出现了许多问题。其中最重要的一条,就在于承包制具有"负盈不负亏"的特点,企业赚了钱,厂长经理可以拿高额的承包奖金,而如果企业亏损了,厂长经理充其量只是罚酒三杯,并没有什么实质性的惩罚措施。

出现这样的情况,也是有其历史原因的。在20世纪80年代,绝大多数的家庭都没有什么存款,要让承包者拿出多少钱来作为抵押是不现实的,就算是拿工资做抵押,也不值几个钱。厂长经理承包企业,属于为国分忧,国家也不可能让他们去承担倾家荡产的风险。

正因为赚了钱有奖,亏了钱无罚,所以许多承包厂长敢于大刀阔斧地进行"改革",之所以要加上一个引号,是因为一部分人的所谓改革措施,其实就是瞎折腾,生生把一些还有活力的企业给折腾到了资不抵债的状态。更有一些承包者,索性监守自盗,用各种方法侵吞企业的利润和资产,自己赚个盆满钵满,国家却蒙受了重大的损失。

进入20世纪90年代,随着国家提出建设市场经济的要求,一些地方开始推行用入股承包的方法来取代原来的承包制。

这种方法要求承包者必须拿出一部分资金入股企业，使企业的兴衰与承包者的个人利益挂钩。由于承包者在企业中拥有股权，企业如果能够获得长远的发展，对于承包者个人也是有好处的，这就能够促使承包者放弃短期行为，转而追求企业的长久繁荣。

具体到黄丽婷提出承包东区商店的事情，其实家属工们的指责也是有道理的。

如果黄丽婷不能拿出一笔资金来作为抵押，仅仅是用扣一半工资作为代价，这其实是没有什么约束力的。黄丽婷完全可以利用自己的承包地位，把商店的资产转移到个人腰包里去，而她需要付出的代价，仅仅是420元而已。

"那么，你现在打算怎么办？"唐子风对黄丽婷问道。

黄丽婷说："我想过了，人一辈子不能总是安安稳稳的，要想富贵，就要冒风险。我打算重新和公司谈承包条件，我拿出2万元来入股，占三成的股份。商店的一切要由我说了算。如果商店亏本了，我这2万元就算是打了水漂。如果商店赚了钱，我要按三成来分红。谁如果不服气，同样拿出2万元来，我黄丽婷愿意给他打工。"

"2万元！"唐子风一惊，"黄师傅，你居然是个隐形的富婆！"

"什么隐形的富婆！"黄丽婷嗔怪地瞪了唐子风一眼，然后噘着嘴说，"这些钱都是我借来的。你不是说我脸色难看吗？我昨天才从老家回来，我在老家跑了五六天，把亲戚朋友和中学同学家的门槛都踩烂了，这才借到2万元。如果这些钱亏了，我这辈子都不敢再回去了。"

1994年，中国城乡居民年末人均储蓄存款余额是1796元，按一家三口人计算，全家的存款余额是5000元左右。但这个数字是平均意义上的，此时百万、千万级别的富翁都已经不稀罕了，但像临一机这样长期亏损的企业，职工家庭拥有1000元的存款都是比较难得的，这也就是唐子风听说黄丽婷能拿出2万元来入股时会感觉到惊讶的原因。

黄丽婷是个狠人，家属工们对她承包一事的怀疑，激发了她的争强好胜心。

此外，唐子风向她描述过的美好前景，也让她怦然心动。在了解了临河市一些商业企业的承包方法之后，她下了决心，打算倾尽家产来承包东区商店。

她评估过东区商店的价值，不算商店的房产，整个商店的商品资金也就是

第五十七章　入股承包

七八万元的样子。她打算自筹 2 万元入股，占商店的三成股份，同时向公司要求获得对商店的完全管理权。

临河市的许多商店都是采用这种方式承包的，那些承包者想不到开超市的方法，仅仅是对门店的经营品种、服务态度等进行了调整，一年也能赚到上万元的承包收入，两三年时间就把当初入股时交的钱给赚回来了。黄丽婷觉得自己不会比那些承包者更差，最不济也不至于把承包款给赔进去。

带着这样的想法，黄丽婷回了一趟自己的老家，开始向亲戚朋友借钱。

在她的亲戚朋友中，也不乏一些"先富起来"的人，拿出一两千元并非难事。黄丽婷卖了无数的面子，甚至不惜向当年暗恋过她的一些男生抛了无数媚眼，最终成功地筹到了 2 万元。至于在她返回临河之后，当地不少小康之家爆发了内战，打得昏天黑地，这就不是她要关心的事情了。

"钱还是少了一点。"有所取舍地介绍完自己的想法以及回老家筹款的过程之后，黄丽婷不无遗憾地说道，"我原来是打算凑出 5 万元，这样就可以去和公司谈，起码要占商店一半的股份。商店库存里的很多商品，都已经堆了好几年，只能是打折处理掉，我出资 5 万元，占一半股份合情合理。

"不过，我家那个书呆子死活不同意我去借这么多钱，说亏 2 万元还能承受，如果亏了 5 万元，全家人连裤子都穿不上了。我就跟他说了，那么多承包商店的，人家都没亏，凭什么我黄丽婷就会亏？他光想到亏本的事情，就不想想如果赚了钱，那可就有一半是归自己的了。"

唐子风心念一动，笑着问道："黄师傅，如果蔡工支持你，你真的会去借 5 万元来入股吗？"

黄丽婷苦笑道："想是这样想啊，不过要想借到 5 万元，又哪是那么容易的？我这次回老家去，连脸都不要了，找亲戚朋友软磨硬泡的，才凑了这 2 万元。"

唐子风问道："黄师傅，你有没有想过要引入一个战略投资人啥的？"

"什么叫战略投资人？"黄丽婷问。

唐子风说："就是找一个有钱人，愿意出钱入股，但他只要分红，不要管理权。你可以把他的股份当成自己的股份，这样就可以拥有商店的完全控股权，即使有朝一日和劳动服务公司撕破脸了，你在法律上也能保证自己在商店的权益不受侵犯。"

"有这样的人吗？"黄丽婷眼前一亮。唐子风说的概念，她从来没有听过但唐子风说的这个意思,她却是一下子就能够理解的。这就相当于有些富家公子,自己腰缠万贯,但不擅长经营,所以经常会拿出一些钱让别人去做生意,生意怎么做,他们是不管的,只要到时候能够拿到分红即可。

如果能够找到一个这样的战略投资人,和她一起凑出5万元,她就可以去向公司要求获得商店的控股权,这样这家商店的前途就完全掌握在她的手上了。

按她原来的设想,她出2万元入股,在商店里勉强能够占到三成股份,她的管理权是由公司赋予的,公司随时都可以收回去。说得再直白一些,万一她把商店盘活了,变成一个聚宝盆,厂里一些有权有势的人要出来抢,她是一点办法都没有的。

"唐助理,如果能找到一个这样的人,那就太好了。分红方面,我多让出一点都可以。他出3万元,占70%,我出2万元,占30%,条件就是他不干涉商店的管理,商店未来怎么发展,完全由我说了算。"黄丽婷大方地开着条件。

她有一种直觉,唐子风提出这个建议,是有所准备的,以唐子风的人脉,说不定认识许多大富翁。

如果唐子风能够帮她找到这个所谓的战略投资人,那么她用来入股的资金就可以增加3万元,她能做的事情也就更多了。此外,唐子风帮她引来资金,肯定不会撒手不管,而是会更加关注商店的发展。有了唐子风的支持,这个商店的发展又多了一层保障。

想到此,黄丽婷的脸上又泛起了光彩,眼波流动,娇声说道:

"唐助理,我知道你肯定有办法的,你就帮帮姐姐嘛。"

"黄姐,你如果能好好说话,咱们还能当朋友……"

第五十八章　重量级战略投资者

"你就是唐助理说的重量级战略投资者？"

看着出现在自家客厅里的不速之客，黄丽婷有一种荒诞的感觉。自从两天前唐子风答应帮她联系一位"重量级战略投资者"，她就不止一次地在脑子里想象过这位投资者的形象：

西装革履，风度翩翩，一句话里起码带着五个以上的英文单词，浑身上下散发着"古龙"香水的味道……

可站在她面前的这位，完全颠覆了她的想象。此人穿着临一机的工作服，说着东叶口音的普通话，身上飘着机油的味道。唯一能够和"重量级"三个字挨上边的，就是他的体重，目测足足在 200 斤开外，往客厅里一站，黄丽婷顿时觉得阳光都不够用了。

"咦，你不是装配车间的小宁吗？"黄丽婷的丈夫蔡越先认出了对方，此人正是装配车间的钳工宁默。蔡越到车间去安排工作的时候，与宁默打过交道，又因为宁默的体形让人印象深刻，所以蔡越能够记住他的姓氏。

"没错，蔡工，我是装配车间的宁默。"宁默向蔡越憨厚地点点头，然后把头转向黄丽婷，说道，"我是来找香皂……呃，是来找蔡师母的。"

被他咽回去的那个称呼，可真算不上是什么好称呼。黄丽婷在东区商店负责日化柜台的销售，因为长得漂亮，颇受男青工们的觊觎。青工们在背后给她起了一个外号，叫作"香皂西施"。这一代青工也都是上过高中的，颇知道一些鲁迅的哏。

唐子风找到宁默，让他出面去当这个"重量级战略投资人"的时候，少不得要先向宁默科普一下黄丽婷是何许人也。

谁知道他刚一开口，宁默就笑得满地打滚，说全厂没人不认识这位香皂西施，并带着几分不怀好意盘问唐子风是否已经被她的香风迷倒，以至于愿意拿出3万元的巨款去与之合股。

　　让宁默出面与黄丽婷合作,是唐子风的无奈之举。他是非常看好超市这门生意的,对于黄丽婷这样一个敢砸出2万元去承包超市的女汉子,他也十分欣赏。正如他自己常说的,这是一个充满机遇的时代。

　　唐子风的远大理想,是要收小马、小雷、小扎啥的当小弟,但这个理想未免离现实太远。他能够做的,就是抓住眼前的机会,在有潜力的小马驹身上投资,期待着其中能够蹦出几匹强劲的黑马。

　　黄丽婷是他相中的投资对象之一。区区3万元,对于唐子风的身家来说也不算是很大的数字,他是完全能够赔得起的。这其中唯一的障碍,就是他自己的身份。

　　作为临一机的厂长助理,而且是分管劳动服务公司的厂领导,他一边力推东区商店的承包经营,一边又自己拿出钱入股,绝对是犯忌讳的事情。

　　黄丽婷如果把承包费给赔光了,大家或许会在明面上夸唐子风大公无私,敢于拿自己的钱去支持改革,背地里不免要笑话他偷鸡不成蚀把米。

　　反之,如果黄丽婷的承包成功了,赚了大钱,而唐子风也因此而获得了分红,那么各种举报信就能够轻而易举地把他唐子风给淹死,一点渣渣都剩不下的那种。

　　这时候,宁默的价值就体现出来了。他是临一机的一名普通职工,无权无势,除了一身肥肉之外一无所有。如果是他与黄丽婷合作,大家挑不出任何毛病。

　　而宁默也是一个愿意为兄弟两肋插刀的人,更别说只是保守一个秘密,这一点唐子风早在多年前与宁默一起去老乡地里偷红薯的时候就已经知道了。

　　唐子风慷慨地向宁默许下了一成红利的好处,让他给自己当"白手套"。宁默乍一听说自家兄弟居然能够筹到3万元钱,大惊小怪了一番,但随后就释然了。

　　唐子风当年是屯岭中学那一级学生里成绩最好的,是公认的才子,这样一个人做出什么样的成绩都不足为奇。他宁默能够有幸被唐子风看中,充当唐子风的代理人,夫复何求呢?

　　唐子风给王梓杰打电话,让他给宁默电汇3万元过来。宁默收了钱,用个小挎包背着,便来到了黄丽婷的家里。

第五十八章 重量级战略投资者

黄丽婷是临一机的职工家属,在家里说一不二,但在厂里却只能以蔡越的附属品的身份存在。除了东区商店的家属工之外,大多数人甚至不知道她的姓氏,平时的称呼也就是照着蔡越的姓氏,称之为蔡师母。唐子风初来乍到,不懂规矩,对她一口一个黄师傅的称呼着,这也是她对唐子风印象良好的原因之一。

"蔡师母,我听说你要承包东区商店,我手里正好有点钱,也想入一股。我不要商店的管理权,只要到时候分红就行,你看可以吗?"

宁默照着唐子风教他的口径,对黄丽婷说道。

"你要入股?你准备拿多少钱入股?"黄丽婷惊异之余,试探着问道。

"3万元!"宁默霸气地回答道,同时把挎包往黄丽婷家的饭桌上一甩,从里面掏出整整齐齐的三沓老人头。

"这么多钱!"蔡越惊得目瞪口呆,他看着宁默,怯怯地问道,"小宁,原来……你家里是做生意的?那你怎么……"

他没说下去了。在他印象中,宁默好像属于挺穷的那种人,与厂里其他的青工没什么区别。

可谁承想,这么一个浑身上下的装束值不到30块钱的小年轻,居然能够一下子拿出3万元来扬言入股,这莫非就是传说中被家族安排下来历练的富二代?

"宁师傅,你和唐助理……认识?"黄丽婷想的是另一种可能性,而且她的猜测也的确是正确的。

宁默大大咧咧地点着头,说:"当然认识,我们在一起都已经吃过三回烤串了。"

"你是说,你们是刚刚认识的?"

"不是啊,他刚来我就认识他了。"

"这钱……"

"怎么,蔡师母觉得我不像个有钱人?"

"像,像,瞧宁师傅说的,我早就知道你是个有钱人的……"黄丽婷媚笑着说道,心里却是另外一番想法:呸,我还不知道你有钱没钱?过去几年,你和厂里那帮小混混没事就跑到东区商店来,假装要买香皂牙膏啥的,让我给你们拿这个拿那个的,挑来挑去,最后买的都是最便宜的那款。

还有,去年以来厂里发不出工资,你这个胖子不也跟其他青工一样,在食堂里吃两毛钱一份的素菜,让我碰上也不止一回了。你如果是能够一次拿出3万元的人,我豁出去不叫蔡师母了!"

宁默这样睁着眼睛说瞎话,让黄丽婷坚信他是受唐子风的指派来与自己合作的,真正的出资人,应当是唐子风的什么朋友。

黄丽婷当然想不到唐子风自己就是一个有几十万身家的富翁,她私下里找人打听过唐子风的背景,知道唐子风出身农家,大学毕业刚两年多,一直在机关里工作,没有任何理由会腰缠万贯的。

这样也好,唐助理不直接出面,也能少了许多闲话。宁默在厂里是个小透明……好吧,这只是指他的身份,而不是指他的体重,宁默在商店里入股,是不会引发议论的。大家要议论,充其量也就是去考证宁默的家境,而不会往什么权钱交易里琢磨。

"蔡师母,我这里有一个合作协议,需要你签一下。你签完之后,这些钱就归你使用了。"

宁默掏出两份打印好的合作协议,递到了黄丽婷的面前。

听说是协议,黄丽婷可不敢怠慢。她递了一份给蔡越,让他也帮着看看,自己则拿起另一份,一字一句地阅读起来。

协议上的内容,正是唐子风向她说过的。大致就是宁默出资3万元,黄丽婷出资2万元,二人共同入股承包东区商店,获得东区商店50%的股权以及完全的管理权。在宁默与黄丽婷之间,宁默自愿放弃管理权,只保留分红的权利。至于分红的比例,唐子风没有接受黄丽婷让出的那份,只要求占据60%,黄丽婷拥有40%。

"内容倒是没问题……"蔡越放下协议,苦着脸对黄丽婷说,"丽婷,咱们真的要去承包东区商店吗?"

"这不是说好的事情吗?"黄丽婷瞪了丈夫一眼,说道,"你没看宁师傅都这么干脆,他出的钱更多,都不担心,咱们还怕什么?"

"好吧……"蔡越不再说什么了,关于这件事情,他们两口子这两天一直都在讨论,他知道黄丽婷是铁了心,十万马力也拉不回来了。

黄丽婷拿出笔,在协议上签下了自己的名字。宁默也签了名,然后自己收起一份协议,把另一份协议交给黄丽婷,笑嘻嘻地说道:

"蔡师母,我哥们……啊不,我是说,签完协议,我就该称你一句黄总了。我以后能不能天天吃上烤串,可就全仗黄总了。"

"叫什么黄总,真讨厌!"黄丽婷含嗔带喜地瞪了宁默一眼,笑着说道,"宁师傅以后也像你说的'你哥们'一样,叫我一句黄姐就好了……"

第五十九章　韩伟昌膨胀了

与黄丽婷一样，临一机还有一个人，也被唐子风的几句忽悠"煽呼"起来，做起了一夜暴富的美梦，此人便是韩伟昌。

技术处轰轰烈烈地开始做新型打包机的设计，韩伟昌所在的工艺科也领到了一份任务，不过韩伟昌把任务交给了科里的其他同事，他已经不屑于与同僚去争夺区区 300 元的加班工资了，他的目标是星辰大海。

"唐助理，你说，咱们到明溪、井南去，能签下多少台设备的单子？"

坐在东区菜场外面新开的烤串摊子上，韩伟昌喝了一大口啤酒，压低声音向对面的唐子风问道。

这个烤串摊子，是张建阳落实唐子风关于搞活劳动服务公司的指示精神，发动全体家属工献计献策，积极转变经营思想的一个产物。

东区菜场周边是家属院东区的一个商业中心，原来由于管理僵化，完全是有商无业。菜场、商店、小饭店、理发店之类的，营业时间都非常短，到了晚上八点，这里就变得死寂一片，厂里的职工和家属要想过一过夜生活，就只有到厂子外面去。与之形成鲜明对照的是，在厂子外面，有着一条红红火火的夜市街，即使在这 11 月底的天气，每天也能营业到深夜才散。

张建阳受到唐子风的启发，向菜场周边的各个经营单位发出号召，让他们各显神通，只要能够赚钱，公司就不吝惜给他们发高额奖金。这个政策一出台，原来下午五点钟就关门的理发店营业时间延长到了晚上十点，原来七点钟就往外轰人的小饭馆增开了夜宵服务。

有些职工试探着把自家卤的猪头肉拿到菜场楼下来摆摊，一下子就卖得精光，让摊主赚了几十块钱利润。此消息一传开，立马就有人学样，摆起了各式小吃摊，生意很是红火。

知道临一机的东区菜场周边形成了夜市，厂外的一些摊贩也来了。张建阳

第五十九章 韩伟昌膨胀了

开始时打算宣布厂里职工摆摊自由,厂外小贩需要交纳摊位费。

结果,那些小贩便买通厂里职工,打着厂里职工的旗号来摆摊,引发厂里的抗议。

最后,张建阳决定不分厂里厂外,所有人只要摆摊就必须交钱。在扛过了最初的一些反抗和阻力之后,张建阳现在每天光是东西两个夜市的管理费就能收到上千元,算下来一年有几十万了。

这样红火的夜市,服务范围当然也就不限于临一机厂内职工和家属了。周围的居民也纷纷慕名而来,高峰期进出家属院的侧门都要排队,也算是一道奇葩的风景线了。

韩伟昌要找唐子风谈事,当然可以直接到唐子风的办公室去谈,甚至到唐子风家里去谈也是可以的。工厂里工人到厂领导家里谈工作是很常见的事,大家都没有阔气到能够找个酒吧谈事的程度,所以对于那些不适合在办公室谈的事,在家里谈无疑是唯一的选择。

然而,这一回,韩伟昌却提出要请唐子风吃烤串,在烤串摊子上找了个靠边的座位边吃边谈,这就是赚了点钱心态膨胀起来的表现了。

韩伟昌原本是个很节俭的人,到夜市吃烤串这种事情,他是万万不敢想的。上次与唐子风去金车催款,宋福来让人给他塞了 300 元的封口费,回来之后唐子风又为他争取到了 500 元的奖金,短短几天就赚到足足 800 元,这让韩伟昌坚信,唐子风是自己的贵人,跟着唐子风,自己是肯定能够发大财的。

正因为抱着这样的想法,今天他向老婆孙方梅请假出门的时候,便理直气壮地声称自己今晚要狠狠地花一笔钱,理由是请唐助理吃烤串。

"你请他吃烤串干什么?"孙方梅不满地问道。

"我要跟唐助理商量一笔更大的买卖!"韩伟昌牛哄哄地说。

"不就是打包机的事情吗?"

"嘿嘿,是比打包机要大十倍的买卖呢!"

"可是,谈买卖,不能到唐助理家里去谈吗?为什么要吃烤串呢?"

"这你就不懂了吧?"韩伟昌说,"你看人家外国人,谈事都是要喝点酒的,一个人拿个酒杯,那叫气质。唐助理是见过世面的人,和他打交道,要有点档次,不能让他小看了。"

"可是,吃烤串很贵的,一个烤串要 5 毛钱呢,吃 10 个就是 5 块,够买一斤肉了。"孙方梅嘟哝着。

"5块钱哪够？"韩伟昌斥道，"请唐助理吃烤串，哪能光点肉串，怎么也得要几个羊腰子吧？羊腰子是一块钱一串。我豁出去了，今天晚上起码花个20块钱，一定要让唐助理吃高兴了。"

"花这么多钱啊……"孙方梅有一种心在滴血的感觉，可又不敢反对。

搁在以往，韩伟昌敢擅自动用5元钱，孙方梅绝对是要训得他狗血淋头的。

但现在韩伟昌能赚钱了，在家里的地位不同了，即便是做出如此糟蹋钱的举动，孙方梅也只能小声抱怨。韩伟昌的理由也是很充分的，那可是能够给他们家带来财富的唐助理，请他吃一顿价值20元的烤串大餐，也是值得的吧？

对于韩伟昌请自己去吃烤串一事，唐子风没什么感觉。作为一名穿越者，他对于在夜市撸串是再淡定不过的了。

到了摊子上，他随口便点了一堆自己喜欢吃的，什么烤百叶、烤板筋，烤章鱼、烤牡蛎、烤扇贝啥的，浑然没有注意到韩伟昌的脸色已经像百叶一样煞白了。

"老韩，你急个啥。要去明溪、井南，得等你们技术处把设计图纸拿出来才行。对了，工艺这边，你也得盯着点，回头别设计出来却造不出来，拖延了向客户交货，那乐子可就大了。"唐子风咯吱咯吱地嚼着板筋，含含糊糊地对韩伟昌说道。

"呵呵，这怎么可能呢？咱们临一机也是几十年的大厂了，工艺这方面是足够成熟的。"韩伟昌说，"我现在就是着急啊，万一别人和咱们想到一块去了，比我们提前搞出了薄型打包机，咱们可就抓瞎了。"

唐子风说："其实咱们只要一推出产品，就没法保密了。井南那边的乡镇企业，搞仿造可是最擅长的。咱们也就是抢一拨先机，能卖出百八十台，就知足了。说到底，这桩业务咱们并没有什么核心竞争力，不可能永远垄断这个市场的。"

"唐助理说得对。"韩伟昌说，"不过，能有百八十台，那也非常了不起了。一台算是50万元，这就是小5000万的业务，咱们厂去年一年也才做了7000多万的业务，其中还有一大半是国家给的任务，真正自己接来的业务，也就是一两千万。"

唐子风说："那是因为上一任的领导不思进取。就像现在这个夜市一样，一

第五十九章 韩伟昌膨胀了

块这么大的空地,随便租出去让人摆摊,一个晚上也能赚到几百块钱,可原来劳动服务公司就想不到这一点。"

"我听说,这都是唐助理给张建阳出的主意。要不,凭着张建阳那个脑子,怎么可能想出这么赚钱的办法?"韩伟昌说。

唐子风说:"其实,这个市场上到处都是黄金,只要我们愿意去找,赚钱是很容易的事情。咱们临一机这么大一个企业,设备先进,技术积累雄厚,怎么可能会亏损呢?"

听唐子风把话头说回到临一机身上,韩伟昌怯怯地问道:"唐助理,你觉得,咱们厂还能做点什么?"

"什么都能做啊。"唐子风不假思索地说道。

韩伟昌说:"上一次,你到秦总工那里去谈打包机的事情的时候,你记得秦总工说起行政处的老刘给厂里揽了一个业务吗?"

"行政处的老刘?"唐子风想了想,点点头说,"我想起来了,当时秦总工挺生气的,说大家什么业务都敢揽过来,也不管厂里能不能搞。"

"对对,我说的就是那个。"韩伟昌点头不迭,"秦总工当时说,那个业务有好几千万呢。"

"不会吧?"唐子风看着韩伟昌,"你不会是对那个业务动心了吧?我记得很清楚,秦总工说老刘揽回来的业务,是哪个省邮电局要的程控交换机,这离机床可差着十万八千里呢。"

"可是,当时秦总工也说咱们造不了打包机床的。"韩伟昌提醒道。

唐子风认真起来:"老韩,你请我吃烤串,就是想跟我说这件事?"

韩伟昌有些腼腆地说道:"这可是一个几千万的业务,如果我们能够拿下来,提成可就不得了了。这还只是一个省,如果我们像打包机那样,可以多找几个省……"

"打住打住,老韩,没喝多吧?"唐子风没好气地说,"打包机好歹还是机械,程控交换机完全是电子行业的东西。我也不说多的,整个临一机,能找出一个知道程控交换机是怎么回事的人吗?"

"能。"韩伟昌斩钉截铁地回答道。

这回,轮到唐子风惊异了:"老韩,你是当真的?还有,咱们厂怎么会有懂程控交换机的人呢?"

第六十章　程控机高手

"这个人是我们技术处电子技术科的,名叫王俊悌。他是国防科大毕业的大学生,在部队里做通信技术工作。前年部队裁军,他就转业到了咱们厂,被安排在我们技术处。我跟他聊过,他说他搞过程控交换机,还说原理并不复杂。"韩伟昌说道。

唐子风觉得这个世界有点凌乱。他从来没想过自己要和程控交换机产生什么瓜葛,但他分明知道,在这个年代里,的确有一位转业军人在南方创办了一家企业,正在研制程控交换机。

他更知道,这家企业凭着自主研发的程控交换机赚到了第一桶金,随后全面进入通信市场,并在日后一直冲到了全球通信技术领域的顶峰,创下了一家企业单挑世界第一经济强国的传奇故事。

自己如果在这个时候去截胡,算不算是民族罪人呢?

"老韩,你说的这位王工,多大岁数?"唐子风问。

"比我小一点,不到40岁。"韩伟昌答。

"你平时和他关系怎么样?"

"挺好的,王工这人脾气不错。"

"他会喝酒吗?"

"……能喝点。"

"他住在厂里吗?"

"就是那幢楼,离这挺近的。"韩伟昌用手指了一下,说道。

唐子风说:"那就简单了。你去把他叫来,咱们一块喝点,随便聊聊。我向他请教一下程控交换机的事情,看看咱们有没有可能接下这笔业务。"

"这……"

韩伟昌看着面前桌上的烤串和啤酒,面露尴尬之色。刚才唐子风一通乱

第六十章 程控机高手

点，韩伟昌临出门前向老婆申请的预算就已经严重超支了。听唐子风这意思，还要把王俊悌请过来喝酒，这一喝开来，别说 20 块钱，就是 200 块钱都不一定能打住了。这个唐助理也真是含着金汤匙出生的，好端端请你吃个烤串，你点两三串羊腰子，我也忍了，你点那么多海鲜串，真的很合适吗？

唐子风看出了韩伟昌的心思，他哈哈笑着，抬手喊来了服务员，交代道："照着我们这桌刚才点的东西，你再给我们烤一套，啤酒也来五瓶。"

说罢，他从兜里掏出两张百元面值的钞票，便欲交给服务员。

"这怎么能行！"韩伟昌冲上前去，便欲阻拦，同时急赤白脸地说道，"唐助理，今天说好了是我请客的，怎么能让你掏钱呢？我这里有钱，我有钱的……"

他嘴里说着有钱，却迟迟地掏不出钱来。自家的事自家知道，他兜里总共也只有 50 元钱，那还是为了防备不时之需而特地带上的，老婆给的预算只有区区 20 元。可要说让唐子风出钱，他脸上可是完全挂不住的。

唐子风举着钱，笑嘻嘻地看着韩伟昌，说道："老韩，你就别装大佬了。我早听人说过，你就是个严重的"妻管严"，平时买包烟都要给老婆写申请的那种。我是个光棍，没老婆管着，自己赚钱自己花，这顿烤串，算是你请的，我替你出钱就是了。"

"这不行的。请唐助理吃烤串，怎么能反而让你出钱呢？"

"那好，你现在但凡能从兜里掏出 100 块钱来，这顿烤串就由你请，行不行？"

"这……我其实可以回去拿钱的，我家离得也不远。"

"免了，老韩，你就别打肿脸充胖子了。回头你老婆大发雌威，把你打成半身不遂，我带谁到明溪去？这样吧，等到把明溪和井南的业务做成，你能拿 20 万的提成，到时候我从里面把今天晚上的烤串钱扣回来，你看如何？"唐子风说。

"那也好，那也好！"韩伟昌算是给自己找到了一个台阶，既不算是折了面子，又不用去面对老婆的滔天怒火。与唐子风定下这个约定，还有一个好处，那就是唐子风去谈业务的时候，是必须要把自己带上了，自己不会被其他人抢了机会。

韩伟昌走了不一会，便带着一位 30 来岁、腰板挺直的男子回来了。见到唐子风，那男子先伸出手去，向唐子风客气地招呼道："唐助理，你好，我是王俊悌，韩工说你有事要找我？"

唐子风与王俊悌握了握手,然后指指旁边的位置说道:"王工坐吧。其实也没啥大事,就是听韩工介绍了你的情况,对你的专业有些兴趣,所以想请你出来聊聊。来,先吃俩烤串,然后咱们边吃边聊。"

王俊悌也不是矫情的人,闻声便坐了下来。唐子风刚才叫的烤串已经送过来了,热气腾腾的,看着便让人食欲大开。三个人吃着烤串,互相敬着酒,只是挑一些家长里短的事情随便聊着,不一会倒也就互相熟悉了。

"王工,听韩工说,你在部队里搞过程控交换机?"

酒过三巡,唐子风先挑起了话题。

王俊悌点点头,说:"我在学校的时候学的就是通信技术,在部队里也是干这个的。程控交换机这个东西,不了解的人觉得挺神秘的,在我们这些专业干这行的人眼里,其实很简单。"

"那你想过要自己开发程控机吗?"唐子风又问道。

王俊悌笑道:"设计一个程控机没有多难,唐助理说的开发,应当是包括生产制造吧?这可不是容易的事情。"

"怎么,不就是拿点二极管、三极管之类的焊一焊吗,能有多难?"韩伟昌插话道。他是做梦都想着能够拿下程控机的业务的,王俊悌说生产制造不容易,他就有些急眼了。

王俊悌说:"韩工,术业有专攻,对于咱们临一机来说,制造一台机械设备没什么难度,但要搞电子设备,障碍还是非常多的。电子设备的质量控制和机械设备完全是两码事。咱们找几个人焊焊电路板,说起来也容易,但要保证我们焊出来的电路板安全可靠,满足几万小时不出故障的要求,可就太困难了。

"一台程控机,里面有几十万个焊点,随便哪个地方出点问题,整台设备就无法正常工作。那些电子企业都有一套成熟的质量保证体系,咱们可是啥都没有,就算我给你画一个程控机的图纸,咱们也不可能搞出来的。"

"难道就真的一点办法都没有?"韩伟昌还在不死心地问道。

王俊悌道:"你上次不就跟我聊过这事吗,我当时就跟你说过了的,咱们厂不可能搞程控机。"

韩伟昌说:"那是上次。这次我不是把唐助理也请来了吗?唐助理可是一个神通广大的人,王工的技术,加上唐助理的能耐,是不是就有一点希望了呢?"

唐子风对于这个结果并不觉得意外,他虽然是个工业盲,可也好歹知道机

第六十章 程控机高手

械和电子不是一回事,搞程控机哪有那么容易?他对韩伟昌劝道:"老韩,你真是想挣钱想得都魔怔了。这个世界上的钱多得很,不是什么钱你都能够赚到的。程控机这个东西,我原来就觉得不可行,现在听王工一解释,我就更确信了,咱们厂搞不了这个。"

"可是,如果能搞出来,一个省就有几千万啊……"韩伟昌委屈地嘟哝着,好像是谁抢走了他应得的钱似的。早知道搞程控机没戏,他何必请唐子风吃饭呢?唉,好在唐子风抢着付了账,自己没花钱,也就无所谓了……不对,自己还白吃了一顿海鲜串,赚了……自己不会是真的膨胀了吧,居然想着占唐助理的便宜……

他在这里思来想去,唐子风却没在意,而是与王俊悌聊起了闲话:"王工,你原来是搞通信的,那么你现在在临一机的技术处,主要是做什么呢?"

王俊悌苦笑说:"我现在在技术处就是一个废人。当初转业的时候,我是想去邮电部门的,结果却给我安置到了临一机。咱们这是搞机械的企业,我学的那些东西,完全就用不上啊。对了,也不能说用不上,厂里的电话总机出故障的时候,我还是能够派上一点用场的。"

他的最后一句话,就纯粹是自嘲了。一个有本事自己设计程控机的通信技术大牛,沦落到给总机修设备的地步,真是杀鸡用牛刀的感觉。

唐子风奇怪地问道:"通信不就是电子吗?咱们搞数控机床,不也需要电子技术人才?王工应当是有用武之地的呀。"

王俊悌点点头,说:"是啊,我现在也在努力学习数控机床的技术。不过,电子和通信还是有一些区别的,数控机床的控制主要涉及一些电子逻辑方面的知识,还有机电一体化等等,通信涉及包括信号处理、信息论、编码、通信协议之类。外行的人觉得二者都差不多,真正做这个领域的,就知道二者的区别是比较大的。"

"在这方面,我的确是外行。"唐子风说,同时举起啤酒杯,向王俊悌示意了一下。王俊悌说外行不了解这些情况,这种话其实是有点得罪人的,换一个心胸狭窄一点的领导,没准就要不高兴了。唐子风向王俊悌敬酒,就是表示自己对此并不介意,王俊悌也是懂人情世故的,当即也举杯与唐子风隔空做了个碰杯的动作,然后一饮而尽。

"要说起来呢……"喝完满满一杯酒,王俊悌幽幽地说道,"最近一段时间,我看了一些资料，感觉通信技术在咱们机床行业里，可能也不是完全没有用武之地。现在国外很流行搞柔性制造技术，我了解了一下，其实就是把一批机床组合在一起，通过自动换刀系统和托板自动交换装置，按程序对不同的工件进行连续的自动化加工。其中，就涉及机床之间的通信问题，还有制造系统和生产管理、仓库等部门的通信，这应当算是我的本行了。"

第六十一章 工业互联网

唐子风是个技术盲,但柔性制造技术这个概念,他却是懂的。

事实上,在这个年代里,国内已经有不少专家在讨论柔性制造技术的事情,其中九成以上是分不清车床铣床的经济学家,只有一成是真正搞机床技术的工程师。

这就有点像唐子风穿越之前的那个年代,经济学家们一张嘴就是"3D制造"、"工业4.0"啥的,但其实没几个人真的知道这东西是怎么回事,只知道它很时髦,你嘴里不说几个这样的词汇,都不好意思说自己紧跟时代。

传统的工业制造,讲究的是大批量与标准化。比如说一家企业接到一个订单,是生产1万辆某个型号的汽车,生产管理部门会把任务分解给每一个工人,每个工人只需要按照图纸的工艺要求制造同一种零件,数量是以万为单位来计算的。

为了提高生产效率,设计师往往会把一些零件设计成标准化规格,比如汽车上很多部位的螺丝规格是一样的,一辆汽车上有20个同样的螺丝,1万辆就有20万个同样的螺丝。由于生产批量大,企业可以采用专用的机床和刀具、夹具等,以提高生产效率,降低单件成本。

随着后工业化社会的来临,消费者对于工业品的个性化要求越来越高,有些企业甚至允许消费者自行定制个性化的汽车。

这类个性化的工业产品生产批量小,有些甚至可能是单件生产,如果每换一个规格就要重新向工人下指令,工人就有可能会无所适从,既谈不上有什么工作效率,也很难保证生产的质量。

在这种情况下,柔性制造技术便应运而生了。它依托计算机技术和自动控制技术,把一系列数控机床结合在一起,实现产品的自动化制造。

任何一个个性化的产品订单,会由计算机分解成具体的零部件生产要求,然后发送给指定的机床进行加工。自动换刀系统能够根据加工要求选择正确的刀具，自动托板会把需要加工的零部件送到正确的位置。

这样一来，一组机床就可以灵活地进行生产上的组合，生产出不同的产品，而不必受到生产流程的限制，柔性制造技术也就因此而得名了。

柔性制造技术的一个重要技术核心，的确就是通信技术，王俊悌在这方面具有相当强的技术敏感性。不过，临一机目前还没有涉足柔性制造技术领域，王俊悌空有想法，却没有实践的机会，只能是让自己的想象力充分放飞了。

"唐助理，我有一个大胆的想法。"王俊悌找到一个合适的听众，心情大好，加上肚子里有几瓶啤酒作祟，说话也就放开了。

"不知道唐助理在京城听说过Internet（因特网）网络没有？"王俊悌说。

"有所耳闻。"唐子风忍住要显摆一番的冲动，平淡地回答道。在这个位面的蓝星上，恐怕没人比他更知道啥叫Internet了。

王俊悌说："这个东西现在在国外非常流行，咱们国家刚刚开始有，不过我对它的发展是非常看好的。Internet网络最早是美国军方搞的，叫阿帕网络，我们在部队的时候专门研究的。后来，这项技术就转到了民用领域，而且得到了迅速的发展。有人预言，Internet网络的发展，将改变整个人类的生产和生活方式，唐助理，你信不信？"

唐子风点头如鸡啄米："我信，王工继续。"

王俊悌说："我琢磨着，Internet技术对于我们搞机床的会不会也有影响。比如说，有朝一日，我们不是搞一个车间里的柔性制造技术，而是把柔性制造技术的概念扩展到许多个车间、许多个工厂，甚至是全国。我们可以用Internet网把全国的机床都连接起来，结合咱们过去推广过的统筹法，真正地实现全国一盘棋……"

"把全国的机床连接起来，有这个必要吗？"韩伟昌不解地问道。

王俊悌说："我知道这样说可能你们不太理解。我打个比方说吧，临河第二机床厂要制造一台设备，需要用到五米的龙门镗床，但它没有这样大的镗床，该怎么办？"

韩伟昌说："那肯定是来找咱们啊。过去它不就是这么干的吗？在整个临河市，咱们厂的设备是最全的，那些阿猫阿狗的厂子生产不出来的东西，都是来找我们代工的。"

第六十一章 工业互联网

王俊悌说:"没错,但他们要找我们帮着生产,中间会有几个障碍。第一,他们不知道我们的龙门镗床有没有空,必须先和我们联系才行。第二,他们要派人把图纸送过来,否则我们不知道他们打算怎么加工。第三,如果我们的镗床没有空,他们不知道哪家企业有闲置的镗床……"

唐子风脑子里灵光一闪,接过王俊悌的话,说道:"王工的意思是不是说,如果全国的机床都能够联网,任何一家企业如果制造一个零件,只要上网搜一下,就知道哪个厂子的设备是闲置的,然后再通过网络把图纸直接传过去。那边的设备自动接收图纸,自动进行生产……"

"就是这样!"王俊悌喜形于色,他拍着韩伟昌的肩膀说道,"老韩,亏你当了这么多年的工程师,脑子还不如人家唐助理转得快。我想过,如果这一套方法能够实现,一方面当企业想找其他厂子代工的时候,能够很方便地找到闲置的设备。

"另一方面呢,厂子里空闲的设备也能接到代工业务,从而提高了设备的利用率。如果弄得好,全国起码可以省下一半的机床,你们算算看,这得省出多少钱来?"

"我再给你补充一条吧。"唐子风笑吟吟地说,"如果所有机床的生产数据都能够联网,我们作为机床公司,就能够掌握数以万计的机床的工作状态,知道一台机床在什么情况下容易发生故障,也知道大多数机床日常主要承担哪方面的加工任务……"

"妙啊!"王俊悌跳了起来,大声说道,"这样一来,对于我们改进机床设计将是极大的帮助。唐助理,你可能不知道吧,咱们临一机过去每年都要派人去各家用户企业搜集这方面的数据,用来改进设计的。如果这些数据能够通过通信网络汇集起来,不是一两次操作的数据,而是设备整个寿命周期的数据……"

"这就叫大数据分析。"唐子风不失时机地卖弄了一句。

"大数据分析?这个说法好,霸气!"王俊悌赞道,他的脸上满是兴奋之色,显然是唐子风描述的这种场景,让他心驰神往了。

唐子风慢慢地呷着啤酒,心里觉得好笑。

老王说的这个,不就是后世的工业互联网概念吗?

后世工业互联网的内涵,比老王能想到的要多得多,但只要打开这扇大门,人们的想象力就会得到充分的释放,各种奇思妙想都会迸发出来。

王俊悌能够从柔性制造技术和互联网的概念想到更大范围内的互联互通，也的确是一个牛人了。

"唐助理，你说的这个，也太玄了吧？"韩伟昌说，"要把全国的机床都联起来，这得拉多少条电话线啊？"

"哈哈，老韩，拉电话线的事情，就不用你操心了。"唐子风善意地安慰着韩伟昌。

他没法向韩伟昌科普啥叫 5G 技术，以当年中国的国力，也没人相信中国能够一口气建 400 多万个基站，连沙漠里都恨不得是满格信号的。什么拉电话线之类的，实在是太落后的思路了。

回答完韩伟昌的疑问，唐子风回过头，对王俊悌说："王工，我觉得你设想的方案很有价值。就咱们国内目前的条件来说，要想用 Internet 网把所有的设备连接起来，还有一些难度，但这个难度很快就能够得到解决。咱们国家已经提出了建设信息高速公路的设想，相信 Internet 网的推广也将是非常快的事情。

"对于咱们来说，Internet 网的建设不是我们的任务，我们应当为工业 Internet 网的发展做准备。你有没有兴趣立一个课题，专门做这方面的预研？我不懂工业，也不懂通信上的事情，具体该做什么，我也说不清楚。不过，我可以负责任地说一点，现在做好准备，未来我们肯定是可以在这方面收获百倍、千倍的收益的。怎么样，王工，你有兴趣来做吗？"

"这算是厂里的任务，还是唐助理你个人给我布置的作业？"王俊悌问。

唐子风说："如果你有兴趣做，我明天就去向周厂长和秦总工提这件事，然后安排你专注于这个课题。我事先要说明一点，这个课题可能在 10 年之内都看不到实用的成果，你要有板凳须坐十年冷的勇气。"

王俊悌笑道："这倒不难。我原本就打算在临一机坐一辈子的冷板凳了。唐助理交代的这项工作，我觉得非常有意思，而且我相信未来是一定能够发挥作用的。所以，只要厂里立项，我会心情愉快地接受，并且一定把它做好。"

"一言为定！"唐子风说。

"一言为定！"王俊悌爽快地应道。

"来，大家都满上，为咱们的工业互联网，干杯！"唐子风大声地说道。

"干杯！"王俊悌和韩伟昌都大声地应道。

第六十二章　相信喻总的眼光

周衡许下的奖金，让技术处的工程师们像打了鸡血一样亢奋。

孙民向大家介绍了厂里的提成政策，说明新型打包机如果能够在市场上热卖，技术处将可以从每一台的销售中获得额外的提成，连续提取 3 年时间。

如果按照唐子风的乐观估计，打包机总共能够卖出去 100 台，达到 5000 万元的销售额，按厂里承诺的 5‰的提成比例，技术处总计能够拿到 25 万元的提成。技术处总共才 200 多人，平均一个人就有上千元的提成收入了。

要知道，这还仅仅是一项新产品。未来如果还有其他的新产品，按同样的规则提成，又该会是多少钱呢？

众人迸发出了久违的工作热情，制图室的灯几乎每天都是通宵亮着。

老老少少的工程师们一个个戴着袖套，握着鸭嘴笔，在硕大的绘图板上兢兢业业地画着零件三视图。晒图室的两台晒图机差不多是 24 小时连轴转，不断地把图纸转成蓝图。

负责工艺设计的工程师们则忙着撰写工艺文件，未来车间里的工人就是要照着这些工艺文件来把设备制造出来的。

这中间还有一个小插曲，那就是唐子风偶然听宁默说技术处晒图室的一个姑娘长得国色天香，于是专门借着视察工作的名义去看过一次，结果刚进门就被浓浓的氨气味道给熏出来了。

临一机的底蕴真是没说的，秦仲年只是拿出了一个总体设计，技术处的工程师们就在这个基础上提出了无数的改进意见，最终的方案让秦仲年都叹为观止，声称至少达到了国内同类产品的最高水平。

唐子风原来要求技术处在 15 天之内完成设计，结果所有的设计只花了 12 天就全部完成了。周衡指示车间立即按照设计制造样机，车间也没费多少力气就造出了第一台样机，试机的结果显示达到了预期的设计要求。

临河本地就有废旧金属回收机构,周衡让人与这些机构联系,请他们派人到临一机来帮助鉴定新型金属打包机的效果。

几家回收机构的技术人员看过样机的工作情况之后,都表示这是一款非常出色的产品,非常符合废旧金属回收机构的需求,操作简单、省时、省力、省电,尤其是片状包块的设计更是解决了他们面临的大难题。有两家机构还当即下了订单,各自要求从临一机采购两台这样的打包机。

得到当地用户的认可之后,周衡不再犹豫,指示销售部马上安排业务员与全国各地的废旧物资回收公司联系,向他们推销这种划时代的新型打包机。唐子风则带着韩伟昌,直接奔向了制造业最为发达的东南沿海地区。

"喻总,请看,这是我们临一机新近研制定型的'长缨牌'金属打包机,采用顶压式设计,主缸公称压力是150吨,侧缸是100吨,包块密度能达到每立方米2吨左右,包块长宽各为500毫米,高度为50毫米,为片状包块,能够有效地解决钢铁企业对于包块成分的担忧。全机采用PLC控制,装料和出料为半自动化操作,年加工能力在5000至8000吨之间……"

在井南省合岭市,芸塘再生物资公司的经理办公室里,唐子风口若悬河地向经理喻常发介绍着打包机的各项参数。喻常发坐在自己的大班椅上,一边听唐子风介绍,一边翻看着唐子风他们带来的图册,那是样机的外观以及主要部件的细节照片。

听完唐子风的介绍,又认真地看过设备参数之后,喻常发操着东南口音的普通话,慢条斯理地开口了:"你们这个打包机的设计,还是蛮有一些特点的,也符合我们这些废钢回收企业的要求。不过嘛,我记得你们临一机一直都是搞车床和磨床的,金属打包机这个东西,你们过去也没有搞过吧?"

唐子风微笑道:"喻总有所不知,其实我们临一机搞过的设备非常多。1962年的时候,我们就搞过一台2000吨的水压机,后来在临河汽车厂用过很多年。喻总说我们一直是搞车床和磨床的,只是因为我们在车床和磨床方面做得比较出名,相比之下,其他的东西就往往被人忽略了。"

"哦,是这个样子啊!"喻常发点点头。唐子风说得那么笃定,让他也没法不相信了。

这个年代里还没有百度,喻常发没法上网去查一下唐子风的话是否属实。他刚才说临一机没有造过打包机,其实也就是随口挑挑刺,以便后续能够借此

第六十二章 相信喻总的眼光

压压价钱。

他也是懂行的人,知道对于机械厂来说,只要有图纸,制造一种新设备并不是什么困难的事情。打包机能有多高技术含量,临一机就算过去没造过,现在想搞这个产品也是手到擒来的事情。

"你们这种片状包块的设计,过去没人搞过,效果怎么样,钢厂那边认不认,还不太好说呢。"喻常发又换了一个角度。

唐子风依然是微笑着说:"这方面,我们也做了一点市场调查。包括井南钢铁厂在内,我们调查了十几家大中型钢铁厂,他们对于这种片状的废钢包块,都是非常欢迎的。喻总如果觉得不踏实,也可以向钢厂的采购部门了解一下,据我所知,井南钢铁厂在合岭就有采购点吧?"

"我会去向他们了解一下的。"喻常发装作认真的样子说。

其实他根本不用去问,也知道钢铁厂肯定是会欢迎这种片状包块的,他们过去打包形成的是半米见方的废钢块,送到钢铁厂去,钢铁厂还屡屡需要用切割机切开看看里面的情况,才敢投到炼钢炉里去冶炼。

这么一个铁砣砣,里面藏几块石头倒还无妨,万一哪个无良企业把从地里刨出来的炸弹打包进去,那乐子可就大了。

现在这种片状的打包方式,形成的包块只有 5 厘米厚,成分一目了然,钢铁厂还有啥可担心的?

喻常发又提了几个无厘头的问题,唐子风不气不恼,一一作答,遇到技术上的问题,自有韩伟昌上来解释。

喻常发多少还是要点脸的,不会做出那种假装听不懂的样子,人家解释过了,他便点点头表示认可。

说来说去,最后喻常发实在找不出什么毛病了,这才淡淡地说道:"嗯,听你们这样一介绍,我觉得这个产品还是不错的,你们临一机的质量和信誉,也是能够相信的。那么,你们一台这样的打包机,价钱是多少?"

"49.8 万元。"唐子风说。

"太贵了,太贵了!"喻常发把头摇得像拨浪鼓一般,脸上满是不屑之色,"我们井南这边就有好几家搞打包机的企业,他们生产的打包机,价钱连你们这个的一半都不到。就算你们的产品质量好一点,有个 30 多万元也就到头了,哪有报到 40 多万元的道理?"

"一分钱一分货,这个道理喻总肯定是懂的吧?"唐子风不紧不慢地说,"我们的打包机,用了不少于30项新设计,操作更为方便,打包速度比传统的机型提高了30%以上,相当于用3台我们的设备就能抵得上4台传统设备,这样省下来的钱有多少?

"另外,我们的设备使用寿命更长,别说和你们井南本地那些小厂子的产品比,就是与浦机、洛机这些老牌子比,我们的设备使用寿命也只会比他们的长,不会比他们的短。浦机的设备一台也是40万元,而且还是传统机型,连PLC控制都没有。我们的设备一台卖49.8万元,实在是良心价了。"

"浦机他们的机子,我们也是买不起的。"喻常发说,"我这再生资源公司,是我个人承包的,小本经营,一下子哪能拿出这么多钱来?你们的设备如果便宜一点呢,我还可以凑点钱,买一台过来试试看。现在一台就是49.8万元,这不就是50万元吗?我是绝对买不起的。"

唐子风笑道:"喻总谦虚了,在合岭,谁不知道喻总是著名的'破烂王',5年前就有百万身家了,现在千万都不止。买几台打包机,不过就是少买一幢别墅的事情吧?"

"哈哈哈……你这个小年轻蛮厉害的嘛,连我在合岭的外号都打听到了。"喻常发终于不再装着跐跐的样子,而是开怀大笑起来。

能够让一家国营大厂的厂长助理亲口夸自己一句"破烂王",对于喻常发来说也算是一个不小的成就了,能够让他在朋友面前吹上一阵子。

"喻总,你的商业眼光,在合岭是远近闻名的。我和韩工到了合岭,为什么其他地方都不去,首先就到了你的芸塘公司?就是因为相信以你喻总的眼光,肯定能够看出这种新型打包机的价值。区区一两百万的投资,对于喻总的大买卖来说,算得了什么?只要你能够抢到市场的先手,一年时间就能够收回这笔投资,再往后就是净赚,这笔账,别人算不过来,喻总你肯定是能算得过来的,对不对?"

唐子风盯着喻常发,目光里满是真诚……

第六十三章　赚一笔快钱

喻常发最终答应了先采购一台打包机试用一下，如果试用效果好，后续会再采购几台。价格方面，他软磨硬泡，逼着唐子风同意把价格降到49万4千元，随即又觉得数字不太吉利，主动提出还是以49.6万元成交，不过设备的运输费用需要由临一机方面承担。一台打包机的重量有十几吨，运输费也是比较可观的。

"跟他费了半天口舌，才谈下来一台……"

走出芸塘公司的大门，韩伟昌不满地嘟哝道。

唐子风笑道："老韩，你变了！"

"我怎么变了？"韩伟昌诧异道。

唐子风说："出来之前，厂里就把提成比例给你交代清楚了，你跟着我一起跑业务，拿业务额的4‰作为提成。一台打包机49.4万，你能够拿到将近2000元的提成。你算一算，咱们刚才总共花了有2个小时没有？你说了有100句话没有？平均一小时赚1000块钱，你居然还觉得是费了半天口舌，你说你是不是变了？"

"哪有嘛，哪有嘛？"韩伟昌尴尬地辩解着。

这就叫由俭入奢易，由奢入俭难。

过去他通过一些老关系，到外地去帮企业修理机床，来回好几天，扣掉交通费，最终落到手上的也不过就是百八十块钱，就这点钱，也足以让他高兴很长时间了。

可现在跟着唐子风出来谈生意，玩心眼的活儿都是唐子风干的，他只是在旁边当个随从，一个订单就拿到了2000元的提成，他居然还不满意，也难怪唐子风要笑话他了。

"唐助理，我觉得，厂领导不能拿提成的这个规定，实在是太不近人情了。

咱们厂能够开拓出打包机的业务，全都是你唐助理的功劳，结果连我老韩都能拿到提成，你唐助理一分钱都拿不到，这太不合理了。"韩伟昌在计算完自己的所得之后，开始替唐子风打抱不平了。

业务提成这个制度，是周衡到任之后提出来的，目的在于调动业务人员的积极性。

周衡在行业里人头比较熟，能够通过老关系找到一些业务，唐子风头脑灵活，擅长于无中生有地发掘出新业务，可以说，他们俩其实才是临一机最能干的业务员。

但这样一来就出现问题了，如果周衡和唐子风也照规定提取业务提成，两个人光拿提成一年就能赚到好几万，这就有瓜田李下之嫌了。

为了避免群众议论，周衡提出了厂领导不能拿业务提成的政策，其中损失最大的就是他自己以及唐子风。

他到临一机来，原本就不是为了发财，所以拒绝提成也不心疼。至于唐子风，自从向周衡坦白了自己编书赚钱的事情之后，周衡就知道他也是能够接受这个约束的。从这个意义上说，唐子风搞的那些副业，对于本职工作其实是有帮助的。

编书赚钱的事情，唐子风当然不能向韩伟昌说起，听到韩伟昌替他打抱不平，他也假意地叹了口气，说："唉，有啥办法呢？我毕竟是部里派下来的人，总得起个模范带头作用吧。"

"理解，理解。"韩伟昌说，他迟疑了好一会，最后才怯怯地说道，"唐助理，要不，我这份提成，咱们俩二一添作五，你拿一半，我拿一半。我保证守口如瓶，你看怎么样？"

说出这番话，对于韩伟昌来说，可谓是咬碎了钢牙的。光是芸塘公司这一台设备的订单，他名下就能够拿到2000元提成，分出一半，那就是整整1000元，比剜了他的心还疼。

可是，韩伟昌不能不这样说，他大把大把地拿着提成，唐子风一分钱都拿不到，心里能没点想法吗？他如果不识相，唐子风自然能够找到识相的人，带着一起出来。

跟着唐子风谈了几次业务，韩伟昌也看出来了，自己那点斤两，在市场上真是不够看的。

第六十三章 赚一笔快钱

同样一个业务机会，唐子风能够谈下来的，他韩伟昌很可能就会谈崩。人家随便找个理由压价，他是不知道该如何回应的。说得太软，容易被人抓住漏洞，说得太硬，又可能会让人家恼羞成怒，明明有意向也不愿意和他签约。

所以，他只能抱住唐子风这根粗腿，才能够保证自己有源源不断的提成收入。而要做到这一点，光是嘴上说说是没用的，必须有实实在在的利益绑定才行。

与唐子风分成，就是最实在的利益绑定方法，他拿到的提成，其实主要是唐子风的功劳，他分出一半给唐子风，都要考虑一下唐子风是否满意，如果把比例再压低一些，就属于不识好歹了。

他在这里纠结，唐子风却是呵呵一笑，说道："老韩，你想多了。厂领导不拿提成的这个政策，本来就是我向周厂长建议的。我如果想赚钱，有的是机会，何至于惦记你这点提成款。你就踏踏实实地拿着这些钱吧，把工作做好，多想出几个改进产品设计的好点子，比啥都强。"

"那是肯定的。"韩伟昌点头如啄米。他不知道唐子风这个表态是真是假，打算未来再找机会试探几次，不过当下是不宜再说了。他换了个话题，问道："唐助理，你觉得，芸塘公司这边还有可能买我们更多的设备吗？"

"应当会吧。"唐子风说，"其实咱们是分析过市场的。现在井南这边轻薄废钢堆积如山，就是因为钢铁厂不接受废钢包块。用咱们的办法，能够让钢铁厂接受这些废钢，而且也不用压价，对于废钢回收企业绝对是一个利好。

"喻常发买进咱们这台设备，用上个把月就会明白物有所值，肯定是要追加订单的。回头设备造好，送过来安装的时候，你也跟着过来，和老喻把关系处得好一点，这样他如果要追加订单，肯定就是和你联系了。"

"没问题，我一定把他伺候得好好的。"韩伟昌拍着胸脯保证道。说罢，他又提醒道，"唐助理，其实我担心的不是喻常发看不到咱们设备的好处，而是他了解到这种好处之后，不会找咱们订货，而是让井南这边的乡镇企业来仿造。虽然说乡镇企业造的东西质量跟咱们没法比，可喻常发这种人是讲究赚快钱的，才不管什么设备寿命啥的。人家一台设备如果只卖 20 多万元，喻常发真的有可能会用他们的设备。"

唐子风笑道："从他表示只买一台的时候，我就知道他是存了这个心思。老喻这个人，真不愧是捡破烂出身的，但凡能省一点钱的地方，他就不会放过。我琢磨着,他肯定是想等我们的设备到位之后,找几个乡镇企业的人来看看能不能仿造。如果能仿,他就买乡镇企业的便宜货。如果不能仿,再回来买咱们的。"

"那怎么办?咱们就这样看着?"韩伟昌问。

"我不是让你们在设计的时候做了手脚吗?"唐子风道,"这些乡镇企业想仿造,除非是自己重新设计,想照着咱们的设备克隆一台出来,有那么容易吗?"

"克隆?"韩伟昌咧了咧嘴,不知道唐子风说的是哪国语,不过唐子风的意思他却是明白的。

他笑了笑,说:"唐助理真是聪明过人,提前就让我们在设计里做了手脚,秦总工还不理解呢。不过,咱们虽然是做了手脚,乡镇企业里也是有能人的,说不定就看出问题了,到时候把咱们这些手脚都给破解了,也是有可能的。"

唐子风说:"这个世界上就没有不能破解的技术,我所需要的,只是延缓他们破解的时间罢了。用咱们的打包机,一个月就能赚好几万,耽搁上三五个月,这点差价就没有了,老喻会算不过这笔账吗?"

"打包机这个东西,就算是满负荷地开,一台也能用上好几年。市场总共也就这么大,咱们厂不可能靠打包机生存下去。喻常发追求赚快钱,咱们也同样是追求赚快钱。只要三个月内这些乡镇企业模仿不出同样的设备,咱们就赚够了。至于以后,咱们还得回自己的主业,搞切削机床,否则老秦非得郁闷死不可。"

韩伟昌笑道:"哈哈,没错没错。搞切削机床才是咱们的本行,打包机这个东西,咱们也就是当个副业做做,长期搞下去,太掉价了。"

"快到中午了,老韩,咱们找个地方吃饭去了。对了,你酝酿一下,一会有记者要采访你,你可别说穿帮了。"唐子风叮嘱道。

"记者?"韩伟昌一惊,"记者为什么要采访我啊?"

唐子风说:"咱们的新型打包机销售良好,难道不应该做点宣传吗?片状打包机的概念是你最早提出来的,记者要采访你,也是情理之中吧?"

"可是,咱们不是刚刚开始销售吗?"

"谁说的?咱们已经卖出去50多台了,用户反映良好,现在市场上已经供不应求了。"

"这是什么时候的事情,我怎么不知道?"

"昨天晚上我得到的消息,周厂长让人托梦告诉我的。"

"托梦……"韩伟昌无语了。

第六十四章　吐几回就习惯了

　　韩伟昌跟着唐子风来到合岭市中心的一家高档饭店,服务员带着他们走进一个包厢,包厢已经坐进了一人,韩伟昌一看,居然是位老相识——那位自称是唐子风师妹的包记者。
　　"韩工,你好啊。"
　　看到韩伟昌,包娜娜笑吟吟地走上前来,向韩伟昌伸出手去。
　　"哦哦,原来是包记者啊,好久没见了!"韩伟昌伸出手与包娜娜快速地握了一下便收回去了,脸上倒是绽满了笑容。
　　韩伟昌也不是那种见了生人会害羞,或者不敢和年轻姑娘打交道的人,实在是包娜娜身上有着一种与唐子风同根同源的气质,让韩伟昌情不自禁地产生出一种敬畏感。
　　"师兄!"与韩伟昌打过招呼之后,包娜娜又娇滴滴地向唐子风开始放电了。
　　"给我坐好了!"唐子风板着脸,用手指了指包娜娜的座位说道。
　　"就知道欺负师妹,不带你这样当师兄的好不好。"包娜娜坐回去了,一张红唇噘得老高。
　　韩伟昌只觉得自己的脑袋嗖嗖地向外放着光芒,自己是要变成电灯泡了吗?
　　唐子风通知包娜娜来订座的时候,便把点菜权也交给了她。在唐子风和韩伟昌到来之前,包娜娜已经把菜点好了,所以他们刚刚坐下,菜就上来了,热气腾腾的。
　　"开动起来吧,天大地大,不如吃饭事大,咱们先吃,再谈正事。"
　　唐子风摆足了领导的派头,大手一挥,自己先开动了筷子。
　　包娜娜习惯性地向唐子风递了个鄙夷的眼神,也投入了战斗。韩伟昌滞后了一拍,等到两个年轻人都已经动筷子了,这才开始夹菜。

因为说好了下午还要去拜访其他的企业,所以大家都没有喝酒,只是以茶代酒,互相敬了几轮,说了一些没有油盐的客套话。吃到七八分饱的时候,大家动筷子的速度都放慢下来了,唐子风这才转头向包娜娜问道:

"我让你帮忙联系媒体,你到现在为止联系上了多少家?"

"已经有17家了,井南这边是9家,明溪有8家,包括两个省的省报,还有几个主要城市的晚报,另外就是几家财经类副刊。"包娜娜回答道。

"总共要花多少钱?"唐子风又问。

包娜娜说:"每家一条新闻,一篇通讯,小报是600元,省报贵一点,1200元,一共是1.2万元块钱的样子。"

"这倒的确不算贵了。"唐子风点点头道。

唐子风安排包娜娜做的,是联系明溪、井南两省的媒体,刊发有关临一机研制成功新型废钢打包机的新闻,以及配合的长篇通讯稿,说穿了就是公关软文。

记者发这类稿件是要收费的,俗称为车马费,也就是记者前来采访所需要的交通费。而实际上,这类稿件都是由宣传方事先写好,直接交给记者的,记者只需要根据自己报纸的特点,稍加润色,就可以刊发,压根没什么成本。

公关软文这种事情,属于公开的秘密,运作得当的情况下,其效费比远远高于硬性的广告。

报纸上一个版面的广告,费用要几千至几万不等,而发一篇占据整版的长篇通讯,只要一两千元的车马费。人们对于广告往往带着几分怀疑,对于通讯稿却很容易接受,总觉得记者说的事情比广告更靠谱。

所以从这个意义上说,软文的宣传效果,有时候比广告要好得多。

唐子风前一世做过无数的公关炒作,对于这其中的套路了如指掌。包娜娜说找了17家媒体,总共才花了1万多元,的确算是一个良心价了。记者收车马费也是要看人的,同样一篇稿子,收1000元也行,收500元也行,取决于各自的关系。包娜娜在报社实习了几个月,写出过几篇好稿子暂且不论,在记者圈子里倒是混出了不错的人缘。

要不怎么说金子在哪里都会闪光,包娜娜就是那种走到哪都能光芒四射的人才。

"新闻稿和通讯稿,我都已经写好了。包记者帮我把把关吧。"

唐子风从随身的包里掏出一份稿子,递给了包娜娜。

第六十四章 吐几回就习惯了

"《今日长缨在手,何时缚住苍龙——记临河第一机床厂积极创新,研制开发出新一代废钢打包机的事迹》……师兄啊,你这个标题也太大了吧?你居然敢用这首诗给你们厂打广告?"包娜娜光看了一个标题,就开始挑三拣四了。

唐子风向韩伟昌递了个眼神,韩伟昌赶紧说道:"包记者,这件事情我来解释一下,其实我们厂生产的'长缨牌'机床,就是因这首诗而得名的。机床是工具之母,是万器之祖,各行各业不管要做什么,都离不开工具,所以说拥有机床就是长缨在手,这话是没问题的。20世纪50年代我们厂生产的'长缨牌'机床,是得到了领导人亲自表扬的,我们的商标都是老人家亲笔题写的。"

"有这样的事情?"包娜娜把眼睛瞪得滚圆。她看看韩伟昌,又看看唐子风,不放心地问道,"师兄,这不会是你编出来的吧?涉及这样的问题,是不能开玩笑的。"

唐子风说:"师妹,我再丧心病狂,也不敢拿这种事情开玩笑吧?这段历史是有据可查的,我们厂的厂史室就有当年的报纸,要不要我复印一下给你发个传真?"

"最好是能够给我发个传真。"包娜娜说。

"不会吧,师妹,你居然怀疑师兄的节操?"唐子风拖着长腔抗议道。

包娜娜笑道:"师兄,你的字典里有'节操'俩字吗?你说你都骗过我多少次了,在你面前,我能不多个心眼吗?"

"看看,看看,这就是我嫡亲的师妹啊!"唐子风转头向韩伟昌抱怨道。

韩伟昌觉得自己简直是夜里看见艳阳了,他讷讷地说道:"包记者做事严谨,这一点也是值得我们学习的嘛。"

"看看,看看我韩叔多善解人意。"包娜娜得意地说,说罢,她又把口气变得软和了一些,对唐子风说,"师兄啊,我是觉得,如果这件事是真的,那么你们的宣传稿就有一个很大的亮点了,这一点是可以好好写一写的。正因为这一点很重要,所以才要更慎重嘛……"

唐子风其实也是在逗包娜娜,他知道有些事情可以开玩笑,但另外一些事情是不能开玩笑的。

像领导人题词这样的事情,包娜娜不可能因为他随口说了一句就相信,必须看到可靠的证据才能写到新闻里去,否则就可能会犯大错误。

他说道:"那我一会就给厂里打电话,让他们把当年的报纸复印一下,给你传真过来。"

包娜娜点点头,又感慨地说:"想不到你们厂还有这么硬的背景。"

韩伟昌说:"这还只是一方面呢。我们厂在五六十年代的时候,是非常风光的。我们厂接受过领导人接见的干部职工,加起来有二三十位,合过影上过报纸的都有七八位呢。"

"嗯嗯,那我就没有负疚感了……"包娜娜说。

"……"

唐子风和韩伟昌面面相觑,合着这位包记者还有一点良知未泯,知道给人家发公关稿是应当有负疚感的事情。

"'临一机生产的新一代金属打包机床受到了再生物资回收部门的广泛好评,截至记者发稿时止,已经有 20 余台打包机投入了生产应用,已经签约,正在抓紧生产的打包机达到 50 台之多……一位井南省的用户激动地说:'我们早就盼着有这么好的打包机床了,临一机能够急我们之所急,想我们之所想,为我们开发出这么好的打包机床,不愧是久负盛名的国之基石……'师兄,你写这篇稿子的时候,就没有吐过吗?"

包娜娜继续念着通讯稿的内容,念到最后,自己也不觉有些反胃了。她可知道,从自己给唐子风介绍金尧的那桩打包机业务至今,也才过去不到 20 天时间,临一机怎么可能已经卖出了 20 多台打包机?还有什么"用户激动地说",这未免也太假了。

唐子风不以为然地说:"这不就是搞点'春秋笔法'吗?有什么好吐的?"

"可是我就觉得想吐,怎么办?"包娜娜扮萌问。

"那就吐吧。吐几回你就习惯了。"唐子风说。

"算了算了,我还是先看完吧。"包娜娜说着,又开始读稿子了:

"'……在临一机推出'长缨牌'金属打包机床仅仅不到一个月的时间里,便有好几家不法企业悍然侵犯临一机的专利技术,仿造出了同样的打包机,并以低价进行倾销,坑害金属回收企业。据了解,这些不法企业制造的打包机在外观上与'长缨牌'打包机并无差异,但制造工艺极其粗糙,部件之间的配合度极差,质量堪忧。'

"'记者在一家采购了仿造打包机的金属回收企业看到,这台仿造机械仅仅用了不到五天时间,主要部件就出现了严重的磨损,前端锁死机构轴承发生断裂,险些酿成重大安全事故。……'不会吧,师兄,你这编得太离谱了,你这不是赤裸裸地往人家企业头上泼脏水吗?"

第六十五章　你在给别人挖坑

"我给谁泼脏水了？"唐子风不满地反驳道。

包娜娜笑道："谁仿造你们的产品，你就往谁头上泼脏水。不过，师兄，你觉得这样做能有效果吗？"

唐子风说："有没有效果，你说了不算，我说了也不算，要等实践来回答。可以肯定的一点是，那些金属回收企业看了报道之后，对那些山寨企业的产品会多存一份戒心。他们还会拿着这份报道，去压对方的价，让对方无利可图。"

唐子风接着说："你往下看，重要的内容在后面呢。"

"重要的内容？"包娜娜一愣，果然继续读下去了，"'这些仿造的打包机为什么会故障频发呢？带着这个问题，记者采访了临一机工艺科副科长韩伟昌先生……'"

"我？"韩伟昌有些后知后觉，他瞪着眼睛问道，"记者什么时候采访我了？"

"就是现在啊。"唐子风笑着说，"我师妹不就是记者吗？"

"这……"韩伟昌无语了，这也叫采访？听说过采访之前先把稿子写好的吗？

"'韩工程师告诉记者，临一机设计的新型金属打包机是一种对精密度要求极高的设备，加工精度不足会导致设备各部分受力不均匀，轻辄可能增加设备磨损，重辄会导致某些部件断裂，甚至出现机毁人亡的重大事故。'

"'某企业采购的仿造打包机前端锁死机构轴承断裂的原因，就在于轴承加工精度不足。临一机在加工这一轴承时，采用了本厂制造的'长缨牌'精密外圆磨床进行磨削加工……'噗，师兄啊，你也太过分了，这算不算是一鱼两吃啊！"包娜娜几乎要笑喷了。

"怎么就成了一鱼两吃了？"唐子风诧异道。

"你这不是又给你们厂的磨床做了一个广告吗？"

第六十五章 你在给别人挖坑

"这不是我说的,是老韩说的……"唐子风指着韩伟昌,脸上露出委屈的神色。

"我没说过……"韩伟昌苦着脸,他才是最委屈的那个好不好?

新闻稿上的这些话,分明都是唐子风编出来的,还硬栽到他韩伟昌头上,让他找谁讲理去?

其实,光是给本厂的磨床做做广告,也是无所谓的事情,更让韩伟昌不能忍受的是,唐子风居然借他之口,把什么轴承断裂的原因归于加工精度不足,还说要用磨床做精密加工才能避免,这实在是太不专业了。

像这种明显的鬼话,包娜娜不懂技术,当然看不出来。但如果这篇文章落到一位搞工艺的同行手里,他韩伟昌的一世英名可就全毁了……

"师兄,你写这些是什么用意呢?"包娜娜不在乎韩伟昌的英名,她更关心的是唐子风的用意。

前面那些内容,是为了给山寨企业泼脏水,让金属回收企业不敢买他们的产品,这一点包娜娜是理解的。

后面假借韩伟昌之口说出来的话,相当于暴露了自身的技术诀窍,让别人更易于模仿,唐子风是图个啥呢?

"这件事,你就别管了。"唐子风看出了包娜娜的怀疑,他笑着说,"我这样写是有原因的,你暂时没必要知道。不过,我提醒你一点,你让各家媒体发稿的时候,务必要留下这段话,不能删掉,明白吗?"

包娜娜看着唐子风,好一会才抿嘴一笑,说:"哦,我明白了,这是你在给别人挖坑,是不是?"

"妹妹,知道得太多是没好下场的。"唐子风幽幽地说。

"封口费拿来?"包娜娜伸出手去。

唐子风说:"会给你的。这件事办好了,少不了你的劳务费。"

"这还差不多。"包娜娜满意地说。她又把后面的内容也都读了一遍,这才点点头,说,"内容没啥问题,你们准备17套材料,包括打印稿和软盘,还有相关的费用,到时候一并交给我吧。"

唐子风说:"好的,我会准备好的。这些稿子要尽快见报,我要让明溪、井南两地的废旧金属回收企业的负责人都看到这些稿子。"

"我尽力吧。"包娜娜应道。

随后的半个月时间里,唐子风带着韩伟昌马不停蹄地在明溪、井南两省奔波,一家一家地拜访当地的废品回收公司,向他们推销临一机的打包机床。

包娜娜也果然能干,几天之内就让十几家媒体都刊发了临一机的公关软文。唐子风在报摊上买了一大批刊登了这些文章的报纸,每到一家废品公司,就送给对方一套。

还别说,这种伎俩对于一些公司还是挺管用的。三人成虎的套路,任何时候都不过时。

一些公司看到这么多报纸都对临一机的新产品作出了正面报道,对这种产品便多了几分好感。再看到内文中言之凿凿地声称山寨产品质量低下,容易出现某些故障,原本打算去找找山寨产品的人,也开始犹豫了。

不少企业采取了如芸塘公司那样的策略,即先采购一台看看效果,同时问问周围的乡镇企业能否仿造。

他们想好了,在寻找仿造产品的时候,一定要对方签下质量保证书,规定如果出现部件异常磨损或者轴承断裂之类的情况,对方不但要提供免费维修服务,而且还要赔偿因此带来的误工损失。

如果这些乡镇企业不敢签这样的保证书,那他们还是考虑找临一机进货吧,毕竟打包机也是一种耐用设备,买进来是要用很长一段时间的,质量问题不能完全不考虑。

在各地兜了一大圈,结果未能达到唐子风事先的乐观估计,总共拿回来的订单只有20余台。不过,不少废品回收企业也都留了一个活口,那就是如果第一台设备的使用效果良好,他们会追加新的订单。

其实他们还有另一个"如果",就不便向唐子风说了,那就是如果山寨厂商仿造的打包机质量和性能不明显亚于临一机的产品,这些企业就不会再找临一机订货了,毕竟山寨产品的价格能低出一半有余,吸引力是非常大的。

"有20多台?成绩斐然啊!"

在临一机的厂务会上,众领导听到刚从井南返回的唐子风所汇报的销售成果,都忍不住笑逐颜开。

大家没有唐子风那么狂妄,不会幻想着随随便便就能够拿到100台的订单。20多台打包机,也有1000多万元的产值,毛利在300万元以上,够厂里两三个月的开支了。在唐子风和韩伟昌前往井南、明溪两地的时候,销售部这边

第六十五章 你在给别人挖坑

也没闲着，他们向全国各地发了许多产品介绍，还派出业务员上门推销，至今也拿到了十几台的订单。

这样一来，临一机目前手上确定拿到的打包机订单就已经有40多台了。即便如唐子风说的那样，几个月后山寨横行，导致临一机无法再卖出新的打包机，光是这40余台的订单，也是一个非常辉煌的成绩。甚至可以说，这就是新一届厂领导班子的一个开门红。

"小唐真是了不起。还有，周厂长慧眼识珠，敢于大胆启用小唐这样的年轻干部，也实在是让人佩服啊。"副厂长张舒不无夸张地说，在表扬唐子风的同时，还顺便把周衡也给捧了一气。

"这件事，小唐干得的确不错。"周衡笑着点点头，也给了唐子风一个肯定。在他心里，对唐子风也是比较满意的。他想，这个愣头青果然有几把刷子，仅仅是听人说起一条打包机的信息，他就能够举一反三，做成这样一笔1000多万的大业务。这种业务多做几笔，部里要求的扭亏目标，恐怕就可以提前完成了。

"小唐的本事，可不止这点呢。"厂办主任樊彩虹也来凑趣了，她说道，"先前，周厂长安排小唐分管劳动服务公司，我当时还觉得周厂长的安排是不是有问题，对小唐有点大材小用了。谁知道，就是劳动服务公司这样一个年年赔钱的单位，到了小唐手里，也变成一个聚宝盆了。

"前两天我见到张建阳，他说春节之前，劳动服务公司起码可以向厂里上缴30万元的利润，你们想想，从现在到春节，也就是一个多月时间了，劳动服务公司居然能赚到30万元的纯利，这是多大的本事啊！"

"樊主任，这事可跟我无关。"唐子风说，"这是张经理自己干得好，我这一个月先是跑金尧，后来又是跑井南和明溪，基本没管过劳动服务公司的事情。依我说，周厂长安排张经理去劳动服务公司，那才真的是慧眼识珠呢。"

副厂长朱亚超说："张建阳干得不错，这一点是值得肯定的。不过，我前两天和他聊过，他说如果不是小唐给他出了那么多好主意，他是绝对不可能把这些业务做起来的。小张这个人，工作能力是有的，但开拓精神不行，如果没有小唐在他后面使劲，他是不可能做出这些成绩的。"

副书记施迪莎也笑着说："小唐，你就别谦虚了。就说咱们厂新开的那个超级市场吧，那个火爆的程度，全市的人都知道了。张建阳可是说过，这个超市是你顶着压力一手促成的。承包超市的那个黄丽婷只是一个家属工而已，能有什么见识？如果不是小唐你给她出了主意，她恐怕连超市是什么东西都不知道呢。"

"怎么，咱们厂的超市已经开业了吗？"唐子风惊喜地问道。

第六十六章　网红打卡店

由黄丽婷承包东区商店并加以改造而开办的超市不但已经开业了，而且生意好得让所有的人都感到震惊。

施迪莎说得没错，短短不到十天的时间里，临一机超市的名气已经传遍了整个临河市，每天前来看热闹的临河市民数以万计。有些人明明不需要买什么东西，也会进超市去看看，为了让自己看起来显得不那么没见过世面，这些人往往会假惺惺地挑一两件东西去结账，装出一副经常到超市买东西的样子。

黄丽婷获得宁默送来的 3 万元资金之后，便与劳动服务公司签订了承包东区商店的协议，约定黄丽婷拥有东区商店 50.1% 的股权以及完全的控股权。

面对着 5 万元的现金，刻薄如焦雪芬之流也只能闭嘴了，人家可是拿出了真金白银来承包的，你不服，也拿出 5 沓人民币来呀。

签完承包协议之后，黄丽婷便展开了轰轰烈烈的改造行动。要对商店进行重新装修自然是来不及的，但她还是尽了最大的力量，对商店进行了粉刷，更换了一批灯具，制作了新的柜台、货架等等。

最大的改变，当然就是把原来的柜台式销售，改成了开架式销售。唐子风根据后世的经验，对超市的布置提出了大量建议，有些在后世属于司空见惯的做法，搁在这个年代里，就算是令人感到惊艳的"点子"了。

黄丽婷对唐子风可谓是言听计从，而且还能屡屡把唐子风随口提出的一些想法，完美地贯彻下去。

超市开业的时间定在 12 月 12 日，这个日期是唐子风提出来的，也是一种来自后世的恶趣味。照唐子风的说法，选择这样一个日子开业，以后每年都可以在店庆的时候搞一个促销活动，取名叫"双 12 购物节"，这是一个易于传播的概念。

依黄丽婷的想法，这个超市是在唐子风的一手策划下开办起来的，开业的时候，自然要由唐子风来剪彩。可快到指定时间时，唐子风却带着韩伟昌到井南一带推销打包机去了。临行前，唐子风告诉黄丽婷，开业时间不变，没必要等他回来。

从黄丽婷的内心来说，当然是希望超市开业时唐子风能够在场的，一来是因为这个超市与唐子风关系很大，二来则是黄丽婷自忖对超市还是不太了解，如果唐子风在场，她会感觉更踏实一些。

不过，唐子风要出差，也不是她能够拦得住的，而"双12"这个日子又非常重要，如果错过了，再想凑一个这样的好日子就不容易了。

于是，12月12日这天，临一机东区超级市场便隆重开业了。黄丽婷通过张建阳，请来了周衡为超市剪彩。

开业这天，全厂2万多职工和家属起码有一半人到了现场，把超市周边围得水泄不通。等到周衡把彩带剪断，宣布超市正式开业时，一万多人拥向超市，差点没酿成一起踩踏事件。

黄丽婷事先也没想到会有这样的情景，看到超市即将人满为患，她当机立断，宣布暂停进人，有意参观超市的人需要先排队，等到里面的人出来，后面的人才能进入。

超市的职工大多是女性，要想拦住大批顾客，是很难做到的。这时候，宁默带着赖涛涛、崔冰等一帮青工及时赶到，在现场当起了纠察。这些小年轻身强力壮，而且也不懂什么礼节，往门前一戳，说几句硬话，众人还真的就不敢乱闯了。

超市第一天的销售额就把所有人都给吓着了。

过去东区商店每年的营业额也就是40万元左右，摊到每天也就是1000多元。而超市开业的第一天，营业额就超过了1万元，有些商品因为库存不足，半天不到就全部卖完了，黄丽婷只好紧急安排人去补货。

超市的商品进销差价是25%，这意味着仅仅是第一天的销售，超市就赚到了2500元以上的毛利。

第二天，销售额不降反升，达到了近1.5万元的水平。出现这种情况的原因，在于临一机超市的名声已经传到厂外去了，许多临河市民都慕名而来，有点像是后世的小年轻去网红店打卡。

厂外的人来参观，多少都带着一点"不能白跑一趟"的心态，多少都要买点

第六十六章 网红打卡店

东西,从而把销售额又提高了一截。

第三天、第四天,情况都是如此。临河市光市区就有 200 多万人口,平时什么地方新开一个烧烤摊子都有人排队打卡,更何况是超市这样一种大家从未见过的形式。

超市的商品之丰富以及购买之便利,也让许多顾客流连忘返。正如唐子风说过的,许多人原本可能没打算买某样东西,但当这样东西就出现在他的手边时,他就有可能会情不自禁地把东西放进购物篮。

有些人还有点攀比心理,看着别人的购物篮装得满满当当的,自己只装了三两件东西,显得颇为掉价的样子,于是便会掉头回去,抓几件东西前来充数,至少不能让人家笑话自己寒酸吧?

开业不到 10 天时间,超市的累计营业额就突破了 10 万元,按照 25% 的进销差价,足足有 2.5 万元的毛利。黄丽婷粗略估计了一下,确定即便未来超市的业务不像眼下这样火爆,一天仅仅保持 8000 元左右的营业额,一年下来也足有 70 万元以上的毛利。扣除职工工资、税收以及其他一些必要的消耗,纯利能够达到 60 万元的样子。

按照承包协议,超市的利润中有 50% 是属于黄丽婷的,黄丽婷拿到之后,又要按 3∶2 的比例与宁默进行分配。这样算下来,黄丽婷全年能够拿到的利润,将达到 12 万元之多。

投入 2 万元,一年时间收回 12 万元,这是何等的暴利啊!黄丽婷有一种眩晕的感觉。

难怪唐助理说这一步一旦踏出去,自己的人生轨迹就会发生完全的改变。仅仅只需要一年时间,自己就能够坐拥 10 万元的巨款,这难道还不叫人生的完全改变吗?

"黄姐,黄姐,唐助理回来了,在那边等你呢。"

一名店员拍了拍黄丽婷的肩膀,把她从白日梦中惊醒,向她指了指站在超市一角的唐子风。这几天超市的销售状况把所有店员都给镇住了,大家也不知道是从什么时候开始,把对黄丽婷的称呼改成了"黄姐",尽管大多数人的年龄其实是比黄丽婷更大的。这就像社会上的事情一样,被人称为"大哥"的,并不一定是因为年龄。

"唐助理,你什么时候回来的?"

黄丽婷走到唐子风身边,未曾开口脸上便绽满了笑容。这是一种由里向外的欣喜感觉,黄丽婷最想与之分享这种感觉的人,便是唐子风。

"我刚回来。刚才在厂务会上听施书记说超市已经开业了,所以散会以后我就过来看看了。"唐子风笑着说。

黄丽婷遗憾地说:"真可惜,我们是12号开业的,本来想让你来剪彩,谁知道你又到井南出差去了,只好请周厂长来剪彩了。"

"周厂长剪彩不是更好吗?"唐子风说。看到超市里人潮涌动的热闹场面,他又调侃道,"黄总,你这超市的生意也太火了吧?我看沃尔玛也没你这里这么热闹嘛。"

黄丽婷瞪了唐子风一眼,嗔怪道:"叫什么黄总,你叫我一句黄姐就好了呀。超市能够有这么火,不都是多亏了唐助理你的指导吗?如果不是唐助理的指导,我一个乡下姑娘,哪懂得怎么开超市呀。"

唐子风看了看这位风韵满满的少妇,忍不住为"姑娘"这个称呼点了一炷香。他笑着说道:"黄总,你一边让我称你黄姐,一边又一口一个唐助理地叫我,这算不算是双重标准啊?"

黄丽婷娇笑着说:"哎呀,是有点生分哦。要不……我就叫你子风好不好?不过,这只能在背地里叫哦,当着别人的面,人家还是要尊称你一句唐助理的,要不就有人说我目无领导了。"

"嗯,随你吧。"唐子风决定绕过这个话题了。一个23岁的未婚小伙,和一位少妇互撩,最终的结果只能是自己被对方吃得连渣都不剩。

"黄姐,现在一天的营业额能有多少?"唐子风问。

黄丽婷看看左右无人,这才压低声音说道:"从开业到现在,平均一天是1.2万元。现在知道我们超市的人越来越多,有些住在临河市东郊的人都跑到这里来买东西,而且这些人每次买的数量都非常多。"

临一机是位于临河市西城的,东郊的人跑过来买东西,就相当于跨越了整个临河市,这就属于真爱了。顾客跑这么大老远来买一回东西,自然要多买一点才觉得划算。有些家里暂时用不上的东西,本来是可以过一段时间再买的,但大家觉得既然跑了一趟,不如就先买下了,这就是顾客的心理了。

"这种人主要就是来猎奇的吧?他们也不可能总是这样跨一个城区来买东西。等这些人的新鲜感过去,营业额恐怕会下降一些吧?"唐子风分析道。

黄丽婷说:"这一点我也想到了。不过,我们超市刚刚开张,过去没经验,很多安排都不妥当。我现在正在进行调整,等调整完,顾客肯定会更喜欢到这里来买东西的。对了,用子风你的话说,就是顾客的购物体验会更好,到那时候,营业额肯定还会再上一个台阶的。"

第六十七章　工期紧张

"你打算怎么调整呢？"唐子风饶有兴趣地问道。

黄丽婷说："我有很多想法，正准备等你回来就和你商量呢。"

唐子风点点头，说："黄姐，你先说说看，我给你参谋参谋。"

黄丽婷说："第一，我准备扩大营业面积。你早就跟我说过可以把仓库利用起来，我原来担心没有那么大的营业额，所以暂时没有动用仓库。现在看起来，还是唐……呃，还是子风你有远见，现在我们一天接待的顾客有一两万人，现有的营业面积已经不够用了，把仓库改成店面，能够扩大一倍的面积，营业额肯定能增加一大截。"

"可是，面积扩大了，你有那么多东西可卖吗？"唐子风问。

"这就是我要说的第二点了！"黄丽婷说，"我准备派出两个采购组，到浦江和羊城去进货，专门进那些高档商品。我要让整个临河市的人都知道，我这个临一机超市有很多其他商店都没有的商品。这些商品我甚至可以让利销售，那些来买东西的顾客，绝对不会只买这一种商品的，他们会顺便买一些其他东西回去。"

"厉害！"唐子风向黄丽婷跷了一个大拇指，这位大嫂的确是个商业天才，这么短短几天时间就悟出了超市经营的诀窍。一家超市里如果有一些别的商场看不到的商品，价格上也不是特别坑人，就能够吸引顾客前来购买。而顾客进了超市，很少会只买一件商品的，他们随便拿两包方便面啥的，为超市创造的利润也足以抵销前面的让利了。

黄丽婷接着说道："再一点，过几天就是元旦，我打算搞一个元旦促销，把店里一半的商品降价10%进行销售，还有原来库房里积压的一些劣质商品，也可以打折销售，最低折扣可以打到五折，相当于赔本销售。"

唐子风说："这一点，你要和张建阳说清楚。这些劣质商品的价值要专门评估一下，因为打折处理而带来的损失由谁负担，是要提前说清楚的。"

第六十七章 工期紧张

"我已经和张经理说过了,他同意我们打折处理这些商品,具体的价格也已经说好了。"

"那就好。"

"还有,为了鼓励大家多买东西,我们准备规定凡是一次性购买满 100 元的,3 公里之内我们可以帮助送货。如果买满 200 元,送货距离可以扩大到 6 公里……"

"不错。"

"还有就是……"黄丽婷突然有些不好意思了,她低声说道,"我看到有些人买东西的时候喜欢看别人买了什么,我就专门安排了几个人,让他们到超市里假装买东西,每次都买很多,把购物篮装得满满的,结果就有很多人学样……"

"噗!"

唐子风几乎要笑喷了,这不就是传说中的"托儿"吗?这个黄丽婷居然也会搞这种名堂,这算是无师自通吧?

想到此,唐子风露出一脸无奈的表情,说:"黄姐,我原本还觉得能教你一些销售技巧,现在看来,你已经是青出于蓝而胜于蓝了。这个超市,你就照着自己的想法去做吧,我后半辈子吃香喝辣,就全指望你了。"

黄丽婷嗔道:"瞧你说的,姐能够开成这个超市,都是子风你指导的结果呢。姐一家人也不求吃香喝辣,有个温饱就够了。我现在最大的理想,就是趁着这几年多赚点钱,以后如果我家孩子有出息,能够像子风你一样在京城工作,我想给他在京城买套房子,也不用在市中心,就在二环边上就好了……"

"呃,黄姐,咱们还是先聊聊吃香喝辣的事情吧……"

在唐子风与黄丽婷谈笑风生的时候,临一机的厂部小会议室里却是气氛凝重。厂长周衡、总工程师秦仲年、分管生产的副厂长吴伟钦、生产处长古增超以及车工车间主任程伟、铸造车间主任饶书田等管生产的干部正在商讨打包机制造的问题。

"工期太紧了。"饶书田嘟哝道,"40 多台打包机,200 多个铸件,20 多天时间就要完成,而且质量要求也不低,我们实在是无法办到。"

"是啊,我们这边的压力也很大,这么多个零件,我们就算是三班倒开满负荷,也得两个月才能做出来,现在只给我们 25 天的时间,实在是有点强人所难啊。"程伟附和道。

古增超说:"周厂长,吴厂长,我觉得咱们是不是给自己的压力太大了? 40多台设备,近2000万的产值,搁在过去,干3个月也是正常的。就算是加加班,起码也得有2个月的周期。现在咱们一个月就要全部交货,没这个必要吧?"

吴伟钦解释说:"这个是没办法的。我们和客户签的合同,就是一个月内交货。客户说了,如果使用效果良好,他们还会再增加新的订货。所以,如果我们现在不抓紧生产,拖过一个月,说不定又有新的订单过来,届时我们就更忙不过来了。如果因为生产上拖了后腿,导致业务被别人抢走,可就太可惜了。"

"有没有新的订单,现在还是一个问号吧?"饶书田说,"这个市场也就这么大,客户能要几台设备?我倒是觉得,咱们出去跑业务的同志,是不是太性急了,怎么能够答应人家一个月内交货呢?如果是三台五台,这样答应也就罢了。唐助理从井南那边带回来20多台的订单,全都是答应一个月交货,这实在是太没有常识了。"

"听说唐助理是学经济的,不了解咱们的生产流程,也是正常吧。"程伟替唐子风开解道,但这话听着似乎也不太对味。

饶书田说:"唐助理不懂这个,完全是情有可原的。可他不还带着韩伟昌去了吗?老韩搞了这么多年工艺,还能不懂生产流程?他怎么不劝劝唐助理?"

"老韩想着多谈下一台,就能多拿一台的提成,他哪会在乎咱们能不能造出来?"古增超带着几分醋意说道。

韩伟昌与唐子风一道出去跑业务,谈成之后能够拿到4‰的提成,这件事不少中层干部都是知道的。

唐子风他们这一趟带回来20多台打包机的订单,合同金额达到1200多万,有心人早就替韩伟昌算过账了,算出他能够拿到近5万元的提成。虽然这笔钱现在还没发到韩伟昌的手上,但大家心里的醋坛子已经打翻无数次了。

"这件事并不是小唐他们的失误。"周衡发话了,他说,"小唐和我谈过,他认为,打包机这种东西,技术门槛太低了,如果我们不能抓紧时间抢占市场,沿海那些乡镇企业就会很快地把我们的新型打包机模仿出来,并以低价倾销,届时我们就没有机会了。

"我们提出在一个月之内向客户交货,也是为了打一个时间差。那些乡镇企业看到咱们的产品,再仿造出来,大约需要一两个月时间。我们能够大批销售打包机的时间,也就是这前后三个月左右。"

第六十七章　工期紧张

"这个道理倒也是对的。"古增超说。有关这个问题，厂务会是讨论过的，古增超作为中层干部，自然也知道其中的原因。他撇开刚才的牢骚怪话，说，"现在的问题是，这40多台打包机的生产，要压缩到一个月之内完成，对我们来说是一个很大的挑战。老饶和老程也都是能打硬仗的人，如果不是确实有难度，他们也不会叫苦的。"

周衡把头转向秦仲年，问道："老秦，你对这件事是怎么看的？"

秦仲年说："这是预料之中的事情。我原来就计算过，按我们确定的工艺，再考虑咱们厂的人员条件和设备条件，一个月生产20台左右的打包机，是正常的。如果大家效率提高一点，生产25台左右，差不多就是极限了。现在咱们一下子拿到43台的订单，而且据说后续还有新的订单，这些订单要在一个月内完成，压力也的确是太大了。"

"我们计算过，铸造件这方面，我们一个月最多能够完成30套，这还是在一切顺利的情况下。如果中间出现一点什么差池，就不好说了。"饶书田说。

程伟说："我们这边，大约是32、33套的样子吧，这是按一个月的时间计算的。实际上，厂里并没有给我们一个月时间，这一个月还要包括其他工序的工作时间，留给我们的最多也就是25天了。"

"老秦，技术处这边有没有办法再优化一下工艺呢？"周衡对秦仲年问道。

秦仲年说："我已经安排技术处在做工艺优化了。但我们过去没有造过同类设备，很多零件的工艺设计都是全新的，仓促之间还要进行优化，也的确是有些难度的。"

周衡点点头，他也是懂行的人，知道工艺设计这种事情并非是可以一蹴而就的。要优化工艺流程，首先要分析原有流程的缺陷，而这又需要有足够的生产经验。现在打包机的零件还从未制造过，工艺工程师们自然也就无法确定原有流程存在什么缺陷，又如何能够谈得上"优化"二字呢？

当然，如果工艺工程师们的水平足够高，经验足够丰富，能够举一反三，对从未造过的零件进行工艺流程优化也是可能的，这就是另一码事了。

"延长工期是不可能的，现在我们需要做的，就是想出办法，在一个月之内完成所有订单的生产任务。"周衡看着一屋子人，沉声说道。

第六十八章 擅长创造奇迹的人

听到周衡的话,饶书田等人不吭声了。

周衡上任才2个月的时间,但中层干部们已经了解了他的工作作风。

他并不是一个刚愎自用的领导,凡事还是愿意听取下属意见的,但他也绝对不是一个没主见的人,一旦下了决心,就会坚定不移地推行下去,不会轻易地为别人的意见所左右。他现在坚持说必须在一个月之内完成任务,大家还能说啥?

"饶主任、程主任,你们估计,车间里还有多大的潜力能够挖掘出来?这样紧张的任务,厂里肯定不会吝惜加班费和奖金的,你们可以初步匡算一个奖金额度,只要是合理的,厂里应当是可以考虑的。"吴伟钦说。

他清楚,饶书田和程伟跑来叫苦,其中必定有几分目的是为了与厂里谈谈条件,比如加班费和奖金之类。

关于这个问题,吴伟钦与周衡也交换过意见,周衡认为,对于这样的紧急任务,给车间发一些奖金是完全可以接受的,奖金的额度也可以相对比较宽松。

事实上,临一机这些年由于经营不善,职工工资长期不能得到调整,奖金就更是与职工无缘,职工的收入水平已经远低于临河市的平均水平。

周衡考虑过,如果厂子的业务形势能够有明显好转,就要逐步提高全厂职工的收入。这期间,可以先用奖金的方式来实现,逐渐再过渡到绩效工资等相对比较固定的形式。

此前厂部决定给业务员发业务提成,给技术处发设计奖金,都是出于同样的考虑。现在轮到生产环节,这么紧张的任务,给生产一线的工人发一些奖金也在情理之中。

果然,听到吴伟钦的承诺,饶书田和程伟二人的脸上明显都有了笑纹。不过,他们也就是表现出一点点欢喜而已,因为他们此前所说的困难,并不是靠发

第六十八章 擅长创造奇迹的人

一点奖金就能够完全解决的。

"如果厂里的奖励力度足够大,我们倒是可以在车间里号召工人们加班加点,提高工作效率。不过,就算是这样,一个月完成35套左右,也就是极限了,我估计我得抱着铺盖卷住到炼铁炉底下去才能办到。"饶书田说。

"我也准备抱个铺盖卷住到车间去吧,咬咬牙,一个月也是35套的样子,这还得是老饶那边的铸件质量足够好,别有气泡、砂眼之类的缺陷。"程伟说。

饶书田苦笑说:"铸造件哪有不留气泡、砂眼的?你要铸件质量好,我的速度就上不来;速度快了,缺陷率肯定要提高的:这就是辩证法。"

"我辩你个头!"程伟笑着爆了句粗口。他与饶书田的关系不错,互相爆两句粗口也是常有的事情。

古增超说:"我也觉得,这差不多就是铸造车间和车工车间的极限了。后续还有铣工车间、磨床车间、装配车间,情况也差不了多少。咱们现在是43台打包机的任务,如果有45天时间,我们应当能够全部完成。要想一个月交货,除非……"

"除非什么?"周衡敏感地问道。

古增超语塞了片刻,然后打了个哈哈,说道:"除非是祖宗显灵吧。这件事,我觉得难度实在是太大了。"

他打着哈哈,但脸上的表情却并不轻松,这让周衡感觉到他刚才想说的"除非"应当是有其他的后缀,却不知什么原因而咽回去了。

古增超不愿意说,周衡当然也不能逼着他说出来。

他看看众人,说道:"那咱们就先干起来再说,一边干一边想办法,看看有没有什么提高效率的手段。饶主任、程主任,你们回车间之后,先做动员工作,让大家鼓足干劲。这桩业务,算是咱们临一机打赢扭亏这一仗的开局,如果做得好,能够吸引到后续的订单,咱们临一机的扭亏就指日可待了。你们要跟工人说,这并不是为厂里工作,而是为大家自己工作。"

"明白!"饶、程二人异口同声地应道。

饶书田说:"周厂长,大家听说厂里有了新业务,都是非常振奋的,用不着我们动员,工人们就已经做出表示了,说愿意加班加点,不能让到手的业务跑掉。等我回去传达一下厂里的意思,告诉他们周厂长亲口答应给大家发奖金,相信他们的工作热情会更加高涨的。"

"奖金的事情不成问题,如果能够按时、保质、保量地完成任务,我承诺各车间按工人人头平均的奖金不少于50元。"周衡说。

"那可太好了!"饶书田和程伟都欢喜地应道。

"老吴、小古、你们两位这些天辛苦一点,到各个车间里去盯着,及时解决现场出现的问题。如果有什么解决不了的,及时向我汇报。"

"明白!"

"老秦,技术处这边也要抓紧。工艺方面,能优化一点算一点,不一定需要一个绝对完美的方案。让大家辛苦辛苦,必要的激励手段,你自己做主就好了。"

"没问题!"

事情也只能说到这一步了,很多问题是要在生产过程中解决的,光靠大家在这里磨嘴皮子没什么用。周衡表示,自己这些天也会经常到车间去,全厂未来一个月的工作重心就是这40多台打包机的生产,所有的资源都会向生产一线倾斜的。

开完会,众人纷纷离场,回自己的岗位去。古增超磨蹭着留到了最后,看看其他人都已经离开了,这才对正在收拾笔记本的周衡说:"周厂长,我还有点其他的事,想耽误你一会时间,不知道合适吗?"

周衡刚才见到古增超磨磨蹭蹭的样子,再结合他此前咽回去一句话,便猜出他是要找自己单聊的。听到古增超的话,他笑笑说:"小古,这有什么不合适的? 有什么事情,你随时跟我说就好了。走吧,咱们到我办公室去谈。"

二人来到周衡的办公室。周衡招呼古增超坐下,又亲手给他沏了杯茶,这才坐到古增超对面,笑呵呵地问道:"怎么,是有什么事情不适合让大家听到吗? 刚才你在会上说了个'除非',我就觉得你肯定是有什么想法的。"

"呵呵,居然让周厂长听出来了。"古增超笑着说。不过,他脸上的笑意只保留了一秒时间,随后便收起笑容,说,"周厂长,我刚才的确是想到了一个办法,不过后来又觉得不太合适,所以就没说出来。"

"是什么办法呢? 只要是能够解决问题的办法,哪有什么不合适的?"周衡说。

古增超说:"刚才听老饶和老程强调困难,还有秦总工也说优化工艺比较困难,我就琢磨着,如果厂里一定要在一个月之内完成这批任务,只有一个人可以办到。"

"谁?"周衡问。

"老管。"古增超郑重地说。

"老管?管之明?"周衡一愣,一个名字脱口而出,同时他的脸色也变得凝重起来。

古增超点点头,说:"没错,就是管厂长。我觉得,这件事只有管厂长能够办到,如果连他都办不到,那这件事就肯定是办不成的,咱们也不用好高骛远了。"

"我早该想到他的。"周衡嘘了口气,幽幽地说。

管之明,临一机原副厂长,分管生产工作,两个月前因卷入临一机领导班子贪腐窝案被逮捕,日前刚刚被判八年徒刑,现在东叶省南梧监狱服刑。

周衡起码在20年前就认识管之明,也知道这位黑脸汉子的经历。

管之明文化程度不高,1958年进厂学徒,先后干过车工、铣工、钳工等工种,因悟性好、愿意吃苦、工作态度认真,迅速被提拔为班组长,然后是工段长、车间主任、生产处长,直至分管生产的副厂长。

他精通生产工艺,熟悉生产流程,与工人打成一片,尤其擅长于组织紧急生产任务。光是周衡知道的关于管之明领衔突击完成紧急任务的事迹,就有五六桩。有几次任务都是若干专家评估之后认为绝对不可能按时完成的,但管之明都奇迹般地完成了。可就是这样搞生产的能手,却卷入了贪腐案。据认定,他涉嫌的贪污金额达到30多万元,在这个年代里算是大贪之列了。

当初听说管之明涉贪被捕,周衡也颇为感慨了一番。但国有国法,管之明犯的事证据确凿,他自己也供认不讳,被判刑也没什么冤枉的。只是,临一机少了这么一位管生产的能手,换成吴伟钦这么一个"空降干部",实力的确是受到了很大的影响。

吴伟钦当然也不是无能之辈,否则二局也不会调他过来任职。但平心而论,他的生产经验与管之明相比,还是有很大差距的,再加上初来乍到,对厂里的工人、设备和生产流程都不熟悉,要想像管之明那样创造奇迹,非常困难。

古增超原来是临一机的生产处副处长,因为正处长落马,他便被提拔起来,当了新的正处长。

要组织寻常的生产,古增超是能够胜任的,但这一次的任务压力极大,需要把临一机的潜能最大限度地激发出来，古增超自忖就没这个能耐了。非但如此，他还知道现任的生产副厂长吴伟钦也没这个能耐。情急之下，他便想起了管之明这样一个擅长于创造奇迹的人。

第六十九章　你在这里还适应吧

刚才在会上的时候,古增超差一点就把管之明的名字给说出来了,好在他还有点理智,在最后关头打了个哈哈,把这件事给掩饰过去了。

管之明是已经被判刑的人,古增超提起这个名字,肯定是有点犯忌讳的。

更重要的是,他说只有请管之明出山才能完成这项任务,相当于把周衡、吴伟钦等新领导都给鄙视了,领导们会有什么想法呢?

可是,这个念头一旦形成,古增超就无法把它挣脱了。遇到这样一个机会,他就忍不住想让大家想起管之明来。他还有一个隐隐的希望:万一厂里万般无奈,真的打算请管之明出山呢?这对于正在服刑的管之明,会不会是一个机会呢?

带着这样的想法,他留在了最后,等众人都离开之后,才向周衡提起了此事。他知道自己用不着过多解释,因为周衡是机床行业的老人,对于管之明这种具有传奇色彩的人物是不可能不了解的。古增超需要做的,仅仅是让周衡想起这个名字而已。

"你觉得,请管厂长来组织生产,他能够保证在一个月内完成这些任务?"周衡问道。

古增超点点头:"我觉得可以。"

"刚才饶书田和程伟都已经表示过,他们的极限就是一个月35台,管厂长有什么办法能够突破这个极限?"周衡又问。

古增超摇摇头:"这个我就不知道了。但照着以往的经验,我们生产处计算出来的极限,交到管厂长手里,至少还能再提高$\frac{1}{3}$。有些法子,看起来就是一层窗户纸,但只有他能够挑破,别人就是想不到这种办法。"

"是啊,老管这个人……唉,真是可惜了。"周衡知道古增超所言不虚。

能力和经验这种事情,说起来还是挺玄虚。就像古代打仗,说某位名将能够出奇制胜,逆转败局,方法说起来很简单,但换个人就是做不到。

管之明组织生产的能力,在整个二局系统里也是鼎鼎有名的,其中必有其独到之处。

周衡在二局也是一个能干的管理干部,但他的能力并不在生产管理方面,而是在行业管理以及经营管理方面。他过去曾经看过管之明的一些事迹,对比之后也不得不承认,在生产管理方面,自己与管之明有着很大的差距,这也算是术业有专攻吧。

"周厂长,你说,我们有可能把管厂长保出来,让他来抓生产吗?"古增超怯生生地问道。

"保出来?"周衡看看古增超,苦笑着摇了摇头,说,"老管的事情是板上钉钉的,法院都已经判了,我们哪有这么大的本事能把他保出来?不过嘛……"

"不过什么?"古增超问。

周衡想了想,说:"我可以试试,看看能不能把他暂时借出来,帮咱们完成这一次的生产任务。如果他能够帮上这个忙,我想办法让部里出面,给监狱方面出一个证明,或许能够帮老管减一两年刑期。咱们能做的,也就到这一步了。"

"如果能这样,也很好了。"古增超高兴地说,"管厂长都50多岁了,如果要在监狱里待满8年,出来就是60多岁了。咱们能够帮他减几年刑,他也能少受几年罪呢。"

周衡饶有兴趣地问道:"小古,怎么?你对管厂长挺关心的嘛。"

古增超说:"管厂长教过我很多东西,算是我半个师父。还有,我觉得管厂长能力挺强的,这样一个人,被关在监狱里,实在是太可惜了。"

"这是没办法的,谁让他犯罪了呢。"周衡说。

古增超连连点头:"我知道,我只是觉得可惜罢了。"

打发走古增超,周衡又给朱亚超和施迪莎各打了一个电话,向他们了解有关管之明的情况。这两位都是原来临一机领导班子里的人,属于硕果仅存的知情人。

听到周衡问起管之明的情况,两个人都表示,管之明抓生产绝对是一把好手,在工人中间也有一些威望,甚至于他被判刑之后,许多工人谈起他来,还是带着几分敬意的。至于是否合适把他请回来抓这一次的紧急任务,他们就不合

第六十九章 你在这里还适应吧

适发表意见了,还是请周厂长自己定夺为好。

这种事情,周衡也没法自己定夺。他打了一个电话给谢天成,汇报了临一机目前的情况,最后才说要想在一个月的时间内完成这40多台打包机的制造,必须要请管之明出山,但这样做是否合适,需要请局党组决策。

谢天成也知道管之明其人,同时也知道不到迫不得已,周衡是不可能出此下策的。

他紧急召开了一个局党组会,讨论此事,最终形成了一个决议,同意周衡与东叶警方联系,借管之明回厂指导紧急生产任务。如果因为此事而产生了什么不良影响,二局局党组可以替周衡顶缸。

得到局党组的批示,周衡有了底气。他通过自己的关系,联系上了东叶省司法厅,在获得司法厅的许可之后,便带上唐子风,坐车来到省城南梧,径奔南梧监狱而去。

"周厂长,管之明带到了。"

在一间小会见室里,狱警将穿着囚服的管之明带进来,让他坐在早已等候在此的周衡和唐子风对面,然后自己便退了出去,并关上了会见室的门。

能够允许周衡一行这样会见管之明,当然是上面有人打过招呼的缘故。管之明并不是因为杀人放火而判刑的,在监狱里属于比较"斯文"的犯人,狱警也不用担心他会有什么危险的举动。

"老周,怎么是你啊?"

管之明坐下来,一眼看到坐在自己对面的周衡,不由得一愣。

不过,他很快又反应了过来,淡淡地笑了一下,说道:"我倒糊涂了,早听说二局把你派到临一机当厂长来了,怎么,你是代表厂里来关怀我这个犯罪职工的吗?"

"老朋友了,我过来看看你也是应该的。"周衡说。他认识管之明已经很多年了,双方说不上有什么很深的私交,但毕竟也算是熟人,在一起吃饭也吃过很多回的,只是在这样一个场合见面有点尴尬罢了。

"怎么样,老管,这里……还好吧?"周衡问道。

见面问问对方的近况,也是人之常情。可管之明现在的处境,让周衡还真不知道该如何问。

你在这里还适应吧?

生活习惯吗？

这里条件还行吧？

愿意多住几年吗？

……

好像味道都不对。最后，周衡只能是含含糊糊地问一句"还好吧"，其中的含义，相信管之明也能够理解。

管之明说："也没啥好不好的。认赌服输，我自己干过的事情，也没法怪别人。监狱里也有工厂，我干的还是老本行。对了，我一来就给他们工厂提了好几条合理化建议，现在监狱工厂的几个领导对我都非常重视呢。"

说到这里，他呵呵地笑了起来。唐子风在一旁看着，不禁感慨万千。

一家大型国企的副厂长，生活是何等舒适，落到在监狱工厂里干活的境地，可以算是从天堂坠入地狱了。可他偏偏还能笑得出来，一副满不在乎的样子，这就是一种枭雄气质了。

唐子风当然也知道，管之明这样做，不过是为了在周衡面前强撑面子而已。

他与周衡是老相识，现在周衡是临一机厂长，他管之明却是阶下囚。周衡专门跑到监狱来看他，他不想在周衡面前露出一个落魄的样子，让周衡笑话。所以，他才会如此表现，好像自己挺适应这个环境的样子，这就是打肿脸充胖子了。

"我有事想请教你。"

周衡没有绕圈子，而是直接进入了正题。他与管之明也没什么家常可聊，再聊下去双方都觉得难受，还不如直接谈正事呢。

"临一机刚开发了一个新产品，是废旧金属回收公司用的金属打包机，这是打包机的总体设计图纸。"

周衡说着，把一份图纸递到了管之明的面前，接着又指着唐子风介绍道，"对了，这个业务是小唐开拓出来的。这就是小唐，唐子风，是人民大学毕业的，前年分到二局工作，就在我的机电处。这次我到临一机来任职，把他带过来了。局里委任他担任临一机的厂长助理。"

管之明向唐子风点了点头，算是打过招呼了。

以他过去的地位，一个20岁刚出头的大学毕业生，还真不能入他的法眼。他伸手接过周衡递过来的图纸，摊开看了一会，说道："这个设计不错，是秦仲年搞出来的吧？我听说现在是他在厂里当总工程师。"

"没错，正是他。"周衡说。

管之明说："以咱们厂的条件，生产这种打包机没有任何困难，现在就要看市场的反应如何了。怎么样，现在有订单了吗？"

"市场反映非常不错。到目前为止，我们已经拿到了43台的订单，后续应当还会有一些。"周衡说。

"43台？这一台差不多要报45万以上的价钱吧？毛利算是20%，一台就是小10万元，43台，就有400多万元的毛利，了不起！"

管之明自顾自地计算着，算出来的结果与实际居然没有太大的差异。

听说这一桩业务能够有400多万元的毛利，他的脸上浮出了笑容。唐子风能够看得出来，管之明现在的笑容与刚才那会有着明显的不同，这应当是一种发自于内心的喜悦。

老管这个人还是不错的，唐子风在心里默默地想，到这种境地，心里还能惦记着这家厂子的兴衰。此外，他的业务功底也着实让人钦佩，仅仅凭着一张图纸，他就能够估出价格和毛利，唐子风自忖是无法做到的。

第七十章　得看由谁来指挥

"现在的困难是,我们必须在一个月内把这些订单完成。饶书田和程伟都找我叫苦,说他们无论如何也做不到。这不,我就找你来了。"

周衡直接说出了自己面临的困难。

"一个月?为什么这么急?"管之明皱起了眉头。

唐子风说:"我们想打一个时间差,用最快的速度出货,那些废旧金属回收公司尝到了甜头,就有可能会追加订单。如果耽误了时间,井南的那些乡镇企业就会仿造我们的产品,届时市场上就没我们的事了。"

"也有道理。"管之明看了唐子风一眼,目光中多了几分赞许。

唐子风这几句话说得很简单,但也正因为简单,所以才让管之明对他刮目相看。

这些观点是不是唐子风的原创,并不特别重要,重要的是唐子风能够如此简洁而清晰地把道理说透。要知道,很多人解释一件事往往会啰里啰唆,别说别人听不明白,他们自己都会把自己绕晕。唐子风能够把事情说清楚,就足见其水平了。

聪明人之间的交往,有时候只需要交换一个眼神就够了。

"一个月时间,有点仓促了。"管之明对周衡说道。

周衡会心地笑,说:"没错,我们也觉得仓促了,所以才来向你问计。"

"向我问计?"管之明自嘲地笑了一声,接着问道,"现在厂里是谁在管生产?"

"吴伟钦,原来鸿北重型机械厂的生产处长。"周衡说。

"我认识他。"管之明说,"他水平是有的。不过,我担心他对临一机的情况不熟悉,很难把生产组织起来。"

周衡说:"没错,他也有这个自知之明。"

第七十章 得看由谁来指挥

"现在的生产处长是谁?"

"古增超。"

"呵呵,小古也当了生产处长了,真是……"

管之明的话说了一半又咽回去了。他本想说山中无老虎,转念一想,似乎不妥。自己倒是一只大老虎,可现在已经被关到笼子里了,再说这种话,又有啥意思呢?

周衡猜出了管之明的想法,他笑了笑,说:"正是古增超建议我来找你的。他说,如果全厂只有一个人能够完成这个任务,那肯定是你管厂长。如果你管厂长也觉得办不到,全中国也没人能够办到了。"

管之明笑纳了周衡的这番恭维,他说道:"就算我能办到,又有什么用?我现在待在监狱里,还能飞过去指挥生产不成?"

唐子风说:"管厂长,你觉得以咱们临一机的力量,在一个月之内完成这43台打包机的生产,有可能吗?"

管之明说:"可能性当然还是有的,不过得看由谁来指挥。靠古增超,或者吴伟钦,我看够呛。"

这话就说得很霸气了,潜台词就是,这件事他管之明能够办到,但其他人是办不到的。

如果来南梧之前没有听周衡讲过这位管之明的事迹,唐子风此时肯定会觉得对方是在吹牛。可知道了他的那些事迹之后,唐子风就不这样想了,他把管之明的话当成了一种自信的表现。

"管厂长,如果是你来指挥,你会怎么做呢?"唐子风问。

管之明呵呵笑道:"我现在怎么知道该怎么做?组织生产这种事情,很多时候是要随机应变的。如果是我在现场指挥,我就能够和工人们一起商量,找一个最佳的方案,把生产速度提起来。可现在让我坐在这里凭空想象,我是想不出来的,这不是纸上谈兵吗?"

周衡顺着他的话头问道:"那么,如果让你到现场去,你能确保完成这个任务吗?"

"到现场去?"管之明一愣。

周衡说:"老管,我也不瞒你,这件事关系到临一机能否扭亏。这40多台打包机的业务做下来,我们起码有400万元的毛利,职工三个月的工资就有保障了。我们抢到先手之后,起码还能再带来40台以上的业务,节省一点的话,连明年上半年的工资都没问题了。所以,我专门请示了局党组,又和东叶省司法厅沟通过,想借你回厂去组织这次生产,你有信心吗?"

"你是说,司法厅同意我回厂去组织生产?"管之明有些不敢相信地问道,眼神里流露出一些期待之色。

他当然知道,自己只是临时去帮忙,干完活还是要回监狱来的,周衡有天大的本事,也不可能把他从监狱里保出去。

但哪怕是临时出去一个月,对于他来说也是一个难得的机会啊。别看他刚才在周衡、唐子风面前装得风轻云淡的样子,好像待在监狱里是一件愉快的事情,实际上他在这里是度日如年。

监狱里是啥生活条件?有首歌是咋唱的:"手里捧着窝窝头,菜里没有一滴油……"现在监狱的生活当然没有那么苦,但对于习惯于养尊处优的管之明来说,这种日子也是完全无法忍受的。

"管厂长,周厂长已经和司法厅谈好了,由临一机出函,把你借回去组织生产。你在厂里的活动要受保卫处的监督,不能离开厂区。"唐子风说。

"这一点我懂。"管之明说。

唐子风又说:"还有一个前提,那就是你能够保证在一个月时间内,组织工人完成43台打包机的生产任务。如果你做不到,厂里借你回去的理由就不成立了。"

"呵呵,那是肯定的。"管之明说。

他也知道唐子风这话是在给他施加压力,到时候他如果无法完成任务,唐子风也不可能让监狱给他加刑。

不过,人家花了这么大的气力请他出山,他如果掉了链子,自己脸上也挂不住了,所以,他并没有去反驳唐子风的话,而是说道:

"要我负责组织生产也没问题,但必须给我足够的权力。我过去是副厂长,说句话没人敢不听。现在我是个罪犯,人家还听不听我调遣,就不好说了。如果我想指挥的人指挥不动,那么天王老子下凡也完不成你们的任务。"

周衡说:"既然要请你出山,自然会给你相应的权力。现在我需要听你一句准话,这样一个任务,你有没有把握完成?"

"有把握!"管之明用一种很无所谓的口吻说道。

第七十章 得看由谁来指挥

以管之明过去的身份,能够把话说到这个程度,周衡心里也就有数了。

管之明肯定不是随口糊弄一句,以便获得一个到监狱外面放风的机会。周衡是代表组织来的,他的背后是机械部二局,借管之明回厂的事情,是二局的局党委开会讨论过的。如果管之明敢在这样的事情上信口开河,二局有足够多的办法让他为自己的行为买单。

周衡事先就已经与监狱管理局沟通好了,得到管之明的答复之后,他拿着临一机开具的公函,以保外就医的名义,把管之明从监狱里"借"了出来,坐上厂里的轿车,返回了临一机。

管之明的家原来是在临一机的家属区,但他落马之后,他老婆便带着孩子搬到临河市区去住了,以免遭受厂里职工的白眼。按照监狱方面的要求,管之明不能回家,只能暂时住在厂里的小招待所,享受着贵宾待遇。至于他的家人,得到消息之后自然会来探望,这就不需要细说了。

在小招待所简单洗漱了一下之后,管之明在唐子风的陪同下前往厂部会议室。他一出门,立马吸引了无数的关注,许多人站在远处,对管之明指指点点,议论纷纷。有一些过去与管之明关系还不错的人,便凑上前来,关切地打听情况。管之明对于这些人的询问一概是笑而不答。

来到会议室,周衡、秦仲年、吴伟钦、古增超等一群人等已经在等着了,见管之明进来,大家纷纷上前打招呼,各种尴尬都是在所难免的。

"时间紧张,咱们先说正事吧。"周衡打断了众人的寒暄,让大家各回各的位置,然后便让有关人员向管之明介绍情况。在南梧监狱,周衡只是给管之明看了打包机的图纸,更多的情况没来得及介绍,现在回到厂里,这些细节都是需要向他介绍清楚的。

秦仲年先介绍了打包机的产品设计和工艺路线,古增超介绍了总体的生产安排,接着便是各车间主任介绍本车间所承担任务的生产情况以及遇到的困难。

管之明拿着唐子风给他的一个空白笔记本,快速地记录着众人叙述的内容,不时还提出几个问题,全都是一针见血的。从他落马离职至今其实只有几个月时间,厂里的基本情况他还是非常了解的,生产上的这点事情,他一听就能明白。

听完全部的情况介绍之后,管之明开始安排了:

"铸造车间的压力比较大,不过也不是不能解决的。老饶,你回去之后,要先把侯振声和戚运福两个人请回来,他俩有经验,搞这种大会战,离不开他俩。"

"老侯还在厂里,戚师傅退休以后,住到孩子家里去了……"铸造车间主任饶书田说。管之明说的这两个人,都是铸造车间的退休工人,退休前是车间里的顶梁柱,至今也没人能够超过他们俩的作用。

"戚师傅的孩子就在临河粮食局工作,厂里可以派车去把他接回来,这一个月,他必须待在厂里,不能让他离开。"管之明霸道地说。

周衡向坐在角落里做记录的樊彩虹示意了一下,吩咐道:"樊主任,你现在就落实这件事,派车去接戚师傅。如果他孩子家里有什么困难,你就以厂里的名义帮着解决掉,务必要让戚师傅毫无后顾之忧地回来工作。"

"明白!我马上就办。"樊彩虹答应得极其爽快,接着便小声地吩咐旁边的办公室工作人员去处理此事。

"车工车间,要把季金华和庄官尧请回来。另外,机关这边有十几位原来当过车工的干部,程伟,你那里应当有名册吧?"管之明问。

"有的。"车工车间主任程伟老老实实地回答道。

"把这些人都召回去。这些人技术都没问题,就是手有点生,练一练肯定能捡回来的。"

"明白!"

"装配车间……"

第七十一章　啥叫运筹帷幄

唐子风算是见识了啥叫运筹帷幄。

哪些工作应当由哪个车间承担，车间里现有设备的能力如何、工人水平如何，在管之明的脑子里都一清二楚。他挨个地报着各车间里骨干工人的名字，如数家珍。

有些工人已经退休了，管之明便让车间主任马上派人去把他们请回来。还有一些工人因为各种原因调离了生产一线，管之明也要求厂里把他们调回去应急。

古增超、饶书田等人此前在周衡面前叽叽歪歪，说这个办不到，那个有困难的，但在管之明面前，他们老实得像一群孩子。

这倒不是因为他们忌讳管之明的身份，而是因为他们那点小算盘根本就骗不过管之明。但凡他们说出什么难处，管之明都能轻易地予以揭穿，在这样一个领导面前，谁敢玩什么心眼呢？

各位车间主任都领了任务回去了，管之明端起面前的水杯喝了一口。坐在一旁的吴伟钦马上亲自拎起热水瓶，走上前去，给管之明的杯子里续了点水。管之明象征性地用手扶了扶杯子，笑着说道："吴厂长，真不好意思，刚才我有点越俎代庖了吧？"

"哪里哪里，我应当感谢管厂长才是。我初来乍到，对厂子里的情况还不熟悉，突然接到这么紧急的任务，还真有点拿不下来呢，多亏了管厂长来帮忙……"吴伟钦说道。

刚才那会，看着管之明对车间主任们发号施令，而车间主任们都唯唯诺诺不敢违抗，吴伟钦心里的确是有些酸意的。要知道，他才是分管生产的副厂长，管之明不过是一个阶下囚而已，现在居然抢了他的风头。

可他酸归酸，也明白管之明是在帮他。管之明能够做到的事情，他至少现在是做不到的,这其中有不熟悉临一机情况的缘故,也有自身能力不及管之明的成分。

管之明落马之前,在临一机当了多年的生产副厂长,而吴伟钦当时仅仅是鸿北重机的生产处长而已,与管之明是差着一格的,不服不行。

管之明摆摆手,说:"吴厂长,我现在是个劳改犯,你就别叫我管厂长了。如果不介意的话,你就称我一句老管吧。对了,周厂长,这段时间我肯定还得到车间里去现场指挥,你最好交代一下,让大家别叫我管厂长,叫句老管就好。管厂长这个称呼,我现在真有点受不起,传出去对厂子也不好。"

"这……"周衡想了想,点点头说,"也好,那我就让樊主任去交代一下,让大家都称你一句老管吧。不过,老管,厂里既然把你请回来,你就不要顾忌自己的身份。生产管理这种事情,讲究的是令行禁止,如果有谁拿你的身份说话,不服从调配,厂里是不会放过他的。"

对管之明的称呼,的确是个敏感问题。在私底下的场合里,大家称管之明一句管厂长,属于照顾他的面子,给他一份尊重。

但到了正式场合,尤其是在普通职工面前,如果大家还是一口一个管厂长地称呼他,就有些不合适了,这相当于是否定了组织上对管之明的处理,在职工中也容易引发议论。这年头,唯恐天下不乱的人多得很,谁知道有没有人拿这一点来生事呢?

管之明也是当了多年领导的人,自然懂得这个规矩,所以会主动提出来让大家改称呼。周衡其实也想到这一点了,只是没一个合适的机会来提。现在管之明自己提出来了,他自然也就顺水推舟,接受了管之明的要求。

管之明说:"周厂长,我毕竟是下了台的人,而且现在还是这样一个身份,车间里如果有人不服,我还真拿他们没什么办法。我想,厂里能不能安排一个中层干部跟着我,如果有什么事情,我没资格说的,可以让他来说。"

周衡用手一指坐在角落里的唐子风,说:"这很简单,就让小唐跟着你吧。小唐是学文科的,技术上是个门外汉,老管你正好教教他,让他多少能学点东西。"

"没问题!"唐子风赶紧起身表态,又向管之明说,"管厂长,那我也就冒昧地改口称你一句老管了。这些天,我就负责给你当跟班,有什么事情你就随时吩咐我好了。"

第七十一章 啥叫运筹帷幄

管之明淡淡地说:"唐助理客气了,我哪有资格吩咐唐助理做什么。"

唐子风说:"完全有资格的,在你面前,我就是一个小学生而已。对了,老管,既然大家都改了称呼,你以后就叫我一句小唐好了。你这个资历,称我一句唐助理,我可真担当不起。"

管之明点点头,说:"也罢,我这么大岁数了,就称你一句小唐吧。这样吧,小唐,咱们也别耽搁了,现在就到车间去。对了,秦总工,技术处这边也要安排几个人跟我们一起去。工艺方面的问题,我准备到车间找一些老工人一起商讨一下,能改进的地方就马上改进,这需要工艺科派人配合。"

"没问题,我马上安排。"秦仲年应道。

周衡关心地问道:"老管,你刚从南梧过来,坐了这么久的车,身体能不能扛得住?要不,你今天就先休息一天,明天再去车间吧?"

管之明微微一笑,说:"这算个啥,过去赶任务的时候,我在车间里一待半个月也是寻常的事情。车间的工艺流程调整要尽早,谁让你们定下的工期这么紧,能赶一天就赶一天吧。"

"也好。"周衡知道管之明的话是对的,总共也就是30天的工期,每一天都是非常宝贵的,现在真不是客气的时候。

"这样吧,老管,你先和小唐到车间去。我这边安排一些其他的工作,回头也会到车间去看看。今天晚上,我让小食堂安排一下,也不说是接风啥的,大家在一起聚聚,喝两杯,你看如何?"周衡说。

"那就多谢周厂长了。"管之明应道,脸上还是一副无所谓的表情。

尽管各车间的主任回去之后便把厂里借管之明回来抓打包机生产的事情通知了所有干部和工人,当管之明与唐子风出现在铸造车间里的时候,还是引起了一阵阵的骚动。

管之明已经脱掉囚服,换上了一身临一机的工作服,但他脑袋上的短发还是让人想到了他现在的真实身份,那就是一名正在服刑的犯人。想到上一次管之明到车间的时候还是威风八面的副厂长,而现在却成了一名犯人,所有的人都有些唏嘘的感觉。

管之明犯的是贪污罪,涉案金额有30多万,相当于厂里几十户人家全部的家产。干部工人们在私下里聊起原领导班子的窝案时,都咬牙切齿,大骂这些人贪得无厌,还把厂子给拖下了水。但是,具体到管之明身上,对他怀有强烈反感的人却并不多。

　　管之明贪污的是厂里的公款,与职工个人没有直接利害冲突。大家从理性上觉得他很可恨,但在感性上,大家记得更多的却是管之明管理生产的事情。管之明是工人出身,懂技术,会管理,与许多工人的关系也都非常不错,所以大家见到他的第一感觉,是亲近多于厌恶,惋惜多于仇恨。

　　"老侯、戚师傅,你们都来了。"

　　管之明似乎没有看到全车间干部工人对他射来的目光,而是径直走到两名老工人的面前,向他们打着招呼。

　　"管厂长,你……"

　　刚刚被车间召回来的退休工人侯振声和戚运福都有些手足无措,不知道如何与管之明打招呼好。

　　"我现在不是厂长了。"管之明用洒脱的口吻说。说罢,他又扭转头,看着周围的工人们,拱了拱手,大声说道,"各位,以后就别叫我厂长了,称我一句老管就好。你们的周厂长是让我回来戴罪立功的。打包机的生产,关系到咱们临一机的生存,希望大家不要计较过去的事情,齐心协力,把工作做好。"

　　"老管说得对。"唐子风不失时机地补充道,"过去的事情已经过去了。现在咱们最重要的事情,就是把打包机的生产任务完成,这涉及每位职工能不能过一个好年,希望大家齐心协力。"

　　"对对,唐助理说得对。"车间主任饶书田说,"好了,大家都回去干活吧。周厂长答应过,这桩任务完成了,每人起码有50块钱的奖金,未来三个月的工资都不会拖欠了,大家加油吧。"

　　听到唐子风和饶书田都这样说了,围观的工人们自然也就没啥可说的,一个个小声议论着,返回自己的岗位去了。管之明回厂的事情,未来仍会成为大家的谈资,够聊上几个月的。但现在不是聊天的时候,厂里难得有这么好的业务,大家还是抓紧干活吧。饶书田不是说了吗,每人起码有50元的奖金,这可是大家久违的收入了。

　　看到周围的工人们散去,管之明回过头,向侯振声和戚运福说:"老侯,戚师傅,是我让厂里把你们俩请回来的。打包机的生产任务,你们刚才了解过没有?"

　　"饶主任已经跟我们说过了,图纸我们也看了。"侯振声说。

第七十一章　啥叫运筹帷幄

管之明说:"依你们的经验来看,完成这 43 台打包机的铸件生产,需要多长时间?"

"最快也得一个半月。"戚运福说。

"我看还得再多一点时间,50 天的样子吧。"侯振声说。

管之明说:"可现在厂里给咱们的时间只有 30 天,你们有什么想法?"

"还能有什么想法,管厂长……呃,老管你都开口了,咱们就照着 30 天做呗。"侯振声笑着说,语气里透着一种默契。

管之明笑得很爽朗,他说:"这可不是我能说了算的,得你们二位说能行,才是真的能行。我最初看到图纸的时候,就琢磨了一下,照着工艺科那边设计的工艺,30 天之内肯定是完不成的。要想提前完成,就得改工艺。这方面,我可不灵,得请你们两位出马才行。"

第七十二章　实践出真知

"按照技术处设计的工艺,一炉铁水只能浇三个铸件,还能富余一些铁水,但不够浇第四个。如果我们能够把冒口缩小一点,省下来的铁水,就正好够浇第四个铸件。这样一来,电炉的利用效率就能够提高 1/3。"

"可是原来的冒口设计是用来补贴缩孔缺陷的,把冒口缩小了,缩孔缺陷就大了,铸件质量就没法保证了。"

"我倒是有个想法。你们来看,工艺要求上说这个铸件顶部负荷大,要求结构致密,不能有气孔、缩孔,但底部的负荷小,质量要求就没这么高。如果我们把砂型倒过来,把冒口缩小,这样就算产生一些缩孔,也是在底部,不影响顶部的质量,不就解决问题了吗?"

"我看行。把砂型倒过来以后,底下可以设置几个下冒口,进行下层补缩,质量应当比原来的工艺还好。"

"唉,要说起来,这个法子还是当年老张师傅提出来的,老侯,你还记得吧?"

"怎么不记得,当初也是老管带着咱们一起讨论的嘛。唉,老张师傅走了都有 10 年了吧,如果他还在……"

"扯远了……我看图纸上这个设计,冷铁是不是可以加大一点?"

"可以增加一个浇口……"

"排气的问题要注意,下箱要垫起来,方便排气……"

"……"

两名老铸造工与技术处派来的工艺工程师现场讨论了起来,管之明也参与进去。

几个人各拿了一支铅笔,在图纸上写写画画,聊得热闹非凡。

唐子风站在一旁,完全蒙了,不知道这些人说的都是什么意思。只知道从他们脸上的表情来看,讨论应当是富有成效的。

第七十二章 实践出真知

两位退休工人看上去颇为自信,那两名工艺工程师则不时流露一个"居然能这样"的表情,显然是从侯振声他们那里得到了极有价值的启发。

"李工、陈工,照这个思路调整工艺,有没有问题?"

讨论告一段落之后,管之明对两名工艺工程师问道。

"应当是没问题的,不过有些细节我们还要回去再计算一下。"陈姓工程师答道。

"现在是下午四点,晚上八点之前,能不能把新的工艺设计出来?"管之明问。

"这个……"两名工程师脸上不约而同地露出一些难色。

管之明向唐子风递去一个眼神,唐子风知道自己该发挥作用了。他上前一步,对那两名工程师说道:"晚上八点之前,你们必须把新的工艺设计完成。有什么困难,你们直接找秦总工和孙处长解决。我不懂技术上有什么难处,但我只说一句,如果到时候不能完成,我会向周厂长汇报的。"

"呃……好吧,我们尽量吧。"两名工程师无奈地应道。

"不是尽量,而是必须!"唐子风沉着脸,用毋庸置疑的口吻说道。

两名工程师屁颠屁颠地跑回去做设计去了。管之明向站在不远处的饶书田招了招手,饶书田紧走两步,来到他们跟前,赔着笑脸问道:"老管,有什么事情?"

"铸造车间原来那台小电炉上哪去了?"管之明问。

饶书田愣了一下,问道:"你是说,那台工频电炉?上次拆下来以后,就送到仓库去了。现在都过去七八年了,也不知道还在不在。怎么,老管,你想把那台电炉再用起来?"

管之明说:"多一台电炉就能加快一点速度。那台电炉拆下来的时候,我记得还是能用的。你马上让人到仓库去看看,如果还在,就把它重新装起来,它的效率比现在这台中频电炉差一些,但也是聊胜于无。"

"可这也太折腾了……"饶书田抱怨道。

"什么情况?"唐子风在一旁问道。

饶书田苦着脸说:"刚才老管说的,是我们车间原来的一台旧电炉,都拆下来七八年了,也不知道还在不在。如果要重新装起来用,起码要折腾三四天时间,有些不值当啊。"

管之明冷笑说:"怎么就不值当了?这台电炉如果能用起来,你们起码能增

加 $\frac{1}{4}$ 的生产能力。再加上我刚才和老侯他们讨论出来的工艺优化思路,你一个月完成43套铸件的任务,就十拿九稳了。为这个目标,让几个人折腾三四天,有什么问题?"

"现在这么忙的时候……"

"老饶,你就照老管的意思办吧。"唐子风拍了拍饶书田的肩膀,说,"你们不会白折腾的。这批业务做完,我估计还得有一拨,没准是50台甚至100台,你把生产效率提高起来,不会有错的。"

"那好吧,我马上安排人去办。"饶书田也屈服了。

他可以不在乎管之明的要求,但不敢和唐子风较劲。周衡派唐子风跟着管之明,不是让他当摆设的。唐子风的话,就相当于周衡的话,饶书田还没有勇气去和周衡对着干。

管之明又交代了其他的几件事,饶书田一一记下,答应马上去落实。

管之明这才转头对唐子风说:"铸造车间这边的事情差不多了,等晚上工艺科发来新的工艺设计,咱们再来看看。现在咱们先上车工车间去。"

"听你的。"唐子风笑呵呵地应道。

离开铸造车间向车工车间走的路上,唐子风对管之明问道:"老管,刚才我听你们讨论工艺,我是一句都没听懂。怎么,你原来也做过铸造工吗,对铸造怎么会这么熟悉?"

管之明说:"我当工人的时候,做过车工、铣工和钳工,铸造倒是没做过。不过,后来当生产处长,再到后来当生产副厂长,这些工种就必须都得接触了。管生产如果不了解各个工种的情况,怎么可能管好?"

"可是,我觉得你好像很专业呢。"唐子风说。

管之明笑道:"我哪里显得专业了?就说刚才大家讨论铸造工艺吧,核心的思想都是老侯、戚师傅和李工、陈工他们提出来的,我也就是跟着起起哄罢了。"

"其实,工业技术也没什么难的,你只要真正沉下心来学,这些东西都是能学会的。你看老侯,他也就读过几年小学,连初中都没读过,他能搞懂的东西,你一个堂堂名牌大学毕业的高才生,能学不懂?"

"没这么容易吧?我进了车间就是两眼一抹黑,啥也看不懂啊。"唐子风迟疑道。

第七十二章 实践出真知

"事在人为,关键是你想不想学,想学就很容易。"管之明说,"过去临一机分配过来的大学生也有不少,还有部里、省里,都有一些学历挺高的干部,但他们往往连什么是铸造都弄不清楚。说到底,就是他们从骨子里就看不起工业生产,觉得这东西不值得他们费脑子。

"还有一些人,倒是学工科出身的,技术功底也不错,可你要让他们和老侯这样的老工人蹲到一起讨论工艺,他可就不乐意了。

"可刚才你也看到了,老侯他们提出来的工艺思路,比工艺科的工程师设计的还巧妙,这就叫实践出真知。就说这个一炉铁水能够浇几个铸件的事情,纸上的计算是一回事,实际操作又是另一回事。别人一炉只能浇三个铸件,换成老侯,就能浇四个,这效率不就提高了吗?"

"受教了。"唐子风向管之明拱了拱手。这个人的人品如何暂不去说,能耐是没说的。能够在生产副厂长这个位置上干这么多年的人,没几个是庸才。

来到车工车间,管之明依然是那一套工作方法。他找了一些有经验的老工人,拿着工艺科编制的工艺文件,逐条地进行讨论,确定工艺优化的思路。技术处已经另派了两名工艺工程师过来,他们显然也是熟悉管之明的工作风格的,此时也参与其中,与大家热烈地讨论起来。

加工一个零件是有很多种工艺方案的,比如是先车内孔还是先车外圆、车削时刀头的角度和速度如何选择、工件使用什么样的夹具,每一种组合都能够形成一个工艺方案。工艺方案的确定,不仅要考虑到零件的加工要求,还要考虑车间里有哪些设备、工人的技术水平如何、成本要求等等,相当于解一道有几十个约束条件的规划问题。

管之明和工人们都不具备解这种复杂方程式的能力,事实上,他们也根本就不懂得啥叫线性规划。

但他们有着丰富的经验,凭着本能就能够判断出哪种工艺选择是最优的,哪个环节能够节省下多少时间。通过合理地分配任务,根据每一名工人的技术水平量身定制工艺方案,管之明几乎是在一分钟一分钟地节省着加工时间,以求让车间能够在指定的工期内完成这项不可能完成的任务。

生产管理,果然是一门大学问啊。唐子风蹲在一旁,看着管之明在那里挥斥方遒,心里很是感慨。这种在常年的生产实践中摔打出来的企业管理人才,也是一笔宝贵的财富,只可惜……

第七十三章　接风洗尘

五点多钟的时候,唐子风在车间里接到樊彩虹打来的电话,让他带管之明去小食堂用餐。恰好管之明与工人们的讨论也已经告一段落,程伟忙着带人去做生产调整,管之明便与唐子风一道,离开了车间,向小食堂的方向走去。

"唐叔叔,你今天回家吃饭吗?我要不要给你做饭?"

二人刚出车间,迎面就碰上了一位十几岁的小姑娘,步履匆匆地走来。看到唐子风,小姑娘停下脚步,脸上露出一个笑容,向唐子风问道。

此人正是唐子风请的钟点工于晓惠。这一个多月的时间里,只要唐子风在厂里,于晓惠就忠实地履行着她作为钟点工的职责,帮唐子风做饭扫地啥的,并从劳动服务公司领取相应的报酬。她并不知道这笔报酬其实是唐子风支付的,只是借了张建阳那边的名义而已。

刚才,于晓惠看快到晚餐时间了,便给唐子风的办公室打电话,询问是否要给唐子风做晚饭,结果办公室那边的人说唐子风去车间了,于晓惠便追到车间来了。

"晓惠啊,我忘了跟你说了。这些天我都要陪管厂长,就不在家里吃饭了,你只需要给我打扫一下卫生就可以。"唐子风说。

"哦,好的。"于晓惠应道,接着又说,"唐叔叔,你换下来的衣服,我已经给你洗好晾在阳台了,屋里的卫生也打扫完了,你还有什么事情要我做吗?"

"没有了。"唐子风说,"对了,我北边房间的书桌上有一个包裹,还没拆封,你去拆了吧。那是我让我同学从京城给我寄来的书,里面有几本琼瑶的小说,好像有《雁儿在林梢》,还有《心有千千结》,你拿回家去看吧。"

"真的?"于晓惠眼里闪着小星星,"谢谢唐叔叔,那我去了!"

说罢,她转回头,一溜烟地跑了。上回她在唐子风面前提起过一回,说班上的女同学最近正在追琼瑶的书,没想到唐子风就记住了,还专门让人从京城寄

第七十三章 接风洗尘

了几本过来,这怎能不让她心花怒放?与唐子风相处这一个多月,小姑娘也真没把唐子风当外人看了。

"这是……你侄女?"管之明指着于晓惠的背影,随口问道。

唐子风笑着说:"这是张建阳帮我雇的保姆,本来我说不需要的,他说这个于晓惠家里很困难,他想给她创造一个赚点钱的机会,我也就没办法推辞了。对了,这个于晓惠的父亲好像就是车工车间的,好像是叫于可新吧。"

"哦,是于可新的女儿啊,有印象。"管之明点点头,接着又说,"于可新身体不好,一直都办着病休,家里的确是比较困难的。张建阳这个人,照顾领导倒是挺上心的,过去他也给我们那届班子里的领导安排过保姆。"

唐子风说:"他也想给周厂长、秦总工他们安排,不过周厂长不让他这么做,说厂领导不能占公家的便宜。目前厂领导里接受了保姆的只有我一个人,于晓惠的工资,是我私人出的,这不算是占公家的便宜。"

管之明错愕了一下,随即点点头,说:"老周这一点做得不错。占公家便宜这种事情,一旦开了头,后面就刹不住了,人的欲望是无穷的。我们这届班子,原来还是不错的,后来就……唉,一言难尽啊。"

唐子风不知道该怎么接话才好了,这真是一个能够把天聊死的话题啊。

所幸管之明也没继续说下去,两个人聊了些废话,不觉已经来到了小食堂。

食堂管理员把他们带进一个房间,房间里摆着一张小餐桌,酒菜都已经摆上了。餐桌上安排了五个位置,其中三个位子上坐着周衡、吴伟钦、朱亚超三人,余下的两个位子,就是给管之明和唐子风预备的。

"老管,请入席吧。"周衡起身招呼着,接着又解释道,"我让小食堂随便准备了几个菜,知道老管你喜欢清静,所以也没找太多人来作陪。你看,今天就我们这几个,我和老吴是新来的,老朱是厂里的老人,再剩下就是小唐了,你看怎么样?"

"多谢周厂长。"管之明向周衡点点头。

周衡说他喜欢清静,其实只是一个借口。真实的原因在于以管之明现在这个身份,厂里不宜大张旗鼓地设宴给他接风。

周衡是厂长,又是他亲自去请管之明出山的,所以不能不来。吴伟钦和唐子风都是与这次项目相关的人员,前来作陪也不奇怪。唯一让管之明觉得有些意外的,反而是原来班子里留下来的朱亚超。

上一任的班子集体腐化，朱亚超一直游离于众人之外，洁身自好，从而躲过了这一劫。

在管之明的记忆中，朱亚超与他并没有什么私人交情，甚至有可能是比较反感他与其他那些厂领导的，却不料也出现在这个小宴会上。

"老管！"

没等管之明说什么，朱亚超先站起身，主动向管之明伸出手。

管之明连忙也伸出手，与朱亚超握了一下。两个人握手之时，四目相对，似乎有千言万语却又不知从何说起。最终，朱亚超轻轻叹了一声，用手一指自己身边的位子，说道："老管，你坐我这吧。咱们俩也是老同事了，一会一起多喝两杯。"

看到人已到齐，小食堂的服务员进来打开酒瓶子，给众人面前都倒上了酒。周衡等到服务员倒完酒，向她挥挥手，说道："你出去吧，把门给我们关上。没喊你，你就别进来了。"

服务员倒也有点眼力，连忙点头应道："好的，周厂长，我就在门外，有事您就喊我。"

看到服务员离开并且关上房门，周衡站起来，端起酒杯，说道："今天这顿饭，有两个主题。一来是给老管接风，具体的缘由就不多说了。二来呢，就是我代表临一机的新班子，感谢老管在厂子遇到困难的时候，挺身而出，为厂子排忧解难。这个人情，我周衡记下了，我提议，这第一杯酒，我们大家一起敬一下老管。"

"对，敬老管！"其余几人也一齐站起来，向管之明比画了一下手里的酒杯。

管之明缓缓站起来，同样端着酒杯，语带苦涩地说道："周厂长这样说，让我愧不敢当啊。临一机搞成今天这个鬼样子，我也是有责任的。周厂长，还有吴厂长、小唐，你们过来帮我们收拾这个烂摊子，我非常感谢。至于说什么挺身而出之类，我实在受不起。这本身就是我应当做的事情，能够为厂子再做一点事情，我觉得非常欣慰。"

朱亚超伸出一只手，拍拍管之明的肩膀，说道："老管，临一机的事情，怨不到你头上。你在临一机，功劳和苦劳都不少，这一点，我也是看在眼里的。至于说……唉，我想你也是身不由己吧。马大壮他们那伙人把厂子搞得乌烟瘴气，你也是受了他们的牵连吧。"

"老朱,谢谢你能这样说,不管怎么说,我对临一机还是有愧的……"管之明扬扬手里的酒杯,向朱亚超递去一个感谢的眼神,同时感慨地说道。

上一任班子贪腐的事情,的确是由分管销售的副厂长马大壮搞起来的,管之明算是被马大壮一伙拉下水的。但要说管之明无辜,那也是骗人的鬼话,他充其量是半推半就,人家把钱送到他手上,他也就接了,然后又昧着良心做了一些事情。他又不是3岁孩子,做这些事情意味着什么,他岂能不知道?所以,他走到今天这一步,也是咎由自取。

至于朱亚超刚才那话,就是给管之明找个台阶,遮遮面子,所以管之明要向他道谢。

周衡对于事情的前因后果是非常清楚的,但既然要请管之明出来帮忙,大家自然要说点好听的话,所以他也并不点破朱亚超的粉饰,而是笑呵呵地说道:"好了,过去的事情就不提了,大家先喝了这杯,算是给老管洗尘吧。"

"干!"众人一齐喊了一声,然后饮尽了杯中酒。

由于周衡把服务员打发出去了,倒酒的事情,自然就落到了唐子风的身上。他倒也有点自觉性,没等周衡发话,便拎起酒瓶子,转着圈给大家都续上了酒。这一桌子人里,年纪最轻的也比唐子风要大20岁以上,所以对于他给大家倒酒一事,没人觉得过意不去,甚至连向他点点头的人都没有。

唐子风并不介意大家对他的轻视,他非常希望大家仅仅把他当作一个孩子,因为这样做错事也不会受到责难。所谓扮猪吃虎,就是这么回事。

头一杯酒喝过,大家就比较随便了。互相敬了几轮酒之后,桌上的气氛逐渐活跃过来。没人再提管之明的囚犯身份,而是把他看成了一个与大家阅历相同的企业领导,聊天的内容也越发趋向于海阔天空。

"老管,对于临一机未来的发展,你有什么想法?"

聊过国际国内的大事之后,周衡把话头引回到了眼前,向管之明问道。

第七十四章　最终的业务还是要落在机床上

"临一机绝对是有希望的。"

听到周衡的问题,管之明毫不犹豫地回答道。

周衡微微一笑,问:"你的理由是什么呢?"

管之明说:"理由很简单,国家要搞工业就离不开机床,要机床就离不开咱们十八罗汉。别看临一机现在半死不活,欠着银行几千万,连自己的工人都养不活。但要论技术水平,沿海那些乡镇企业拍马也比不上我们。过去临一机的确是出了不少问题,但我想,只要好好整顿一下,尤其是把风气扭转过来,临一机起死回生是毫无问题的。"

吴伟钦说:"可是,现在整个国家的机床行业都不景气。就说咱们十八罗汉厂,不亏损的也没几家了。国内很多企业现在都是买进口机床,还有一些小企业就买乡镇企业生产的机床,那些机床质量和性能都不行,但价格便宜。反而是咱们临一机这样的国有大型企业,论技术拼不过国外,论价格拼不过乡镇企业,卡在中间,不上不下,是最难受的。"

朱亚超也说:"是啊,老管,你看过去,咱们的机床销量就是一年不如一年。现在反而是搞了一个金属打包机,销售情况还不错,这也是多亏了周厂长,还有小唐的眼光。其实严格说起来,打包机都不算是机床,我听说小唐最早去找秦总工的时候,秦总工都不想接这桩业务呢。"

"不是不是。"唐子风赶紧否认,"是我没向秦总工说清楚。其实,打包机的总体设计就是秦总工完成的,如果不是秦总工,咱们现在连图纸都拿不出来呢。"

管之明说:"打包机这桩业务,也的确是出乎我的意料。前天周厂长去找我,说起这桩业务,我也是非常佩服的。不过,我也说句煞风景的话,打包机这个产品,咱们不能指望太多。能赚一笔钱,帮厂子渡过饥荒,就非常不错了。要

第七十四章 最终的业务还是要落在机床上

指望靠它实现厂子的扭亏，我看不太容易。"

周衡说："老管说得对。打包机的技术含量太低了，模仿起来很容易，咱们要和乡镇企业抢这个市场，没什么胜算。也正因如此，小唐才提出来要抓紧时间，能抢到多少业务就抢多少业务，赚一笔钱就放弃。咱们毕竟是机床厂，最终的业务还是要落在机床上的。"

"光靠机床，能养活咱们厂吗？"唐子风插话道。

管之明看看唐子风，笑道："小唐，你对机床了解多少？"

唐子风说："那要看管厂长你问的是什么了。如果是问机床行业的情况，我过去跟着周厂长在机电处，还是着实研究过一段时间的。但如果你是问我机床的型号啥的，我就抓瞎了。就刚才那会你们在车工车间聊的那些东西，我是一个字都听不懂。"

"不懂技术可不行啊，这不光是涉及生产管理的问题，也涉及企业经营的问题。你现在搞的这个打包机，一台卖 50 万元，毛利能有 10 多万元。可我们如果造一台重型机床，可以卖 1000 多万元，毛利三四百万元，你觉得哪个市场更有价值？"管之明问。

"一台机床 1000 多万元？"唐子风瞪着眼睛，"管厂长，你是说咱们厂吗？"

管之明点点头，又叹了口气，说："不过这样的业务也不多，主要是一些国家重点工程专用的机床，要求很高，一台机床光是设计就要好几个月。比如加工水轮发电机叶片用的大型龙门镗铣床，能够加工 100 多吨重的部件，设备利润非常高。我们过去给西野重型机械厂做过一台，他们用了七八年，反映非常好。"

"后来呢？"唐子风下意识地问道。

管之明苦笑道："后来西重倒是找过我们一次，说想要一台 13 米的重型镗床，可惜我们接不下来。"

唐子风问："接不下来是什么意思？"

"就是咱们生产不出来。"

"那你说个……"唐子风脱口而出，好在最后还是略去了一个不雅的词汇。

周衡坐在旁边，沉声说道："13 米的重型镗床，以咱们的实力是应当能够拿下来的。"

"如果是过去的临一机，肯定是没问题的！"管之明说，"但这几年厂里的管理混乱,无论是技术还是生产,水平都远不如过去。所以大家都不敢接,这件事也就搁下了。"

"你说的是什么时候的事情?"周衡问。

管之明说:"今年上半年的事情,大概就是3月份的样子吧。"

"西重那边是谁在负责这件事?是老高还是老郑?"周衡又问。

西野重型机械厂也是机械部下属的企业,只不过不是机电系统的。周衡在这个行业里当了20多年处长,认识的人极多,说起哪个厂子,基本上都能够报出几个名字来。他说的老高和老郑,分别是西重的两位副厂长,都是分管生产的,联系采购重型设备这种事情,一般就是这二位出面。

管之明对于周衡认识西重的人也并不觉得惊讶,他回答道:"是老郑,郑明元。"

周衡点点头,说:"好,我记下了,回头就和他联系一下,看看这桩业务还在不在。"

管之明说:"重型镗铣床的市场不小,一年十几台的业务是能够保证的,这就是一个多亿的业务额,咱们哪怕拿下一半,也够全厂干上小半年了。目前这个市场主要是被德国和日本企业占了,他们的技术水平高,尤其是数控化的程度高。我们唯一的优势就是成本,按正常报价,咱们一台重型镗铣床的价格,比德国同类产品低30%以上。咱们要想拿到订单,必须从这方面入手。"

"光靠拼成本恐怕很难啊。"吴伟钦说,"人家的设备,贵有贵的道理。人家数控化程度高、质量好、牌子硬,很多企业宁可多花点钱,也愿意买进口设备。"

管之明说:"老吴说得对,光靠拼成本的确不行,论成本控制能力,我们又远不如那些乡镇企业了。说到底,最终还是要看真本事。这几年,就是因为我们的设备数控化程度低,丢了很多业务呢。"

周衡问:"对了,老管,说起数控,我想向你了解一下。咱们厂从80年代初就和日本佐久间会社合作,引进他们的数控机床技术,为什么到现在还没有形成自己的开发能力?这些天我也和技术处那边的工程师聊过,大家说什么的都有,你是怎么看的?"

"自作孽不可活吧。"管之明说。

"此话怎讲?"周衡问。

管之明说:"当年刚刚和佐久间会社合作的时候,大家都憋着一股劲,想尽

第七十四章　最终的业务还是要落在机床上

快掌握数控技术,搞出咱们自己的数控机床。可说是这样说,落实到行动上的时候,就不是这么一回事了。

"那时候国家搞放权,企业技术开发的投资不再由国家拨款,而是从企业的利润留成里支出。老周你应当知道的,当年能有几个厂子愿意拿利润留成去搞技术开发的?不都是拿这些钱盖房子的吗?"

周衡露出一个无奈的笑容,管之明说的事情他是知道的。

在计划经济年代里,企业的利润是要全部上交给国家的,企业的投资、技术研发、职工福利等,则由国家拨款予以解决。国家拨款要求的是专款专用,用于技术研发的资金,你不能挪去给职工盖房子,否则就是违规。在这种情况下,企业的技术改造资金是能够保障的。即便是有一部分资金被挪用了,余下的部分还是会用在技术研发上。企业也不敢把事情做得太过分,否则以后上级部门就不给你拨这笔资金了。

改革开放后,国家提出扩大企业自主权,允许企业从利润中留出一部分自行支配。按照国家原来的意思,这部分留成的利润应当用于各个方面,包括采购设备、革新技术,也包括改善职工生活条件。可到了企业这里,就没那么自觉了。既然你允许我自由支配,那我就把钱全部用于盖职工宿舍,给厂长买小轿车,以及其他各种奢侈消费。

用于扩大再生产的投入有没有呢?肯定还是会有一点的,但额度就可想而知了。管之明刚才说的,就是这种情况,按他的说法,临一机应当是有很多年没有在技术研发方面给予足够的资金支持了。这也就难怪十多年过去,临一机愣是没有掌握本应掌握的数控技术。

20世纪90年代中期,数控机床的应用已经日益普遍了,临一机作为国内最早引进数控技术的企业,如果能够推出自己的数控机床产品,又何须担心市场问题?说到底,正应了管之明的那句话,叫作"自作孽不可活"。

"老吴、老朱,我有一个想法。"周衡把头转向吴伟钦和朱亚超,说,"下次厂务会,咱们议一下,规定以后临一机的利润中要提出一定比例用于技术研发。这个比例要固定下来,不管什么情况,都不能挪用,你们认为如何?"

第七十五章　减员增效

"这是应该的,我赞成!"吴伟钦响亮地应道。

朱亚超的回答却有些迟疑,他说:"能这样做当然是最好的,只是……"

说到这,他停了口,没有把后面的话说出来。

周衡把眉头一皱,不满地说:"老朱,咱们在一起搭伙也有两个月了,你在我面前还有什么不能说的吗?"

朱亚超面有尴尬之色,说:"其实也没啥。我就是听人说,二局派周厂长到临一机来的时候,说过是以三年为限的,三年以后,周厂长就要调回去高升了。"

"高升不高升,是另一回事。三年为限这个,倒是真的,可这和……"周衡说到这,忽然明白了朱亚超的意思,不禁笑道,"你的意思是说,我既然是待三年就走,有什么必要搞技术研发,是这样吗?"

朱亚超被周衡说破了心事,倒是有些不好意思了,他说:"这是我狭隘了,周厂长一向是个大公无私的人,我早就知道的。"

管之明坐在一旁,幽幽地说:"老朱的话是有道理的。临一机过去几任领导为什么不愿意搞技术研发,说穿了就是搞研发的时间太长了,等搞出来,厂长早就调走了,好处都落到了后面的领导身上,谁乐意干这种傻事?"

周衡嘿嘿冷笑,说:"是啊,大家都是聪明人,不会干这种傻事。这就是为什么临一机从日本引进数控技术这么多年,始终没有掌握这门技术的原因。不过,我周衡是个傻瓜,我愿意干这种傻事。我这句话放在这,我当一天厂长,就会把这个政策维持一天。等我不当厂长了,回二局去,我也会让二局发一个文件,要求各厂必须保证技术研发的资金保证,哪个厂子做不到,厂长就别当下去了。"

"如果真能这样,那可是临一机 8000 名职工的福气了。"朱亚超由衷地说道,他端起酒杯,对周衡说,"周厂长,就冲你这句话,我老朱敬你一杯。"

第七十五章 减员增效

"哈哈,大家一起端杯吧。"周衡招呼道。

众人一起碰了杯,各自饮尽杯中酒。周衡放下酒杯,感慨地说:"老朱敬我这杯酒,真是不知道要羞死多少人啊。当一任厂长,为厂子的长远发展着想,这不应当是天经地义的事情吗?可偏偏就成了丰功伟绩,反而是当一天和尚撞一天钟才是正常的。如果每个厂长都只想着在自己任上出成绩,不管自己离任之后的事情,再好的企业也得被折腾黄了。"

"可不就是这样吗?"管之明说,"说句不怕你们笑话的,我老管为什么混到今天这个地步,就是因为看不到希望啊。就算你周厂长大公无私,能力出众,能让临一机起死回生,可又怎么样?你干得好,上级就要提拔你,把你调走。再换一个厂长过来,没准就是一个贪得无厌的家伙,或者是一个庸才,你用3年时间存下的家底,他一年就能给你败光,你能怎么办?"

说到这里,他的语气中带入了几分苍凉。管之明来赴这个宴席,心情是十分复杂的,尽管大家都不提那些不愉快的事情,但他自己岂能泰然自若?带着这种情绪,他不知不觉便多喝了几杯,此时便有些借酒发泄的意思了。

"我管之明不想好好做一番事业吗?我管之明是那种没有能力的人吗?可光我一个人这样想,有什么用?周围的人都劝我,说临一机这条船已经漏水了,快要沉了,趁着它沉下去之前,能捞就捞一把吧……"

管之明说到这里,不由得老泪纵横了。

"老管,别这样说……唉!"朱亚超拍着管之明的肩膀,想安慰他两句,又不知如何措辞。他当然不能说管之明的做法是对的,可到了这个时候,再去指责他,又有什么意思呢?

周衡说:"老管说的情况,也有一些道理。不过,看着这条船要沉,咱们还是得想一些办法,把洞堵上,逃避不是办法,趁着船沉之前先捞一把,就更是糊涂了。改革开放以来,咱们一直都在讲要扩大企业自主权,但在放权的同时,没有加强监管,所以各种情况就都发生了。过去小唐跟我说过一句话,叫啥来着……"

说到这,他扭头去看唐子风,等着唐子风帮他回忆。唐子风此时正拎着酒瓶子给大家倒酒,管之明的那番感慨,让唐子风也心有戚戚,但他也同样不便说什么,于是索性不吱声,倚小卖小,专门负责给大家倒酒就好了。看到周衡向他示意,他苦着脸说:

"周厂长,我跟你说过的话多了,你一点提示都没有,让我怎么给你回忆?"

"就是你说的什么监管和腐败的。"

"没有监管的权力必然导致腐败。"

"对对,就是这句!"周衡想起来了,他对众人说,"这句话是小唐跟我说过的,我觉得非常有道理。这些年,咱们只讲放权,不讲监督,最终的结果就像老管说的,换一任领导就能够把过去的家底折腾光。我一到临一机就感觉到了,临一机原来的领导班子,简直就是土皇帝的待遇啊。"

"你是说张建阳搞的那些名堂吧?"管之明说。

周衡说:"他只是一个代表罢了。如果没有厂领导的要求和纵容,他一个小小的办公室副主任,能玩出什么花样来?"

管之明说:"上梁不正下梁歪。这些年,临一机的不正之风可不只是张建阳搞的那点名堂。各个车间、各个部门,都有花样百出的做法。不过,我这次回来,倒是觉得面貌有所改变,这应当是周厂长整顿的结果吧?"

"还远远不够。"周衡说,"这两个月,我也就来得及整顿了一下机关的工作作风,把各部门的小金库临时冻结了,更深层次的一些整顿,现在还不敢做。说到底,现在业务形势还不稳定,临一机经不起大的折腾。"

管之明点头说:"周厂长办事果然是稳重。我也觉得,现在还不宜大动干戈,最起码也要等到这桩业务做完,厂里有几百万的毛利进账,那时候领导说话也有底气了。"

周衡看看管之明,又看看朱亚超,说道:"老管、老朱,你们二位都是在临一机工作多年的,我想向你们请教一下,如果下一步我们要做一些更深层次的整顿,最重要的应当是做什么?"

听到问话,朱亚超踌躇了一下,把目光投向管之明。管之明倒是当仁不让,轻轻笑了一声,说道:"周厂长太客气了,我哪当得起你说的请教。不过,以我在厂里的经验,还有这段时间在南梧那边待着思考过的一些事情,我觉得要让临一机彻底摆脱困境,最重要的是裁撤冗员。

"过去国家也提出过减员增效的要求,临一机也搞了几轮,结果人员是越减越多,效率是越增越差。就说我刚才和小唐去的车工车间,现在人员已经有400多名了,但真正能顶得上用的,连200名都不到。那些会吹牛拍马的,技术上不行,却能够当上什么工段长、调度员,都是光动嘴不用动手的轻省活。能干活

第七十五章 减员增效

的,一半退休回家了,另外一半也是满腹牢骚。

"机关这边就更不用说了,整个厂部机关得有 800 人了吧?还有行政后勤,什么小食堂、招待所、子弟学校,每个部门的人员减掉一半没有任何问题。过去我们苦哈哈找点业务过来做,干活也就是 1000 人不到,却要养活 7000 名在职职工和 1000 名退休工人。这么重的负担,不垮台反而是怪事。"

听管之明开了头,朱亚超也跟着说道:"老管说得没错,这些年,脱产干部越来越多了。很多人不愿意在车间里干,就想办法调到机关来。都是关系户,他们开了口,领导这边还能不同意?就我分管的保卫处来说,现在有 70 多个正式编制,还从劳动服务公司借了 50 多个人。为什么?因为正式编制的这些人根本就不乐意干粗活,什么值班、巡逻之类的,都是临时工做,正式编制的每天就是喝喝茶、聊聊天。"

"生产处这边也是这样,人浮于事的现象很严重。"吴伟钦说。

周衡微微地点着头,说:"你们说的,和我考虑的一样。我也是打算下一步就要开始裁撤冗员了,精兵简政,把人员减少一半,生产能力说不定还能提高一倍。"

"这是肯定的。"管之明说,"多余的那些人,不但帮不了忙,而且会拖生产的后腿。就说这一次的任务吧,等到发奖金的时候,就有你老周头疼的了。各个车间里,干活的只是一小部分,大多数人只是看热闹。可看热闹归看热闹,发奖金的时候如果忽略了他们,他们可是会闹上天的。"

周衡黑着脸,说道:"想闹就闹吧,收拾不了这些人,我还当什么厂长!小唐!"

"到!"唐子风应了一声。

"这些天,你跟着老管,要多看多记,各车间里光叫唤不干活的那些人,你都给我记下来,等到任务完成,就该拿他们祭刀了。"周衡杀气腾腾地吩咐道。

第七十六章　打包机发货

接下来的时间里,大家又聊了其他的一些话题,主要都是围绕着临一机生产经营管理方面的。

管之明不愧是在厂里土生土长又担任了多年生产领导工作的老人,看问题自有其独到之处,说出来的见解屡屡让周衡等人茅塞顿开。

相比之下,朱亚超因为是转业干部出身,在厂里分管的是安全保卫,过去与班子里的其他领导关系也比较淡,所以能够贡献的思想是有限的。

吃过饭,周衡让管之明回小招待所去休息,管之明却表示还要回车间去。他此前叮嘱工艺科的李工和陈工要在晚上八点之前拿出新的铸造工艺,现在时间快到了,他要去铸造车间看看。

唐子风累了一天,原本是打算回家睡觉去的,闻听此言,也只能表示要跟管之明一道去车间了。管之明是50多岁的人,他没喊累,唐子风实在也不好意思喊累。

"年轻人,趁着年轻多干点活,不会吃亏的。"

前往车间的路上,管之明拍着唐子风的肩膀说道。共同吃过一顿饭之后,管之明与唐子风之间的关系又近了几分,他不再把自己当成一个阶下囚,把唐子风当成领导,而是把二人的关系当成了长辈与晚辈的关系。

至于唐子风是否接受这种关系的定位,管之明就不在乎了。搁在几个月前,以管之明的地位,愿意这样拍唐子风的肩膀,唐子风都应当觉得受宠若惊才是。

唐子风是个聪明人,知道什么情况下该表现出逆来顺受,什么情况下该装得桀骜不驯。

管之明是来给周衡解围的,所以也就是来帮他唐子风解围的,他有何必要去计较管之明的举动呢?反正管之明干完这桩活还得回南梧监狱去,并不会对

第七十六章 打包机发货

他唐子风有丝毫影响,对方要在自己面前找找长辈的感觉,自己就给他这个面子好了。

带着这种想法,唐子风笑着应道:"管厂长放心,我现在是个单身汉,身无牵挂,干多少活都没问题。我只是担心管厂长你的身体能不能吃得消,如果把你累出个好歹,周厂长可饶不了我。"

管之明自负地说:"这算个啥?以往抓生产,熬几个通宵不是正常的吗?对了,小唐,你跟我到车间去,也别当哑巴,有什么想法,也可以提。你不参与进来,怎么能知道生产是怎么回事呢?"

"可是,我啥也不懂啊。"唐子风说。

管之明说:"没关系,一会到了车间,我给你找个师傅,让他给你讲解。咱们定下的工期不是一个月吗?这一个月时间,你就扎扎实实地在车间里泡着,我保你一个月就能够出师,不说达到几级工的水平,最起码,车钳铣、电气焊,你多少能看出个名堂来。"

"没这个……呃,好吧,我听管厂长的。"

唐子风本想说句"没这个必要",话到嘴边又改了口。

管之明兴致勃勃地要给他当老师,他如果推辞,难免会让管之明对他有些看法,从而影响到双方的合作。周衡可是盼咐过他要照顾好管之明的,目的当然在于最大限度地激发出管之明的能量,以便按时完成这批打包机的生产。

从内心来说,唐子风并不打算让自己成为一名工业技术专家,他甚至没打算在这个行业里干太长的时间。

吃饭的时候,朱亚超问周衡是不是干满三年就要离开,这句话其实是问到唐子风心里去了。

依唐子风的想法,二局派周衡和他过来,说好是帮助临一机扭亏,他们能够把这个目标完成,就功德圆满了,至于临一机未来如何发展,又关他和周衡啥事呢?

好吧,就算周衡是个敬业的人,对国家的机床产业发展忠贞不贰,那也是周衡的选择,他唐子风并没有这样的理想。他费尽心机去金车讨欠款,开拓打包机市场,还有帮助黄丽婷开超市,动机都是短期的,目的是为了临一机能够迅速起死回生。如果临一机明年就能实现全面扭亏,说不定二局就会提前把他和周衡调回去,这才是他所要的结果。

至于说什么车钳铣、电气焊，管之明懂就够了，吴伟钦估计也是懂的，他唐子风需要学这些干什么呢？

难不成管之明觉得他会在这个行业里干一辈子？别逗了，哥是想站在食物链顶端的，谁耐烦学这些东西？

随后的日子在紧张与平淡之中匆匆而过。管之明智计百出，带着工人和工程师一起改进工艺，挖掘各种潜力，不断地提升着生产效率。周衡向车间许下各种诺言，表示事成之后要重奖有功之臣，让大家过一个肥年。

唐子风发挥了自己作秀的特长，与分管后勤的张舒以及分管劳动服务公司的张建阳合作，为生产一线提供各种后勤保障。他让食堂为上夜班的职工提供夜宵，从超市弄来一批购物券发给工人，声称是劳保补助，让大家去买香皂毛巾啥的。可实际上工人又哪里用得上这么多香皂毛巾，这些购物券都转到了各家的女主人手里，虽说也就是十块钱的面值，但效果比直接发10元钱的奖金可好得多了。

管之明说要找人教唐子风技术，也并未食言。每到一个车间，他都要指派一名技术好的工人负责给唐子风讲解生产流程，还逼着唐子风亲手去操作各种机床。正如此前管之明说过的那样，机床操作其实并没有太大的难度，那些小学、初中学历的工人都能够学会的技术，对于唐子风来说就更没障碍了。

唐子风心里不乐意学这些技术，但真到让他学的时候，他还是学得挺认真的，而且果然就迅速掌握了各种技术的基本要领。再回头听管之明与工人们讨论工艺，他就不再是两眼一抹黑，而是能够听出一些道道了。

再往后，他甚至能够在大家讨论的时候，也掺和着说上几句。他智商高，加之没有什么先入为主的思想禁锢，有时候出个馊主意，还真让人觉得有些另辟蹊径的感觉。

一来二去，唐子风居然有点喜欢上车间里的那点事了，在车间里也着实地交了一些朋友。其中与他最投缘的，当然是装配车间的钳工宁默。当着车间里小一半工人的面，唐子风与宁默相谈甚欢，然后意外地发现二人居然是老乡，都是从屯岭市出来的，你说巧不巧……

1995年1月3日，第一台"长缨牌"新型废旧金属打包机从临河发货，运往井南省合岭市的芸塘再生物资公司。

……

第七十六章 打包机发货

"这就是我们从临一机采购的打包机,能够压薄片包块,钢铁厂那边特别欢迎,我们的包块废钢原来压价都卖不出去,现在是供不应求。这机器自动化程度高,操作方便,不挑材料,的确是一台好机器。"

芸塘公司的打包车间里,公司老板喻常发对身边的两名汉子介绍道。

这两名汉子,是喻常发的老朋友,分别是合岭市龙湖机械厂的厂长赵兴根和总工程师赵兴旺,是亲兄弟俩。这个龙湖机械厂,原来是龙湖镇的乡镇企业,被赵家兄弟承包后,现在已经完全成为兄弟俩合办的私营企业。

龙湖机械厂是做农机修配起家的,现在发展到能够制造各种机器设备,包括切削机床、压力机床、注塑机、包装机等等,几乎没什么不能造的东西。赵兴根只有初中文凭,但弟弟赵兴旺却是上过大学的,是井南工学院的毕业生,技术上颇有两把刷子。

龙湖机械厂最擅长做的,就是生产各种山寨机器设备,据说不管多复杂的设备,只要落到他们手上,他们就能够完美地复制出来,而价格只是原厂设备的一半。

喻常发与赵家兄弟的合作时间已经很长,龙湖机械厂生产过程中产生的废钢,都是由芸塘再生物资公司回收的,而芸塘公司的不少设备,则是请龙湖机械厂制造的。一些从其他地方买来的设备如果出了故障,喻常发也是请龙湖机械厂派人来帮忙维修,他对赵家兄弟的技术一向是非常信赖的。

上次唐子风和韩伟昌到芸塘公司来推销新型打包机,留了几张图片。喻常发找赵家兄弟看了看,对方表示这种打包机的设计非常新颖,颇有可取之处。像这样的设备,龙湖机械厂肯定是设计不出来的,但如果能够弄到一台样机,依葫芦画瓢,仿造出几台来,那就一点问题都没有了。打包机不算什么精密机械,对零部件的加工要求不高,正适合龙湖机械厂这样的乡镇企业制造。

于是,喻常发向临一机下了一台打包机的订单,准备买回来之后就请龙湖机械厂仿造。如果龙湖机械厂仿造出来的打包机能够达到原厂的水平,哪怕只达到原厂的80%,他也会一口气采购三台。当然,价格方面,赵家兄弟是要给一个极大的折扣的,毕竟样机是由喻常发提供的。

如今,打包机已经运到,而且是在现场装配的,赵兴旺装扮成一名芸塘公司的职工,旁观了临一机工人装配这台打包机的全过程。

第七十七章 山寨

"这种机器,我们完全能够仿出来。"

赵兴旺信心满满地说道。他在井南工学院就是学机械的,要让他凭空设计一台机械,他的水平还不够,但要看懂一台机械的结构,他自忖是没有问题的。

临一机的这台打包机是拆成许多部件运过来,在芸塘公司的车间里现场组装的,大体的结构他看得一清二楚。至于液压杆、中控箱之类的集成部件,万变不离其宗,自然也没什么难度。

"我听临一机的那个厂长助理说,他们这台打包机的设计有独到之处,很难仿造。有一些仿造的产品,用上几天就出故障了。"喻常发提醒道。

赵兴旺笑道:"喻总,那是他们诈你呢。就这么一台设备,能有什么独到之处?都是大家看得到的东西,还能有什么秘密不成?"

"我看到一份报纸,上面是这样说的……"喻常发递上一张半个多月前的井南日报,在第二版上刊登的正是唐子风让包娜娜帮忙发的长篇通讯稿,上面有关山寨产品质量低劣的部分,被喻常发专门用红笔圈出来了。

赵兴旺接过报纸,念了一小段便笑喷了:"'制造工艺极其粗糙,部件之间的配合度极差,质量堪忧……'哈哈,喻总,这分明就是临一机的人在故弄玄虚嘛,吹自己的质量好,说人家的质量不好,这不是常有的事情吗?还什么部件之间的配合度,这又不是机床,配合度高一点低一点,能影响个啥?就你们现在压出来的这种包块,差个几毫米的,钢铁厂会在乎吗?"

"这个我就不懂了。"喻常发说,他其实也是当过工人的,多少有点常识,对于报纸上的这种说法也是将信将疑。媒体上的这类公关稿,骗骗普通老百姓没问题,对于有市场经验的人来说,是不会轻信的。尽管知道这一点,他还是认真地说道,"小赵总,我看这篇文章上说的,如果加工精度不够,会导致轴承断裂,你觉得有道理没有?"

第七十七章 山寨

"一派胡言!"被称为小赵总的赵兴旺断然说,"哪有说加工精度不够就会导致轴承断裂的?分明就是胡说嘛。这篇文章里说这是临一机的工程师说的,我看就是记者编出来的。"

"这个名叫韩伟昌的工程师,我是见过的,他不像是个胡说八道的人。"喻常发辩解道。

赵兴根站在一旁,看到喻常发的脸上有一些不悦的神色,便上前打圆场说:"兴旺,你也别说得那么绝对,临一机是大厂子,他们有些技术诀窍,可能是我们不了解的。这样吧,咱们在仿造的时候,对照他们设备的加工精度来做就是了。大不了多做一道精密加工的事情,也费不了多少事。"

"这倒也是。"赵兴旺说,他虽然觉得报纸上的说法不靠谱,但喻常发是客户,他开了口,自己完全不在乎也不合适,这涉及一个面子问题。大家私交归私交,这毕竟也是一台几十万的设备,人家有点担忧是正常的。

"赵总,还有小赵总,你们估计一下,仿造这样一台打包机,需要多少钱?"喻常发转入了一个更实际的问题。

赵兴旺说:"我估计过了,我们这边的成本大概要 25 万左右,喻总给我们加个利润,就算 28 万好了。"

"28 万……倒是不贵。"喻常发说,"不过,你们要拖我这台设备过去做样子,起码要耽误我 10 天的生产,而且这设备还要拆卸,重新装起来,怕是质量上就要受影响了,你们得给我一个折扣价吧?"

所谓拖设备过去做样子,是指赵家兄弟要把临一机的这台打包机带回龙湖机械厂,然后大拆八块,以便测量每一个部件的尺寸,用于仿造。这种做法在机械厂里是很寻常的,早年临一机也干过类似的事情,把从国外买来的机床拆开,一个零件一个零件地测量出来,形成图纸,最终就可以仿造出类似的机床。

当然,这种仿造往往是有其形而无其神,许多国产设备的功能与国外原装设备一样,但精度、使用寿命等等就差出很多,这是因为材料、工艺等方面的短板不是靠模仿能够补齐的。

打包机是喻常发买的,拿给龙湖机械厂作为模仿的样机,还要进行拆卸,龙湖机械厂当然是要支付费用的,这费用可以一次性地支付,也可以折在山寨打包机的售价里。龙湖机械厂过去仿造过不少设备,都是这样做的。

"每台我给喻总再减 2 万,怎么样?"赵兴根说。

"这个……有点少吧。"喻常发不满地说。

"喻总能要几台?"

"先要一台看看,如果质量和临一机的这台差不多,那我可以要三台。"

"质量上肯定没问题的!"赵兴旺说。

喻常发笑而不语,这种事情,他岂能凭着对方一个承诺就松口?

赵兴根想了想,说:"喻总,这样好不好? 如果你只要一台,那我只能给你减2万。我这边做仿测,也是要花成本的,如果量少了,我就亏了。等这台做出来,喻总试用一下,如果觉得质量好,愿意再订后两台,那么每台我给喻总减3万,你看如何?"

"后续的,每台减4万。"喻常发说。

"好吧,成交!"赵兴根说。他与赵兴旺是有默契的,赵兴旺报的价格里,本身就有很大的水分,按照24万一台销售,龙湖机械厂还有足够的利润。他们仿造这台打包机,当然并不仅仅是卖给芸塘公司一家,仅合岭市就有十几家废旧金属回收企业,井南全省的这类企业就更多了。他把价格压得低一点,就算是每台的利润比较少,只要销量上来了,总利润就非常可观了。

"还有一点……"喻常发说,"咱们亲兄弟明算账,丑话还是要说在前面。如果你们仿出来的打包机,真的像这报纸上说的一样,用几天就坏,那我可是要退货的。到时候,你们得赔我现在这台打包机的损失费,还有我的误工费,这个数目最好也提前说好吧?"

"喻总觉得多少合适呢?"赵兴根问。喻常发这个要求并不过分,如果龙湖机械厂无法仿造出这台打包机,平白无故把人家的设备拆了,还耽误了人家的时间,当然是要给补偿的。

"算个整数,10万吧。"喻常发说。

赵兴根说:"喻总,你这口子也开得太大了。如果我们的设备质量不行,我们会退给你全款,我们的损失也是20多万。你也就是出了一台机器,我们拆了一下,又给你装好了,你能有多大损失?"

"我的误工费不要算吗?"喻常发说。

赵兴根反驳道:"误工也就是10天的样子吧,一天能有1万?"

喻常发冷笑说:"赵总,账不是这样算的。如果你们现在仿不出来,我就去向临一机订货了,半个月时间就能拿到后面的设备。可现在我相信你们能仿出

第七十七章 山寨

来,同样是半个月时间。如果你们的设备能正常生产,我这里当然没问题。可如果你们的设备出了问题,我最后还是不得不去向临一机订货,这中间耽误的时间,该找谁算呢?"

"我们的设备不会有问题的。"赵兴旺再次声明。

"我也相信这一点。"喻常发说,"所以我们签一个这样的协议,只是为了以防万一。既然你们对自己的设备有信心,签个协议又有啥呢?"

赵兴旺傻眼了,自己刚才那句话,真是给自己刨坑啊。是啊,你既然这么自信,那就签个协议呗,反正对你也没影响。如果你不敢签协议,那岂不就意味着你对自己也没信心?

赵兴根想了想,说道:"兴旺说得是没错的,我们的质量肯定不会有问题。不过,什么事都有个万一是不是?万一出现什么情况,我们要承担退货的损失,还要承担10万的误工费,这个风险对我们来说太大了。喻总,咱们两家也是合作多年了,你的这个误工费,能不能给我们少算一点?"

"8万?"喻常发问。

"5万吧。"赵兴根咬咬牙,这个数字是在他的承受能力之内的。换成别的时候,他其实是可以接受一个更高的赔偿金额的,因为他相信弟弟的眼光和能力,以他自己的经验,也觉得仿造这样一台设备没什么风险,签这样一个协议没啥压力。可喻常发给他们看的报纸,多少还是影响到了他的判断,是啊,万一呢……

"5万就5万吧。"喻常发手一挥,"其实我对赵总你们的技术还是非常信任的,这样一台设备交给你们,那不是十拿九稳的事情吗?"

"没错,喻总放心吧!"赵兴根说道。

双方签了协议,规定好各种情况下的赔偿条款。随后,赵兴根便从厂里调来几名钳工,把刚刚装配好不久的这台"长缨牌"打包机重新拆解开,用大卡车运回了龙湖机械厂,开始了轰轰烈烈的"山寨运动"。

第七十八章　不幸而言中

仿造一台设备，其实真没什么难度。各种机械的设计都是要遵循一定套路的，比如两个部件之间如何连接，不外乎是几种方式，别说赵兴旺这种科班出来的工程师，就算是一般的钳工，只要有一些经验，就能够看得明白。

机器里的许多零件都是标准件，比如螺丝、弹簧、轴承等等，都有若干种固定的规格。设计师在设计机械的时候，一般都会选用这些固定规格的零件，而不会自己另搞一套。

采用固定规格的零件，意味着许多零件可以交由专业厂来批量制造，能够大幅度地降低成本。此外，零件的规格统一了，就意味着通用性能够得到提高，不同位置上的同一规格零件可以换用，用户就不需要为每个零件都单独准备备件，能够降低备件库存的成本。

零件的规格化还能提高工具的通用性，比如说一般螺丝的螺帽都是六角形的，有几种不同尺寸，修理工只需要准备一套六角扳手就可以拆卸所有的螺丝。如果螺帽形状不统一，有三角形的，有五角形的，看起来是挺艺术的，但修理工就要抓狂了。

由于大多数零件是标准化的，所以山寨一台设备的时候，这些零件都可以从市场上采购到，山寨厂商无须自己去制造这些零件。

合岭市有着发达的民营机械制造业，从而形成了一套非常完整的零件配套体系。在合岭市的大街小巷，密布着各种零配件商店，可以买到各种规格的零配件。

如龙湖机械厂这样的企业，敢于尝试山寨各种新设备，正是基于这样一个产业配套体系，经济学家把它叫作"产业公地"。

赵家兄弟把临一机的打包机运回厂里，马上组织工人和工程师开始进一步拆解，绘制出装配图纸。对于其中涉及的标准件，会有人量出具体规格，然后到

第七十八章 不幸而言中

商店去购买。对于那些非标部件,则需要测量具体尺寸,画成图纸,自己进行制造。

"前端锁死机构轴承断裂……"

赵兴旺和两位工程师蹲在被称为前端锁死机构的那个部件前,仔细观察着部件的结构。

临一机设计的这台打包机,采用的是前端出块设计,也就是在把轻薄废钢压制成包块之后,会由一个专门装置把它从前端推出去。前端的这个门在机器压制包块的时候是关闭的,等到包块压制完毕后再打开,以便出块。

这一开一闭,自然就需要有一个锁死装置,从整个压制过程来看,这个锁死装置是要承受一些压力的,如果压力过大,就可能会出现部件断裂的情况。

在《井南日报》的那篇报道里,言之凿凿地声称有一家企业仿造的打包机前端锁死机构发生了轴承断裂的情况,而那位名叫韩伟昌的临一机工程师则告诉记者,说这是因为加工精度不足导致的。赵兴旺虽然对报纸上的内容并不完全相信,但拆解到这个部件的时候,他还是忍不住要多看几眼。

"小赵总,我觉得记者可能搞错了吧?"一位名叫潘有栋的工程师说,"从受力情况来看,轴承是不可能出现断裂的,倒是前面的支撑轴受力比较大,要断也是这根轴断。"

"记者懂个啥,肯定是人家说的时候,她听错了。"另一位名叫刘念的工程师说。

赵兴旺点点头,说:"你们说得对,我也觉得轴承没啥问题,如果要出问题,应当是这根支撑轴的问题。报纸上说,出现故障的原因是加工精度不够,你们认为有道理没有?"

"这个倒是没听说过。"潘有栋说,"加工精度和受力有啥关系?"

"还是有关系的。"刘念说,"如果精度低了,表面不够光滑,轴和轴瓦之间的接触面就小了,压强分布不均匀,是不是容易导致断裂?"

"倒也有点道理。"赵兴旺说。

刘念说:"小赵总,有栋,你们来看,这根支撑轴的加工精度的确是很高的,其他零件是精车车出来的,这根明显是磨过的。那个韩伟昌也是这样说的。"

潘有栋说:"管他呢,既然他说要磨过才行,那咱们就上磨床磨一下呗,也增加不了多少工时。"

赵兴旺说:"没错,咱们一切都照着他们的标准来。他们用车加工,咱们也用车加工。他们上磨床,咱们也上磨床。咱们和他们造得一模一样,我就不信会出毛病。"

说是一模一样,其实到最后还是有点差异的。山寨产品的卖点在于便宜,对于外观之类的要求自然就不必太在意了。

受报纸上那篇文章所带来的心理暗示的影响,在涉及受力结构的地方,赵兴旺提出了比较高的要求,包括把一些原本只需要用精车加工的地方,增加了一道磨床加工的工序。但其他的一些地方,龙湖机械厂是本着能省就省的原则,最终造出来的设备,光是噪音就比临一机的这台大出了许多。

"还是不如原厂的质量啊。"

赵兴旺带着工人把这台"龙机牌"打包机在芸塘公司的车间里安装妥当之后,喻常发上三路下三路地审视着这台设备,咂巴着嘴评论道。

"这只是外观,用起来是完全一样的。"赵兴旺说。

"你们运过来之前,试过机没有?"喻常发问。

赵兴旺说:"试过了,打了50个包,除了声音稍大一点,其他的和临一机的机子没啥区别。"

"那么现在可以开机了吗?"喻常发又问。

"随时可以。"赵兴旺说。

喻常发喊来自己的工人,让他们开始装料,然后启动打包机开始工作。一堆锈迹斑斑的废钢被投入打包机,机器轰鸣着,把这些形状各异的废钢挤压成片状的薄块。随后,前端的出包口打开,一个包块被推出来,落在地上。随后,出包口重新关上,机体上盖打开,自动送料装置把下一批废料投入了机体,开始新一轮压缩打包。

"嗯,声音是大了一点。"喻常发挑剔道。在他心里,对于这台打包机倒是挺满意的,打包的效果与临一机的打包机没啥区别,声音大一点其实是无所谓的,车间里本来就是闹哄哄的,谁会在乎机器的声音大小呢?

"我说吧!"赵兴旺面有得意之色,"别听那些记者瞎扯,什么仿造产品质量不行,哄鬼呢? 就这样一台机器,我闭着眼睛都能……"

他刚说到这,就听得"咔"的一声脆响,接着便是电动机呜呜的过载声。坐在控制台边上的那名操作工经验很是丰富,眼明手快地按下了停止键。电机戛

第七十八章 不幸而言中

然而止,现场一片寂静。

"这是……这是怎么回事?"赵兴旺失声喊道。

"小赵总,前端的支撑轴……"随同前来试机的潘有栋用手指着打包机,声音都有些变调了。

只见在那打包机的前端,本应锁死的出包口被硬生生地挤开了,出包口下端的支撑轴已经脱离了轴座,表面是一个白生生的茬口。

支撑轴断了!

赵兴旺只觉得脑子嗡的一声,眼前啥也看不见了,只剩下那个灰白色的茬口。

这怎么可能呢?自己分明是严格按照临一机的设备尺寸仿造的,临一机说这根支撑轴要打磨,自己就让工人按着标准打磨了,表面精度、同圆度啥的,都和临一机设备上的那根轴毫无二致,有什么理由它就断了呢?

在把设备送到芸塘公司来之前,他在厂里已经试过车了。虽然没有像他向喻常发说的那样打了50个包,但十几个包是有的,设备运行没有任何问题。现在刚刚打了几个包,轴就断了,这让他如何解释才好呢?

"小赵总,我看过了,刚才那批废钢里,有很多短钢筋,可能打包的时候压力大了一点……"潘有栋上前看过之后,回来低声向赵兴旺报告道。

打包机在龙湖机械厂试车的时候,用的原料是厂里自己生产时产生的铁刨花,相对比较松软,打包压力也不大。芸塘公司的废钢,种类就非常多了,有些短钢筋的强度是很大的,要把它们挤压成块,需要施加更大的压力,很显然,前端机构的支撑轴就是因为无法承受这样的压力而断裂的。

原因找到了,但赵兴旺根本没法向喻常发说。打包机就是用来压缩各种钢材的,再生物资公司收购回来的轻薄废钢,既有铁刨花、铁皮等松软材料,也有钢筋、螺丝等高强度的材料,打包机必须能够同时应付各种材料才行,哪有压几根钢筋就损坏的道理?

"小赵总,这是怎么回事?"

喻常发也走过来了,脸黑得吓人。如果说,他此前对于报纸上的内容只相信了三分,现在已经信到九分了。看来,临一机的确是有独特的技术诀窍啊,他们说山寨产品质量不行,并非是故意在黑竞争对手。

第七十九章　问题出在哪

"喻总,这只是一个意外!"

赵兴旺汗流浃背地说。

他是真的慌了,这种慌张来自于对未知的恐惧。

如果龙机真的是偷工减料,导致设备出现故障,赵兴旺充其量是有些尴尬,不至于恐慌。

做机械产品,在不起眼的地方搞点名堂,以节省成本,这是难免的事情。有时候不小心穿帮了,被客户质疑,也是有办法解决的,比如及时上门维修,再免费送点配件之类的,人家也就不计较了。

买山寨产品的厂商,本身对于质量问题也是有足够容忍度的,一分钱一分货,这是普遍真理,谁会花 5000 块钱买辆汽车还挑剔座位是不是真皮的。

可眼前的事情完全不是这回事,赵兴旺敢发誓,龙机在这个前端机构上没有任何偷工减料。就那根支撑轴来说,没有任何理由说一定要用磨床磨,但赵兴旺还是让工人磨了一遍,做到与临一机的那根轴一模一样。

可偏偏就是这根一模一样的轴,才压了十几个包就断裂了,这完全颠覆了赵兴旺的认知。你要说是轴的设计不对,人家临一机的轴为什么没断呢?同样的设计,同样的加工工艺,你的轴断了,人家的轴没断,这还不能说明问题吗?

最可怕的是,临一机居然在一个月前就预言了这件事。

没错,赵兴旺坚信报纸上的内容只是一个预言而已,因为他在这些天也去了解过,井南省在此前并没有哪家企业买过临一机的打包机,更没有哪家企业仿造过这种打包机,他完全有理由相信报纸上这篇文章的内容只是编出来的,目的只是为了诋毁他们这些山寨企业。

可你说是诋毁,人家恰恰说对了。人家说山寨产品的前端锁死机构会出问题,你就真的出了问题,那么你还能说啥呢? 到了这一步,你要向客户说临一机

第七十九章 问题出在哪

的宣传是胡说八道的,客户能相信你吗?"

"是什么意外?"

喻常发不是会被随便糊弄过去的。他现在心里充满了愤怒和懊悔。

他的愤怒之处,在于赵家兄弟居然敢在他面前吹牛,明明没有这个金刚钻,却非要揽这桩瓷器活。

他的懊悔之处,则在于唐子风早就向他警告过这种情况,他却出于省钱的考虑,只订购了一台打包机,把满心希望都寄托在了赵家兄弟身上。

如果他从一开始就不打这个主意,而是老老实实地从临一机手里买四台打包机,这会火力全开,能消化多少废钢啊。

这种片状的废钢包块,受到了各家钢铁厂的好评,有多少就能卖出多少,几乎就是躺着赚钱的事情,自己却是错过了。如果其他同行买了更多的"长缨牌"打包机,他们的消化能力就能大幅度提高,市场就被他们抢走了,这是多么令人心疼的事情啊!

"喻总,你应当相信我们的实力。"赵兴旺说,"这个支撑轴断裂的事情,绝对是偶然的。具体原因,我现在也分析不出来,有可能是我们加工的精度的确不够,也有可能是我们在测量的时候出了点差错,这要等我们回去查过图纸才知道。"

"那你们什么时候能够查清楚?"喻常发问。

"五……呃,三天,三天行吗?"赵兴旺问。他心里真的没数,按他自己的估计,五天时间根本就不够,但他也知道,喻常发根本不可能给他更多的时间。

"你知道我们三天时间要加工多少废钢吗?"

"那……两天?"

"两天你能保证解决问题?"

"我们尽力而为……"

"小赵总,咱们是老朋友了,你跟我说实话,你们到底有没有把握?你们如果没有把握,我就赶紧向临一机订货了。上次他们来安装的时候跟我讲过了,他们现在订单多得很,订了货还要排队,晚一天订货,可能就要晚一个星期才能拿到货。我真的没有时间等你们。"喻常发幽幽地说道。

"这……"赵兴旺哑了。上一回他敢信誓旦旦地说自己的产品质量没问题,那是因为他觉得这样一台设备根本没什么难度。但现在他不敢说了,事实就在面前,最关键的是,他连断轴的原因都没搞清楚,哪敢再拍着胸脯说自己有把握呢?

这时候,赵兴根已经闻讯赶到了,看到那根断掉的支撑轴,他的脸色也异常难看。他先去和赵兴旺低声交流了几句,然后走到喻常发面前,说道:"喻总,这件事我非常抱歉。我的人品,喻总应当是知道的,我和兴旺绝对没有一点要哄骗喻总的意思,这一点请喻总相信。"

"兴根啊,你和兴旺都是我看着长大的,你们的人品怎么样,我怎么会不知道呢? 可现在这个情况……"喻常发拖着长腔,等着赵兴根说话。

赵兴根说:"这样吧,你再宽限我们两天,我们认真查一下原因。如果我们能够解决这个问题,每台设备我再给你减 1 万元。如果我们解决不了,那就麻烦喻总再去订临一机的打包机,上次说好的赔偿金,我再加 1 万元,喻总觉得怎么样?"

赵兴根也是没办法了。钱是身外之物,企业信誉才是最重要的。自己先前的话说得太满,现在被当面打脸,他如果不主动提出增加赔偿数目,以后也没法再和喻常发做生意了。

喻常发点点头,说:"那就这样吧。兴根啊,你也别觉得我是在趁火打劫,其实我是非常希望你们能够仿造成功的,我多省一点钱,你们也多一些业务,这不是对大家都好的事情吗? 可现在这种情况,我这边耽误一天时间,就少赚几千上万,我不敢等下去。"

"我知道,我知道,多谢喻总了。"赵兴根连声说道。

"你们要查故障原因,是在我这里查,还是你们把机子带回去查?"喻常发指着那台损坏的打包机问。

赵兴根说:"当然是带回去。放到这里,也影响喻总这边的生产是不是?"

"嗯,好吧。"喻常发说,"不过,你们如果把机子带回去,修好以后,最好多测试几遍,不要忙着送过来。这一来一去,运输费也不得了。"

"好的好的。"赵兴根应道。

一行人乘兴而来,败兴而归。那台"龙湖牌"打包机又被重新拆解开,装上卡车运回了龙湖机械厂。回到厂里,赵兴根把赵兴旺叫到自己的办公室,问道:"兴旺,到底是怎么回事,你弄明白没有?"

赵兴旺哭丧着脸:"哥,不应该啊。"

第七十九章　问题出在哪

"什么不应该？"

"我们完全是照着临一机那台机子的样子做的，一点差错都没有。他们的机子用得好好的，怎么咱们的机子就坏了呢？"

"报纸上说，机子损坏的原因是加工精度不够……"

"这不可能啊！我们也是拿磨床磨的。就这么一个支撑轴，又不是什么精密部件，哪有用磨床磨的，正常情况下，做个精车就足够了。"

"也许他们这样做是有道理的。兴旺，要不你还是让人再去磨一根轴出来，换上试试。"

"也只能这样了。"赵兴旺灰溜溜地说。

要重新做一根轴，工序是很多的，先要粗车，再精车，再上磨床，中间还有各种热处理环节，什么正火退火之类的。赵兴旺无法知道临一机的加工工艺是怎么样的，但机械设计里这类轴的加工工艺无外乎就是如此，再变也变不出啥花样来。

借着工人加工支撑轴的工夫，赵兴旺带着技术人员，开始研究图纸，试图找出哪个地方与临一机的原始设计存在误差。芸塘公司那台"长缨牌"打包机已经送回去并且重新装配好了，他们不可能把设备再借过来拆卸一次，只能照着上次仿测的图纸进行分析。

临一机的打包机是没有问题的，这一点大家都不否认。自己照着做的打包机出了问题，那就只有两种可能性，一是抄错了，二是字体不如人家工整，被老师扣了卷面分。报纸上的那篇文章，被大家找出来反复研讨，试图从"韩伟昌"的陈述中得到什么启发。

"图纸是绝对没有问题的，我们是严格按照临一机的打包机测绘出来的。"刘念把每一张图纸都看过几遍之后，肯定地说道。

"如果尺寸出了问题，我们的机器肯定装配不起来。"潘有栋也说道。

"这么说，唯一的可能性就是生产过程出了问题？"赵兴旺问。

刘念说："我觉得问题肯定是出在生产过程上。比如说，粗车以后的调质有没有做到位，还有精车以后的淬火和回火，车间里有时候会马马虎虎的。"

"会不会是咱们的量具出问题了？测量出来的结果错了？"有人脑洞大开。

"是啊，这报纸上不是说了吗，加工精度不够就会导致故障，万一咱们哪个部件差了那么一点点呢？"

"要不,咱们把机器拆了,全部再测一遍?"
"拆吧,如果找不出原因,咱们厂可就糟糕了。"
"唉,又得加班了……"

第八十章　会不会是在故意诱导我们

　　一帮人拿着卡尺、千分尺、角度尺、塞规之类的量具开始复查零件的尺寸，结果还真查出了一堆毛病，这里长度少了零点几毫米，那里角度差了几度之类的，林林总总有几十项之多。

　　搁在以往，这样的毛病根本就没人在乎，龙机的产品向来是以低价取胜的，萝卜快了不洗泥，说的就是龙机的情况。如果每个零件都严格要求，生产效率怎么提得起来？成本又如何降得下去？

　　事实上，机器设备也没那么娇贵，有些地方差个零点几毫米，拿锉刀锉一锉，或者垫点什么东西，也就糊弄过去了，不影响使用就行。有些零件之间的配合不好，运动起来显得生涩，过一段时间也就磨合了，能有多大的问题？

　　可这一回，大家不敢再这样想了，设备出了故障，完全找不到原因，大家哪敢放过任何的蛛丝马迹。于是，一批零件被要求重新返工，更有工程师到生产现场去盯着每一个环节，不容许工人做出任何偏离工艺要求的操作。龙机也算是一夜之间就达到 ISO9000 认证的水平。

　　"好了，完全没问题了。"

　　赵兴旺揉着酸疼的腰，大声地宣布道。

　　经过一个通宵的检查，所有可能存在的毛病都已经被纠正，一根新的前端机构支撑轴已经被加工出来，轴的表面磨得锃亮，几乎可以当镜子用了。

　　"现在开始装配，所有的人都注意了，装配过程中不能有磕碰，任何一点磕碰都可能会影响设备的质量！"赵兴旺叮嘱道。

　　这是一次堪比艺术创作的装配过程，所有的人都遵循着小心轻放的原则，一枚螺丝拧几圈都是严格照着规范做的，没人敢像过去那样大大咧咧地随便拧几下就好。在大家看来，自己正在安装的不是一台傻大黑粗的打包机，而是一个精密的钟表。

"应该可以了吧?"

潘有栋站在一旁,看着钳工们在机器上忙碌,低声地向身边的刘念问道。

"我觉得应该没问题了。"刘念说。

"可是,你相信问题是出在安装上吗?"潘有栋又问。

刘念苦笑着摇摇头:"这怎么可能呢?打包机这样的设备,如果仅仅是因为安装不够精密就出这么大的问题,那也就别用了。你想想它的工作场景是什么样的,上百吨的压力,机器得非常皮实才行啊。"

"可是,如果不是这个原因,又会是什么呢?"

"谁知道,但愿这次能行吧……"

"我去买香……"

在心里犯嘀咕的,肯定不只是潘有栋和刘念,事实上,赵兴旺的心里也是七上八下,只是事到如今,他也没有别的办法了,只能先试试再说。

打包机被重新装配起来了,有工人往机体里扔了一堆铁刨花,然后按动电钮。设备的运行非常顺畅,甚至噪音都比从前低了几个分贝,这应当是得益于加工精度的提高。前端机构顺利打开,一块压缩好的包块被推出来,然后机构复位,一切都显得那么美好。

"换材料,投废钢筋!"赵兴旺的语气里带上了几分颤音。

一堆废钢筋被投进去了,上盖关上,同时主液压杆和侧推液压杆同时发力。大家无法看到机体内钢筋的变形,但从液压杆的推动过程也能看出打包过程进展顺利。不过,大家更关注的,是前端机构的情况,所有的人都在心里默默地念着:千万别出问题啊!

"当!"

一声金属碰撞的声音,锁死机构打开,一块压好的包块被推出来,落到了地上。

"好!"

众人齐声喝彩,心里悬着的一块石头也如金属包块一样落到了地上。总算是没白费力气,新装配起来的打包机经受住了打包钢筋的压力考验。莫非问题真的出在加工精度上,重新换一根支撑轴,问题就解决了?

可是,这不科学啊!

"兴旺,你看,问题是不是已经解决了?"赵兴根向弟弟问道。

赵兴旺轻轻叹了口气,说:"我也不知道。从道理上说,问题应当不在这方面,可现在的情况却又正好相反。我觉得,还是再多压几个包吧,看看质量能不能稳定。"

"这是肯定的。"赵兴根说,"如果再像上次那样,在厂里压得好好的,到了喻常发那边就出问题,咱们可真的丢脸了。"

"唉……"赵兴旺叹了一声,然后向工人吩咐道,"再投一次料!"

又一批短钢筋投进去,压缩,出包,情况良好。

"再来一次!"

"咔!"

刚刚压到第四次,所有人最担心的事情终于还是发生了。还是同样的金属断裂声,还是一个地方,新造出来的支撑轴比它的前任只多坚持了两个回合而已。

"啊!"赵兴旺怒吼了一声。

"这是什么原因?"赵兴根的脸黑得像要下雨一般。

"或许是……"赵兴旺说不下去了,他脑子里一片茫然,能做的都做了,结果还是一样,问题到底出在哪呢?

"赵总,小赵总,我有一个猜测……"潘有栋怯怯地凑上前来说道。

"什么猜测?"赵兴旺懒懒地问道。

潘有栋说:"这张报纸上写的内容,会不会是在故意诱导我们?"

"诱导?你是说什么诱导?"赵兴旺问。

"小赵总,你看,他们特别强调说是因为我们的加工精度不够,所以才导致了故障。会不会情况恰好是相反的,正是因为我们的加工精度过高,才导致出现了这样的故障?我刚才琢磨着,各个部件的加工精度高了,摩擦力就小了,这样液压杆的压力就会全部传递到前端机构上,支撑杆承受的压力过大,所以就断了。如果我们把加工精度降低一些,或许就没事了……"潘有栋说得头头是道,听起来似乎还有那么一点道理。

赵兴根说:"可是,你们不是说临一机的打包机加工精度就是很高的吗?"

潘有栋说:"我刚才回忆了一下,我们仿测芸塘公司那台打包机的时候,注意力都放到支撑轴上了,其他地方的加工精度是怎么样的,我们好像没有特别注意。"

赵兴旺说:"我记得跟你们说过,让你们要检测表面粗糙度的。"

潘有栋说:"我们的确是检测了,但现在回忆起来,好像检测得不是特别认真。我们有点先入为主了,总觉得临一机的加工精度肯定是非常高的,或许他们恰恰是反过来的。"

"会这样吗?"

"不好说……"

"……"

大家都蒙了,赵兴旺认真地想了想,似乎前些天仿测临一机打包机的时候,自己的确有些疏忽的地方,没有特别去检查每个部件的加工精度有什么问题。受到报纸的误导,自己和其他工程师可能会下意识地觉得对方的精度要求非常高,万一不是这样呢?

再往下想,问题就更多了。每个部件的形状,大家也有先入为主的地方。比如说,大家潜意识里都会认为一根轴的直径是处处相等的,测量的时候不会每一个点都测一遍。但如果临一机做了手脚,让这根轴的某些地方粗一点点,某些地方细一点点,轴的受力分布就完全不同了。想想看,一个力量作用在杠杆头上和作用在杠杆中间,效果会是相同的吗?

"那现在怎么办?"赵兴根问。

"试!"赵兴旺斩钉截铁地说道,"我就不信临一机能玩出什么花招来。"

"好吧,我们还有36个小时的时间……"赵兴根说。

实践表明,36个小时对于研制一台机械来说,实在是只能算作白驹过隙。赵兴旺带着技术人员又拼了两天一夜,到第三天下午,他终于颓唐地坐下了。无论是改变部件的加工精度,还是调整部件的形状,最终都无法解决断轴的问题。

有几次,新装配起来的打包机已经能够连续打出十几个废钢筋的包块,让人觉得胜利就在眼前,可随即支撑轴又扛不住了,咔嚓一声断成两截。最让人郁闷的是,当他们照着上一次的样子重新做出一根轴来换上去之后,前面已经取得的成果也不复出现了,让人觉得刚才的进展其实只是一场浮云。

到了这个地步,赵兴根也不敢再有什么幻想了。就算是他们能够拼凑出一台勉强能用的打包机,他也不敢卖给喻常发,因为在他们自己都没弄明白原理的情况下,谁也无法保证这样的打包机不会出故障,届时他就没法交代了。

第八十章 会不会是在故意诱导我们

　　他给喻常发打了一个电话,非常沮丧地承认龙机无法仿造出合格的打包机,请喻常发另请高明。至于此前商定的赔偿金,他会一分不少地支付给芸塘公司,绝不赖账。

　　挂断赵兴根的电话,喻常发随即就拨通了一个远在临河的号码:

　　"喂,是韩工吗?我是井南的老喻啊。你们那个打包机我们试用过之后,觉得效果还是蛮理想的。我们想再订三台,预付款啥的都没问题,就是希望能够快一点发货……嗯嗯,什么,要排队啊,最快也要一个月?韩工,咱们可是老朋友了,能不能帮哥哥我走个后门,加快一点啊,哪怕价钱上再高一点都可以的……"

第八十一章　来了个外援

"兴旺,还没琢磨出来吗?"

龙湖机械厂,厂长赵兴根带着几个人走进车间,来到正蹲在那台打包机前发呆的弟弟赵兴旺身边,轻声地问道。

从仿造打包机失败至今,已经过去了一星期时间,赵兴旺仍然在琢磨着这台打包机的问题出在哪里。凭借与喻常发以往的交情,他到芸塘再生物资公司的打包车间去了十几趟,把那台"长缨牌"打包机的尺寸反复测量了若干遍。当然,喻常发不会允许他再次把打包机拆开,所以有些藏在内部的部件,他就只能从外表去猜测了。

支撑轴的加工精度和形状是赵兴旺关注的重点,他让工人们制作了十几根不同的支撑轴,有光滑的,有粗糙的,有笔直的、有纺锤状的、有哑铃状的,每一根轴都被装配到打包机上去进行实验,以确定是否符合原厂的设计。

除了支撑轴之外,其他与之相关的部件,赵兴旺也让人重新制造了,这短短一星期时间,光是制造各种部件的花费就快要上万了。

赵兴旺这样执着地要找出问题,除了自己勤奋好学之外,还有两个目的。

第一当然是为了止损,如果他能够找出打包机断轴的原因,现在这台打包机可以修复之后销售出去,龙机还可以开拓新的业务,然后能够以新业务的利润来弥补此前向芸塘公司赔偿造成的损失。

第二点,就是他必须要弄明白这其中的道理,这不仅仅关系到能否仿造出一台合格的打包机,还涉及未来对其他设备的仿造。

一台打包机仿造失败了,前前后后的损失有 30 多万,这仍在赵家兄弟能够承受的范围之内。如果其他设备后续也出现同样的问题,一而再、再而三地仿造失败,兄弟俩可就要饿肚子了。

"哥,还是找不到原因。"赵兴旺抬起头向哥哥说道。他现在的模样让人看

第八十一章 来了个外援

着实在是心疼,头发凌乱,满脸胡子茬,面容瘦削,两眼通红。

没办法,这种实验实在是费时费力,每一次都要把相关部件拆卸下来再组装回去,然后开机试压,折腾一趟就是一两个小时。噪音之类的折腾倒还在其次,最关键是心累……

"兴旺,你看谁来了?"赵兴根用手一指自己身旁,笑着对赵兴旺说道。

赵兴旺抬眼一看,赶紧站起身来,面带喜色地招呼道:"温哥,你回来了!"

被称为温哥的这位,与赵兴根年龄相仿,穿着西服,鼻梁上架着眼镜,一副文质彬彬的样子。此人是赵兴根的初中同学,名叫温伟明。

当年,赵兴根读完初中就辍学了,温伟明则上了高中,然后作为恢复高考之后的第一届大学生,进入清华大学机械系就读,随后硕士、博士一路没有间断,毕业后留校任教,目前是清华机械系的副教授。

龙湖机械厂的总工程师是赵兴旺,但赵兴旺的那两把刷子,遇到普通的技术问题还能对付,稍微麻烦一点的问题,就只能求助于外援了,而温伟明就是龙机的铁杆外援。

这一回龙机仿造打包机失败,赵兴根便考虑过要请温伟明回来指导一下。但喻常发给他的时间只有两天,他根本就来不及找温伟明。

在向喻常发支付完赔款之后,赵兴根给温伟明打了个电话,说了这件事情,但电话里很多情况也说不清楚。温伟明告诉赵兴根,他过几天要带一个组的学生去井南做寒假实习,届时会到龙机去看看。

此时,温伟明就是带着自己的学生来的,跟在温伟明身边的,有三男一女,全都是机械系 91 级的学生。

"兴旺,你怎么搞成这个样子?"

温伟明没有嫌弃赵兴旺满手的油污,与他握了握手,然后指着他的脸关切地问道。赵兴旺比赵兴根小两岁,小时候就是跟在赵兴根、温伟明等人背后当跟屁虫的,温伟明与他很是熟悉了。

赵兴旺沮丧地说:"温哥,我这里又遇到麻烦了。就这台打包机,我觉得设计上也没什么问题,可前端的这个锁死机构就是锁不住,反复地断轴。所有的原因我都检查过了,什么也查不出来。"

"断轴?那应当是设计上有问题啊,是不是压力超过轴的承受极限了?"温伟明问。

赵兴旺说:"不会啊,我们是照着临一机的打包机造的,除了外壳之外,其他什么都没改。可他们的机器在芸塘公司用了快一个月了,一点事都没有,我们这台机器最多打十几个包,轴就断了。"

"有这样的事情?"温伟明皱了皱眉头,他当然知道龙机是靠山寨起家的,这在井南是再常见不过的事情了。龙机的制造水平,温伟明还是比较认可的,知道不可能连一台这样的机器都仿不出来。

"你们分析是哪方面的问题呢?"温伟明问。

赵兴旺说:"我们最初的分析就是仿测的时候是不是测错了,哪个地方和原厂的不一样。后来检查了很多遍,基本上排除了这种可能性。余下的可能性,就是加工精度的问题了,温哥,你看,这里有份报纸,上面登了一篇文章,据说是记者采访了临一机的工程师,他们的工程师说,如果加工精度不足,就可能会出现这样的断轴故障……"

温伟明接过赵兴旺递过来的报纸,看了几眼,然后递给自己的学生,说道:"你们也都看看吧,说说你们的看法。"

"加工精度不足会导致轴承断裂?没这个说法吧?"

"轴承怎么可能断裂,最多就是滚珠变形吧?如果是轴的话……可这跟加工精度有啥关系?"

"这样的轴,没必要用磨床加工吧……"

三个男生看过报纸,都觉得匪夷所思。不过,在老师面前,他们也不敢把话说得太满,万一真有什么自己没考虑周全的地方呢?

"文珺,你也看看吧。"温伟明对唯一的那名女生喊道。

刚才这会,几个男生都在听温伟明与赵家兄弟聊天,那名女生却不知什么时候把打包机的图纸捡起来了,搁在一辆放工件的小推车上看着,还拿了一支绘图铅笔在图纸上写写画画,颇为专注的样子。

听到老师喊自己,她回过头,伸手从一名男生手上接过那张报纸,扫了一眼报纸上的内容,接着目光无意间扫过标题下面的一个署名,不由得扑哧一声就笑出来了。

因为是出来实习,这姑娘穿了一件半旧工作服,头发卷在头顶上做成了一个丸子,与车间里寻常的女工没啥区别,并不特别惹眼。

但当她展颜一笑之时,眼眸间灵光流动,脸上笑靥如花,顿时就让所有的人

第八十一章 来了个外援

看得有些痴了。几个男生更是把嘴咧到了耳根,笑得呆头呆脑,如蟠桃宴上的天蓬哥一般。

"她叫肖文珺,我们机械系一字班成绩最好的学生。"温伟明向赵家兄弟介绍道,说罢,又笑着对肖文珺问道,"文珺,怎么,这篇文章很可笑吗?"

"不是不是。"肖文珺抬起一只手,用手背微微挡着嘴,努力地忍住笑,说道,"温老师,对不起,我只是看到这个记者的名字,所以觉得好笑。"

"记者的名字?"赵兴旺一愣,"我记得这篇文章的署名是本报通讯员包娜娜,这个名字有什么特殊意义吗?"

肖文珺说:"这个人我认识,从小学到高一,我们俩都是同班,她是我最好的朋友。不过,她这个人……呃,反正她写的东西,大家千万别信就是了。"

说到这,她又忍不住去捂嘴偷笑了,也不知道这姑娘的笑点为什么会这么低。

"千万别信……"赵兴旺咧咧嘴,这个包娜娜得有多奇葩,才能让人对她做出这样的评价啊。一个记者,写出来的东西大家不能相信,这还是记者吗?

"文珺,这么说,你认为打包机断轴的原因不是加工方面的问题?"温伟明问道。

"当然不是,和加工精度没有任何关系。"肖文珺肯定地说。谈到技术问题的时候,她的眼神变得十分清澈,那是一种智慧的神采。

"那么,你认为是什么原因呢?"温伟明又问。

"钢材的问题。"肖文珺说,她举起自己刚才正在看的图纸,指着上面的几幅示意图和一串公式说道,"我刚才已经做过计算了,按照这台设备的设计,在极端条件下,前端机构支撑轴受到的拉应力会超过 1000 兆帕,最高甚至有可能达到 1200 兆帕。

"赵厂长他们现在使用的是 45 号碳素钢,如果我没记错的话,这种钢材的标准抗拉强度是 600 兆帕,正负波动在 100 兆帕左右,也就是说最高只能达到 700 兆帕。这样一来,压制一些低强度废钢的时候是无所谓的,但如果压制的是高强度钢材,支撑轴的拉应力远远超过材料的最高抗拉强度,肯定是要发生断裂的,这和加工精度没有任何关系。"

"1000 兆帕……"

赵兴旺好悬没把一口老血喷出来。

天啊,不带这么坑人的好不好?合着这款"长缨牌"打包机从设计到营销是坑连着坑,纯粹就是一个坑货啊。

第八十二章　倚马可待

打包机是一种压力机械，要把诸如废钢筋这样的材料压成片状，需要有很大的压力。这些压力会传递到机体上，前端机构受到的压力自然也不会小。

作为锁死装置的一部分，支撑轴要承受的压力是可以计算出来的。在一般情况下，如果支撑轴承受的压力过大，设计者应当考虑把支撑轴的直径加大，也就是做得粗一点，用以分散压力。

当然，另一种做法就是选择抗拉强度更高的钢材来替代普通钢材，这样即使支撑轴细一点，也能够抵抗得了这样的压力。

机械设计中，轴类零件通常会选择使用45号碳素钢，这种钢材的抗拉强度是600兆帕，足够应付大多数的应用情境。遇到压力超过600兆帕的情况，常规的处理就是把轴加粗，而不是更换高强度钢材。

这样做的原因，一方面是45号碳素钢的价格比高强度钢材，例如铬钼、铬镍合金钢等要便宜得多，能够节约成本；另一方面是高强度钢材的加工难度也更大，一般的车刀、磨具等很难对高强度钢材进行加工，必须使用硬度更高的刀具，这类刀具的价格往往也是非常高的，寻常的一些机械厂甚至找不到这类刀具。

就这种废旧金属打包机来说，使用加粗的普通钢材支撑轴，远比使用高强度的细轴更合算，但设计者却偏偏选择了这种不合理的设计，这就是在给仿造者挖坑了。

且不说仿造者是不是能够想到临一机的支撑轴使用了高强度钢材，就算他们想到了，他们也很难加工出这样的轴。这个问题，对于临一机来说就根本算不上问题了，临一机制造机床的时候，什么高强度钢材没用过。

另外一个坑，就是唐子风让人发的这些新闻稿。其中言之凿凿地声称仿造产品出故障的原因是加工精度不够，这就给各家山寨厂提供了一个心理暗示，一旦他们造的打包机出了故障,他们会下意识地往图纸和加工精度上去琢磨,而忽略了材料的问题。

此外,这些新闻稿还让客户对山寨产品产生了更多的不信任,只要山寨产品出了一点问题,客户的信心就会崩溃,从而转回去向临一机进行采购。

至于说这些山寨厂子最终会不会识破临一机的阴谋,从而破解掉这个问题,唐子风并不在意。

韩伟昌向他说过,这种小伎俩只能蒙人一时,不可能蒙人一世,乡镇企业里的工程师理论水平不怎么样,但实践经验还是有的,他们碰了钉子之后,自然就能猜出其中的奥妙。唐子风需要的,仅仅是让他们先栽一个跟头,再延缓他们造出合格打包机的时间,从而为临一机赢得几个月的销售期。

赵兴旺好歹也是科班出身,先前是被唐子风给带到沟里去了,好半天爬不出来。现在听肖文珺挑破了窗户纸,他岂能想不到其中的缘由?连带着把那篇新闻稿的用意也猜出了个七七八八。想到自己居然被这么拙劣的一个手法骗得生不如死,他真有一头撞到打包机上去寻个痛快的冲动。

"肖同学,佩服,佩服。"赵兴旺在渡过了最初的愤怒之后,心绪稍平。他向肖文珺拱拱手,说道,"肖同学真是了不起,年纪轻轻……唉,我这一把年纪都白活了。"

"赵总工太客气了。"肖文珺彬彬有礼地回答道。

"兴旺,不能这样说,你也算是……当局者迷吧。"温伟明也劝慰道。

"兴旺,你现在知道是怎么回事了?"赵兴根在旁边听了大概。

关于什么抗拉强度之类的东西,他大略了解一些,但细节就说不上来了。他以往主要是负责做业务以及维护政府关系等,技术上全都是倚仗赵兴旺。见肖文珺寥寥数语,就让赵兴旺茅塞顿开,他也觉得很是惊奇。

赵兴旺说:"哥,我被报纸上的那篇文章骗了,其实问题根本不是出在加工精度上,而是临一机的打包机前门支撑轴用了高强度合金钢,而我们用的是普通碳素钢,所以他们的机器怎么用都没问题,我们一开就断轴。"

"原来是这样。"赵兴根很是无语。这个问题居然是如此简单,他其实也应当能够想到的,怎么就被人家带到坑里去了呢?此时也不是反思的时候,他问道:"那现在咱们该怎么办?"

赵兴旺说:"知道是怎么回事了,办法倒是挺简单的。一个办法就是我们也

第八十二章　倚马可待

用合金钢，我估计用 40 号铬镍钢就足够了。不过，这种钢不太好找，而且要做车加工和磨削加工也比较麻烦。另一个办法，就是把轴做得粗一点，可是这样一来……"

他没有说下去。临一机的打包机设计是一个整体，如果要把支撑轴做得粗一点，就意味着整个前端锁死机构都要重新设计，要计算受力，还要考虑到开门与关门是否便利，这可不是一件简单的事情。赵兴旺这些年干的都是仿测别家的机械，偶尔做点设计也是极其简单的装置，让他设计这样一个锁死机构，可真有点难度。

温伟明看到这个情景，笑了笑，转头向肖文珺问道："文珺，你有什么办法吗？"

"我觉得需要重新设计一个前端装置。"肖文珺轻描淡写地说。

"要不，你帮帮赵总工？"温伟明用商量的口吻说。

肖文珺看看赵兴旺，随手把刚才那张图纸翻了个面，然后拿起铅笔便在图纸背面的空白处画了起来。赵兴旺一开始没明白肖文珺的意思，还以为她是在算什么公式，待发现肖文珺手上的铅笔大开大阖，分明是在画图的样子，这才凑上前去，定睛一看，不由得惊得目瞪口呆。

原来，肖文珺正在画的，正是打包机前端锁死装置的总体设计图，是按照把支撑轴加粗的思路设计的。她并没有照抄临一机打包机上原来的结构，而是设计了另外一种结构，看上去比原来的设计更为简单，功能上却毫无二致。

最为难能可贵的是，她在图纸上标注的尺度，与原来的尺度完全匹配，而在这个过程中，她根本就没有翻过图纸来对照原来的尺度，而是完全凭借着刚才看图纸时留下的记忆，这是何等的一种博闻强识的能力啊。

"就这样吧，依然用 45 号碳素钢，我保证这个装置不会有问题。"

肖文珺完成最后一笔，把铅笔信手扔在小推车上，然后把图纸半卷着，递到了赵兴旺的面前，说道。

"这就好了？"赵兴旺简直是不敢相信了。这才几分钟时间，这小姑娘居然就把一个前端装置设计完了。

对了，从温伟明带着他们这几个学生走进这个车间，到现在也就是不到半小时的时间吧，肖文珺从最早接触打包机到完成一个重要装置的设计，仅仅用了这么点时间，现在的大学生都这么厉害了吗？

肖文珺画的这张图纸，当然不是最终交给工人去生产用的图纸。她只是把装置的总体设计做出来了，下一步还需要找其他工程师把其中的部件一个个画成三视图，还要编写工艺文件，这才能够送到车间去进行生产。

但这最初的一步却是最难的，因为它要考虑到受力关系、各部件之间的配合等等，谁能这样随便抄一支铅笔就把它给设计出来了？

温伟明是了解自己这位学生的能耐的，他刚才向肖文珺打招呼，也正是希望她帮赵兴旺把图纸设计出来，只不过，连他也想不到肖文珺的手么快，几乎可以用倚马可待来形容了。

他从赵兴旺手里接过图纸，粗略地看了看，然后把图纸递回去，说道："这张图纸完全没问题。兴旺，你就赶紧让人画图去吧。我告诉你，文珺可是我们机械系出了名的才女，别说这么一个简单的前端机构，就算是一整台打包机，交给她设计，也就是一两天的事情。"

"哎哎，这真是太好了！"赵兴旺欣喜若狂，看着肖文珺的目光中带上了无数崇拜的小星星。当然，这些小星星都是纯洁的，毕竟他也是30岁出头的大叔了，肖文珺不过是一个大四的学生而已。

赵兴根目睹了这个过程，也是满心感慨，他转头对温伟明说："伟明，你们的学生真了不起。这样吧，我现在就让人去安排，在合岭市区的福仙楼摆一桌，既是给你们接风，也是感谢肖同学给我们帮的大忙，你看怎么样？"

温伟明哈哈一笑，说："那还用问吗？我带这几个学生过来，就是来吃赵老板你的大餐的。不瞒你说，我们学校里清贫得很，尤其是这些学生，一年到头难得吃几顿好的，到了你这里，可得好好地吃上一顿。"

"没问题！"赵兴根装出豪爽的样子，说，"能请到你温教授，还有这几位天之骄子，那是我赵兴根的光彩。没说的，鲍鱼、龙虾、大螃蟹，一样也不能少。"

第八十三章　你跟我说实话

　　赵兴根说到做到,这顿饭的确是极尽奢华,各种海鲜摆了满满一桌子,连温伟明这种颇见过一些世面的人,都啧啧连声,肖文珺等几个学生就更是看得眼花缭乱,估计回学校以后能够跟同学吹上半个学期了。

　　酒桌上觥筹交错,赵家兄弟敬酒的时候倒有一半时间是冲着肖文珺去的。肖文珺自称不会喝酒,只能以果汁代替,赵家兄弟也并不介意,话里话外全都是对肖文珺的赞赏之意。

　　肖文珺一席话、一张图,破解掉了临一机给龙湖机械厂设下的圈套,龙湖机械厂仿造的打包机成功在望,前期的投入都有了回报,这怎能不让赵家兄弟欣喜若狂?相比赔偿给喻常发的6万元误工费,这一顿饭的支出算得了什么呢?

　　酒喝到酣畅之时,赵家兄弟开始破口大骂临一机,说这么大一个厂子,心眼居然这么小,造台设备出来还要搞这么多名堂,尤其是在报纸上发虚假信息,简直就是无耻到了极点。

　　依他们的脾气,本来想把那位"本报通讯员包娜娜"也拎出来批判一番的,但想到肖文珺说过包娜娜是她最好的朋友,赵家兄弟也就不便造次了,不过心里都有一个同样的想法:作为闺密,这人和人的差距,咋就这么大呢?

　　吃过饭,大家一边散步消食,一边向宾馆走去的时候,赵兴根拉着温伟明和肖文珺二人,落到了众人的后面,看看赵兴旺在前面缠住了那三名男生,赵兴根从怀里掏出一个厚厚的信封,递到了肖文珺的面前,低声说道:"肖同学,今天的事情多亏你了。你画的那张图,可救了我们全厂的命,这区区5000块钱,不成敬意。"

　　"这怎么行呢?我不能拿。"肖文珺张着两只手,不肯接过信封,同样用很低的声音说道,"赵总,我没做什么,画那个图纸就是一个实习作业罢了,不信你问温老师。"

温伟明却是呵呵笑道:"文珺,这是赵总给你的设计费,你就收着吧。现在讲究市场经济嘛,老师也不能平白占用你们的劳动成果。"

"是这样啊?"肖文珺像是为难的样子,迟疑了一小会,才伸手接过信封,甜甜地说了一句,"谢谢赵总!"

"瞧你说得,是我谢你才对。"赵兴根佯装嗔怪地说,接着又吩咐道,"小肖,把钱先收起来,别让同学看到了,不太好……"

"哎,好的。"肖文珺从善如流,迅速地把钱装进了自己的小包。在昏黄的路灯下,没人能够注意到她的脸上掠过了一丝得意的笑容。

赵家兄弟把师生们送到宾馆门前便离开了。温伟明在宾馆大堂里对几名学生就今天的事情做了几句点评,又安排了第二天的实习任务,然后便让大家各自回房间休息去了。

他们这支实习队里只有肖文珺一个女生,所以她享受了住单间的待遇。回到房间,肖文珺先洗了脸,换了件宽松的衣服,然后走到床前,拿起宾馆的电话,拨通了一个远在京城的传呼台号码。

少顷,一个电话打进了肖文珺的房间。肖文珺接起电话,里面是一个咋咋呼呼的声音:

"亲爱的,你怎么跑到井南去了?你可别告诉我说你找了个井南的男朋友!"

"亲爱的,咱们不是约好了吗,在你没找到男朋友之前,我是绝对不找男朋友的。我可是一个信守诺言的人哟。"肖文珺盘腿坐在床上,笑嘻嘻地对着电话那头的女伴说道。

"骗人!你肯定抛弃我了!"

"你还好意思说我骗人,包娜娜,我还要问你呢,半个多月前的《井南日报》上登了一篇文章,标题是《今日长缨在手,何时缚住苍龙》,署名是本报通讯员包娜娜,是不是你写的?"

"天啊,我不活了!这篇文章怎么落到你手上去了?太丢人了!"包娜娜大呼小叫地说。

肖文珺装出严厉的声音,质问道:"包娜娜,你跟我说实话,人家给了你多少钱,你才会出卖你的新闻道德和身上那点可怜的良知,在报纸上胡说八道?"

"没多少啦……"包娜娜委屈地说,"总共也不到2000块钱,你不知道我那个师兄有多抠门,连像我这样美貌的一个小师妹都舍得欺负。"

"你知不知道,就因为你这篇文章,弄得一家乡镇企业差点破产了。你们在文章里给人家传递了错误信息,明明是钢材的问题,你们非让人家去检查加工精度,结果把人家厂里的总工程师都差点逼疯了。"肖文珺说。

"真的?太好了!"包娜娜一副看热闹不嫌事大的样子,催问道,"后来呢,后来呢?"

"后来,我给他画了张图纸,帮他解决了。"肖文珺得意地说。

"你帮他解决了?"包娜娜一怔,旋即哈哈大笑起来,"亲爱的,我告诉你,你惹上麻烦了,我师兄设了这么大一个局,居然让你给破了。我师兄可是一个睚眦必报的人哦,他一定会和你不死不休的。"

"你师兄,就是你说过的那个找人攒书的师兄?"肖文珺问。

"对啊。我告诉你,我师兄可能干了,又会赚钱,长得又帅气,满肚子都是阴谋诡计,我可是亲眼看到他怎么坑人的,那可真是管杀管埋,免费三包……"

"我觉得他那点诡计也是稀松平常,也就是这些乡镇企业里的人没见过世面,让他给骗了。我今天一看他们拿出来的报纸,噗……"

"你笑啥?有什么好笑的,赶紧说给我听。"包娜娜在电话那头急了。

听包娜娜追问,肖文珺笑得更厉害了。她原本是盘腿坐着,这会索性就笑得躺下去了,好一会,她才说道:"我一看文章的署名,就知道里面连一句实话都没有……"

"呸呸……你还是不是我闺密,亏我还惦记着把我师兄介绍给你当男朋友呢!"包娜娜不满地抗议道。

"算了吧,我可不喜欢这种满肚子坏水的人,你还是自己留着吧。"

不提肖文珺和包娜娜这对闺密在密谋着如何盘算唐子风,这一刻,在千里之外的临河市,临一机东区夜市上,唐子风正带着两个姑娘在愉快地吃着烤串。

"晓惠,你别客气,多吃点。子妍,你别光顾着自己吃,你都这么胖了,还吃呢,也不知道照顾一下妹妹……"唐子风一边大快朵颐,一边唠唠叨叨地说。

"噫!"

坐在唐子风对面的一位十七八岁的姑娘向唐子风龇了龇牙,还挥了一下手上的羊肉串,试图扮出一个凶恶的样子。不过,她眼角眉梢洋溢着的欢快表情破坏了她的表演效果,让人觉得她不过是在卖萌而已。

"子妍姐,你别听唐叔叔的,你一点都不胖呢。"另一个岁数小一点的姑娘安慰着女伴,同时也向唐子风递去了一个灿烂的笑容。

这位年龄小一点的姑娘,正是唐子风雇的小保姆于晓惠。而那位大姑娘,则是唐子风的妹妹唐子妍,她目前正在老家屯岭上高三,刚刚放了寒假,是应唐子风的邀请到临河来玩的。

唐子风与妹妹的关系很好,但如何陪一个 17 岁的大姑娘玩耍,他却是不懂的。无可奈何,他只能请于晓惠给唐子妍当向导,陪唐子妍在临河逛街游览。

于晓惠比唐子妍小 3 岁,不过俩人性格倒是有些互补之处,刚相处了两天就成了形影不离的好朋友。今晚唐子风请妹妹吃烧烤,便捎带把于晓惠也请来了,在此前,唐子风可不便请于晓惠出来吃饭。

"哥,你也太懒了,你怎么好意思让晓惠帮你做家务?"唐子妍嘴里咯吱咯吱地嚼着羊肉,对唐子风说道。

唐子风笑道:"不是我要晓惠帮我做家务,而是厂里给她安排的。晓惠可比你懂事多了,她家里经济不太宽裕,她是主动要求出来工作,帮家里减轻负担的。"

"你们厂也真是,晓惠家里有困难,厂里应当帮助她家呀,怎么能让这么小的孩子出来工作?多影响学习啊。"唐子妍说。

"不会的。"于晓惠赶紧辩解,"子妍姐,其实我挺愿意帮唐叔叔干家务的。唐叔叔对我特别好,还专门让他的同学从京城寄了很多书过来给我看呢。"

她管唐子妍叫姐,却管唐子风叫叔叔,这也是一个奇怪的辈分关系。唐子妍刚来的时候,还真无法接受自己的哥哥被人称为叔叔,现在算是勉强认可了。

"穷人的孩子早当家。晓惠愿意自食其力,这种精神就很难得。子妍,你得向晓惠好好学习。"唐子风正儿八经地说。

"哥!"唐子妍不满地喊了一声,抱怨道,"你现在怎么变得越来越像个领导了,一张嘴就是训人。唐子风同志,请你搞清楚,我是你妹妹,不是你的职工。"

于晓惠笑道:"嘻嘻,子妍姐,其实唐叔叔真的是厂里的领导呢,连劳动服务公司的张经理都怕他呢。"

第八十四章　发3个月的工资

提到领导的问题,唐子妍倒是想起了一事,她对唐子风说:"哥,你现在当领导了,晓惠她们学校的事情,你是不是也该管一管了?"

"晓惠学校有什么事?"唐子风诧异道。

唐子妍说:"我听晓惠说,她们学校的管理可乱了,老师想上课就上课,不想上课就随便放假,或者改成自习课。学校里男生抽烟、打架,都没人管。这可是你们厂子的子弟学校,你们也不管管?"

唐子妍这样说的时候,于晓惠便在偷偷地观察着唐子风,想看看唐子风的反应。

唐子妍这番话,其实是于晓惠在私底下对她说的,多少也带着一点想让她向唐子风吹吹风的意思。其实类似的话,于晓惠也曾向唐子风说起过,但唐子风并没有往心里去。

听妹妹提起此事,唐子风笑着摇摇头,说道:"子妍、晓惠,你们真觉得我是龙傲天啊,啥都管得了?我来临一机满打满算才两个月,子妍你问问晓惠,我在厂里总共才待了多少天。现在临一机最主要的问题不是整顿子弟学校,而是让整个厂子能够活下去。饭都吃不饱了,你们还嫌羊肉串烤得不够香,这也太不接地气了吧。"

"可是,唐叔叔,我听人家说,咱们厂不是接了很多业务,赚了很多钱吗?"于晓惠怯怯地问。

唐子风说:"什么很多业务,我们打了个时间差,抢到一单业务,总共也就是4000多万而已,利润也就是1000多万,这点钱够干什么用?前两天周厂长还跟我打了招呼,让我过完年再出去跑业务。咱们这么大一个厂子,一年没2个亿的业务,根本就没法活。"

"2个亿啊……"两个女孩子都开始咂舌了,这实在是一个超出她们想象范围的天文数字。

"那么,唐叔叔,我们子弟学校的事情,就只能这样了吗?"于晓惠悻悻地问道,她也明白,与2个亿的业务相比,子弟学校的事情还真无法放到台面上来。

唐子风想了想,说:"倒也不是,过完年,厂里就要开始全面整顿了,届时子弟学校的事情也会被纳入整顿的范围。不过,积重难返,咱们厂子的毛病也不是一天两天形成的,要想把这些问题都解决掉,起码也得三两年的时间吧。"

"那晓惠岂不是来不及了?"唐子妍脱口而出。

"什么来不及?"唐子风有点跟不上她们的思维。

唐子妍说:"中考啊!晓惠这么爱学习,如果学校的老师好一点,她肯定能考上市重点的。你知不知道,你们子弟学校这几年中考就没有一个考上市重点的。"

"有这事?"唐子风一愣。他在心里盘算了一下,临一机有6800名在职职工,粗略算一下,一年光是参加中考的子弟应当就有二三百人了,没有一个能考上市重点,这可不仅仅是丢人的事情。

欠职工的工资,未来还可以补发,职工子弟考不上重点高中,这是没法在未来弥补的。唐子风与于晓惠相处了两个月,对于这个女孩子的印象是非常好的,知道她好学上进,完全符合寒门出才女的要求,但摊上这么一个不靠谱的子弟学校,影响了升学,这可就是一辈子的遗憾了。

想到此,唐子风换上了严肃的表情,对于晓惠说:"这件事我记下了,回头会向周厂长汇报。春节前应当是来不及了,春节后我就催促厂里来办这件事。孩子教育的确是件刻不容缓的事情,不能拖。"

"真的?"于晓惠两眼直冒小星星,明显是一副欣喜的样子。

"哥,你这个领导当得不错,来,奖励一下!"唐子妍递过来一串羊肉,笑呵呵地说道。

距离春节还有五天的时候,第一批打包机的订单全部完成了。前期发运到位的打包机受到了用户的一致好评,又由于山寨企业在仿造过程中或多或少都出了一些问题,使得相当一部分原打算购买山寨产品的用户转回来继续向临一机订货。

前后加起来,临一机获得的打包机订单总数达到了120余台,总销售额达到近6000万。当然,后续获得的订单,就无法在春节前完成了,那些废旧金属

第八十四章 发3个月的工资

回收机构也是要放假的,倒也不急于拿到这些设备。

管之明前半个月天天泡在车间里,带着工人和技术员改进生产工艺,及时处理生产组织过程中出现的各种问题。到了后半个月,生产逐步走上了正轨,他也就清闲下来了,一天倒有大半天时间是待在小招待所里,和厂里的几位老朋友聊天下棋,三顿饭都由小食堂提供,享受小灶待遇,日子过得逍遥自在。

周衡与南梧监狱商定借用管之明的时间是一个月,不过看到春节临近,他也不便在春节的时候把管之明再送回监狱,于是找监狱方面又联系一下,对方答应让管之明在厂里过完年再回去服刑。

当然,在此期间,管之明的行动还是要受到一些约束的,不能到处去探亲访友。尽管有这样的限制,管之明还是对周衡颇为感激,这也不必细说了。

运走第一批订单中的最后一台打包机后,所有的厂领导都松了一口气。总经济师宁素云向周衡汇报,说目前厂里的银行账户上有1100多万元的流动资金,其中500万元是后续订单的预付款,属于不能动用的。扣除这部分之外,余下的600多万元就是这两个月结余下来的毛利。

这两个月厂里收到的钱当然不止600万元。第一批打包机的毛利就有500多万元,同期厂里还有几桩其他的业务,也贡献了200多万元的毛利。

此外,就是唐子风从金车讨回来的200万元欠款,还有劳动服务公司破天荒第一次向厂里交纳的30多万元元利润。这些钱,发了3个月的工资以及支付了厂里的其他一些开销之后,剩下来的就是这600多万元了。

"2月份的工资提前到1月30日发,另外,再给全厂职工,包括退休工人在内,补发2个月的工资,也在1月30日发出去,让大家过一个舒舒服服的年。"

厂领导办公会上,周衡意气风发地指示道。1995年的春节是1月31日,30日就是旧年的除夕,在这一天给职工同时发3个月的工资,可以想见临一机的这个春节会是多么红火。

"全厂职工发3个月的工资,需要350万元,这相当于咱们手头的钱一下子就用掉了一多半了。"宁素云提醒道。

周衡说:"这个倒不必担心,过完年还有70多台打包机的业务,有将近800万元的毛利,足够用了。"

宁素云说:"800万元也用不了几天啊。咱们一个月的工资就要将近120万元,加上日常支出,一个月起码也要花200万元,800万元也就是4个月的支出而已。你们能够保证打包机的业务持久地做下去吗？"

周衡转头去看唐子风，唐子风笑道："宁姐，打包机的这桩业务，我们从一开始就没打算持久做下去，只是一锤子买卖而已，因为它的仿造实在是太容易了。幸好秦总工他们比较黑心，在设计的时候加了防盗版机制，听说还真的坑了井南的好几家乡镇企业，否则我们连后续这70多台订单都拿不到呢。"

"我们怎么就黑心了？"秦仲年的脸先黑了，"小唐，打包机里那些防盗版设计，不都是照你的要求加上去的吗？好家伙，我做了几十年机械设计，还没听说过要搞什么防盗版设计的。前两天还有个老朋友打电话来问我这事，我都不好意思跟人家解释。"

"有什么不好意思解释的？"唐子风说，"谁问你这个问题，你就直接隔着电话线唾他一脸。如果不是想仿咱们的机器，他怎么会知道咱们做了防盗版设计的？他们搞盗版还有理了，居然还敢质问我们这些正版厂家。"

秦仲年叹着气："唉，这事也不能怪别人。其实咱们这个打包机的设计，也是参考了原来机械设计院70年代搞的打包机。而机械设计院设计的那个打包机，又是仿联邦德国的，只是人家没追究咱们的知识产权罢了。"

吴伟钦笑道："这不奇怪啊，我原来在鸿北重机的时候，我们厂的很多产品都是仿国外的。前些年我们从国外引进技术，外方专家来我们厂考察，看到我们仿的那些产品了。人家倒是没说什么，可把我们给臊得够呛。"

宁素云也是懂行的人，她没有纠缠于这个话题，而是对唐子风问道："小唐，听你这意思，咱们的防盗版设计现在已经失效了？"

唐子风点点头："据我们了解到的情况，井南那边至少有两家乡镇企业已经把我们的打包机仿造出来了，价格比我们低$\frac{1}{3}$以上。不过，因为他们前期仿造的时候摆了点乌龙，客户方面对他们不太相信，所以他们的销售还有一些问题。

"我估计，咱们厂除了现在手头这70多台的订单，未来还可能会拿到几十台，这个市场也就差不多饱和了。临一机要想活下去，必须开发新的业务。"

第八十五章　准备以什么名义赖账

"的确啊，咱们这么大一个厂子，光靠这样的小产品可养不活。"分管生活后勤的副厂长张舒感叹道。

周衡说："上次和管之明一起吃饭的时候，他提到西野重型机械厂曾经联系过我们，想要一台13米的重型镗铣床。因为当时厂里管理混乱，技术处不敢接，这事就搁置下去了。我前几天给西重的郑明元打了个电话，他说他们已经决定要从国外引进这台设备，目前正在和国外的几家重型机床企业联系，还没确定下来。"

"有没有可能重新考虑我们呢？"秦仲年问。

周衡说："听郑明元的意思，应当是不会考虑我们的。他说他们最初就是打算从国外进口的，但去年年初的时候，国外对中国的重型装备出口还有一些限制，所以他们才找到临一机。后来，国外的限制放松了一些，有几家国外企业愿意和他们谈了，这样他们也就不再考虑咱们了。"

吴伟钦叹道："现在很多企业都是这种心态，能从国外引进的，就绝对不买国内的。这一方面是因为社会上流行崇洋媚外的心理，另一方面也是国内企业不争气。就像咱们临一机，明明是国内重型镗铣床的主要生产企业，可偏偏人家找到门上来的时候，咱们就接不下来，也就难怪人家要去买国外的了。"

秦仲年略有一些不满地说："老吴，你说的是过去的事情了。"

吴伟钦这才发现自己开了地图炮，把秦仲年也给包括进去了，连忙赔着笑纠正道："对对，我说的是过去的事情，不是指现在的临一机。"

唐子风问："秦总工，你的意思是说，如果西野现在找到咱们门上来，你们能把这种重型镗铣床给设计出来？"

"这个……应该是可以的吧。"秦仲年说，他的话里分明带着一些迟疑。

唐子风笑道："秦总工，这可不是你说话的风格哟。到底是行，还是不行，你给个痛快话。你如果敢拍着胸脯说行,大不了过完年我去一趟西野,拿板砖抵着那个什么郑明元的脑袋,让他把业务给咱们。"

众人都笑了起来,早在唐子风从金车讨回200万元欠款的时候,厂里就在传说他是拿着板砖威胁宋福来才弄回这些钱的,于是唐子风和板砖就成了临一机的一个哏,现在听他自己也说起这样的哏,大家都觉得好笑。

笑了一会,周衡对唐子风问道:"小唐,你真有这个把握,能把西野的这个业务拿过来?"

唐子风一指秦仲年,说:"前提是秦总工他们不能掉链子,否则我把业务拿过来了,咱们却吃不下去,那可就丢人现眼了。"

秦仲年说:"这事我没法打包票,重型镗铣床也有不同的规格,涉及加工深度、精度、数控化程度等等,我需要看到具体需求,才能确定咱们有没有能力拿下来。有些要求就算我们技术系统能够设计出来,生产那边也不见得能够生产出来,老吴,你说是不是这样?"

吴伟钦点点头,说:"这倒是,咱们的生产水平也是有限的,如果对方的要求太高,咱们真的不见得能够生产出来。"

唐子风说:"那可就难了。我这段时间跟着管之明恶补了一通技术,也就勉强知道啥是车床、啥是铣床的,具体到生产技术要求有多高,我怎么弄得明白?"

朱亚超笑道:"小唐,你不是有个金牌跟班吗?带上他,你就啥都明白了。"

"朱厂长是说韩伟昌?"唐子风问。

"除了他还能是谁?"朱亚超说,"现在厂里谁不知道韩伟昌跟着你出去赚了大便宜,光是第一批打包机,他能拿到的提成就有四五万元,全厂的人都红了眼了。"

唐子风不屑地说:"红了眼,那就去跑业务呗。这次的打包机能够卖得这么火,全亏韩伟昌在金尧的时候灵机一动,想出一个薄型打包机的设计。如果老韩拿这个设计去申请专利,光是专利费就不止赚这四五万块钱了,这些人有什么资格眼红老韩的收入?"

"说到收入,这才是咱们今天厂长办公会的重点。"周衡插话说,"关于西野那边的事情,会下小唐和老秦你们再沟通一下,如果具有可行性,过完年小唐就去跑一趟,看看有没有机会拿下来。现在咱们还是回到正题上,说说收入的事情。"

第八十五章　准备以什么名义赖账

张舒笑着附和道："呵呵,对对,天大地大,不如吃饭事大。收入的问题,的确是最重要的,大家都回归正题吧。"

众人都不再鼓噪,静下来听周衡说话。周衡说："刚才我已经说了第一点,30 日发 2 月份的工资,另外再补发 2 个月的工资,一共发出去 350 万元,大家没意见吧?"

"没意见!"

"也应该补发一下工资了,让职工过个好年嘛。"

"的确啊,职工苦太久了。"

众人纷纷表示了赞同,这其实也是厂领导们早就形成的共识。

过去两年,由于财务状况恶劣,临一机的职工被拖欠了十几个月的工资,若非大家还有一些办法,通过在外面打零工补贴家用,全厂这 2 万多名职工、家属恐怕早就饿死了。现在厂里赚了一些钱,给大家补发一笔工资,也是理所应当的。

"第二点,就涉及刚才老朱说的事情了。前些时候,咱们规定了销售人员可以从业绩中提取销售提成,后来又答应给一线生产工人发奖金。销售提成这边,额度最大的就是韩伟昌,财会处算出来的金额是 52000 千多元,这还是第一批打包机的提成,后来井南、明溪有些客户要求追加的打包机,也是和韩伟昌联系的,按规定也要给他提取提成。可这样一来,韩伟昌一个人就能拿到这么多的提成,大家会不会担心引起群众议论?"周衡问。

朱亚超说："这不是担心不担心的事情,而是群众已经在议论了。我听到的意见大致有两种,一种意见是说这个制度不合理,韩伟昌也没出什么力,凭什么拿这么多钱?第二种意见就更有意思了,大家认为厂里不可能给韩伟昌发这么多钱,但这样一来,就相当于厂里说话不算数了,大家想看看厂里准备以什么名义赖账。"

"居然有这样的议论,我怎么没听到?"吴伟钦惊讶地说。

唐子风说："那是因为吴厂长'高高在上',脱离群众。像我这样的草根,就能听到这些议论,大致和朱厂长总结的差不多。"

"你个小唐!胡说八道什么!"吴伟钦有些窘,对唐子风斥道,"我怎么就高高在上了?我只是这段时间忙着抓生产的事情,成天脚不沾地,哪有时间去听这些风言风语。"

周衡说:"我也听到了一些议论,不过,老朱说的后一种,我的确没听到,倒是小唐向我反映过两回。看来,职工对于咱们这届新班子还是心存疑虑的,不相信咱们能够兑现承诺。"

朱亚超问:"周厂长,你觉得我们应当兑现承诺吗?"

"当然。"周衡不假思索地说,"群众本身就对我们不信任,如果我们再食言,新班子在群众中的形象就彻底毁掉了,以后不管我们说什么,群众都不会相信。业务提成的事情,是咱们原来就商量好的,既然定下来了,该发多少就发多少,绝对不能因为一个人拿的钱太多,咱们就赖账。"

"可是这样一来,恐怕大多数职工都会有意见的。"吴伟钦担心地说,"别说韩伟昌一下子拿5万多块钱提成,就是这一次车间里论功行赏,各车间负责人都有些不踏实呢。大家吃大锅饭的时间太长了,这一次厂里说按完成的工作量来算奖金,有些工人能拿几百,有些工人一分钱都拿不到。如果把这个结果宣布出来,估计车间里就该闹成一锅粥了。"

"乱起来才好。"周衡冷静地说,"只有让大家真切地感觉到干多干少不一样,动不动脑筋也不一样,厂子才会有活力。"

吴伟钦苦着脸说:"道理我都明白,可这毕竟涉及一半的工人啊。今天上午饶书田和程伟两个人还问我呢,问我奖金什么时候发。他们担心奖金一旦发下去,这个年就过不成了,那些没拿到奖金的工人,会把他们家的门都给拆了。"

周衡说:"你告诉他们,不用担心。春节前,咱们发了三个月的工资,也够大家过好年了。所以我的想法是,销售提成和奖金,都等到过完年回来再发。到时候厂里要乱就让它乱吧,大乱之后才能大治。"

"这样也好。"吴伟钦点头道,说罢,他又向众人笑着说,"不瞒大家,我都打算过年不回家了,就准备待在厂里应付这些麻烦事呢。现在周厂长说奖金等过完年再发,可算是把我给救了。"

周衡笑道:"这三个月,大家都辛苦了,过年就都踏踏实实地回去和家人团聚吧。厂子这边……"

"我值班!"朱亚超自告奋勇地说道。

第八十六章　过年

1995年的春节，临一机一扫前几年的灰暗衰败场面，全厂上下张灯结彩，人人喜气洋洋。除夕夜，炖肉炖鸡的香味弥漫了整个厂区，零点的鞭炮声更是响彻云天。

大年初一的一早，一身新衣的人们便开始逐家逐户地拜年，孩子们兜里揣着压岁钱和鞭炮，在厂区里撒着欢地奔跑，嬉笑声此起彼伏，让大人们也受到了感染，个个脸上都溢出了笑容。

"师父，徒弟给你拜年了！"

"亲家，恭喜发财啊！"

"老张，怎么样，今年该抱孙子了吧？恭喜恭喜啊！"

"刘姐，你换这一身，看上去像是20多岁啊……"

"……"

一个工厂就是一个社会。2万多名职工和家属，有着千丝万缕的联系，有些人是父子两辈都在厂里工作，有些是儿女亲家，有在子弟学校读书时候的同学，也有老同事、老领导、老部下、老乡等等。

平日里，大家都在忙着自己的事情，尤其是在厂子经济不景气的那些时候，许多人都在厂外打工，见面的机会很少，见了面也只是长吁短叹，哪有兴致谈天说地？

如今，厂子有了点起色，尤其是除夕这天，厂里一气给大家发了3个月的工资，有些双职工家里差不多就拿到了上千元，腰包一下子就鼓了起来。

俗话说，钱是穷人的胆。大家兜里有了钱，说话的音调都高了几度。儿子要买鞭炮，父亲大手一挥：买！女儿看中了一件滑雪衫，母亲二话不说，拍出一百块钱。那些好久不聚的朋友，也敢约着一起吃饭了，些许酒肉算个啥，不就是钱吗？

众人凑在一起,天南地北地神聊,聊着聊着,不由得便转到了厂子的现在与未来这个话题上。

"小程,过完年,咱们还有业务没有?"

这是车工车间主任程伟的家里,一个小型家庭便宴正在进行着。前来赴宴的都是平日里与程伟关系不错的职工,此时向程伟发问的,是程伟从前的师父,七级车工李泽庆。

"师父,你放心吧,上个月咱们做的那种打包机,现在厂里又接了70多台的订单。周厂长说了,这回不需要太着急,用3个月时间完成就可以了,所以咱们车间的业务起码要做到5月份呢。"程伟答道。

程伟的师弟庞林问道:"师哥,原先厂里不是说做完那批打包机,要给大家发一笔奖金吗?怎么不提了?"

"是啊,我算了一下,我最起码也能拿到100块钱吧,本来打算拿到钱,过年的时候好好吃几顿的,结果怎么没信了?"另一位名叫刘永兴的工人也附和道,他和程伟是棋友,平日里总要抽空杀上几盘的。

程伟说:"厂里答应的事情,肯定不会赖账的,这一点大家可以放心。周厂长说,这次年底给大家发了三个月的工资,数目已经不小了,所以奖金就等过了年再发。老刘你两口子的工资加起来有1000元出头了吧,还用指望着这100块钱奖金吃饭?"

刘永兴笑道:"工资是工资,奖金是额外的。工资该怎么用,老婆都已经计划好了,多一分钱也拿不出来。如果能够拿到这笔奖金,不就多个喝酒的理由了吗?"

庞林问:"师哥,厂里在年前不发奖金,是不是还有其他的想法啊?"

"什么想法?"程伟反问道。

庞林说:"我听人说,厂里是怕奖金分配不均,惹出事情来,所以才拖到过年以后,省得大家连年都过不好。"

要不怎么说若想人不知,除非己莫为,厂务会上众领导的那些小算盘,或许能够瞒住一部分职工,但要想让所有的职工都猜不出来,是万万做不到的。这其中,又或许有周衡故意让人放风的因素,这种事情,先放个风,让大家有个心理准备,总比采取突然袭击的方法要好。

听到庞林的话,李泽庆的态度也变得严肃起来,对程伟问道:"小程,我听说，厂里的政策是多劳多得，少劳少得，不劳不得。这次任务，咱们车间里没参与生产的人可不少，你真的一分钱奖金都不给他们发？"

程伟苦笑说："师父，这是我能决定的事情吗？厂务会上定了调子，我也只能照着执行。周厂长这个人，平时看起来挺和蔼可亲的，可板起脸来真的是六亲不认呢，我哪有这个胆子去公然违反厂务会的要求？"

"厂务会是说没参与生产的人就不发奖金吗？"刘永兴问。

程伟微微点了一下头，又说道："这件事，厂领导还不允许公开，大家就别出去说了。"

庞林说："我们肯定不会出去说的。不过，厂里的议论可真不少。铣工车间的那个汪盈，你们都认识吧？"

"当然认识，计划生育脱产干部嘛。"刘永兴带着几分嘲讽的语气说道。

他们说的这位汪盈，是位 30 来岁的女工，1980 年顶替父亲的指标进厂工作，被分到铣工车间学徒。学徒之初，汪盈的表现还算是过得去的，虽然学技术的速度比别人慢了一半都不止，但好歹还算遵守纪律。再往后，她结了婚，又迅速地生了孩子，接着就向着蛮不讲理的中年大妈的方向狂奔而去了。

在坐完月子回车间之后，她声称自己落下了月子病，不能久站，不能听噪音，不能看飞速旋转的东西，否则会头晕。可作为一名铣工，怎么可能达到这些要求？于是，她就三天两头泡病号，每星期都要跑几趟职工医院。车间里但凡交个什么活给她，她必然是无法完成的，届时就递几张病假条用以冲抵。

车间里没办法，只好把她调离铣工位置，先是让她当检验员，结果她说自己学不来那些检测设备，又让她当统计员，她又说自己见了数字就头疼。几经折腾，最后铣工车间创造性地设置了一个计划生育岗，让她分管这项工作，平时出个宣传板报，帮大家领点计生用品之类的，纯粹就是一个混吃等死的位置。

这一次打包机的生产任务，当然与计生没啥关系，所以汪盈自始至终也没参与这项业务，自然也就属于拿不到项目奖金的那一拨了。

"就是她。"庞林说，"她昨天到我家里来，问我老婆怎么做蛋饺。后来她俩在厨房聊天，我听到一耳朵。汪盈说，这一回发奖金，如果不给她发，她就要和领导没完。"

"她凭什么拿？"刘永兴斥道，"咱们都不用说这次生产，从她进厂到现在，有十几年了吧，她干过一点事情没有？"

庞林说:"她的确没干过什么事情,可铣工车间发福利,她可一次都没少拿过。我听我老婆说,过去咱们厂还有晚班费的时候,她每个月拿的晚班费都是铣工车间里最高的。"

"这算个什么事儿啊!"刘永兴跳了起来,"她不是管计划生育吗,怎么还有晚班啊?"

庞林说:"你这就不知道了吧?她说她天天晚上到职工家里去做计划生育宣传,而且哪天去了哪家,都是有据可查的。"

"她那是到人家家里打牌去了吧?"程伟没好气地说。

"她就有这样的本事,幸好不在咱们车工车间,要不师哥你也得头疼。"庞林笑着说。

程伟冷笑说:"咱们车间哪里没有这种人?周益进、徐文兰,不都是这种吗?干活的时候嫌累,发奖金的时候嫌少。这次车间里的任务是老管分配的,给这俩人派的任务,他们做不下来,最后是其他人接走了。按照工作量来算,这两个人也拿不到一分钱奖金,我还正在头疼怎么对付他们呢。"

"这都是郑国伟、马大壮他们把风气搞坏了。过去冯厂长在的时候,这些人敢这样偷奸耍滑吗?"李泽庆愤愤地说道。他说的郑国伟,是周衡的前任,也就是那位落马的临一机前厂长。至于冯厂长,则是更早的一位老厂长,名叫冯连松。在李泽庆的记忆中,冯连松在任期间,厂里的风气还是不错的。

刘永兴说:"冯厂长在的时候,只能说这些人稍微老实一点,但偷奸耍滑的事情还是有的。这些年的事情,也不光是郑国伟他们那帮人搞出来的,整个社会的风气都不行,也不单是咱们临一机一个厂吧。"

庞林说:"老刘说得也有一些道理,这些年的风气的确是不如过去了。新来的这个周厂长,倒是和老冯厂长的脾气有点像,就是不知道能不能像老冯厂长那样抓生产纪律。刚才师哥说的周益进、徐文兰他们,不知道厂里是怎么考虑的。"

程伟说:"厂领导的意思是要严格管理的,没做事的人,就是不能拿奖金。不过,像汪盈、周益进这些人,可都是能折腾的,就看周厂长他们能不能顶得住压力了。"

"就怕到时候压力全压到师哥你身上了。"庞林说。

程伟说:"我才不会去背这个黑锅呢。厂里说怎么发奖金,我就怎么发。如

第八十六章 过年

果厂里说一分钱也不发给周益进他们,我就拿着厂里的文件给他们看。想要奖金,对不起,你去找厂领导好了,我一个小小的车间主任,哪有这个权力?"

第八十七章　跟他们没完

"不给我们发奖金，凭什么？"

在另外一户职工的家里，汪盈往牌桌上甩出一张梅花K，牛烘烘地放出了狂言。她是一位30来岁的少妇，长得倒还对得起观众，只是脸上永远带着几分刻薄的表情，让人很难对她产生出什么好感。

聚在一起玩牌的是四个女人，除了汪盈之外，其他三人有两人是车间里的正式工，另一人是在劳动服务公司上班的家属工。

刚才这会，大家也正谈到了奖金的问题，有人便故意地向汪盈询问，如果这一次车间里不给她发奖金，她会如何做。

"老娘哪里没干活了？老娘也是正牌的铣工好不好，他们不给我安排，我有什么办法？过去厂里没事情做，所有的人都歇着，我不还是天天兢兢业业在上班吗？现在可好，来了一桩业务，不安排老娘做也就算了，发奖金凭什么不给我？"汪盈愤愤地说道。

"小汪，我听车间里的人说，这次是周厂长定下的政策，说干了活的人就有奖金，没干活的人就没奖金。你跟我一样，都是在车间里不受重视的，估计这回连一分钱都拿不到了。"

说话的正是程伟提起过的车工车间女工徐文兰，她的岁数比汪盈大一点，也属于那种干活嫌累、拿钱嫌少的人。

不过，她的战斗力不如汪盈那样强，平日里折腾点事都是跟在别人背后，当个背景幕墙啥的，不敢冲锋在前。

今天她专门跑来和汪盈打牌，就是想撺掇汪盈当这只出头鸟。

如果汪盈能在铣工车间把奖金闹下来，她就有理由去找自己的车间主任程伟，让程伟给她发奖金。

如果汪盈被一枪打下来了，她也就死了心了。自己年轻的时候没学技术，

第八十七章　跟他们没完

全车间加班的时候,她却无所事事,最终拿不到奖金,似乎也是情理之中的。

汪盈自然也知道徐文兰的心思,她并不介意当这只出头鸟。

在她想来,只要自己祭出一哭二闹三上吊的法宝,车间主任是肯定要屈服的,至于说她闹下来的好处会让徐文兰这样的人占了便宜,她也无所谓,反正这是厂里的钱,发给谁不发给谁,与她何干?徐文兰为了求她出头,在这低声下气地陪她打牌,这也是她汪盈的成就啊。

"徐姐,你放心吧,这个姓周的一来就把张建阳给撤了职,还把郑国伟留下来的小车子给卖了,说是卖了钱给退休职工报销医药费。我是看透了,他就是想收买人心。"

"我听人说了,他是快退休的人了,机械部派他下来,就是来镀金的,回去好提拔一级。你想想看,这样的人,会跟我们这种人过不去吗?"

汪盈分析道。她平日里也喜欢琢磨一下领导,铣工车间主任胡全民就是这样被她算计得死死的,不得不满足她的各种无理要求。

坐在汪盈下首的,是家属工焦雪芬。

她原是东区商店的采购员,最擅长的就是收受供应商的礼品,然后把各种滞销商品采购回来。

黄丽婷承包东区商店后,第一件事就是把她从采购部门调到了柜台上,她现在是一名收银员。

对于汪盈的分析,焦雪芬是有不同看法的,她提醒道:"汪汪,你可别太小瞧周厂长了。我没和周厂长打过交道,但他带来的那个唐助理,我是见过的,那就是一个笑面虎,脸上笑笑的,做事狠着呢。"

"对啊,我也听说了。霞海那家名叫金车的厂子,是和咱们厂一样级别的,听说唐助理带着技术处的老韩,拿着枪顶着人家厂长的脑袋,逼着人家开支票还咱们钱呢。"另外一位名叫尚爱玉的女工说。

她是仓库的一名搬运工,没啥文化,只有一把子力气,喜欢传点自己也不懂的八卦。

这一次,汪盈和徐文兰都存在拿不到奖金的隐忧,她却是不用担心的。

在打包机会战期间,她出力不少,私下里算算,估计能拿到七八十块钱的奖金。

不过,在汪、徐二人面前,她不敢嘚瑟,生怕引来这二位的打击。

"拿着枪什么的,估计也是别人瞎传吧,我倒听说他拿的是管钳……"焦雪芬纠正道,接着又说,"不管他是拿什么,反正就是一个狠角色。我看张建阳在他面前都是服服帖帖的,也不知道他是用了什么办法。"

汪盈撇着嘴说:"那又怎么样?有本事,让他也拿着管钳来吓唬我啊,老娘皱皱眉,就跟他姓!"

"我看你是巴不得跟他姓吧?像旧社会那样,改叫唐汪氏。"徐文兰调侃道。

"好啊,他如果要我,我就跟他姓去。"汪盈满不在乎地说。

唐子风年轻有为,又长得一表人才,在厂里颇受老中青三代女工和家属的青睐。半老徐娘们背地里拿他当道具开个带点颜色的玩笑啥的,也是再寻常不过的事情。

焦雪芬说:"汪汪,你就别做梦了。黄丽婷早就黏上他了,要不是他在背后撑腰,黄丽婷能把超市办起来?"

听焦雪芬说到超市,几个女人都来了兴趣。

汪盈问道:"焦姐,我都没机会问你呢,你不就在超市上班吗?你们那个超市,肯定非常赚钱吧?"

"对啊,你还别说,这个黄丽婷还真有点本事。原来东区商店那个半死不活的样子,让她整成一个什么超市,现在多火啊。我猜一个月起码能赚一两万利润吧?"徐文兰说。

焦雪芬不屑地说:"一两万?文兰,你也太小瞧我们超市了。黄丽婷不让我管采购,让我去收银。这些天我估算过,超市一天的销售额起码有1万元,一个月就是30万元。超市的毛利是25%,你们算算,一个月的毛利有多少。"

"30万元,乘25%,这不是有7万5吗?"汪盈率先算出来了。她虽没什么数学天赋,但凭着每天买菜,也练出了不俗的口算能力。

"可不就是7.5万吗?"焦雪芬说,"超市开业到现在是一个多月,利润起码有10多万元。你们知道不知道,黄丽婷承包的时候,跟劳动服务公司签的合同,是利润平分的。"

"利润平分,那她不是能拿到五六万元了!"

众人异口同声地喊了出来。

黄丽婷承包东区商店的事情,在厂里也并不是什么秘密。最初的时候还有不少人等着看她的笑话,觉得她一次性地投入5万元,绝对是想发财想疯了,就

第八十七章　跟他们没完

这么一个东区商店,凭什么能赚到这么多钱?

东区商店改成超市之后,生意红火,大家也仅限于觉得黄丽婷这一注是投对了,却没人细想她到底能赚到多少钱。

现在听焦雪芬一分析,大家粗略一算,眼睛立马就变得血红血红了。

"这些钱,不会是真的要分给她吧?"徐文兰怯怯地问道。

焦雪芬冷笑说:"凭什么不分给她?承包合同上写得清清楚楚的,你觉得黄丽婷是那种见了钱不拿的人吗?"

"她凭什么分这么多钱?东区商店是临一机的,焦姐你也有份的,怎么赚了钱就归她一个人了?你们也应该有份的啊!"徐文兰装出一副替焦雪芬打抱不平的样子。

事实上,如果焦雪芬真的能够从超市的盈利中分到一杯羹,徐文兰估计会比现在更加眼红与愤怒。

焦雪芬说:"我不如她年轻啊,不如她会抛媚眼啊。那个唐子风来我们东区商店的时候,黄丽婷一双眼睛都扎到唐子风身上去了,要不唐子风能这么卖力气帮她?"

"我听说,开超市这个主意,就是唐子风出的,人家是京城来的大学生,见多识广,黄丽婷哪懂什么超市啊。"

"对了,焦姐,你说,黄丽婷拿这些钱,会不会分给唐子风一份啊?"徐文兰压低声音问道。

汪盈在一旁插话说:"那还用说。我怀疑黄丽婷就是个傀儡,真正出钱拿钱的,肯定是这个唐子风。对了,说不定连周衡都有份。"

"你们记得吧,厂里出了个规定,说厂领导拉来的业务,不拿提成,你们相信有不贪钱的领导吗?我估计,他们表面上不拿钱,暗地里拿得比谁都厉害。"

"这个东区超市,就是帮他们弄钱的,甚至黄丽婷拿出来承包的那5万块钱,说不定都是厂里财务上出的,要不,凭黄丽婷俩公婆,哪有那么多钱?"

"就是,这些人黑着呢!"徐文兰附和道。

尚爱玉迟疑道:"不会吧?我听人说,黄丽婷的钱是回老家借来的。她那几天跑回老家去,回来人都瘦了一圈呢。"

"那是做给别人看的。"汪盈毫不客气地否定了尚爱玉的观点,接着说道,"人家是当官的,能弄到钱,那是他们的本事。可他们弄到了钱,也不能不管我们工人死活啊。我想好了,过完年,厂里发奖金的时候,如果敢扣我一分钱,我就跟他们没完!"

"对,咱们赚不到大钱,咱们也不眼红。但谁敢扣我们的奖金,我们就跟谁没完!"徐文兰也大声地说道。

第八十八章　超市分红

黄丽婷并不知道汪盈等人在议论她,事实上,她已经不在乎别人如何议论她了。

因为自从超市开业之后,各种非议就与她如影随形。有说她钻制度空子的,有说她挖临一机墙脚的,当然更多的就是猜测她与哪位或者哪几位厂领导有染,否则怎么能够捡到这么大一个便宜?

所有诋毁黄丽婷的人都选择性地遗忘了当初劳动服务公司是允许任何人承包东区商店的,除了黄丽婷之外,并没有其他人愿意出手,更没有人敢于拿出5万元来作为承包款。

每个人都擅长于在别人成功之后,愤愤不平地说一声"我也可以"。

对于这种人,唐子风给黄丽婷想出来的一句回答是:你早干吗去了?

黄丽婷并不是一个害怕非议的人,早在读中学的时候,她就因自己的美貌而惹来过无数的议论,到了临一机之后,这种议论也从未中断,这使她练就出了一张坚韧的脸皮。

这一次,她不再是因自己的容颜而遭人非议,议论她的人话里话外都会带着几分忌妒、几分羡慕,还有几分敬畏。

这种敬畏的感觉源于黄丽婷获得的财富,在穷人的心目中,财富往往是代表着某种力量的。

春节前,黄丽婷与劳动服务公司做了一个年终结算。

从12月12日开业至今,东区超市实现的营业额不是焦雪芬估计的50万元左右,而是达到了近70万元。

这多出来的部分,是黄丽婷在元旦其间搞的促销以及春节前的一拨采购潮。

由于采购环节卡得比较严,超市的毛利率达到了30%,毛利总额达到了20

万元。

超市赚了钱,黄丽婷丝毫没有斤斤计较的意思,她大方地给所有家属工提高了工资,由原来的每月 70 元,涨到每月 150 元,这个数字甚至超过了临一机正式工的平均工资水平。

她深知自己拿到的分红会引发全体职工的红眼病,如果不能让大家同样得到实惠,未来大家就会消极怠工,这对于超市的长远发展是不利的。

除了涨工资之外,黄丽婷还预备了 1 万元准备用来给大家发年终奖,这笔钱摊到每个人头上,也有 100 多元,相当于又多发了一个月工资。

后来,张建阳向她传达了厂务会的决议,要求她不要在年前给职工发奖金,以免破坏全厂的整体安排,这事也就搁下了。

扣除职工工资、奖金以及超市的日常开销,黄丽婷向劳动服务公司最终上报的利润总额为 15 万元。

经过协商,双方同意留下 5 万元作为超市扩大再生产的投入,余下 10 万元按照原先约定的分配比例,各得 5 万元分红。

张建阳拿到 5 万元的分红款,笑得合不拢嘴。

超市开业至今只有一个半月,就已经向公司上缴了 5 万元分红,一年 12 个月,岂不是能够上缴 40 万?临一机有十几个车间,有哪个车间能够一年创造出 40 万的利润?

东区超市是在他张建阳的领导下破茧成蝶,羽化登仙的,这不就是他张建阳的巨大成就吗?

比张建阳更激动的,是黄丽婷。

张建阳只是一个过路财神,超市上缴的利润再多,也没有一分钱能够落到张建阳的腰包里,他纯粹就是替别人开心。

黄丽婷则不同,这 5 万元中间,有 3 万元要分给那位神秘的"重量级投资者",另外 2 万元就是属于她黄丽婷自己的。

要知道,当初她投入超市的钱,也不过就是 2 万元,也就是说,仅仅一个半月的时间,她就收回了全部投资,未来还会有更多的分红,那都是她赚到的纯利。

发财了,发财了!我黄丽婷从来没有见过这么多钱啊!

拿到分红款的那天,整整一个白天的时间,黄丽婷的脑子里只有这样一句话,她亢奋得甚至连饭都没吃一口。

这时候,她的名义上的合伙人宁默给她带了一句话,说有人约她晚上出去谈谈,地点是在市里一家新开的茶馆。

黄丽婷猜出了约自己谈话的人是谁,也明白他为什么要选择在厂外谈话,而且是在茶馆这样一种寻常人绝对不会光顾的冷僻场所。

到了约定的时间,黄丽婷让丈夫蔡越陪着自己,来到了那家茶馆。

她带上蔡越的原因,可绝对不是为了避嫌,而仅仅是让蔡越充当一个保镖的角色,因为在她的小挎包里,装着刚刚拿到手的那五沓"老人头"。

"黄总来了?哦,蔡工也来了,一块进去吧。"

宁默在茶馆门口迎上了他们,客气地招呼道。他好歹也是上过技校的人,平日里与小伙伴们打打闹闹没个正形,到了这个时候,还是能够装出几分斯文的。唐子风不止一次地说过,宁默和他是合伙人的关系,看看,能够和唐子风这样的牛人当合伙人,自己能是普通人吗?

"不用了吧,让他在门口等着就好了,他进去干什么?"黄丽婷说。

蔡越赶紧妻唱夫随地附和道:"是啊是啊,你们谈生意上的事情,我就不去添乱了。"

宁默吃不准唐子风是什么想法,也便不再苦劝,只向蔡越客气了两句,便带着黄丽婷进了茶馆。

推开一个包间门,黄丽婷一眼就看到了大大咧咧坐在茶桌旁的唐子风,随即又看到唐子风身边坐着的另一个年轻人。

此人看起来与唐子风年龄相仿,戴着眼镜,贼眉鼠眼的,一看就是个文化人的样子……

"黄姐来了,快请坐吧,怎么,蔡工没陪你一起来吗?"唐子风起身招呼着。

黄丽婷脸上赔着笑,一边入席,一边说道:"他倒是陪我来了,我让他在外面等着呢。我想唐助理肯定是要跟我谈工作的,他又不懂。"

唐子风摇摇头,说:"黄姐这就搞错了,我约你过来,可还真不是为了谈工作。我想跟你商量的事情,是和你们家的财务决策有关的,蔡工是黄姐家的一家之主,怎么能不参加呢?"

"他算个啥一家之主,他就是个书呆子……"黄丽婷嘟哝着,脸上的表情却很是欢喜。

再强势的女人,也不希望别人小觑自己的丈夫。蔡越在厂里颇有"妻管严"的名声,加上为人比较胆小,很多时候还得黄丽婷替他出头,因此在厂里一些职工眼里很没有地位。

唐子风一张嘴就说蔡越是黄丽婷家里的一家之主,重大事情需要他来参与决策,黄丽婷觉得自己很有面子。

宁默得了唐子风的授意,出去把正蹲在门外抽烟的蔡越请进来了。

黄丽婷为了给丈夫撑面子,非常殷勤地起身给丈夫让座,还多此一举地帮他掸了掸衣服,做足了一个贤妻的姿态。

众人坐定之后,唐子风指着自己身边的那位年轻人,向大家说道:"我给大家介绍一下,这位是我的大学同学,著名经济学家,中国人民大学国民经济管理系讲师,王梓杰老师。他是回家过年路过咱们临河,专程停留一天来和各位见面的。大家可能不知道,上次入股东区超市的那3万元钱,就是由梓杰旗下的双榆飞亥公司提供的,只是借用了胖子的名义而已。"

"原来是你!"黄丽婷看着王梓杰,好生惊愕。

这家伙长得这么猥琐,想不到却这么有钱,3万块钱眼也不眨就投进去了,丝毫不担心打了水漂,他的身家得有多深厚啊。

还有,唐子风说这个人是他的大学同学,两个人的关系目测是非常亲密的,所以这个什么"双榆飞亥"公司,是不是也有唐子风一份呢?哎呀呀,京城人的套路实在是太深了,我这个乡下姑娘看不懂啊。

王梓杰没有黄丽婷那么多戏,他向黄丽婷点了点头,说道:"这位就是黄总吧,久仰久仰。子风一直跟我说,黄总是了不起的一位商业天才,我也一直想过来拜会一下黄总,可惜平常工作很忙,所以直到学校放了寒假,才有机会,幸会,幸会。"

"王教授太客气了,我哪是什么商业天才,真正的天才是子风呢。"黄丽婷笑着谦虚道。唐子风此前介绍说王梓杰是个讲师,但黄丽婷哪懂大学里的这些职称关系,她觉得把大学老师称为"教授"肯定就是没错的,就像商场上称人为"某总"绝对不会有错一样。

"大家就别互相恭维了。"唐子风打断了二人的客套,把话扯回正题,说道,"黄姐,蔡工,今天请你们二位过来,是想跟你们讨论一下超市分红的事情。我听张建阳说,今天黄姐已经和张建阳把利润结算过了,除了留下5万元作为超市的发展基金之外,余下 10 万元一家一半,咱们这边拿到了 5 万元,是不是这样?"

"是的是的,我一分钱都没留,全部带过来了,就想听听子风……呃,还有王教授的意思……这钱该怎么分。"黄丽婷的目光在唐子风和王梓杰之间扫动了一下,有点吃不准这事该由谁决定才好。

唐子风也懒得演戏,他没有看王梓杰,直接向黄丽婷问道:"黄姐、蔡工,你们是什么想法呢?"